铸剑十年

张戈◎著

华龄出版社
HUALING PRESS

图书在版编目（CIP）数据

铸剑十年 / 张戈著 . -- 北京 : 华龄出版社，
2022.7
ISBN 978-7-5169-2284-2

Ⅰ . ①铸… Ⅱ . ①张… Ⅲ . ①长篇小说－中国－当代
Ⅳ . ① I247.5

中国版本图书馆 CIP 数据核字 (2022) 第 098588 号

责任编辑　李梦娇　　　　责任印制　李未圻

书　名	铸剑十年	作　者	张戈
出　版 发　行	华龄出版社 HUALING PRESS		
社　址	北京市东城区安定门外大街甲 57 号	邮　编	100011
发　行	（010）58122255	传　真	（010）84049572
承　印	武汉市籍缘印刷厂		
版　次	2022 年 8 月第 1 版	印　次	2022 年 8 月第 1 次印刷
规　格	710mm × 1000mm	开　本	1/16
印　张	20.5	字　数	328 千字
书　号	ISBN 978-7-5169-2284-2		
定　价	98.00 元		

目录
CONTENTS

001 中原，我来了

当一股人流从中原省江城市天沐国际机场出口处涌出时，司雪一眼就认出了温思雨。当然，首先是因为他比一般人要高出一个头。司雪看过他的详细资料，一米八五的个子，人也长得很帅，这两个特点，都能让他在人海中脱颖而出。但眼前的人，比照片上要生动得多。她突然对他有一种似曾相识的感觉。而且可以肯定，这种感觉不是从看照片上带来的，而是实实在在地感到与他在哪里见过面。她被自己的这种感觉吓了一跳！那些让她似曾相识的，是他那张俊朗的脸上，所显示出的那种儒雅和时尚中含有的一丝淡淡的古典书卷气。这些看上去自相矛盾的元素，却在温思雨身上和谐得近乎完美。旅客大多急急忙忙地超越他往出口处赶，唯有他不紧不慢地款款而行，仿佛不是身处喧嚣的机场，而是在丛林中漫步。这让司雪想到一个词：从容。司雪还注意到，不少女孩在与他擦肩而过时，都忍不住回头狠狠地瞅他一眼。回头率如此之高，不禁让司雪的心跳加速，一股红云漫上她的脸颊。天啦！这可是从未有过的感觉啊！我今天是怎么啦？她瞟了一眼站在身旁的司机小宋，见他正高举着手牌，全神贯注地盯着人流，才松了口气。

温思雨显然看到了小宋的手牌，可他并没有加快步伐，只是举了下手，示意他注意到了。脸上微微动了动，好像笑了，但又好像没笑。

司雪想，这大概就是他的笑。这也太装酷了点吧。本姑娘可是第一次到机场接人啊。想到这里，心中有点愤愤不平。她打消了迎上去的念头，反倒退到身后的椅子上坐下。她以为温思雨会走向举着手牌的司机，却不料他带着非常惊讶的表情径直走到自己面前，两眼直勾勾地盯着自己。司雪不知道温思雨如此关注的表情因何而起，更不知道他是如何认出自己是来接他的，但早就习惯了男人在她面前显露出的眼神和表情的她，只是慢慢站起来，平静地伸出手："温教授，欢迎你。我是巨能集团的司雪。"

温思雨的表情有点复杂。他迟疑地伸出手："谢谢司总。"

感觉到温思雨的茫然，司雪解释道："父亲本想自己来接您的，可今天突然血压有点高，就委托我代表了，请温教授海涵。"

温思雨才明白，自己刚才的表情让她误解了，忙说："对不起，是我刚才失态了，不是因为谁接，是因为你有点像我的一位故友。"

俗了点吧，想搭讪换个新招啊。司雪暗笑一声，但脸上依然是略带微笑："呵呵。"

却不料司机一句话，搞得温思雨十分尴尬："不奇怪，初次看到司总的人，都是这样搭讪的……"

"我让你讲话了吗！"司雪横了司机一眼。司机一伸舌头，一溜烟向汽车跑去。

温思雨摆摆头，苦笑了一下，掏出钱包，从中抽出一个塑料夹，犹豫了一会儿，又把塑料夹小心地放进了钱包。

司雪当然注意到温思雨下意识的动作，心想，莫非真有个长得很像她的故友？

这种尴尬的气氛一直延续到车前。小宋站在车前有点不知所措。原计划是董事长亲自来接，当然主客二人都坐后排，他直接拉开后门就行。可现在换成了司总，又事先没商量怎么个坐法。都坐后排吧，肯定不妥。司总从来没和任何男士同坐汽车后排，当然她爸除外。安排一前一后吧，照理应该客人坐后，可司总坐男司机的车，从来不坐副驾座位。因此他不知所措，拿眼睛瞅着司雪。

司雪没明白宋司机在车前发愣的缘由，用大小姐常有的口吻说："愣着干吗？开门呀。"

倒是温思雨看出门道。他拉开后门：“司总请。”

司雪瞪了小宋一眼，低声说了声“谢谢”。便钻进后排坐定，心里却有点堵。因为她极不习惯和男士同坐后排。仿佛看穿了她的小心眼，温思雨轻轻给她关上车门，往前一步拉开前门，坐在了副驾驶位上。

司雪内心泛出一丝感激，不由自主地从后视镜中看温思雨一眼，恰巧温思雨也从后视镜中看她。在后视里两人眼光一碰，随即闪开。奇怪的是，两人同时想到同一个问题：我们真的在哪见过啊！

当温思雨走出机场候机厅时，一眼便看到坐在不远处的司雪。他差一点就把“谷雨”两个字喊出口！但理智告诉他，这是不可能的。但他无论如何也无法把她与谷雨分开。她们一样美得让人眩目：又细又长的弯眉下，一对微微往两边上翘的大眼，在LED灯光的照耀下显得清澈而迷离。鼻梁像刀切的一般笔直，一直伸到鼻尖。薄薄的嘴唇小巧精致，红润得仿佛透明似的。这一切都与谷雨如出一辙。唯一不同的是，谷雨的表情是谦和中含着一丝温柔，而眼前的女孩却右嘴角微微翘起，明显带着嘲弄的神色，整个脸上写着“傲慢”。她们太像了，如同孪生姐妹。但她们的气质却有别：一个是小家碧玉，一个是大家闺秀。

想到谷雨，温思雨一阵心疼：啊谷雨，亲爱的，我回来了。泪水一下漫起来。温思雨赶忙低下头，用左手支着头，右手悄悄地抽出纸巾擦了一下。谷雨，这个埋藏在他心扉深处的女人，是他朝思暮想的，也是他最不敢想起的女人。一想起她，心里就飘起了小雨。这雨会浸透眼帘，汇聚成一张望眼欲穿的脸，那是在最后的日子里，谷雨盼望温思雨归来时的唯一神情。这神情与后视镜中出现的神情，真是天壤之别。一个愁云密布，一个阳光灿烂。但她们的长相又宛如一人。他几次伸向钱包，想把随身携带的谷雨照片拿出来给司雪看，但又一次次打消这个念头。谷雨是他一个人的，他不想任何人看到她。

坐在后排的司雪，望着温思雨，那种熟悉的感觉又涌上心头。甚至眼前温思雨的后背，司雪都感到不陌生。难道我们真的见过？她仔细地把所有认识的人梳理了一遍，确信自己从未见过温思雨，但她心灵深处却无数次泛起一丝念想：我一定见过他！这泛起的冥冥念想中，甚至带有些许亲情的成分。这更让她大为惊讶！这感觉从何而来？而且挥之不去，连她自己也莫名其妙。

司雪信手翻看着温思雨的资料。

温思雨：原名温思宇，男，生于1988年1月1日，32岁，出生地：中国中原省，具体地点：不详。婚姻状况：未婚。国籍：中国（获英国长期居住特别许可）。国立剑桥大学教授，英国新能源联合会理事，国际新能源研究会会员，联合国新能源委员会专家组成员……

每次看到这里，司雪都会合上卷宗。她在想：如此年轻就拥有如此众多令人目眩的国际级桂冠，这简直不是人是神啊！她忍不住瞟了后视镜一眼，发觉此刻的温思雨脸上，满是凄楚，与下飞机时的满面阳光判若两人，让司雪大惑不解。

温思雨很快调整了一下心态，专注着一闪而过的初春印象。整洁的机场高速公路旁，成片的树梢抽出了嫩嫩的枝芽，路间的绿化带也开始返青，让人赏心悦目，心中的感伤也减缓了不少。小车驶入城区后，看到身着冬装的人群里，不时闪出摇曳的长裙，在乍暖还寒的春风中展示着多彩的金边。透过人流，他很快就被眼前的繁华震惊了：太多的高楼，太多的豪车，太多的城中花园，超过了他对中国的认知。其实，这种震惊，在飞机降落天沐国际机场前就有。当波音747盘旋在江城上空时，温思雨有种近乡情更怯的激动。但是当一座能与英国伦敦比肩的国际大都市展示在视野中时，他的情绪很快就由激动变为震惊了。这座他曾经生活了二十多年的城市，已经焕然一新，完全没有顾及他的感受，没留下一丝过去的影子。而天沐国际机场的规模，更是让他叹为观止！这是他见过的最宏大最现代化的机场。无论是华盛顿、东京，还是伦敦、巴黎的国际机场，都无法与之比肩。而江城市还只是一座二线城市啊！

从英国希思罗国际机场登机的一刻，温思雨魂牵梦萦的一句话，在眼前的春意盎然中，再次响起：我此番身负重担仗剑归来，中原，你准备好了吗？

“司总，下三环了。”

司机的话打断了温思雨的遐思，他下意识地回头看向司雪。她掏出手机，明亮的双眸却迎住温思雨的目光，这次两人都没躲开，只是万分惊讶：对方那睿智的眼神，实在是太熟悉了。司雪到底是女孩，她埋下头，盯着手机：“老爸，还有10分钟。”

小车还没开进巨能集团大院，激昂的中国国歌《义勇军进行曲》就扑面而来，让温思雨有一种久违的激动。他耳边响起司力夫在大洋彼岸的楚园说的一句话：“你的回归，不是在救一个企业，而是在救国家的一条腿！”

在一栋黑色大理石堆砌的高楼前，温思雨注意到，在乐队的右边，不少身着正装的人拥着一个老者和一位身材高挑的年轻女人肃立着。他们身边，站着一位手捧花束的女孩。人群四周，还忙碌着一大群记者。他们的长枪短炮对着汽车，如临大敌。受到如此隆重的欢迎，让温思雨颇感意外，而乐队现场演奏的国歌，更让他热血沸腾。

有人拉开了副驾驶的门，温思雨一下车便大步流星地向那位老者走去，那位老者也迎着他走过来。在闪光灯的照射下，他们四只手紧紧地握在一起。老者说：“温教授，我们又见面了！”

温思雨赶忙说：“司董事长，谢谢，你们太隆重了！”

“有朋自远方来，不亦乐乎！”司力夫爽朗地笑了，“温教授，我可是在这里足足等了你两年的时间啦，能不隆重吗！”

温思雨也笑着说：“董事长，我可是用了两年的时间，才走完从英国剑桥到中国江城的路，怕是有两万五千里啊！”

两人都哈哈大笑起来。

司力夫侧过身，面对身边的一位身着职业装的女士：“温教授，我向你隆重地介绍一下，这位是中原省科委新技术开发部的部长，江如蓝博士！”

温思雨赶忙上前一步，伸出手：“江博士，您好！”

不知道是感到他的手有点力度，还是对眼前这位彬彬有礼的俊男有所触动，江如蓝觉得脸上一热。她当然知道，她的脸肯定红了。她暗骂了声自己这样沉不住气，嘴上却热情地说：“温教授，中原省真心诚意地欢迎你。巨能集团有了你，就如虎添翼了！”

司雪饶有兴趣地瞅了面露娇羞的江如蓝一眼，用手捅了她一下，小声说：“遭雷击啦？”

江如蓝凶了闺密一眼。

接下来，站在司力夫身旁的那位女孩叶小妹向温思雨献花。温思雨也礼貌地与她握手。她偷偷斜了温思雨一眼，脸上顿时飞起两朵红云：太帅啦！

司力夫向站在后面一排的公司高层一一做了介绍，大家都用略带力度的手，表现出应有的热情。但是，温思雨明显感觉到有一个人是例外，那就是公司的常务副总孙渊。因为当温思雨跟他握手的时候，他的手很快地从温思雨的手中抽出来。他的脸上好像也挂着笑容，但是眼神里却闪过一丝阴冷，这让温思雨有点意外。同时体会到这一瞬的，还有司力夫和他女儿司雪。父女俩不约而同地交流了一个复杂的眼神。

一名记者突然插入："温教授你好，我是江城日报记者刘芳。新闻界普遍认为：你是本年度最重要的海归。请问温教授，你对此有何感想？"

温思雨此番取道欧洲回国，原想尽量低调，但还是让国内外舆论吵得沸沸扬扬，让他十分无奈，所以边走边说："盛名之下，其实难副。"

刘芳追问："是什么让你放弃海外优厚的待遇和显赫的头衔，毅然回国加盟巨能？"

温思雨并不想回答这个问题，因为这个问题太政治，如果他一讲，就难免有作秀之嫌，所以他加快了步伐往前走，但是一大群记者跑上前，把他团团围住，为首的还是那个刘芳。她把话筒递到他嘴边笑着说："温教授，你不能拒绝一位女士的请求，这不太绅士吧。你可是刚从英国回来的呀！"

温思雨显然是第一次遇到这样的状况，所以他有点不知所措。还好，站在不远的江如蓝赶紧走过来说："温教授，你就说一说吧，因为这个问题大家都非常关心，你怎么也绕不过去的，你今天不讲，到时候一有机会还会冒出来。"

司雪飞快地瞥了江如蓝一眼，用调侃的语调说："温教授，你可不能辜负江部长的美意啊！"

江如蓝横了司雪一眼，没出声。

温思雨苦笑了一下，接过刘芳递过的话筒说："各位新闻界的朋友，我如果用一句中国的名言来讲，那就是'位卑未敢忘忧国'。其实，回国的这个念头，在两年以前，我就悄然升起了。我记得那是在伦敦国际能源峰会上，司董事长通过一些途径，向我传达了一个信息：真诚地希望我能够加盟中国巨能集团。我们国家在高科技领域，缺的就是话语权，而我研发的石墨烯电池，是世界首创。谁拥有它，谁就掌控了世界能源电池领域的话语权。所以我下定决心，一定要把这项世界顶尖的科研成果，带回祖国去。经过两年的艰辛与坚持，终于如愿以偿，回到我朝思暮想的祖国！谢谢大家。"

人群中，立刻掌声四起。

在场人中，只有一个人理解温思雨一笔带过的“经过两年的艰辛与坚持”的含义：自从那次国际能源峰会以后，温思雨受到了各界的关注。到那个时候，他才真正意识到，谁掌握了这项成果，谁就在这个领域有话语权。而这个话语权，将给他所在国家带来巨大的经济效益。当然，也将极大地推动一个国家的发展。而中国在高科技领域，缺的就是话语权。所以他下定决心，一定要把这项世界顶尖的科研成果带回祖国去。为了平安地实现这一愿望，他辞去了剑桥大学等一切聘任的职务，只保留以他自己为法人的独立实验室。这样，他的一切科研成果，从法律上讲，完全属于他个人所有。从此刻开始，在这个领域，他再也不发出任何声音，渐渐地让自己淡出人们的视野，他就是希望大家能够把自己忘掉。这也算是兵书所言：韬晦之计吧。这一折腾，就是两年。此次回国，他还是不敢直接从英国直飞北京，而是借南亚的一次科研大会的机会，取道新加坡，才能顺利地回到中国。这一段经历，他只对司力夫讲过。

当大家要走进欢迎盛会大厅时，江如蓝感到她参加巨能集团的酒会不太合适，便与温思雨话别：“温教授，你们公司的家宴我就不参加了。我们后会有期。”

站在一旁的司雪马上接了一句：“好，以后经常约会。”

江如蓝和温思雨都听懂了司雪的话义，但都装着没听懂。

出于礼貌，温思雨应该等女士有握手的动作时，才能伸手。所以他回应了一句“以后少不了拜访你”，并没伸出手。

“那再见了。”江如蓝主动伸出手。此刻，温司雨才发觉右手上还拿着刘芳的话筒。他赶忙把话筒移到左手后，才向江如蓝伸出右手。这当中，江如蓝已伸出的右手又不好收回，只得在温思雨空出右手后，才向江如蓝伸出，这样一来，江如蓝的手就在温思雨面前停顿了几秒钟，等着温思雨伸手，搞得好不尴尬。

司雪悄悄在江如蓝耳边说：“手伸这么快，也太性急了点吧。”

江如蓝压着火气，不动声色地拖着司雪往门口走了几步，突然用指甲尖掐着司雪粉嫩的胳膊使劲一揪，疼得司雪尖叫一声：“哎哟！”把大家都吓了一跳。

司力夫忙对温思雨说：“没事，她俩是闺密，常闹着玩。”

温思雨把麦克风交给一位工作人员，请他把话筒转交给刘记者。谁知落座后，那位工作人员又拿着话筒回来递给温思雨，说："温教授，刘记者说，她会来找你要的。"

坐在温思雨身边的司雪听到这句话，有点走神了。她想到这个使小伎俩的刘记者，想到那位斜眼盯着温思雨的献花女孩叶小妹，想到机场国际厅的那些频频回眸温思雨的女人，甚至想到有些失态的闺密江如蓝，有些愤愤不平：这些人就没有见过美男子吗？突然，另一个念头闪出：他们关注温思雨与自己何干？难不成自己有些嫉妒了？她为自己的这些稀奇古怪的念头搞得心烦意乱，直到听到掌声，她才收回思绪。原来是温思雨讲完话。她一抬头，就碰到坐在桌对面的孙渊的目光。这目光带着疑问，还有点阴沉。

欢迎晚宴，是在公司豪华的宴会厅举行的。宴会厅内外，张灯结彩，乐曲高奏，欢歌笑语，人声鼎沸。原本应该在愉悦中进行的酒宴，却因为一个小插曲而阴霾顿生。

"乘风破浪会有时，直挂云帆济沧海。"司力夫发表了简短的欢迎辞后，用李白的一句名诗结束了自己的祝酒词，接着说："温教授，我血压偏高，不胜酒力，就让小女代我敬你一杯。"

司雪忙站起来，微微侧过身面对温思雨正待举杯，却不料孙渊从一旁插进来，把酒杯伸在司雪和温思雨的酒杯之间："雪儿，你也不胜酒力，还是让我来吧。"

孙渊的这一举动，显然是越俎代庖了，极为失礼。而且在大庭广众之下，用"雪儿"称呼司总，也颇为不妥。

司雪顿时柳眉倒竖，杏眼圆睁："孙总，酒宴刚开始啊，你没醉吧！"她转过身面对温思雨，"温教授，我代表家父敬您一杯！"她绕过孙总的酒杯，与温思雨的酒杯响亮地碰了一下，然后一饮而尽。

站在一旁的孙总有些尴尬，但他仍不甘心，讪讪一笑说："雪儿，我……"

"孙总，打住！"司雪厉声打断他的话，"这世上只有我的家人才能叫我的小名，请你叫我司总。"

孙总本想在温思雨面前，展示一下他与司雪走得较近的关系，借此宣示一下对司雪的主权。不想弄巧成拙，出了个大洋相。他只好悻悻地回到座位上，自酌自饮了三坏。

温思雨也非常郁闷。想不到进公司的第一天，就被动地卷入到孙总与司雪的情感纠葛中，十分无奈。但这事又是因他而起，他不能不有所回应。他举着酒杯说道：“尊敬的司董，司总和各位同仁，女士们，先生们！让我们为了巨能集团的腾飞干杯！”

大家都站起来举着杯：“干杯！”

一次敬酒的高潮，化解了眼前的尴尬。但酒宴上的喜庆气氛却荡然无存了。

酒后，司力夫对女儿说：“你安排人带温教授去他的别墅休息。”

司雪喊综合部部长赵婷：“赵部长，安排人送温教授去休息。”

“叶小妹。”赵部长走到走廊上，“叶小妹，送温教授。”

“已经安排好了。”叶小妹边回应着，边兴冲冲地快步走来。看到风度翩翩的温思雨，显得有点慌乱，“呃，温教授，我带您去睡觉。”

话一出口，大家都傻了眼。叶小妹也意识到口误，吓得满面通红，说：“去您的别墅休息。”

或许是叶小妹的表情有点夸张，温思雨忍俊不禁：“没事，别紧张，走吧。”

“呃，我一点也不紧张。”叶小妹嘴里这样说着，脸却绷得紧紧的。

目睹这一幕，司雪哭笑不得。这赵部长也真会办事。让小女孩献个花什么的还行，怎么还把带去卧室的事也捎上了。她再看叶小妹，似乎什么也没发生，十分阳光地在温思雨身边走着，甚至还聊着天。这都什么事啊！

同样目睹这一幕，司力夫却有不同的想法。集团公司综合部，就相当于政府机构的办公室。综合部部长，就是集团的大管家。当初考虑人选时，常务副总孙渊极力推荐赵婷。当时，赵婷在候选人中，除了姿色过人外，其余条件并不长于他人，而且只是硕士学历。按公司规定，各部门一把手，必须具备博士以上学历。但由于司力夫比较依重孙渊，而且综合部并非公司科技部门，所以司力夫勉强同意了。后来，赵婷领导下的综合部，面貌一新，令司力夫刮目相看。但眼下这件事，却令人大跌眼境：居然让一个美貌少女，去招呼风度翩翩的男士的寝居。这应该不像赵部长所为，但恰恰就是她所为！她脑子进水啦？

叶小妹把车稳稳地停在一栋别墅前。她迅速地拉开后车门：“温教授，请。”

这是一栋典型的欧式别墅。面积不大，却非常精致。别墅共三层，但按欧洲人的习惯，三楼只是个尖顶，通常作储藏室用。上了七道台阶就是一楼正门。也可以把车从门右侧直接开到门前，然后从左边下去。门左是车库，门右是一个室内泳池。泳池对面，是一个临湖的超大露台，立刻让温思雨喜欢上了。傍晚时分，煮上一壶咖啡，邀请几个朋友，在露台上坐看夕阳徐徐西沉于泛着微波的湖中，那是何等的惬意！

温思雨边欣赏美景，边拾级而上，来到叶小妹身后。叶小妹用门卡在门禁处刷了一下，然后拉开门。突然，她看到一个巨大的怪物从天而降向她扑来，吓得她花容失色。温思雨也模糊地看到，门内有个什么巨大的黑东西轧下来。他大喊一声："快跑！"巨大的黑东西就向叶小妹轧去。温思雨的心一沉：出大事了！来不及喊，就下意识地抱紧叶小妹急转了身体，本意在保护她，却不料转身后并不是平地，而是门前的七步台阶。温思雨抱着叶小妹重重地摔在台阶上，一直滚到草坪上。有几秒钟的时间，温思雨的大脑一片空白。叶小妹感受到压在身上的温思雨的沉重的身体，她尖叫一声，小嘴就严严实实地吻在温思雨的大嘴上。温思雨缓过神来，赶快从叶小妹身上爬起，一边拉起叶小妹，一边紧张地看向门口，那里却悄无声息。他看了娇羞无比的叶小妹一眼，也来不及解释了，说："你立刻回到驾驶室，启动车子。如有紧急情况，开车就走。"

"那您呢？"叶小妹瞪着稚气的大眼望着温思雨。

"按我说的做！"温思雨武断地瞪了她一眼，然后从后备厢找出手电筒和一把大扳手，朝大门走去。

叶小妹冲着她的背喊："你不回来我不走！"

温思雨没回应她，继续向大门走去。在手电光里，温思雨看到，在门边的地上，堆着一团黑布，足有一人多高。布的一头还挂在门上方的墙上。这块巨大的布，显然当时就挂在那儿。估计是装修时留下的，也可能是工人们的恶作剧。叶小妹一拉门，那块布就落下来。在黑暗中，头顶上砸下一块东西，肯定怪吓人的！他苦笑一下，喊道："叶小妹，没事啦，过来。"

叶小妹走进屋，随手打开所有灯，看到那一大堆黑布，惊讶不已："怎么会这样？"她一眼困惑地望着温思雨，随即又扑哧一笑："温教授。"她满面通红地指指嘴唇，递过一张纸巾。

温思雨立刻明白过来，忙走进洗手间。镜子里的他，嘴唇被口红染得一片猩红。他苦笑了一下，擦净口红后走出来，有点不好意思地说：“叶小妹，我不是故意的。”

叶小妹羞得掉头就跑出门，开车就跑。把温思雨说的“小心点”抛到脑后。

由于倒时差，温思雨一觉竟睡到上午10点钟。糟了，上午10点半还有个会！他快速地洗漱完毕。推开门，就看了一辆黑色的路虎停在门口。宋司机从车上下来，冲着他一笑：“温教授，早上好。这是公司安排给你的座架。”他一看，是一款顶配V8路虎。比他在英国开的车好许多。安排一辆路虎车，本是件小事，但可见司力夫对他是做足了文章的，心头不由一热。其实，人与人之间的友谊，往往是从许多小细节上体现出来的。他跨上驾驶座，轻踩油门，汽车就飞驰而去。

在离温思雨不远的一辆汽车上，有人拿着照相机拍下了从昨晚到现在的一切。拍摄者并不知道，他在门前拍摄的东西，以后差一点给温思雨和司雪带去一场生离死别！

002 您的手伸过了太平洋

今天是温思雨加盟中原巨能集团后的第一次集团高层干部会议，意义重大。西装革履的司力夫，昂首挺胸地站在桌前，显得风度翩翩，赵婷还不十分满意，又帮他整理了一下领带。这时，司力夫看到路虎驶进了大院，来自大洋彼岸的温思雨从路虎下来，健步拾级而上，迈向公司大门，直到此时他仍然有些迷茫：这是真的吗？温思雨真的加盟了巨能集团吗？世界500强中，凡是与能源有关的集团，几乎无一例外地向温思雨伸出过橄榄枝，而且给出了比司力夫高出十倍的待遇，但温思雨却义无反顾地选择了在世界商业领域名不见经传的中原巨能，让司力夫大喜之余，心里总有些忐忑。他的思绪不由自主地回到两年前的英国之行。

那时，司力夫以中国新能源电池排行榜榜首法人的身份，应邀出席在英国伦敦召开的国际能源论坛峰会。会上一名叫温思雨的青年学者的演讲，引起了他的高度关注。

温思雨说："汽车、轮船、火车和飞机四大发明，极大地改变了人类的命运，让我们的交通变得如此便捷，生活变得如此惬意。但它们也同时改变了人类的另一种命运：它们巨大的尾气排放，正让地球渐渐变成人类不宜居住的地方。所以，我们急需靠非汽油驱动的动力，那就是电力驱动，来替代汽油。这一观点，已被世人接受。但有一种声音却表示悲观：愿望是美好的，现实是骨感的。因为全世界的专家们都碰到一堆难题：蓄电池过于庞大的体积，让交通工具不堪重负；过长的充电时间，让车主无心等待；过短的续航能力，让司机无可奈何。于是专家们研制出锂电池。但是，这项创新也只是有限地改善了上述三大难题，且并不彻底。而我的实验室正在研究的石墨烯电池，它的体积只有锂电池的千分之一，但它的充电速度，是锂电池的1000倍。也就是说，一块火柴盒大小的石墨烯电池，仅充电10分钟，就能让汽车的续航能力提高到1000公里。此消彼长，我十分自信：我研发的石墨烯电池无疑是划时代的！”

当时，整个会议厅突然静下，人们仿佛被一件极端的意外击倒了。他们屏住呼吸，发着光的双眼直盯台上的这个年轻人。显然，年轻人知道大家在等什么，他用不容置疑的口气说：“这一改变世界命运的美好愿望的实现，不会超过2025年！”

整个大厅立刻掌声雷鸣。

接着，温思雨把极具说服力的大数据，放映在会议厅的巨大显示屏上，演示他的科研成果。他的演示精彩绝伦，不时被掌声打断。

司力夫大喜过望，脑中突然闪现出辛弃疾的名句：“众里寻他千百度，蓦然回首，那人却在，灯火阑珊处。”在以后的几天里，司力夫中止了所有工作，只干一件事：约见温思雨！但此刻的温思雨，却像空气一样，消失得无影无踪。据英国媒体消息，世界顶尖的汽车、轮船、飞机的制造商，如福特、奔驰、沃尔沃、波音等，无不纷至沓来，依旧难见温思雨一面。司力夫只好求助于中国驻英国大使倌。司力夫的求助，引起中国驻英国大使馆的高度重视。大使亲自约见英国各界华人商会会长，最后终于敲定了与温思雨会见的大事。

会见安排在剑桥西北角不远处的一座华人开的“楚园”，时间是晚上九点。

“楚园”在英国，甚至在整个欧洲，都是大名鼎鼎的。相传创建人是一批旅居英国的知名华人，因思乡心切，他们便集资创建了“楚园”。兴园之初，认为在咖啡当道的西方，建一座茶舍，肯定不赔就是赚，所以规模很小，仅用来让旅居欧洲华人寄托乡恋之情而已。殊不知，这里却成了在英国乃至欧洲华人的朝拜之所，日见兴隆，所以其规模也极速扩张。有消息说，不提前一周预约，你连门都进不了。据传，温思雨也是股东之一。

司力夫怕路上有失误，提前一个小时到达。刚下出租车，他立刻被眼前的景象震慑了！这处独立的建筑群背靠丘陵环湖而建。放眼望去，透过朱红的两扇大门，尽是亭台楼阁，错落有致。楼阁上挂着大红灯笼，雕龙画凤的主楼，青砖青瓦、飞檐走壁，仿若重现着楚国称霸时的昨日辉煌。青波水榭中荡着古筝，演奏着名曲《离骚》。若时光能倒驰，司力夫愿为屈原旧友。此情此景，让酷爱中国古代文化的司力夫喜出望外。

门前一老者问明司力夫来意，便引着他穿过九曲回廊，步入后院一座临湖的露台。露台取名为郢台，用以纪念楚国名城郢都。郢台后侧，隐约可见一毛屋。毛屋的纱窗上，微微透着朦胧的烛光。烛光摇曳，眼前的湖光、小桥、流水便若隐若现。正所谓"良辰美景奈何天，赏心乐事谁家院？"此情此景让司力夫感叹万分。他的巨能公司就在楚都遗址，但那里已是高楼林立、华灯灿烂，哪里能品到一丝楚风气息？却没想到，身在异国的华人，却在繁华他乡筑起了楚人的芳华，真让人唏嘘不已。

在行走的小径上，司力夫看到几乎所有的茶室都座无虚席，基本上是华人。他们大多都是默默地品茶，均不高谈阔论。司力夫问向老者，这是何故？老者说，他们就是想坐在楚园里，宣泄一下思乡之情，言语就成了多余的东西。

啊，怎一个"情"字了得！正感叹间，桥上走来一人，正是温思雨。他们虽未谋面，但神交已久，所以无需介绍，直呼对方名讳：

"温教授，你好！"

"司董，您好！您的手伸过了大洋彼岸。"

两人哈哈大笑起来。他们都不约而同地记起，中美建交前夜，尼克松首次访华走下飞机时，周总理与之握手时的名言。

司力夫认识温思雨是当然的。不仅因为他调看了温思雨的所有资料，而且在近期的媒体上，温思雨的照片更是历历在目。所以司力夫把开场白的重点放在自我介绍上，但他错了，他发觉温思雨对他和他的巨能集团非常了解，包括他们面临的问题。这样一来，他们的交谈就便捷得多。

司力夫求贤若渴。温思雨若能到他的旗下，巨能集团定会如虎添翼。再大的困难，也会迎刃而解。温思雨则是报国心切。有巨能这个优质平台，可充分用尽他平生所学，一展抱负！所以，两人一拍即合，直聊到月沉湖西，也倦意全无。

这时，湖中央的一艘巨大的水榭上，响起轻柔的琴声，演奏的是中国名曲《高山流水》。循声望去，才发现一道纱幔徐徐展开，幔后是一架银光闪闪的竖琴。琴后坐着一位身着中国楚服的宫娥。她的动作轻柔徐缓，仿佛不是在演奏，而是在舞蹈，美轮美奂，赏心悦目。轻柔的琴声，仿佛是微波送来，淡泊而优雅。

司力夫内心一阵激动，仿佛数百年前俞伯牙邂逅钟子期的美妙传说，今又重现。他感到现场气氛很好，便鼓起了勇气，掏出了邀温思雨加盟的合同书。他之所以迟迟不敢掏出，因为他已了解到世界500强们对温思雨开出的条件，而司力夫开出的条件，只是人家的一个零头。但以他的财力，也只能如此。

“温教授，这是一份加盟协议书，请你指正。”司力夫把文件双手递给温思雨。

温思雨快速地浏览了一遍。看到待遇一栏，眉头微微一皱。

司力夫忙说：“温教授如觉不妥，待遇还有提高空间。”

温思雨指着条款说：“巨能给我40%的集团股份，这不合理。”

司力夫心里一凉，倒吸了口冷气，马上说：“可以提高到45%。”

“啊，司董，您误会了，10%就行。”温思雨拿起笔在文件上改了一下，迎着司力夫错愕的眼色说：“我选择巨能，是要把这项世界领先的科技成果带回中国。钱的事，并不重要。”

司力夫一下惊呆了，不解地看着温思雨，又把头转向坐在一边的老者。

老者笑了笑：“这就是温思雨！”

司力夫一时十分感动：天下还真有如此看淡名利金钱而注重中国情结的人。

当然，在畅谈之中，双方还是稍稍保留了一点私心。

司力夫仔细研究过温思雨。以他才华横溢的气质，少年英俊的外表，蒸蒸日上的事业，他身边绝对靓女如云。但未婚的他，在西方花花世界里，竟能洁身自好，从无绯闻。这是个值得女儿托付终身的男人。若能如我所愿，他的家业也会因此而后继有人。

温思雨的私心却只有七个字：铸剑十年终出鞘。

透过迷茫的夜色，温思雨仿佛看到那座爬满了常青藤的孤坟。汉白玉墓碑在月儿的清辉下，温润而高贵。一晃又是几年没去扫墓了。墓前的春花秋叶又多了几层？温思雨只觉一阵酸楚涌上心头。

风向突然改由湖边吹来，两人便闻到了来自湖面荷叶的清香。这浓郁的初夏气息，使人不约而同想起故乡的那挤满了荷花的池塘。两人不约而同地对视了一下，眼里便生出一片湿润。这情景，正好掩盖了温思雨的忧伤。

司力夫轻声地问："有好几年没回去了吧？"

温思雨想道一声"是"，嘴唇动了动，却发不出声来。他知道，他一张嘴，泪水就管不住。他不想让司力夫看到他落泪。他的泪已在几年前流干了，流在谷雨的遗像上，流在她的日记上，流在她的花圈上，流在埋她的黄土上。从此，他眼里再没有泪水，只有仇恨！君子报仇，十年不晚！这个"十年之约"的兑现，已为期不远。

此刻，在司力夫面前，他不能落泪。他用最大的毅力让自己平静下来，并且改变了话题："司董，我可能需要一年左右的准备才能回国。"

司力夫有点意外："怎么会要这么久？"

温思雨解释道："您不太了解英国。它是个自由的国家，但有时却极不自由。此刻，我就极不自由。我现在被某些机构盯得很紧。如贸然提出去中国，可能就一辈子拿不到签证了。"

"有这么严重？"

"是的。"

"啊！"司力夫吃惊不小。

"英国在尖端科技这块，控制得特别严，但他们缺乏耐心。"温思雨平静地说，"我眼下风头正盛，必须低调行事，淡化自己，韬光养晦，寻找机会。"

司力夫笑道："到时候，明修栈道，暗度陈仓。"

两人击掌为盟，相约明年。

真所谓"光阴似箭，日月如梭"。此时此刻，让他挂念了近两年的贵人，正在跨入巨能集团的大门。楚园之约，恍如昨日。司力夫收回思绪，走向大门，他要到门口去迎接温思雨。

当司雪看到温思雨向后飞起一脚踢关车门时，着迷了好一阵：这动作太潇洒了！她想，哪天我也来这么一脚！她正准备出门，突然发现没有听到自己走路时，鞋跟发出的啪啪声。低头一看，坏了，脚上穿的是一双网球鞋。

原来是晨练后，一直在考虑穿什么，却忘了换鞋。一身职业装，却穿的网球鞋，不伦不类的。好在她办公室里有个套房，应该找得到合适的。她赶紧返回套间，在鞋柜里翻出几双，又仔细地挑了会儿，才选中一双。突然间，她捂心自问：我今天是怎么啦？搞得像约会似的，至于吗？她想起了昨夜的失眠，脸上飞起一片红云。

是的，昨晚她真的失眠了！

司雪的睡眠习惯非常好，她从不失眠。昨天晚上 10：30，她还是像往常一样靠在床头，准备看半个小时的书，然后入睡。她拿起放在床头柜上的《苏轼全集》，按照书签的指引，正好在读《念奴娇·赤壁怀古》这首词。当她读到“江山如画，一时多少豪杰”的时候，她放下书，眼前莫名其妙地出现了温思雨那俊朗英俊的面容。为什么此刻想到他？难道他是豪杰？怎么老想到他？但就是想到了他。书怕是读不下去了，她干脆靠在床头上想起来。于是白天发生的点点滴滴，就像银幕一样，一张一张地展现在她的眼前。

首先是温思雨走出候机室的那一幕。他一步一步地向她走来，仿佛他已经认识自己一辈子似的。他是如何知道自己就是来接他的，这真是个谜，至今未解。

接下来的一幕是他的回国宣言，讲得多好，“位卑未敢忘忧国”，一句话就道出了他回国的心愿。

再一幕就是江如蓝的动情。是的，应该叫作动情。和她闺密几年，从未看到她面对一个男人几次红脸。这位号称中原第一公主的女孩，从未正眼看过任何一个男青年，但在温思雨面前，她几近失态。至于吗？

最后，她脑海里出现了孙渊搅局的一幕。要不是温思雨的从容应对，酒会还指不定如何收场呢。她试着把两人做个比较。但没有成功。因为他们没站在同一个平台上。一个伟岸挺拔、十分阳光。一个猥琐苟且、阴暗狡诈。想着想着，她真失眠了。

此时此刻，想着温思雨的，还大有人在。这个愁到极致的人，便是中原巨能集团常务副总孙渊。过去的这段日子，对孙渊来说，用“恐怖”两字来形容，一点也不为过。他六年含辛茹苦地构筑的美梦大厦，在温思雨到来的几天，即将灰飞烟灭。让他如何面对？

华中理工大学的博士高才生，中原省杰出企业家光荣榜上最年轻的后起之秀，中国新能源协会会员，中原巨能集团名副其实的二把手，这些光彩夺目的桂冠，让多少人羡慕不已！更让他心动不已的，是身价百亿的董事长之女，开始从冷漠中走出，应约与他喝过咖啡。他心里明白，不能小看这杯咖啡，这杯咖啡中透着司雪对他的巨大转变。因为在这之前，司雪从没正眼看他一次，更别说两人双双相对而坐。当他给司雪拉开座椅时，她说了声“谢谢”，甚至还笑了一下，虽然笑得有点勉强，就像她答应赴约一样勉强，但他感到她是笑了。两边嘴角往上翘了一下，在别人脸上可能代表不了什么，可在她那常年冷若冰霜的脸上来说，那就是笑！因为她不是一般人，她是身价百亿的小公主，是踏破中原也难觅的绝代佳丽。当他沉浸在对未来美好的憧憬时，温思雨突然出现了。

其实，孙渊早就知道温思雨要来的消息，他并没有怎么放在心上。他仔细查阅了温思雨的履历，一介书生而已，翻不起什么大浪。在温思雨到来的时候，他也并不特别关注，只是觉得这个人太帅了，仅此而已。但是渐渐地，他感觉到了事情有点微妙，是因为司雪对温思雨的态度。这个以冷傲著称，不苟言笑的女人，却在温思雨面前常常容光焕发、如沐春风，这使孙渊感到一种莫名的心慌。渐渐地，还发现司雪常常用非常温柔的眼神，去瞅一瞅温思雨。这样的眼神是孙渊从未享受过的。而且在办公会上，她常常走神，会不时地瞟一眼温思雨。虽然是用快闪的方式，但频率非常高。温思雨也常常回眸看她。有时候两人的眼光还碰了一下，又马上躲开。孙渊感到这两个人的眼光里面，包含了太多的内容。有时候，他怀疑自己是不是疑邻偷斧？可后来有件事进一步证实了他的猜疑。

一天，孙渊的部下，也是好朋友的技术部尹总说，看见温总和司总坐在一张沙发上喝茶，而且挨得很近。这让孙渊十分警觉。因为孙渊知道司雪的习惯，从不和男同事同坐一张沙发。在她与孙渊喝咖啡以后，孙渊试探性地坐在她旁边，她也会立刻起身，坐到另一张沙发上。尹总用开玩笑的口吻对他说：“孙总，婚姻大事要抓紧啰，搞得不好，到手的鸭子就飞了。”到这个时候，他才真的着急起来。他在仔细地观察司力夫后，发觉他看温思雨的眼神是那么柔和，透着欣赏。而且他对温思雨的称谓不是温总，而是思雨。语调也特别亲切。可这么多年来，他一直叫自己“孙总”。他突然想，司董事长是不是也有招一个乘龙快婿的计划啊？司力夫对孙渊很尊重，甚至很客气，但从未亲切。他知道司董对他有看法。例如说在经济方面，认为他不干净；例如说在女人方面不够检点，但从未说破，只是点到为止。有一点他是肯定的：司董不喜欢他，不太情愿把女儿嫁给他。但他不急，因为他控制了集团从技术到生产的各个环节。离了他，巨能就转不动了。司雪投入他的怀抱只是迟早的事。但时过境迁，到这个时候，他真正地感觉到危险了，感觉到要出大事了。他恨恨地想，我不能坐以待毙，咱们走着瞧吧，鹿死谁手还不一定呢！所以，他也非常重视今早的会议。但他决定比预定的时间晚5分钟进会场。这时，他也看到英姿勃勃的温思雨大步迈上台阶。他之所以感到温思雨是“迈上台阶”，是因为温思雨每一步都跨上两步台阶，而且毫不费力。看来，这也绝非一介书生。想起昨天酒宴上他的强势，心头更是一沉。

当孙渊踱着八字步走进会议室时，大家的目光都露出惊讶的神色：怎么一身便装？孙渊的内心则很是痛快。他要的就是这个效果。让大家知道，他对今早的会议满不在乎。

司力夫皱了皱眉头，想说什么，却忍住了。司雪却发话了：“孙总，公司有规定，公司高层办公会，必须穿正装。”

“你的意思是让我去换？”孙渊昨晚就对司雪有意见，今天想报复一下。

“以后注意吧。”司力夫开口了，“我们开会。”

会议第一项，由负责组织工作的司雪，宣读对温思雨的任命：“经过公司经理办公会讨论，并报集团董事会批准，任命温思雨为巨能集团副总经理兼A2实验室主任。请温总对任命发表意见或建议。”

“谢谢司董，谢谢集团经理办公会对我的信任。”温思雨站起，对大家鞠了一躬，坐下后接着说，“鉴于实验室的机密性，我建议，实验室直接归司董管……”

“我反对！”孙渊打断温思雨的话，显得极不礼貌，“根据集团公司章程，应该首先向我汇报。”

“章程里也有允许打断别人发言这一条吗？”温思雨平静地看着孙渊。

孙渊愣了一下，随即说道：“你可以发言，但说不说章程都在那里。”

“看来孙总对章程很熟？”

“当然。”

“请孙总把第十五条第一款说给大家听听。”温思雨仍然是一副波澜不惊的神态。

孙渊思索了一下，没吭声，有些疑惑地看着温思雨，猜度着他葫芦里卖的什么药。

“有关保密项目的特别条款。”温思雨直盯孙渊的眼睛提示道。

两人的目光对视着，谁也没有躲开的意思。虽然没有争吵，但会议上火药味很浓。终于，孙渊收回了射向温思雨的目光，因为他记起了这道条款。

“第十五条第一款明确规定：对保密性极强的重大项目，可以直接对董事长负责。”温思雨一字一句地背了一遍，“孙总，你说呢？”

孙渊狼狈地点点头，含糊地说了句：“行吧。”

司雪松了口气，赶紧问：“大家就这件事表决一下吧，同意温总意见的请举手。”

十几个参会人中，有两三个犹豫了一下，见孙渊都举手了，也忙把手举起来。

“好，全票通过！”司雪兴高采烈地宣布。她知道，今天的这个决议，意味着“司孙时代”的结束，“司温时代”的开始。她用赞许的目光投向温思雨，刚好温思雨也目光灼灼地看向她，而且都没回避。既没回避对方，也没回避大家。这情景就像一篇宣言：我们将收回主权！

让他们意外的是，一件貌似平凡的小事，却加快了收回主权的步伐。

003 枭雄是这样炼成的

从 1966 年起，正在读中学的三届学生，史称“老三届”。这一代人，在共和国大厦上，刻有厚重的碑文，记载着他们的苦难历程和荣辱兴衰！有些人，位卑未敢忘忧国，艰苦创业、功成名就，成为共和国的脊梁，例如本文中的孟长河、司力夫；有的人，黑手高悬霸主鞭，巧取豪夺、攻城略地，成为一代枭雄，例如本文中的石天虎。

石天虎的父亲石传统，在中国改革开放之初，一破传统投身改革大潮，成为一名私营企业老板，首先享受到了国家给予的各项优惠政策，加之竞争对手又少，生意做得风生水起。短短几年的工夫，便成为蓄电池行业的老大。但好景不长。随着改革开放的春风，一股暗流也涌了进来。一些正当的竞争变成了黑手相搏。过于传统的石传统渐渐败下阵来。常常是他的产品好，价格低，却屡屡不能中标。甚至多次受到黑道的威胁，被逼退出政府的招标。到石天虎大学毕业时，石传统的公司已日薄西山，靠借债度日。最后竟被竞争对手雇的打手打成重伤致死。目睹了父亲由盛到衰历史的石天虎，咽不下这口气，在父亲撒手人寰的当日，勇敢挑起了父亲留下的烂摊子。为了父亲的托付，也为了自己的恋人黎小溪。

所以，石天虎走进公司大门的第一件事，不是整顿公司，而是招募打手，并用自己学到的知识，组建了一个组织严谨、分工明确、赏罚分明的黑帮组织“飞虎队”。从此，石天虎与黑社会结盟，欺行霸市，巧取豪夺，走私贩私，终于脱颖而出，完成了原始积累，东山再起，名振中原。

接下来，石天虎抡起三板斧，奠定了自己在中原大地头号枭雄的地位。

第一板斧，与那些曾经祸害过他父亲的业务对手，签订城下之盟：收编他们。这帮人原以为石天虎会下死手收拾他们。却不料会邀其加盟。虽然条件十分苛刻，但总比陈尸荒野要强得多。所以，一个个都感激涕零，俯首称臣。由此，石天虎的势力一时如日中天。

第二板斧，更带着血腥味。从 1985 年开始，石天虎着手将自己逐步洗白。首先，将父亲的公司重新更名为“中原天虎集团”，并倾其所有，高薪聘请专家对技术和设备进行大规模改造。待万事俱备，只等他一声令下，全线开工时，他收到了省环保局下达的停工整改通知，称他们试机时送交的经环保系统处理过的水质，细菌严重超标。学理工出身的石天虎当然明白其中的要害，马上答应整改。环保系统的整改至少得 1000 万元，但财务已告之，账上无钱。他只得指示手下搞歪门邪道，将大部分废水通过一个隐秘的渠道直接排入长江。但好景不长，恢复生产不久，遭人举报，又责令停产，并遭 1000 万元罚金的处理。天虎集团一下陷于破产的边缘。

石天虎当然不会坐以待毙。他苦思冥想了几夜，终于把眼光盯上了朱时光。

朱时光在中原大地，可是个响当当的名字，人称“高路王”。全省 50% 的高速公路都是他建的。可以说是中原当之无愧的首富。

朱时光有个人所共知的习惯，就是每晚 10 点整，必看央视的《新闻 30 分》，雷打不动。而且是一个人在影视厅看，谁也不能打扰。作为一个知识型的大企业家，深知时局对大企业的影响。好多成功的灵感，都源于央视的《新闻 30 分》。

这天，他照例坐在影视厅，点上一支烟，泡上杯咖啡，在电视机前静静地等着节目开播。

朱时光悠闲地喝了一小口咖啡，突然第六感让他意识到，影视厅里好像还有一个人。他下意识地回过头，果然身后坐着一个人，正冷冷地盯着他。他大吃一惊，但并不害怕。只是厉声地吼问：“你是谁？”一边说一边悄悄地把手伸向身右的一个箱子。

“我要是你，就乖乖地把右手从箱子里抽出来，什么也不要拿。这样你才安全。”说话间，有一个硬硬的圆管，紧紧顶在朱时光的后背上。

朱时光松掉手中的枪，慢慢地把手抽出了箱体。来人迅速地从箱体中掏出一把枪。一看，啊，真是最新的带红外瞄准器的手枪啊。有钱的人就是不一般。他把枪往腰中一别。

“朋友，你想怎么样？”朱时光仍然不动声色。

“好，跟聪明人打交道就是爽快，我的要求很简单，你给我签订这份合同，马上给我打 2000 万。”

“如果我不呢？”

来人冷冷一笑：“那你今天就会被横着抬出这间房间。”

朱时光问：“我可以看看这份合同吗？”

男人说：“当然。”

朱时光惊奇地发现，这是一份非常正规的购销合同。合同的内容很简单，就是高路公司向天虎集团购买价值 2000 万的新型锂电池。付款方式是，朱时光签约当天，必须支付 2000 万元的货款。

朱时光说：“我根本就不需要电池。”

男人说：“可我需要 2000 万。”

朱时光有些迟疑，脑子飞快地想着办法。男人立刻把枪顶在朱时光的后脑勺上：“我给你 5 分钟的时间，过了 5 分钟，你就永远看不见明天的太阳了。”

朱时光知道兵临城下，别无选择，他拿笔签署了合同。

来人接着说：“立刻通知财务，按照合同上的账号打出 2000 万。”

朱时光一一照办了。等到天虎集团确认收到 2000 万以后。来人给朱时光看到一个视频。视频上面竟是朱时光的宝贝儿子。

朱时光愤怒地喊道：“钱都给了，你们还想干什么？”

男人说：“别急，我们只是做了一点小小的外科手术，我们在你儿子的某一个部位植入了一个芯片，芯片里含有微型的炸药成分，只要你不报警，我们之间就相安无事，你一报警你的儿子就没了。”

朱时光大吼一声：“你们也太卑鄙了！”

男人微微一笑说：“不是太卑鄙，是太残暴。”

来人收起枪，冷冷地对朱时光说：“现在该你友好地送我出去了，要让所有的人看见，我们是生意上的合作伙伴。”

就这样，石天虎堂而皇之地走出了朱时光的豪宅。他的天虎集团也起死回生了。

这第三板斧，则颇为传奇。1986年，他上演了一场震动全省的蛇吞象行动，一举兼并了国企江城市新能源公司。为什么他能用空手套白狼的手段，吞并价值十数亿的国企？无人得知。这一年，他将公司名字改为“中原天虎新能源集团”。三年后他的公司成功上市，成为中原省唯一能与巨能集团并肩而立的新能源公司。他终于实现了在灵前对父亲的承诺：我一定让你的事业如日中天。

春风得意的石天虎，正信心满满准备问鼎中原的时候，他得知温思雨有可能接受巨能集团聘用的消息，犹如五雷轰顶！因为他知道，这件事处理不好，也许会给他带来灭顶之灾！

天虎集团飞速发展的当下，也遇到了与巨能集团一样的瓶颈：容量与体积成正比的产品模式，终有一天会淘汰。这时，新能源界升起的一颗新星，引起了他的高度重视，那就是温思雨设在英国的新能源实验室。其实在几年以前，石天虎就派人到英国跟温思雨实验室的工作人员接触过，虽然温思雨没有接见他的工作人员，但是温思雨实验室的负责人接待了他们，甚至让他们看到他们生产新能源电池的全过程。在这里，他们亲眼看到，实验室生产的硬币大小的一块电池，就能驱动一辆成年人用的电动车，这真是天大的奇迹！所以石天虎深刻认识到温思雨的重要性，他亲赴英国约见温思雨，并送以厚礼，许诺高薪，但仍遭拒绝，这让他十分郁闷，甚至愤恨。可有消息说，温思雨竟欣然加盟巨能集团，这让他如何不后怕。

于是，他绞尽脑汁，想联系上温思雨，终以失望告终。一个偶然的机会，他得知温思雨有一位红颜知己，于是找到了露易丝。他知道，她是当下唯一能拉近他和温思雨距离的人。费尽不少周折，石天虎才约上露易丝。

他们的会面，石天虎选在伦敦最高档的香格里拉大酒店西餐厅1号包间。这是一间带有浓郁的欧式古典色彩的餐厅，整个装饰金碧辉煌而又精致典雅。露易丝虽然出入过不少豪门宴会，但走进这香格里拉1号包间，还是第一次。所以她有点被邀请人的气势所震撼。而当她看到偌大的桌前，仅坐一人时，更是瞠目结舌。

看着款款而入的露易丝，石天虎的眼睛都直了：一头金发，在明亮的水银灯下，闪闪发光，更映衬出面容的俏丽。可能是有俄罗斯血统的原因，她的眼睛是蓝色的。当年温思雨就说过，仿佛整个的伏尔加河的蓝色，都融进了她的眼睛。一句话，竟让露易丝感动得泪眼朦胧。1 米 8 以上的身材，高挑又匀称。以致她的每一步，都透露着曼妙。这完全是直接从油画中走出的人啊！实在是太美了！如有这样的美女相伴，此生何求！

他知道露易丝通晓中文，站起来问道："是露易丝小姐吗？"

"是的。石总幸会。"露易丝用流利的普通话作答。

石天虎忙满面堆笑地绕过长桌，远远地张开双手，满以为对方已被震住，会投以拥抱。可他错了。露易丝只是伸出了右手，浅浅地在石天虎手尖上碰了一下，就算是完成了见面礼。然后走向了自己的座位。

石天虎忙抢前一步，十分绅士地给露易丝拉开座椅。待她坐好后，打了个响指。厅里立即响起了热烈的摇滚乐曲。此刻，露易丝才发现厅右的灯光亮起，灯下有一队黑人正在卖力地演奏。露易丝的眉头不经意地皱了一下，刚才的一点雅兴便荡然无存了。在这样充满传统奢华的大厅里演奏摇滚曲，太搞笑了点吧。她马上给对方打了个不及格。同时，她想到了温思雨。他一定会让人演奏贝多芬的 E 小调，或者是施特劳斯的圆舞《蓝色多瑙河》。想到温思雨，她的心温暖起来，脸上漾出笑意。

石天虎显然误解了露易丝的表情，竟为自己的精心安排得意起来："露易丝小姐，喜欢吗？"

"你不觉得在这里摇滚，有点不伦不类吗？"露易丝的口吻有点讽刺。

石天虎一愣，以为她在开玩笑。看了看露易丝的神情，才感到有点不对劲。其实，当他要求酒店请摇滚手助兴时，酒店经理就委婉地拒绝过。此刻才有点后悔。忙叫服务生撤走乐队，大厅里立即就静了下来。

服务生打开一瓶路易十三准备给两人斟酒，被石天虎叫停："你们可以退下了。"

说罢，他亲自给露易丝斟满酒，又给自己斟酒，举杯向露易丝致意："露易丝小姐，这瓶酒是香格里拉大酒店珍藏 30 年之久的镇店之宝，被我买下了，就为了敬你一杯。"

这一手，倒是让露易丝意外。她在想：这个男人不惜血本，他到底想干什么？难道是看上了自己？心里这样想着，手上也举起了高脚酒杯，淡淡地说："谢谢。"

露易丝此行，仅仅是公司安排的一次商贸活动的前奏，并无明确指示。因此，露易丝也只当着探索性用餐，却不料对方如此奢华，看来，这次聚餐不可小觑。眼前的这个男人，粗看上去，苍老中还保留着一股帅气，整体气质也不差。尽管他尽力让自己显得温文尔雅，但他阴暗而暴戾的眼神，却把他出卖了。露易丝的直觉告诉她：眼前这个人绝非善类。她的心变得沉甸甸的，面部表情也随之凝重了起来。她抑制住内心的躁动，极力平静地等待着石天虎的下文。

果然，下文来了。

"亲爱的露易丝小姐，我今天如此隆重地宴请你，有两个原因。"石天虎看着露易丝的脸，然后很不礼貌地盯着露易丝丰腴的胸部。

露易丝下意识地端起酒杯，其实是挡一下石天虎的眼光，暗示你太不礼貌。石天虎赶忙移开目光，但还是忍不住咽了一下口水，让露易丝十分反感。她又想起温思雨。她记起和温思雨初次约会时，故意挺胸收腹，显出撩人的身姿，温思雨却视若无物，搞得她好生狼狈。她想起了当前中国小品中常出现的一句台词：人和人比，咋差别就那么大呢？她不禁笑起来。

石天虎又误会了，以为她在讥笑自己的好色，恨恨地想：笑，尽管笑，等我把你弄到手，看你还笑得出来！

"请讲。"露易丝朱唇微动，只吐出两个字。

"第一，当然是因为你太美！"石天虎见露易丝嫣然一笑，接着说，"第二个原因，你是温思雨的，"他略停了一下，在选择用词，"亲密朋友。"

露易丝听他提到温思雨，立刻警惕起来。温思雨可是当今的热门话题。她没吭声，等着下文。

"我希望你帮我牵线，让我见见温思雨。"石天虎从上衣口袋掏出一张支票，"这是 10 万美金，一点小意思。"

"石总真是土豪级的人物啊，10 万美金都是小意思。"露易丝调侃了一句。

"10 万对我来说真的是毛毛雨，"石天虎顿时豪情万丈，"事成以后还送你 10 万。"

“但是我恐怕要让你失望了，”露易丝斩钉截铁地说，“我不得不拒绝你。”

“嫌少呢！”石天虎第一反应，就是这样的。

“我不是土豪。这10万美元对我来说，真的是一大笔钱。可是，”露易丝停了一下，说道：“如果温思雨知道我拿了这10万，我和他之间就玩完了。”

“有那么夸张吗？”石天虎哈哈一笑，“玩完了就玩完了，无非是再找一个。”

露易丝冷笑一声说：“你不懂，10万美金到处都有，可温思雨地球上只有一个。”

“不考虑啦？”

“不考虑！”露易丝说罢，站起来，头也不回地走出了餐厅。因为情绪激动，步子有点重，高跟鞋在地面上发出清脆的砰砰声在大厅回响。紧接着，她的身后传来一阵噼里啪啦的酒杯砸在地上的声音。

一返回希尔顿酒店商务套间，石天虎立即发出指令：开始实施B计划。

第二天，英国主流媒体，都在头条报道了一则消息：中国多家能源巨头，砸重金与温思雨密谋合作。甚至还有报纸透露了加盖中原天虎集团公章的合作文件。接连几天的消息，把中国企业与温思雨的合作拔高到前所未有的高度。

《英格兰时报》述评：国之重器，岂容他国染指？

《全英电视联盟》头条：涉及行业安全，决不放虎归山！

《欧洲晚间新闻》：煮熟的鸭子想飞？

一时之间，温思雨成了众矢之的。

几天后，更是传出一则爆炸性新闻：剑桥温思雨实验室法人温思雨，被某执法机构带走了。

石天虎自然是暗自窃喜：我得不到的，别人也休想染指！温思雨，你就乖乖地待在英国吧。司力夫，你也别做梦了。

温思雨的确是进了某执法机构C5。不过并非是带去，而是请去。C5派了一位少校女官莎朗·斯通去拜访温思雨，问他能否去一趟，与付局长会谈一下温思雨课题的安全性。

温思雨知道，这道坎总是绕不过去的，所以他去了。上午去，下午离开。

让他意外的是，在门外等他的，除了自己的座驾路虎外，还有一辆加长的林肯。一个身材高大的汉子推开车门，大步向温思雨走去。嘴里喊了声：“温总请留步。”

正准备上车的温思雨，转身看向来人，但并没迎上去。只是冷冷地看着来人，一语不发。他知道来人是谁。

“温总，我石天虎久仰你大名，终于见面了。”

石天虎远远就伸出手，见温思雨没有握手的意思，略显尴尬，但随即调整了心态，笑容满面地说：“温总，我们之间可能有些误会，我想请温总给我一个解释的机会。”

“误会？”温思雨哼了一声，“难道我被C5约谈也是误会？”

“温总，你该不会认为，是我让你进的C5吧？”石天虎满脸写的是委屈，“我有这能耐，还有必要在剑桥苦等你一个月吗？”

“呵呵，石老板不去好莱坞真有点可惜！”温思雨一脸讥讽。

石天虎两手一摊：“温总，我也是一米八二的汉子，给我留点面子吧。”

“好了，别演了，你想怎么样？”温思雨有点不耐烦了。

石天虎赶紧说：“就想和温总坐坐，叙叙乡情。”

温思雨冷冷一笑，拉开车门，却收回已经跨上车的腿。他脑海中突然把几个毫不相关的词串联在一起：一米八二的汉子，石天虎的虎，乡情，这几个条件发生在同一人身上，也太诡异了！莫非他就是寻觅了多年的奔驰车肇事者？！他转过身打量着石天虎，眼里充满了疑惑与惊喜：“你也是中原人？”

他的表情无疑鼓励了石天虎。石天虎双手抱拳：“是的是的，中原省江城人，亲不亲故乡人嘛。”

温思雨决定搞个水落石出：“那就恭敬不如从命了。”

石天虎仍然把温思雨请到香格里拉的1号包间。在他对温思雨夸夸其谈自己的成就时，温思雨却在想，如何确认眼前的这个人，就是当年致谷雨父母于死地的杀人凶手。他飞快地回顾几十年前从刘国庆警官嘴中得到的所有细节。猛然间，他想起车祸现场目击者的一段话：司机逃逸时，右脚一拐一拐的，好像受了伤。顿时计上心来：“石总果然事业有成，但不知前景如何？”

石天虎大喜过望：“我保证三年之内，跨入世界500强！”

“石总，我虽然是搞科学的人，却对手相十分迷信。”温思雨脸上露出不好意思的表情。

“我也喜欢这一口。”石天虎把大手往温思雨面前一伸，“请温总给我把把脉。”

温思雨假模假样地看了会儿，又生命线、事业线的胡扯了一通后，突然眉头一锁：“石总遇过一劫？”

“一劫？”石天虎摆摆头，“我这半辈子顺风顺水，从没遇过什么劫。”

温思雨盯着石天虎：“不对，至少遇过一次车祸，而且受过伤，在右腿。”

石天虎大惊失色，瞪着温思雨，张大嘴巴，却说不出话来。

温思雨决心坐实自己的判断：“请石总把伤口的形状给我看看。”

石天虎战战兢兢地挽起右裤，一块巨大的伤疤像石块般贴在腿肚上。到此刻，温思雨可以百分之百确定，眼前这个衣冠楚楚的家伙，就是杀害谷雨父母的凶手！真可谓“踏破铁鞋无觅处，得来全不费功夫”。不由暗叹一声：谷雨啊，我们“铸剑十年终出鞘”的日子不远了！

落实了石天虎的身份后，温思雨的心情顿时好起来。他还想恶心一下石天虎：“石总，你这腿上的伤疤，呈石块状，你将来恐怕会坏在石块上。”

温思雨的话，原本就是一句戏言。却不料日后，石天虎就真了结在一块石头上。

一向不信神鬼的石天虎，目睹了温思雨的神机妙算，此刻也忐忑不安了。

温思雨的语调由调侃变为坚定：“我还要告诫你，你那些小手段没用，别搬起石头砸自己的脚！”说罢，起身就走，把惊魂未定的石天虎留在身后。

石天虎从英国返回中原的第一夜，他想把所有的失望、烦恼和怒气，统统发泄在情妇秋艳妮身上，却力不从心。他低声咒骂了一句，沮丧地爬起来，掀开被子，走到茶几旁点着了烟。

秋艳妮敢怒不敢言地嘀咕了一句：“又不是我的错。”

“就是你的错！”石天虎吼了一句，靠在沙发上，狠狠地吸了一口烟，气没喘匀，呛得咳嗽起来。

身为中原省模特大赛冠军的秋艳妮，委屈得泪水涟涟。曾几何时，她也在银屏之上，风姿绰约。百鸟之中，贵为凤凰。如今竟沦为小三，被人招之即来，挥之即去，玩弄于手掌之中，岂不令人寒心？情人之间，并不在乎争吵，甚至动粗，最怕的便是“委屈”二字。一旦有了“委屈”，便会埋下裂痕。

正因为是埋下的，所以会隐隐地扩大，大到不可收拾才会爆发。到那时再想弥补，却发现为时已晚。

其实，秋艳妮如果知晓石天虎因何而烦恼，也许会谅解的。可自视为傲视群雄的石天虎，打死也不会在情人面前认输，自然不会向她倾诉衷肠。而恰恰是这一声羞辱之吼，铸成石天虎的终身大错！

“你到底行不行呀？”秋艳妮不满地大喊。

石天虎贪婪地盯着秋艳妮丰腴的身子，惊讶地发现，这简直是露易丝的翻版啊！说不准，拉温思雨下水的，就是这个女人？一个温柔的陷阱，渐渐浮出了石天虎的脑海。

004 山雨欲来风满楼

上午九时，司力夫准时走进办公室。秘书小邹递给他一个大信封："董事长，治安办胡主任刚才送来的。"

密封的信封上面写：司董事长亲启。他撕开信封，但并没有立即把里面的东西取出，只是看了邹秘书一眼，邹秘书便马上走出办公室。司力夫把信封向下一抖，里面便滑出一张彩色照片：温思雨把叶小妹压在草坪上，正紧紧抱着她亲吻。叶小妹的脸上写满了享受。司力夫深感意外！这怎么可能？！他听到司雪的敲门声，急忙把照片放进抽屉。

司雪推门进来，发觉老爸神色有点不对，忙问："爸，出什么事了？"

此时，对讲机里传来邹秘书的声音："董事长，温总来了。"

司力夫说："请进。"

看见温思雨走进来，司力夫忙从一张巨大的办公桌后走过来，握着温思雨的手："昨晚休息得可好？"

温思雨浅浅一笑："谢谢董事长安排，一切还好。"

坐在沙发上的司雪并没起身，静静地看着他。

温思雨冲着司雪点点头："司总，早上好。"

司雪："早上好。"

司力夫做了个请的动作："来，温教授这边坐。"

温思雨并没有坐到司力夫示意的司雪旁，而是多走了几步，落座在距司雪稍远的一张单人沙发上。

温思雨的举动无疑显示出要保持与司雪的距离，让司力夫和司雪都感到有些意外，因为司力夫正想拉近温思雨与司雪的距离。司雪当然明白老爸的意思。温思雨显然捕捉到了他俩脸上那微妙的一瞬。于是他顺手从沙发旁的小书架上信手拿起一本精美的书，飞快地浏览了一眼封面。好像在告诉司力夫，他选择了坐在这里，是因为这本书。刚才发生的一切虽然只是短短的1分钟，但大家都读懂了对方的肢体语言。

"爸，董事会的文件。"司雪面无表情地把文件递过去，心里却在嘀咕：又不是本小姐要你坐过来，傲什么傲！

司力夫热情地说："你从欧洲发来的工作计划，完美无瑕，堪称经典！总经理办公会已全票通过。"

温思雨正准备说谢谢，司雪冷冷地插话了："有一张反对票。"

"后来还是改投了同意。"司力夫不满地横了女儿一眼。

司雪感到说错了话，快速地吐了下舌头。神态十分娇媚可爱。这是她第一次在温思雨面前显露出小女人的一面，温思雨却感到十分熟悉而惊讶：谷雨在认错时，也是这表情！真像她！这都怎么回事啊？他眼睛看着司雪，思绪却飘向远方。

感觉到了温思雨柔和而迷茫的目光，司雪白净的脸上泛起一片红云。她赶忙拿起茶杯，用喝茶来掩饰自己。这神态，让她爸爸惊讶。在同龄的男人面前，她一向是个小公主；高贵高傲，冷艳无比。今天在温思雨面前却是一副女儿态。司力夫的心不由自主地往那方面动了一下。

一丝遥远的思念，让温思雨记起了回国后牵挂的两件事。他忙收回目光和思绪，把文件装进提包，说："董事长，我有两件私事，需要董事长帮忙。"

司力夫一笑："没问题。"

"我的最好的兄弟创业上碰到困难，急需两千万救急。但我现在尚不能大笔地动用在英国的存款，以免打草惊蛇。所以，想向公司借两千万，汇入这个户头。如果为难，我再想办法。"

"没问题。"司力夫接过温思雨手上的纸条，递给司雪，"雪儿，你通知财务急办。”

“好的。”司雪拿起手机，通知财务人员过来。

“谢谢！”温思雨脸上露出少见的笑容，又补充了一句，“我替我的好友谢谢你们。”

“别客气。”司力夫谦和地摆摆手，“还有什么要帮忙的，尽管说。”

“是这样的。”温思雨的脸一下阴沉起来，像变了个人似的，“我想请两天假，办件私事。”

司力夫以为是件更大的事，却不料这样，不禁笑起来，“多大的事啊，我两年都等了，还在乎两天。”

“那我走了。”说罢，竟然头一低，转身离去。

室内的父女一脸惊讶，半天没回过神来。

司雪说：“爸，我看他眼圈都红了。”

司力夫看了女儿一眼说：“我也注意到了。你们都年轻，好沟通。帮得上的，尽量帮。”

司雪脸一红，说：“好。”

司力夫说：“雪儿，怎么一提温思雨，你就脸红？”

“谁脸红啦？讨厌！”司雪气汹汹地瞪了老爸一眼，“不理你！”

“好，好，好，说正事，你应该去问问温思雨，需不需要帮忙。他人生地不熟的。”

司雪赶紧追过去，正好电梯门滑开，温思雨刚进去。司雪喊了声，温思雨略微抬了抬头，显然听到了司雪的喊声，而且看到她正快步走过来。但温思雨并没按门的打开键。司雪就这样眼睁睁地看着电梯门合上，感到十分诧异：他怎么啦？！

司雪走后，司力夫拨通了治安办胡主任的电话：“来一下，把昨晚的录像带来。”

不料胡主任却说：“录像硬盘被赵主任昨晚就拿走了……”

“你马上把硬盘拿到我这里来！”司力夫打断他的话。

几分钟后，赵婷走进董事长办公室。她偷偷看了司力夫一眼，递上硬盘，小心地说：“董事长，这是硬盘。”

司力夫接过硬盘问：“胡主任呢？”

赵婷一愣，嘴上却很淡定："我叫他回办公室了。"显然她没料到司力夫如此关注胡主任。

司力夫说："请他马上来这里。"

"好，我这就通知他。"赵婷边说边走出门。

司力夫开通对讲机，叫邹秘书进来。

司力夫对邹秘书说："我叫赵婷通知治安办胡主任来见我。你留意一下，胡主任是不是从治安办直接来，还是先去了哪里。"

不一会，邹秘书走进来说："他先去了赵主任办公室，关门谈了一小会儿，现在过来了。"

说话间，门铃响了。邹秘书快步过去拉开门："胡主任，请进。"

胡主任走到沙发边站住，没敢坐。他知道就他这个级别，绝没有与董事长同坐沙发的待遇。就是坐，也最多能坐到办公桌前的椅子上。他微微弯下腰说："董事长。"

司力夫完全无视眼前的这个人。他端起茶杯，吹了吹浮在水面的茶，小口小口地饮着。一个身价数百亿的老板，当然深知在下属面前宣示主权之道。这叫不言自威！

司力夫慢慢地抬起头，审视着胡主任说："监视器里面的硬盘带来了吗？"

胡主任说："带来了。"他递过硬盘。

司力夫摆摆手说："放。"

胡主任打开投影仪，插上硬盘。画面上立刻出现叶小妹把车停在温思雨联排别墅门前的场景。

司力夫说："停，回放前面的记录，从做卫生开始。"

屏幕上出现了前几天打扫卫生，搬一些生活用品进去的画面。接下来出现的画面，就是发生在前天的，是赵婷独自一人开门进去，大约半个小时以后才出来。接下来两天的录像全部是空白的。显然出事之前，赵婷似乎是最后一个进过别墅的人。接下来的画面，就是叶小妹和温思雨艳遇的一段了。

看完录像以后，司力夫问："胡主任，为什么上午不把硬盘和照片，一起送到我这里来？"

胡主任一时语塞，脸涨得通红。

司力夫紧接着问："是赵婷不让送，还是你自作主张不送？"

胡主任慌忙地说："都不是，是……"

司力夫有些不耐烦了："这就奇了怪了，难不成是硬盘自个不愿来？"

胡主任真还有点慌，背上流着汗，他说："事情的经过，是这样的，我向赵总汇报以后，就把硬盘放在赵总桌上。她在电脑上看了一下，就打印了这一张，叫我封好送到你这里。"

司力夫接着问："你刚才来的时候，见过赵婷吗？"

胡主任马上回答："赵婷叫我去见她。见面后她才说董事长召见的事。"

司力夫对他的说法比较满意，点点头说："坐下讲话。"

胡主任不好意思地说："董事长，我就站着讲，在您面前，不习惯坐。"

司力夫的口气也缓和下来："没事，你坐吧。"

胡主任小心地坐了半个屁股，掏出手机说："董事长，我把照片和硬盘都放在赵主任桌上，她把照片一推，说送去吧。我便以为只送照片。刚才赵主任狠狠把我训了一顿。"

司力夫说："胡主任，请你马上通知市公安局的刘警官，叫他带人查一下现场。"

吴主任结结巴巴地说："董事长，已经没有现场了。"

"此话怎讲？"司力夫盯着胡主任说。

胡主任结结巴巴地说："赵婷已经安排人，把房子里里外外都重新打扫了一遍。"

司力夫一愣，没料到事情会这样，便说："胡主任，你还是去通知刘警官，把事情的前因后果全部仔细地告诉他一遍，然后，让他到现场，仔仔细细、里里外外，哪怕是掘地三尺，也要跟我找一点蛛丝马迹出来。"

胡主任忙说，好，正准备转身，司力夫说："等等，这件事一定要保密，除刘警官外，不得再有人知道。"

胡主任面露喜色，说："董事长，我走了。"他大步流星地走出门去，与进门时的神态判若两人。

司力夫双眉紧锁沉思了片刻，信手在信纸上写了两个字：阴谋？

刘警官在现场听取了叶小妹的情况介绍，让她在笔录上签字后离开，然后仔细地搜索了一遍。现场已打扫得干干净净，几乎无线索可寻，但作案人百密一疏，刘警官还是找到几处蛛丝马迹。在门上方的墙上，留有几颗钉子。钉子上还残留着黑布的布头。房门上也有几颗钉子，钉子上也同样残留着黑色的布头。显然那块黑布一头钉在墙上，另一头钉在门上。而且门是木门，钉子钉得比较牢。所以门一推开，就连巨大的黑布拉下来。这是叶小妹受惊吓的原因。钉子下方，有一个模糊的食指印，应该是手套的食指处破损留下的。这个手印，在后门的窗框上也有。还有一处痕迹，是一只皮鞋的鞋印，约45码，应该是男性，身高应该在1.7米以上。但脚印却异常浅薄，说明此人身手敏捷，应该是个练家子。调集周边的监控，只在一处监控中，看到一个可疑的高个男人的模糊身影。可见此人反侦察能力极强。

听了刘警官的现场介绍，司力夫心事重重："看来谍影重重啊。"

"智者千虑，必有一失。"刘警官重新播放监控录像。放到叶小妹开门后尖叫转身那一节，暂停下来，"司董，你看叶小妹的表情。"

司力夫看了会儿说："看不出什么来。"

刘警官放慢了叶小妹的表情。司董惊讶起来："我怎么感到她有点像在笑？"

"您的感觉没错。她叫得怪吓人，但脸上并没有恐怖的表情，确实在偷偷地笑。"刘警官继续放录像，到叶小妹与温思雨亲嘴的一段调成慢放，看到不可思议的一幕：温思雨抱着叶小妹倒地后，是叶小妹主动亲吻温思雨，而温思雨虽然猝不及防，但一瞬间有个躲避叶小妹红唇的动作。但叶小妹动作太突然，所以还是被叶小妹吻上了。

刘警官胸有成竹地说："这个叶小妹有问题。给我点时间，会搞清楚的。"

巨能集团是个高科技企业，集团总部的工作人员，起点是硕士学历，但叶小妹是个例外。一年前巨能集团曾搞过一次大型招聘会。可能是门槛有点高，录取的人数偏低。人力资源部的赵婷，翻看了一下未录取的人员名单，看到叶小妹的表格。未录取原因是学历不够，她是本科。但表上有一条填得很特别，特长：校花。

起初，她认为填者无知，校花也能算特长？但一细想，这和有的人填的"书法"一样，漂亮确实也是特长啊。再说，公司前台放上一个美女，也是一道不错的风景啊。于是她叫人安排叶小妹第二天来面试。

第二天，赵婷选择在小会议室见她。让她走过整个会议室来见自己，目的是有充足的时间观察她。上午九时，工作人员准时将叶小妹带进会议室。在她进门的一刹那，赵婷眼睛一亮，活脱就是一个小明星啊。于是当场敲定让她加入人力资源部。后赵婷改任综合部部长，也把她调过来，做前台接待员。实践证明，她能胜任。

在这次欢迎温思雨海归的活动中，赵婷指定她献花，本无可厚非。但偏偏疑点就落在让她做温思雨的向导上。这让司力夫和刘警官都颇感意外。

很快，事情有了突破口。刘警官发现叶小妹的银行账户上，近期先后存了两笔 1 万块钱。而存钱的时间，则刚好发生在这件怪事的前后。刘警官决定秘密传讯叶小妹。

一天晚上，叶小妹一人在回住房的路上，被两名女警官请进了刑警大队。那阵势让叶小妹花容失色。

刘警官客气地请叶小妹到会客室，给她倒杯水，和颜悦色地说："叶小妹，你别紧张。"

"我紧张吗？"叶小妹嘴硬，但杯子的手却一抖，把茶水泼在腿上。

刘警官等她心情平复下了才开口："你最近发一笔小财？"

叶小妹一惊，嘴里却说："什么小财？"

刘警官递过两张银行进账单的复印件："解释一下。"

叶小妹明白，这钱有问题，但她真不明白有什么问题。所以她选择了沉默。

刘警官叫女警打开会客室对面审讯室的门，门里黑洞洞的，阴气袭人。女警官指着审讯室墙上的"坦白从宽"的标语说："我没在对面的审讯室见你，是因为你的问题并不大。但你不说，就会在对面见你。到那时，性质就变了。"

叶小妹仍然选择了沉默。

刘警官打开电脑，用慢放模式播放了她主动亲吻温思雨的视频，而且把画面定格在她偷偷一笑。

"解释一下。"刘警官语调平和，但眼光凌厉起来，直逼叶小妹。

"那个人说只是恶作剧，没想有这么严重。"叶小妹一下崩溃了，泪水唰地涌出来。通过她断断续续的讲述，事情经过就清楚了：有人跟她说，想让她跟温总来个恶作剧，预付她 1 万元，事后再付她 1 万元。她就答应了。

刘警官问："就这么简单？"

"还有就是，"叶小妹脸一红，停了一会，小声说："我喜欢温总，说不准会好上的。”

这一说法，让刘警官大开眼界。至于给钱的人，来无踪去无影，叶小妹并不认识。

这件事虽然暂无结果，但至少司力夫知道，有人在算计温思雨，算计司力夫，算计巨能集团。毫无疑问，他们是冲温思雨的电池新科技而来的。那么，他们是谁就不言自明了。

收买叶小妹的人，肯定不是巨能的，但问题是他们如何做到让叶小妹去接待温思雨的？看来他们在巨能有卧底。从现象上看，是赵婷安排了叶小妹负责温思雨的接待，是她阻挠看录像，是她匆忙地清理现场。但这谜底也太简单了吧。这不是在明火执仗地搞阴谋吗？这背后或许另有其人。是谁呢？

司力夫推开窗子，一阵潮湿的风，挟着浓浓的鱼腥味，扑面而来。放眼望去，一碧万顷的南湖，在午后的阳光下，波光粼粼，充满生机。这使远方起伏的山丘显得分外沉郁而肃静。他总惊异于大自然，总能在同一时刻，展示它截然不同的身姿。这有如司力夫此时的际遇：温思雨的加盟让他的事业充满阳光，而温宅事件，却又弥漫出阵阵阴风。

这时，邹秘书敲门进来：“董事长，赵部长来电话，说省科委来电要来我司调研新科技。她想汇报一些安排。”

“叫她来。”司力夫心想：正要找她，她倒自己送上门了。

几分钟的工夫，赵婷走进董事长办公室，见司力夫坐在办公桌后的大班椅上，没有像往常那样起身让坐，这让她有点意外。她稍迟疑了一下，便径直走向大班台。

“司董，这是草拟的接待安排。”赵婷双手递向文件夹。

司力夫也没像以往那样站起来，谦和地笑着接文件，只是做了个请她坐到桌前的办公椅上的手势。赵婷的心第二次慌了一下。她只坐了半个椅子，身体前倾，忐忑不安地等着司力夫发话。她发现董事长虽然翻着她写的文稿，但显得漫不经心，好像在考虑着另一件事。她暗叫不好，显然董事长听到了什么。我怎么办？

果然，司力夫合上文件夹：“好，就这样接待。还有什么事吗？”

这一问，就彻底击穿了她的犹豫。她知道，不讲怕是不行了。她稍稍整理了一下思路，脸上露出一丝歉意：“司董，我要向您检讨。”她停了一下，等着司力夫的反应。

司力夫面无表情地直视着赵婷，看得她的心直发毛。她不敢正视董事长，但又不得不看着董事长说话，便盯住董事长上衣口袋别着的派克钢笔，那是她送给董事长的唯一礼物，董事长很喜爱，一直挂在上衣口袋里。此刻没取下，说明董事长不会狠心重罚。她的心稍稍安定了点，语言也流畅起来："司董，安排叶小妹接待温总的事，是孙总打的招呼。他说，叶小妹原本就是前台负责接待的，这也是她的职责所在。还说，让温总认识我们的厂花，对留住温总说不准有好处。至于发生在温总家的事，我一无所知。"

"但是你今早急急忙忙地清理了现场。"司力夫逼视着赵婷。

"我的想法很简单，"赵婷坦然地回望着司力夫，"孙总和温总是你得力的左右手，我不希望他们起冲突。孙总肯定有问题，但我会劝说他。他不是坏人，只是心胸狭窄点。"

听到这里，司力夫的脸色才阴天转多云了。他站起来："到沙发这边坐吧。"

刚才的冷遇，让赵婷万分委屈，泪水便漫了出来。她赶忙背过脸去，用纸巾擦着。结果一擦，鼻涕泪水一并涌出。她起身跑了出去，差一点撞到司雪。

"赵姐，你怎么啦？"司雪想拉住赵婷，但赵婷已跑出好远。她把门关上问："爸，你欺负赵姐了？"

"就说了她几句。"司力夫一脸尴尬。但他不想司雪卷进这个是非圈，所以含糊了一句。

"爸，你坐。"司雪扶她爸坐在沙发上，"爸，你应该明白赵姐的心思。"

司力夫说："什么心思呀？"

"爸爸！"司雪有些生气了，"你忘了去年住院，赵姐嫌护工不负责，把人家解雇了，亲自照顾你的事。那是人家的一份情啊！"

"怎么会忘记，出院时我胖了 3 斤。"司力夫沉默了会儿，"可终究年龄悬殊太大，别人会说三道四的。"

"你是为自己活着，关别人什么事。"司雪霸气十足地说，突然语气又变得十分温柔，"爸，你老实交代，是不是有点喜欢赵姐了？"

司力夫不由自主地点点头，马上又改口："但是要等到你完婚后。"

"这跟我的婚事有何干？"司雪生气了。

“怎么没关系。”司力夫摆摆手，“我们要办在先，会影响别人对你的看法。这事就这么定了，你的婚事搞定了，才能考虑我的事。”

说罢，把赵婷送来的接待省科委调研的计划往司雪手上一塞，“拿去与温总讨论一下。”

望着司雪走出办公室后，司力夫收回眼光，就从抽屉里取出那个U盘，心里又浮出了一直惦记的两个字：“阴谋”！

山雨欲来啊！

005 谈恋爱，你准备好了吗？

在关注温思雨海归的人中，还应当提到的人，当然是江如蓝。

她查阅了温思雨的所有资料，深深地被他的超凡才智和远见卓识所打动。他颀长的身材，俊朗的面容，儒雅的谈吐，常在她跟前晃动。作为中原省科委新技术开发部部长，关注温思雨应该是职能所在。她也是这么说服自己的。但她内心深处却知道，她已春心萌动。就连她爸也明显地感觉到她的变化。发现她一回家就躲进闺房，一关就是几个小时。有时与他对话，也常常答非所问。吃饭时也走神，端着碗发呆。女儿大了，父亲不好过问她的私事。直到有一天，他在女儿的书桌上看到一张写满了“温思雨”三个字的信纸，才看出了一点蛛丝马迹：我的女儿恋爱了。

作为省委书记的女儿，而且出落得闭月羞花，肯定追求者如云，但都败走麦城。眼看女儿已是三十多的人了，父亲哪有不急之理。当他得知温思雨海归的消息，就有些心动了。他让人对温思雨进行了一次彻底的调查，结论是：人才难得，人品难得。单身一人处于西方花花世界，竟然没有绯闻，难能可贵，而且仪表堂堂。于是就有了江如蓝参加巨能集团的欢迎仪式这一出。江如蓝对此并不知情。现在看到江如蓝真的倾心于温思雨，着实高兴了得。但也有些犯难。以女儿孤芳自赏的性格，肯定不会主动去追温思雨，但温思雨与她又隔着十万八千里，见面的机会少之又少，让人家如何追江大小姐？

于是，巨能集团接到省科委通知，江部长将去巨能集团调研。

司雪给江如蓝去电话，笑嘻嘻地问："我的江大部长，你这次是调研人还是调研事？"

江如蓝："通知上不是写了吗？调研新技术开发情况。"

"果真不调研人？"司雪仍然是嘻嘻哈哈的。

江如蓝仍然不解其意："调研什么人？"

"例如说温思雨呀，单身贵族什么的。"

江如蓝脸一红，故作生气地说："喂，打住，你个臭丫头整天在叽咕些什么呀，没一点正形的！"

"呵呵，急了吧，"司雪得意忘形，"姐给你当次红娘如何？"

话没说完，江如蓝就把电话挂了。她真有点怕了，不是怕司雪，是怕自己这点小心思，难不成是真的？

几天以后的一个下午，省科委的人如约而至。车刚一停稳，司雪便拉开了后座车门："江大部长请。"

首先伸出车门的，是一双天蓝色的欧款女鞋，接着是又白又细的长腿，然后是身着白色连衣裙的江如蓝。连衣裙上的胸花、头上的发卡和女鞋都是同一款天蓝色的，点缀着雪白的连衣裙，再加上高挑的身材，使她在素雅中透着一丝妩媚。这一身打扮，看似简约，细细品味，才会发现是精心设计过的。以往江如蓝下基层，多半是西装革履，今天一反常态，让司雪惊讶不已：难不成玩笑当真了？！她笑道："如蓝，你不当演员真是可惜了。"

"什么呀，正经点。"江如蓝一面说着，一面四下张望了一下，没看到温思雨，心里有点失落。

"在找人吧？人家也在精心打扮哩。"司雪一边说着，一边与江如蓝拉开了距离，以防她拧人。

江如蓝脸一红，狠狠瞪了司雪一眼，用粉拳向她做了个示威的动作。好在她们身边的人都知道她们形同姊妹，也都笑笑罢了。

正嬉闹间，司力夫走过来："江部长好！"

"司董您好！"江如蓝赶忙上前与司力夫握手。私下里，他们都以"如蓝""司叔叔"相称，今天这么一叫，多少有些尴尬。

孙渊也凑过来，远远地伸出了手。江如蓝的手轻轻在他手上点了一下，算是握手了。

他们一行来到会议室，仍然不见温思雨，江如蓝心里有点发毛了。司力夫感觉到了江如蓝脸色的变化，马上说：“小邹催一下温总。”

小邹拨通了温思雨电话：“温总，江部长到了，董事长请您到会议室来。”

“请他们到我这里来。”不等对方回话，温思雨便挂了电话。

一时间，大家都面面相觑，不知如何是好。

孙渊怒气冲冲地说：“他以为自己是谁呀？我去把他拖来！”

“等等。”司力夫打着圆场，“他这人在西方待惯了，不懂中国的规矩。”

司雪忙说：“江部长，到现场比会议室有趣得多”

江如蓝也只好点点头。

一行人走进温思雨实验室时，室内的一帮人正各自在操作计算机。

孙渊喊道：“大家都把手上的活停一下。有贵宾来啦。”

所有的人仿佛没听见似的，仍然在忙自己的，空气里，一片键盘的敲击声。倒是温思雨发话了：“再等 5 分钟。”

司力夫抱歉地望着江如蓝笑了一下，做了个无可奈何的姿势。江如蓝走到哪儿都是前呼后拥的，哪见过这阵势？她的脸挂不住了，冷冷地说：“你忙吧，我们走。”

“别走！”温思雨喊道，“见证奇迹的时刻到了。”他话音一落，音乐突起，整个实验室回荡着泰坦尼克号主题曲《我心永恒》。温思雨来到江如蓝跟前，伸出手：“江部长你好。”江如蓝却没有马上伸出手，只是调侃般看着他。但他依然对江如蓝笑着，那笑容有点迷人。他知道她在报一箭之仇。

停了几秒钟，江如蓝才姗姗来迟地伸出手：“你的奇迹呢？”

温思雨打了个响指，所有的微型机械都运转起来。大屏幕上显示出生产的全过程。10 分钟后，运转停止，工作人员送过来一枚钱币大小的物品，又一位工作人员推来一辆电动自行车。

温思雨让工作人员从电动车上取下又大又重的蓄电池说：“江部长，这是原装电池，体积是 0.5 立方米，重量 8 公斤，充电时间 8 小时，续航能力 30 公里。”他再拿起那块 1 元硬币大小的东西，“这是我们研制的石墨烯电池。体积和重量都是原电池的千分之一，充电时间 10 秒，续航能力 300 公里。”

他把微型电池装进电动车，架空后轮，轻扭手柄，电动车的后轮就发疯般地转动起来。

江如蓝惊呆了。她是学理工的，深知温思雨的这种创新的巨大价值，它是会颠覆世界的！如果轮船、飞机装上它会是什么概念？更别说坦克、军舰、航母、战机了！江如蓝的政治神经马上绷紧了。要求温思雨讲得更详细点。

温思雨不知道江如蓝是学理工的，以为她就是一名普通的官员，于是讲道："目前，世界上最先进的锂电池产于美国，我国每年要耗费巨额外汇去购买，再装到我们的电动汽车上。美国人倒是赚得盆满钵满，还不时要威胁我们，喊着要断货。从2014年起，清洁能源领域出现了新的领军技术，那便是氢燃料电池。就目前世界科技领域而言，这项技术可以看成是新能源汽车的终极技术路线之一，与锂电池相比，氢燃料电池在排放、效率方面更具优势。目前，欧美各国及日本都斥巨资在这一领域争分夺秒地研发。但从目前的形势而言，氢燃料电池也仅仅是过渡性产物，因为它只是有限地解决了体积、充电时间和续航能力三大难题，但不彻底。只有我的实验室，牢牢掌控了未来新能源产业的三大核心技术，它就是石墨烯电池。我再举个例子。用于手机的石墨烯电池，只需火柴头的一半那么大，充电1秒钟，可用1年。"江如蓝一声惊讶的叹息，让温思雨十分得意。他接着说："我的科研成果一旦推向市场，不仅能有力推动国家新能源产业的高端升级，而且牢牢地掌控了中国在国际电池领域的话语权。其经济意义是无法想象的。"

江如蓝立刻意识到石墨烯电池的巨大意义，不仅体现在经济上，还会体现在军事上。她环视了一下没有任何安防系统的天花板，敏感地想到一个问题，不禁有些后怕。她用闪闪发光的两眼盯着温思雨说："能展开讲吗？"

温思雨对江如蓝的反应很满意，他接住话头说："举个简单的例子。续航1000公里的石墨烯电池的体积，是英国氢燃料电池的1/1000，而且充电时间也是它的1/1000。你可想而知，这意味着什么！"

江如蓝再也坐不住了。她掏出手机，走到离人群稍远的地方，小声地讲了几句话。大家很奇怪地看着江如蓝。虽然没听到她说什么，但从她的表情，看到了一派严肃和杀气。她收起手机，走到司力夫面前："司董，我建议在实验室临时开次会，参加人就你们父女、我和温总。其他人全部退出实验室。同时，请实验室工作人员在就近的会议室集中，由司总安排人组织学习保密条例。没经司总同意，任何人不得离开。”她看到他们的疑问，便加重了语气，“这样安排，我会解释的。我的建议可以代表省科委和省安全局。”

一听这话，司力夫敏感地意识到问题的严重性，马上示意司雪宣布：“大家注意了，全部人员退出实验室。实验室全部工作人员在6号会议室集中，由赵部长组织学习保密条例，未经我同意，一律不得离会。”

江如蓝的态度也影响到温思雨。他接着说：“请我室人员离开前，检查防火墙是否启动。”

孙渊对司力夫说：“董事长，我应该参加会议，便于全面了解情况。”

司力夫迟疑地望着江如蓝，江如蓝则望着温思雨。温思雨立即说：“不行。”

“你别忘了，我是常务副总，有权了解所有部门的情况。”

温思雨毫不留情地说：“两位老总，别忘了实验室工作条例，我只对董事长负责。”

“你……”孙渊一时语塞。

“孙总，你事儿多，就不介入这摊子了。”司力夫打着圆场，“好了，就这样了，各就各位。”

大家正走出实验室，几位警官拥着一名身着便装的人走进来，实验室的气氛顿时沉重起来。

江如蓝走上前与穿便装的人握手：“王厅，怎么惊动了您的大驾。”

“江部长召唤，敢不从命。”王厅打趣道。

江如蓝一一作了介绍，说：“我们开会吧。”

大家落座后，江如蓝说：“今天是我临时决定召集这个会议。我开个头。”她简短地把刚才的实验情况介绍了一下，然后严肃地说：“我认为，这项创新会给人类能源市场带来天翻地覆的革命。它在两年前曾搅动英国，连英国C5都列为监控重点。亏得温总实施韬光养晦之计，今天才得以回到祖国。所以安保工作一定要跟上。否则，会铸成大错！王厅，交给您啦。”

王厅长果断地说：“好，我们按特级安保条例办。温总，你必须指定一名绝对可靠的助手，这样，在技术层面有互补性。有吗？”

“有，我的司雪。”温思雨本意是“我的助手司雪”，话一说急说走样了，便马上补充道：“我的助手司雪。”

开会的人当中，三个人的脸色有了变化。

司雪的脸本来白如雪花，此刻染上红晕，顷刻艳如朝霞，把一群男人都看呆了。尤其是温思雨，谷雨脸红时，也是这样光彩照人。

江如蓝瞪大眼看着温思雨，眼神有点复杂。只想着自己对温思雨有好感，怎么忘了，他身边的这位美如天仙的女孩，也是深闺待嫁啊！而且他们，一个金童，一个玉女，又是朝夕相处，耳鬓相磨之间，怎能不擦出火花？一股凉意，悄然从心底升起。

司力夫则是满脸惬意。期待温思雨的这句话，已有两年了。是的，打从两年前在英国目睹了他的勃发英姿，就有了这个念头。虽然今天他也许是口误，但如果温思雨心里没念叨过这句话，那这句话怎么会脱口而出。

当然，三个人的思绪不过是一念之想。而且都努力掩盖着。所以从会场的整个气氛，并没受什么影响。

接下来，王厅讲了三条：

1. 必须对实验室的全体人员进行一次彻底的政审。合格者必须学习国家安全法，签保密协议，严格遵守保密条例。

2. 实验室内外要加装安防系统，由省厅派警员 24 小时轮值。

3. 网络安全由省厅与实验室相关人员共管。

会议一直开到下午 6 点。

会议一结束，王厅一行人就告辞要走，司力夫也知道当前贯彻中央八条规定的情况，也只客气了几句。倒是司雪对江如蓝和温思雨的事，还真有点上心了，便对江如蓝说：“蓝姐，让他们先走吧，我请你吃一顿。”

江如蓝想与司雪拉拉家常：“我来一趟，肯定要敲你一笔再走。”

司雪又转身对温思雨：“温总，一起坐坐。”

温思雨笑着说：“好哇，我做东。”

孙渊也凑过来：“也算我一个，正好一桌。”

两个女人互相看看，没作声。温思雨见状，忙说：“好，好，热闹些。”

公司旁正好有一家高档餐厅太子酒家。包房早就没有了。四人就在拐角上的一张方桌边坐下。点完菜后，温思雨起身去上洗手间。孙渊殷勤地给两位女士端茶倒水。

这时，邻座上的几个汉子，对司雪和江如蓝指指点点地说着什么。忽然，其中一个身材魁梧的黑汉子揣着两杯酒走过来，一屁股坐在温思雨的位子上，嬉皮笑脸地说：“两位大美女，哪位赏个脸，陪你哥喝一杯。”

邻桌的一帮人齐声鼓掌叫好。

司雪和江如蓝没搭理，只是看着孙渊。孙渊当然明白她俩的意思，立马站起来，气势汹汹地大声呵斥道：“你想干什么？滚开！”

黑大汉也站起来，逼近孙渊：“你刚才说什么？再说一遍试试？”

孙渊下意识地退了一步，拉开了与黑大汉的距离，口气也软下来：“你别乱来，我要报警了。”

“报警？报啊！”黑大汉对着孙渊的鼻子就是一拳，孙渊的脸上顿时见红了，“你不报是我孙子！”

“你凭什么打人？”孙渊嘴上还是硬的，人却又退了一步。

“我打的就是你孙……”

黑大汉话还没说完，脸上就被人“啪”的一下，扇了一耳光。

“你个……”

他的骂人话还没说完，另一扇脸上又挨了一耳光。他用尽全力向打他的人扑过去，却被对方一脚踢到两米以外。

邻桌上的三个人见状，一齐抓着啤酒瓶冲过来。

江如蓝赶紧喊道：“孙总，快上去帮忙！”

孙渊捂着流血的鼻子，磨磨蹭蹭地欲前又止。

司雪见孙渊不敢上前，怕温思雨吃亏，忙喊：“温总快跑！”

却不料温思雨冷笑一声，迎着三人冲过去，简单几下，三人全都躺在地上哭爹喊娘。就连刚才进来的警官刘正义，也看傻了眼：“这四个人都是你一个人打的？”

“好久没练了，有点手生。”温思雨回到座位上，“江部长，没扫你的雅兴吧？”

温思雨向三个莽汉冲过去的情景，让江如蓝芳心大动！竟一时答不上温思雨的话。

司雪的手在江如蓝眼前晃了晃：“呃，温总，江大小姐瞅你的眼光都直了！”

江如蓝赶忙说：“你还真能打。”

孙渊也在一旁赞道："是啊，好厉害！"

"孙总也是好样的。替温总挡了一拳，居然没跑，一动不动地坚守在第一线，也算英雄。"司雪故作关切地问，"你挨了一下，不重吧？快去洗手间洗一下，怪吓人的。"

这话问得孙渊好不尴尬。

"没事，没事。"孙渊忙捂着鼻子离开了。

刘正义看事态不大，带着挨打的四个人一齐撤了。

黑大汉临走时丢下一句话："我虎哥会找你算账的。"

"虎哥？"温思雨看着刘正义。

刘正义说："就是石天虎。听说有黑社会背景，没证据。"

这事还真被刘正义说中了！这当然是后话了。

"我就见不得孙渊那个熊相。"江如蓝愤愤地说，"被打成那样，手都不敢还，看到三个人都向温总走过来，却磨磨蹭蹭的，就是不敢上前，哪里像个男人？"

司雪一笑说："我就从来没有把他当成个男人。"

两人都笑起来了。倒是温思雨说："算了吧，人家都被打成那样了，血流满面的，你们还在损他。"

"他都不帮你，你还护着他。"江如蓝哼了一声，"这男人跟男人比，怎么差别就这么大？"

司雪马上说："温总，蓝姐眼中的男人，就是你这样的人，你懂的！"

"呃，雪儿，怎么话到你嘴里，就变味啦？"江如蓝伸手就拍在司雪肩头。

司雪继续调侃："温总，看见没，蓝姐也练起拳脚啦。这星也追得太急了点吧！"

温思雨忙说："哎哎，打住打住啊，怎么话说着说着就到我身上来呢？"

三人都笑起来了。

这时，孙渊走过来，这笑声一下就戛然而止了。

孙渊尴尬地说："你们肯定是在笑我吧？"

大家都没出声。司雪和江如蓝会意地交换了一个眼神，仿佛在说：笑你，你配吗？

温思雨也不想孙渊难堪，就换了个话题。他对着服务员说："哎，那几位小妹，你们过来一下，这桌上都撤走，全部重新上。”

于是他们四个人就像什么事都没有发生似的，悠哉游哉地喝起小酒来了。但已经没有刚来时的那种氛围了，司雪于是说：“哎，今天也差不多了，我们散了吧。”

司雪的话音刚落，她就捕捉到江如蓝投向温思雨的目光，很明显地向温思雨表达了她的意思。就是想单独跟温思雨待一会儿。但奇怪的是温思雨明明收到了江如蓝的目光，却装成不懂的样子说：“啊，我还真忘了，今天晚上还有个课题要做，那你们两位大美女继续，我们撤啦。”

说完，拉着孙渊就走，把两个美女留在灯火璀璨的街头。司雪对温思雨的装傻很是无语，江如蓝对温思雨的做派也很是失望，不由地轻轻叹了口气。司雪豪气地说：“难不成离了男人就没活路了，走，咱们逛街去。”

她们窈窕的身影渐渐融入了多姿多彩的人流，但两人的心情却多彩不起来。此刻的温思雨，心情也好不到哪里去。他明知把两位美女扔在大街上，很没礼貌，甚至有点伤人。然而他只能这么决然离开。因为他明显地感到司雪一直在撮合他和江如蓝谈恋爱，他也领悟到江如蓝的芳心。他一路上都在问自己：谈恋爱，你准备好了吗？

006 除了胜利，我们别无选择

巨能集团办公室收到中原省政府的一份通知，邀请巨能集团派人参加“中原省高科技发展研讨会”。通知中注明，研讨会受国家发改委和国家科委委托召开，历时 3 天。集团综合部部长赵婷感觉到会议规格高，事关重大，便亲自送给了常务副总孙渊。孙渊一贯不太重视与官方的联系，更何况高科技这一块已经由温思雨负责。但今天他却一反常态，决定自己参会，让赵婷颇感意外。

她委婉地说：“你是抓全局的，有必要亲自去吗？温总去比较合适。”

“你呀，头发长见识短。”孙渊带着嘲弄的眼神看着赵婷，“这种结识上层的机会，我岂能拱手相让？就让姓温的待在自己的一亩三分地上吧。”

这一席话，让赵婷十分寒心。她发觉自从温思雨来后，孙渊就变了，变的速度之快、幅度之大，都超出了她的想象。她联想到发生在温思雨住宅的黑幕事件，还有偷拍的叶小妹艳照，心绪就暗了下来。孙渊对赵婷来说，有提携之恩，所以她对孙渊相当尊重。但赵婷更是一个有正义感和责任感的中层干部，再加上她一直暗恋着心中的偶像司力夫，因此维护巨能集团的利益高于一切。她略思片刻，就约见了司力夫，告之了省政府的通知和孙渊的决定，征求司力夫的意见。

司力夫做了一个折中的决定："让温总和司雪也一齐去吧。"

当司力夫就这一安排征求温思雨的意见时，温思雨坦诚地说："司董，这样安排也好，我与孙总多接触些，可改善彼此的关系。"

司力夫听了温思雨的话，松了口气："这就好。"

温思雨想起了孙渊对他的冷淡，叹了口气，很是无奈。温思雨此次重归中原，就像基督山伯爵重返法兰西一样，压根就没有窥视那个巨能集团总经理的宝座。他决不能让自己有限的精力和时间耗费在与孙渊的内斗上。

想到这里，他拨通了孙渊的电话："孙总，我是温思雨。明天我们一齐去省政府？"

孙渊对温思雨的提议毫无思想准备，一时语塞，迟疑片刻说："各自开车去吧，免得你等我我等你，耽误时间。"

"那好吧，明早省里见。"温思雨放下电话，又拨通了司雪的手机："司总，明早我开车接你，一齐去省里开会？"

"好哇。"司雪马上回应，又问道："还有谁？"

温思雨说："孙总。"

"算了，我不去了。"司雪不等温思雨继续，就挂了电话。

温思雨知道司雪对孙渊有看法，但此刻司雪的态度，仍然让温思雨有点意外。温思雨本想劝劝，见司雪不想再继续这个话题，直接挂了电话，也只好作罢。

第二天上午，温思雨和孙渊在省政府 6 号会议室前相遇。温思雨主动向孙渊打过招呼，两人向门口走去。前方不远处出现一个熟悉的身影，竟是江如蓝。

眼前的江如蓝一身藏青色女式西装，让她高挑而匀称的身材显得格外雅致，引得过往人员纷纷注目。有一段时间，孙渊也曾对她有过奢望。一则是她的身份过于显赫，再则是司雪的美貌加财富更吸引他的眼球，又是近水楼台，于是他很快盯上了司雪。却不料天上掉下个温思雨，让他的美梦破灭。所以此刻看到魔鬼般身材的江如蓝，眼睛一亮，马上叫了声："江部长。"

江如蓝回头一看，立刻笑盈盈地转过身向他俩走来。孙渊见状不由热血沸腾，快步迎上去，老远就伸出手。却不料江如蓝与他擦肩而过，向孙渊身后走来的温思雨伸出手。

温思雨一边和江如蓝握着手，一边调侃："江部长，你不去当模特真是可惜了！"

"行啊，"江如蓝接住温思雨话头，"要不一块去？"

两人哈哈大笑起来。

站在一旁的孙渊走也不是，留也不是。温思雨见状马上说："孙总，我们进去吧。"

"孙总身体没事吧？"江如蓝问话，显然是暗示前两天发生在酒店的事。说罢，也不等孙渊答话，便转向温思雨："今天要听你的高见啊！"

两人边说边走，步入会议室。

江如蓝侧过身凑近温思雨耳边小声说："我们先去贵宾室，有个人要见你。"

温思雨一笑："好，客随主便。"

"喂，什么客呀主呀，酸不酸啦！"

江如蓝嗔怒地横了温思雨一眼。这一眼娇媚如丝，让温思雨怦然心动，脸上不由自主地泛出一点羞怯。看到这个非常男人的脸上露出的温润，江如蓝也体会到久违的躁动。

这情景被孙渊看在眼里，不由一阵烦恼。他恨意十足地盯了温思雨的背影一眼，转身走进了会议室。在贵宾室门口的温思雨想邀孙渊一起进去，却不见身边的孙渊。

江如蓝淡淡地说："别管他，我们进去吧。"

站在不远处的省委书记孟长河，早就看到一路聊过来的俩人，心里甚是高兴。他转身面对着他俩："是温教授吧？"

温思雨当然早就从电视上见过孟长河，忙上前一步，握住对方的手："书记好，我是温思雨。"

江如蓝在一旁浅浅一笑没作声。

温思雨看了江如蓝一眼，见她不与书记打招呼，感到有点惊讶。江如蓝却调皮地眨眨眼，还是没作声。

孟长河一直握住温思雨的手，热情洋溢地说："我听科委的同志介绍了你的石墨烯电池，这是造福人类的项目，了不起啊！"

温思雨也被孟长河的情绪感染了，把左手也加在他们紧握的手上："孟书记，谢谢你的鼓励，我们会加倍努力的！”

孟书记的左手也加了上去。于是，两人的四只手都紧紧地握在一起了。顷刻间，四周闪光灯此起彼伏，夺人眼球。

孟长河真诚地说：“温教授，请你记住：省委永远是你的坚强后盾！”

温思雨使劲握住孟长河的手：“我记住了，谢谢！”

“来，你的一位老朋友要见你。”孟长河带着温思雨来到一间小客房，“你看谁来了？”

温思雨一看，喜出望外：“华老师你好！”

“终于把你盼回了！”华之峰紧紧握住温思雨伸出的手，“你的科研项目真了不起！”

“还需要您的继续帮助！”

“这没问题。”华之峰坦诚地说，“我们京南大学的物理实验室，永远为你敞开大门。”

“我们国家发改委也永远为你敞开大门！”

孟长河说：“温教授，这位是国家发改委副主任钟一山。”

温思雨忙伸出手：“谢谢钟主任！”

说话间，一位年轻人走过来：“孟书记，开会了。”

孟长河亲切地拍了一下温思雨的肩头说：“走，开会去。”

当孟长河一行走进会议室时，响起了热烈的掌声。孟长河微微扬了扬手，走向圆桌的中央。

江如蓝指着右边说：“温总，你的座位在那边。”

温思雨看过去，看见孙渊，便与江如蓝点点头：“回见。”

“再见。”

两人的眼光一碰，就迅速躲开。这一躲就在两人心里泛出了一些说不清的东西来。

研讨会开得很活跃。温思雨认真地边听边做笔记，一直没发言。其间，坐在对面的江如蓝给温思雨做了好几个暗示，请他发言。他装着没看懂，视而不见。恨得江如蓝牙痒痒的，又拿他没办法。

坐在主位上的孟长河目睹了这一切，窃窃暗喜：看来女儿终于心有所属了。他点将了：“我向大家介绍一位新朋友，巨能集团副总温思雨教授，就是年前在媒体上传得沸沸扬扬的海归教授，新能源专家，英国剑桥大学的博士生导师。大家欢迎他发言！”

会场上立刻响起热烈的掌声。温思雨微笑着站起来，按中国的方式双手合在一起，向四周频频致意。会场上立刻响起各种议论。多半是说“想不到这么年轻”“帅呆了啊。”

温思雨坐下来，不慌不忙地调整着麦克风的角度。这个动作虽然只有几秒钟，但在这样高官云集的场合，依然能从容自如，着实让江如蓝对他刮目相看。只有内心十分强大的人，才会有如此沉着的表现。

“各位领导，各位来宾，女士们，先生们，上午好！”温思雨略带磁性的声音在会场响起，十分悦耳。会场上自发地响起了掌声。“刚才听了大家的讲话，受益匪浅。中国有句名言：听君一席话，胜读十年书。其实，十年的读书，未必能收获今天的真知灼见。本人受教了，谢谢大家！”温思雨抱拳致谢，场上掌声再起。却不料温思雨话锋一转：“我在海外多年。听了发言后，深感我们在创新思维上与欧美的巨大差异。”他停下来，环顾四周，对大家的聚精会神很满意，“国人的创新思维，稳扎稳打，亦步亦趋，决不冒进。所以创新一个，成功一个。成功比例相当高，这是我们的优势。”会场上响起一阵掌声。却不料温思雨话锋一转，“但是，”此言一出，会场上立刻静下来，“这种思维的劣势也十分明显：步子太慢，数量太少。”此言一出，会场上立刻静下来，不一会，又有人窃窃私语，甚至发出“嘘嘘”声，以示不满。温思雨又停了几秒钟，见场上渐渐安静下来，微微一笑：“大家可能误会了，以为我在批评。请记住我前面说的一句话：成功的比例相当高，这是我们的优势。”会场上响起善意的笑声。在掌握会场节奏上，久经沙场的温思雨长袖善舞，他又一转话锋：“欧美人的创新思维却截然不同。他们跳跃前行，很少瞻前顾后。瞅准了一个目标，也不管它离现实有多远，就义无反顾地干起来。他们当中，不乏成功人士。但也有不少摔得头破血流的。我的朋友中就有几个，搞得我半夜去医院看他们，一个个被纱布缠成了肉包子。”会场上终于爆发出热烈的掌声和笑声。但温思雨一开口，会场上就奇迹般地静下来，“想在中国和欧美的创新思维方式上做一个裁决，是件极其困难的事，你就是请宋世雄先生来，也未必说得清楚。”会场上又轻轻地笑了会儿。

“为什么中国的创新思维亦步亦趋？我作过如下分析：国资企业不敢迈大步，因为一错，老总就官位难保；民营企业不敢迈大步，因为一错，害怕血本无归。所以我在想，一个国家，一个执政党，应该有所担当，能否也来点新政策，创建一个类似担保的机构，对所有的创新项目进行审计和评估，对有前途的创新项目进行有限担保。给创新不成功的企业交点学费，给予一定的补偿，派专家免费为其把脉，助其扬帆远航。有一句话是颠扑不破的真理：成功永远在失败之后！”

会场上又是一阵掌声。

会场静下来后，研讨会主持人问：“温教授讲完了吗？”

温思雨忙欠了欠身说：“讲完了。谢谢大家。”

主持人：“好，下面大家接着谈。”

会场上却出现了少有的沉默。孟长河明白，在如此精彩的发言面前，谁还敢发言？但会场是不能让它沉默下去的。他对着坐在靠后的媒体说：“记者朋友也可以参与嘛。”

“我想提个问题。”孟长河的话音刚落，一个熟悉的女中音响起来，“请问温教授，你说的那个审计加担保的机构如此重要，欧美有类似的机构吗？”

温思雨一听，就知道是记者刘芳，马上投去了赞许的目光：“这个问题问得真好！”

“我要的是回答，不是表扬。”刘芳调侃了一句，引起大家的哄笑。会上立刻转暖了。

温思雨简短地回答：“欧美没有类似机构。”

刘芳问：“如此优异的机构为什么欧美没设立？”

温思雨说：“因为欧美不需要。”

刘芳穷追不舍：“你的意思是，他们抛弃的东西正好是我们要的？”

“记者女士，让我喘口气行吗？”会场上有人笑了。“我要记下你的名字，以后我参加的新闻发布会，谢绝你入内。”又是哄堂大笑，甚至有人跺脚。

会场安静下来后，温思雨说：“其实，这也是我今天想说的，但怕耽误大家太多时间，又快到吃饭的时间了，所以没有展开。”

孟长河插话说：“没关系，展开讲。”

“中国与西方的创新思维，源于两大民族的历史渊源。中华民族上下五千年的历史，贯穿着一个文化，那就是中庸。而欧美的历史文代，充斥着攻城略地，甚至海外殖民。其核心思维便是冒险。这便是东方和西方两种完全不同的文化和由此衍生出的两种截然相反的思维方式。”

接着，温思雨从历史、哲学等方面阐述了自己的观点。最后他作最后陈述：“总而言之，我们必须在有限保障的基础上，突破稳扎稳打的传统，鼓励创业冒险精神，实现量的飞跃！请大家记住一句话：没有量的突破，国家是飞不起来的。因为在日新月异的世界面前，我们慢不起！谢谢大家。”

“我有一个问题想请教温教授。”国家发改委副主任钟一山突然发话，全场立刻安静下来，“你能对当代中国的互联网时代高科技现状和前景作一个评估吗？”

温思雨一反常态，迟疑了片刻，说：“能，也不能。”

会上一阵唏嘘。

钟一山追问：“此话怎讲？”

温思雨苦笑一声：“会打击一大片当代巨头。”

孟长河大手一挥：“这是研讨会。言者无罪，闻者足戒，有则改之，无则加勉。绝不上纲上线！”

“谢谢领导鼓励！”温思雨很侠义地站起来，双手抱拳对主席台一拱手，“进入互联网时代，可谓风起云涌，群雄并起，真可谓：江山如画，一时多少豪杰。但大浪淘沙，泥沙俱下。那几家功成名就的中国互联网巨头，突然在日新月异的高科技领域止步不前。他们宁可花成万上亿的钱去开发网上游戏，甚至网上卖菜，却不愿意去开发工业用软件，如CAD、CAM等设计、制造应用软件。事实也的确如此！为何中国在与西方的贸易战过程中非常吃力呢？主要原因就是中国缺乏在一些高科技行业的主导地位，中国在多年的初级经济发展中仍没有沉淀下一批具有工匠精神的企业领袖。”

一阵突发的掌声，打断了温思雨的演说。他等掌声渐渐平息了，接着说：“所以，当中国的资本以赚快钱为目的，而不注重对基础科技的研发投入时，我看不出拿什么和西方比拼。有时我们非常痛恨西方借贸易问题对中国的极限讹诈式打压，但更痛恨国内这些不争气的互联网巨头！我常想：为何良心企业就那么少呢？中国企业的真相就是：中国的巨型企业中，投机商居多，真正有大局观的企业家寥寥无几。近日，有一则新闻报道：有几家生产国之重器的央企，斥巨资投资房地产。另一则新闻则说：某某互联网巨头，强势涉足金融。这是为何？一句话道出其真相：要赚快钱！这让我记起在电视综艺节目上曾看到的一幕。当时有两个节目在终极对决。一个是街舞，一个是相声。实话实说，两个节目真的非常优秀，但我认为优秀的角度不同。街舞优秀于精致的舞技，小品优秀于搞笑的包袱多。现场为小品拉票的相声演员的一句话，十分经典：如果把冠军奖给街舞，就不伦不类啦。”

掌声再起，间杂着笑声和嘘声。

温思雨自己也笑了，江如蓝感到他笑时十分可爱。但他多半是一副苦大仇深的表情。

“街舞冠军参加搞笑的节目，你们感到可笑。但一个做重型机床的国企去搞房地产，却无人责问，这就是国家的悲哀。再说卓为，地处深圳，占地广大。如果它投资房地产，今天卓为的资产肯定不知翻了多少倍。但卓为不为所动。一心扑在高科技发展上。据资料介绍，它每年利润的 30% 投入科研开发，已持续30年。一心一意埋头搞科研，促进实体发展。汉杰是卓为创始人，在企业只占 1% 的股份，其他 99% 的股份均为企业员工所共有。汉杰具有高尚人品与高瞻远瞩的目光，不愧是中国企业家的典范。卓为无疑是中国民族企业的楷模！”

会场上掌声再起。

“总结我今天的发言，主题只有一个：做一个卓为式的企业，做一个汉杰式的老总！勇于创新，虽死犹荣。因为：面对西方列强，除了胜利，我们别无选择！”

震耳欲聋的掌声响起，所有的代表全部站起来，用这种方式，向温思雨表示敬意，向他的发言表示认可。

这间可容纳数百人的大会议室曾召开过无数重要的会议，但能响起如此暴风骤雨般掌声的会议，尚属首次。以致温思雨多次站起来向代表致谢。

当会议室渐渐静下来时，孟长河说：“温教授的演说，无论是深度还是广度，都是史无前例的。尤其是发言的主题，让人热血沸腾！同时，温教授的 些高论，颠覆了我们早已认可的思维。一些大家公认的壮举，甚至成就，在温教授眼里却极为平庸。坦率说，我短时间无法对此作出评估。我需要思索。但是，我仍然为你的精彩演说多次鼓掌。我特别赞同你的提议：勇于创新，虽死犹荣。那是因为，很多伟大，都在痛苦的否定中脱颖而出的！思雨，谢谢啦！”

会场上再次响起猛烈的掌声。

钟一山接着说：“我完全同意长河同志的发言。回京以后，我会召集有关方面的专家聆听你的演说，探讨你的关于国家担保的创新思维。给我们一点时间去消化你的观点。谢谢温教授！”

华之峰教授也即席发言：“我非常赞赏温思雨的倡议，国家设立一个创新担保机制，绝对有利于创新企业的发展。我们京南大学就有为数不少的科研成果，都止步于纸上，就是佐证。”

会议结束时，好多代表把温思雨团团围住，握手道别，互换名片。有些年轻的女士，甚至当场邀约择日一聚。搞得江如蓝甚至有点心烦意乱。她准备从座椅上站起来时，双手习惯地去扶扶手，突然，一阵针刺般的疼痛让她叫出声来。她茫然地看看手掌，才发现手掌又红又肿。手都拍得这么惨了，她都浑然不知！也太投入了吧！她的叫声引起了温思雨的关注。他说声“对不起”后立刻撇下围住他的人快步走到江如蓝身边焦急地问：“江部长，怎么啦？”搞得周边的人十分诧异。

江如蓝不好意思地说：“没什么。”

温思雨还是发现她的手有点异样：又红又肿！他伸手握住江如蓝的手想看看，却不料她又痛苦地哼了一声。尽管哼的声音很小，但温思雨仍然感到了她的痛苦。他有些不解：“怎么肿成这样？”

温思雨旁边一位女青年把手往温思雨眼前一伸：“我的手也拍红啦，都是你惹的祸！”

另一位女青年没好气地说：“温教授，你也太偏心了吧，也心疼心疼我们的红掌吧！”

话音一落，好几双女士的红掌都伸向温思雨。搞得他有点儿狼狈。幸亏其中一人说：“别添乱了，人家已是名花有主，我们没戏了！”

还有人说：“人家可是中原第一公主，你就死了这份心吧。”

周围的人一哄而散。

温思雨一时还没会过意来，待孟长河走过来，关切地说：“蓝儿，还是去医院看看，手都肿成这样了。”

此时，温思雨才明白，眼前的这位绝代佳人，竟是省委书记的女儿，难怪开会前，她见到孟书记时招呼都不打。他的头有点儿大了。一向自视清高的他，可不想让世人以为他温思雨在攀高枝！或者利用这棵高枝达到某些目的。他一定要凭借自己的实力，杀出一条创造的新路！

温思雨立刻放下江如蓝的手，转向几位领导，一一道别。再冲着江如蓝点点头语调平淡地说："江部长，再见。"

说罢，也不顾在场人的惊愕，快步向门口走去。他身后的人都面面相觑，不明所以。江如蓝更是如坠冰河！她虽然一时弄不明白温思雨态度突变的原因，但她还是意识到，可能与她"中原第一公主"的身份有关。所以她不仅不生气，反而增加了对温思雨的好感。她赶忙快步向温思雨追去。

钟一山笑着对孟长河说："长河，你今天干了件糗事。"

"我干了什么？"孟长河收回看向女儿的眼光，转向钟一山。

钟一山说："我看得出，这位温大教授并不知道江如蓝是你的女儿。"

"那又如何？"孟长河仍然不解。

"你想啊，这温思雨何等的出类拔萃，他需要借你的地位去打天下吗？"钟一山戏谑着孟长河。

"不需要。"孟长河毫不含糊。

"但世人却会这么认为。这会极大地伤害我们这位旷世奇才的自尊。"钟一山停了停，"你没听到刚才一位女士的话吗？人家可是中原第一公主。"

孟长河终于醒悟了，不由叹了口气。

"不过，话说回来，这也印证了温思雨高尚的一面。"钟一山认真起来，"你看看目前围在你女儿身边的那群人，哪个不是冲着你来的。"

孟长河点点头："是啊。"

钟一山突然改变了话题："长河，这个人不去国家发改委，真是屈才了！"

"钟主任，别呀。"孟长河笑着说，"我可不是请你来挖墙脚的！"

钟一山冷着脸说："小气鬼，还省委书记哩！"

江如蓝一路小跑才赶上温思雨："温总！"

温思雨停下脚步，淡淡地看着江如蓝："江部长，还有什么事？"

"你怎么话没讲完，就突然走了？"

温思雨斟酌了一小会，终于鼓起勇气问："你姓江，怎么是孟书记的女儿？"

江如蓝浅浅一笑："我随妈妈姓。"

温思雨用略带责备的口气说："怎么不告诉我，你爸是省委书记？"

"你也没问呀？"江如蓝有些恼火了，声调也高起来，"再说，我们两个人的事，跟省委书记有什么关系？"

"怎么没关系？"温思雨的声调也高了起来，"我和你走得近了，别人会怎么看我？"

"我有能力改变自己的身份吗？为了满足你的清高，我必须断绝我们的父女关系吗？"江如蓝再也忍不住了，泪水一下涌出眼帘。"你太爱惜自己的羽毛了，考虑过我的感受吗！"

"如蓝，对不起，真的，我委屈你啦。"温思雨也感到自己太过分了。他小心地拉起江如蓝的手，小声地说，又马上调侃一句："啊，你的手又打不得人。你就踢我一脚吧！"

"你就贫吧！"江如蓝破涕为笑。

"我们科委的几个人，想请温总一齐用餐，进一步聊聊。"

"好哇。"

这时，记者刘芳跑过来："温总，还有一个问题。"

温思雨故意装出不耐烦的样子："你有完没完！"

"就一个问题，有点严肃。"刘芳故作认真的样子，"我的麦克风什么时候还我？"

温思雨和江如蓝都笑了。温思雨说："改天吧。"

刘芳看到江如蓝站在一边的架势，知道他们有事，便说："那以后找你，拜拜。"

温思雨拉开车门对江如蓝说："坐我的车？"

"好。"江如蓝坐进副驾驶。

给江如蓝关上副驾驶车门后，温思雨绕过车头，坐进了驾驶，立刻感到车内弥漫着从未闻过的芳香，让他倍感温馨。他深深地吸了口气，不由自主地说："香气袭人啦！"

"瞎说什么呀！"江如蓝横了温思雨一眼，心里却是乐滋滋的。

此刻的江如蓝，已经把温思雨当神一样崇拜了！钟一山的问话，并非今天会议的议题，温思雨自然也不会有所准备。但他出口成章、口若悬河，而且主题鲜明、精妙绝伦！充分展示出温思雨的绝代风华。自己梦寐以求的男人，一直远在天边，如今却近在眼前，怎能不让她激动！她不由自主地看向温思雨，正巧温思雨也看向她。两人都不约而同地读懂了对方的眼神。温思雨情不自禁地把右手轻轻放在江如蓝的左手上。江如蓝的手颤抖了一下，但没收回。只是脸一下红了，也不敢看温思雨了。

他们来到香格里拉大酒店西餐厅，却没看到科委的人。江如蓝拨了个电话："慧姐，你们人呢？"

慧姐说："如蓝，我们回家了。"

"你们搞什么鬼？"江如蓝有点生气了。

"我们不当电灯泡。"说罢，挂了电话。

温思雨望着一脸郁闷的江如蓝，不明所以。江如蓝也不能实言相告，只得含糊地说："他们记错了时间，都回去了。"

温思雨马上明白了，这显然是江如蓝的同事们使的诡计，不由想起司雪曾开的玩笑。在恋爱一事上，他有心理障碍，便想说"再约吧"之类的话，结束今晚的聚餐。不料江如蓝坦然地说："没事，我们吃我们的。"温思雨只好跟江如蓝走进了酒店。

香格里拉大酒店的自助西餐厅，举世闻名。他们俩挑了点心和饮料，找了个比较安静的角落坐下来，慢慢地品着。他们也没想到他们的第二次握手，好像演变成了一次很正规的约会，多少有点尴尬。

江如蓝找了个话题："真想不到你的演讲这样精彩。"

温思雨心里也十分得意，嘴里却说："你过奖了。"

江如蓝问："你说你用了两年的时间，才从英国走到中国，肯定经历了很多难关。"

"是啊。我当时被英国 C5 盯上了。"

温思雨便将那段难忘的风雨岁月一一道来。两人的谈话渐入佳境。

从酒店出来，便是江城一景：十里江滩。

江如蓝信步走向江边，温思雨也只得并排走着。

一阵西风带着长江潮湿的水汽迎面扑来，让江如蓝冷得打了个颤，不由自主地抱紧了双肩。温思雨很绅士地脱下风衣披在江如蓝身上。一股强烈的男人气息，立刻把江如蓝的身子包裹得严严实实的。这是江如蓝第一次让自己的身子裹进男人的体温里，不觉春心摇曳，不能自已。她有种被温思雨拥抱的感觉。她用柔媚的眼光看着温思雨，传递着爱的信息。温思雨也受到感染，但他却压抑着，避开江如蓝的目光。他觉得再待下去，会对不起这么好的姑娘。他想向江如蓝解释一下，却无从开口，也不想再次撕开已经快痊愈的伤口。

江如蓝见惯了男青年在她面前所显露出的不安，误以为温思雨此刻的踌躇也因此而起，心里责怪温思雨的胆小，嘴里却问："怎么啦，是不是有点冷？"

"是的，有点。"温思雨随口回答。

江如蓝便随口说道："那就回去吧。"

温思雨忙接住话头："好吧。"

江如蓝无论如何也没想到，温思雨会这样讲。但他的话已经出口，江如蓝也不好意思说别的，也只好遗憾作罢。

在省委大院附近，江如蓝让温思雨停下车。他们平静地互道声"拜拜"便分了手。

在回住宅的路上，温思雨一直在问自己：如果真邂逅一个心仪的女孩，你准备好了吗？以后事态的发展，他才慢慢意识到这次江滩与江如蓝的邂逅所造成的铭心之痛。他再一次扪心自问：谈恋爱，你真准备好了吗？

"什么准备好了？"

温思雨吃了一惊。站在面前的，竟是亭亭玉立的司雪！

007 阳谋，代表了正义

司雪的问话，让温思雨着实吓了一跳。好在温思雨感到司雪并没有听到他自语的全部，否则，会让他更尴尬。他搪塞道："想起了一件旧事。"

司雪明显感到她的问话让温思雨措手不及，好不得意：一向自以为是的帅才级人物，也有惶恐的一面。她不禁有点沾沾自喜，追问道："旧事都没准备好？"

温思雨很快恢复了常态，浅浅一笑："换频道。"

司雪当然不会穷追下去，但心里却在想，他刚与江如蓝分手，应该是说他们俩的恋爱没准备好？指的谁？是她还是他？

手机的铃声让司雪收回了思绪。她一看，眉头一皱，对温思雨说："孙总的。"

"你接电话，我先走了。"温思雨摆了摆手，径直向实验大楼走去。

"不碍事。"司雪回应着温思雨，跟上他的脚步，同时接通了电话，"孙总，有事请讲。"

听了几句，司雪便打断了孙渊的话："呃，打住！有事请来实验大楼，其余的地方免谈！"

她加快脚步跟上温思雨。以为温思雨会问点什么，不料温思雨压根就没问。她只好淡淡地说了句："孙总找我谈事，一会来办公室。"

"知道了。"

温思雨的语气也是淡淡的，但他的步伐却加快了许多，多少暴露了一丝不快的情绪。司雪心里不由一跳：他不喜欢孙渊找我？难道他刚才自言自语说的"你准备好了吗？"是说我？要是果真如此，我真的准备好了吗？

他们俩并肩从大楼的顶层电梯走出时，一眼就看到孙渊正坐在司雪办公桌后的大班椅上，悠闲地翻阅着桌上的资料。孙渊也显然看到了一同走出电梯的温思雨和司雪，却装着没看见，仍旧装模作样地看着资料。

温思雨注意到司雪脸上的不快，却没说什么。因为他真不知道孙渊与司雪的关系到底走到哪一步了，或许孙渊一直就这样，可随意翻动司雪桌上的私人物品，而司雪也可能对此默许了？

司雪从温思雨的眼神中，显然读懂了他的疑惑，所以她还没进门就用颇有些不快的语气斥问她的秘书刘丽："怎么随便让人进我的办公室？"

刘秘书委屈地辩解："我是请孙总在会客室等你，可孙总他执意……"

"司雪，别怪她，是我叫她开的门。"孙渊大咧咧地坐在司雪的大班椅，没有让座的意思，"我们至于这么生疏吗？"

温思雨仿佛没听到他们的对话，一言不发地从司雪办公室门前走过，径直去自己的办公室。他身后传来司雪声音："孙总，请坐到办公桌前边去。"

司雪的声音有点大，让温思雨感到这句话好像是说给他听的，心里无形中舒坦了不少。

司雪在进办公室前，注意了一下温思雨的办公室，发现他一反常态，并没关门。心里一跳：他很在意我和孙渊的事啊。

司雪对秘书说："刘丽，请帮我擦一下座椅。"

小刘忙用一块洁白的毛巾，认真地把座椅擦了一遍，然后走出办公室，随手把门带上。

"把门打开。"

或许是司雪一改喜欢关门工作的习惯，也或许是她今天说话的音量比平日大了许多，小刘硬是愣了一会儿，才似乎明白过来，拉开了房门。

"还是关上吧，"孙渊忙说，"我跟司雪说点私事。"

"不，刘丽，门就开着。你也别走。"司雪毫不含糊地说，"孙总，我们之间没什么私事可谈。如果没有公事，你可以走了，我要办公！”

孙渊的脸红一阵白一阵，但又不好发作，只能忍气吞声地说：“司雪……”

“请叫我司总！”司雪打断孙渊的话。

“你什么意思？”孙渊渐渐也有点不耐烦了。

“没什么别的意思。”司雪见他有点上火了，暗自得意。她想起了温思雨的谋略，同时释放多年的积怨，决定趁热打铁，“我叫你孙总，你叫我司总，相互尊重。”

孙渊忍住不快说：“以前我一直叫你司雪，还叫过雪儿……”

“那是以前。”司雪打断他的话，厌恶地皱起眉头，“你没觉得现在有什么不同吗？”

孙渊不屑地说：“哼！不就是来了个温思雨吗？”

“是啊，”司雪戏谑地看着孙渊，“这个变化还小吗？”

孙渊冷冷一笑：“哼，有靠山了？”

司雪肯定地点点头：“今天才晓得？”

孙渊终于上火了：“你不要以为姓温的来了，你司家就翅膀硬了，我告诉你，门都没有！”

“巨能集团的门是你开的吗？”不知什么时候，温思雨走了进来，冷冷地盯着孙渊。

孙渊一摆手，狂吼了一句：“一边去，这不关你的事！”

温思雨见他有点失态，大步插进他与司雪之间，怕司雪有什么闪失。

不料孙渊火气更大了：“嗬，真摆出一副英雄救美的架势。啧啧啧！”

温思雨微微一笑：“这个美我救定了！”接着他向门外打了个响指：“警卫进来，把孙总请出去。”

站在门口的两名警卫立即走进来，对孙渊说：“孙总请。”

孙渊恼羞成怒：“你算老几……”他没骂完，就“啊”的一声打住了，脸上痛苦地抽动了一下。原来温思雨握着他的一只手。

“孙总，去我的办公室坐会儿。”

温思雨边说，边握着孙渊的手向外走去。围过来的工作人员都莫名其妙地瞅着孙渊。不明白刚才还气势汹汹的孙总，这会怎么乖得像绵羊般随温总手牵手地走出门外。

“温总你忙，我还有事，先走了。”一出门，孙渊就小声说。

温思雨松开孙渊的手，一脸诚意地说：“孙总难得来一次，我得尽地主之谊啊。”

孙渊边揉着手边说：“谢谢温总，下次再说。”

“好吧，再见。”温思雨再次伸出手。

孙渊装着没看见，不敢伸手，一溜烟走了。

目睹这场景的司雪，暗自发笑。她知道温思雨搞的什么鬼名堂。这会儿，孙渊不知躲到哪里揉手去了。

到这个时候，温思雨才记起身后还有一个人。他转过身，斩钉截铁地说：“他想要挟你？门儿都没有！”

司雪真想扑到他怀里，但周围这么多双眼睛，她不敢，只是悄悄地把温思雨的手握了一下。两人目光一对视，脸都红了。

这时，温思雨的手机响了。他拿起手机聊了几句，关机后简短地对司雪说：“董事长的，让我们去。”

“好。”

温思雨和司雪并肩走进司力夫宽敞的办公室。司力夫吩咐邹秘书：“你到门外把关，今天不见任何人。”

坐定后，司雪给温思雨倒上热腾腾的咖啡。

“刚才的事我都知道了。孙渊很可能要跟我们摊牌。”司力夫开门见山地说，“目前，我们的巨能A1号系列产品优于石天虎所有系列产品。所以，我们的经济比天虎集团强大好多倍。但如果孙渊带着我们的全套技术投靠石天虎，我们的优势就荡然无存。所以，今天他就以此要挟我们，提出非分之想。”

温思雨问：“什么非分之想？”

司力夫没立即回答，只是用眼睛看着司雪。见司雪没作声，才愤愤地说：“他想娶……”

“爸！”司雪猛地打断司力夫的话，转身向门口冲去。

温思雨一把拉住司雪的手：“别走，他的企图，门儿都没有！”

“你有办法吗？”司雪疑惑地看着温思雨，慢慢把手从温思雨掌中抽出来。

温思雨忙松开司雪的小手，面带戏谑地说：“你坐下就有。”

“你的话并不幽默。”司雪这样说，但脸上还是露出点笑意，“我坐下了，洗耳恭听。”

温思雨问：“孙渊肯定会投靠石天虎吗？”

这明摆是个让人纠心的问题，但司力夫和司雪却从温思雨问话的脸上看到了喜悦。仿佛他早就等待着这一刻。

“我早就知道他私下一直在与石天虎来往，基至卖给石天虎一些技术，但有些关键资料他还没出手。若我们和他一摊牌，他必然投靠石天虎，后果不堪设想！我早想解决孙渊的问题，但投鼠忌器呀。”

“我要的就是这个结果。”温思雨冷笑一声，“董事长不必多虑。我早有安排，不过看来计划会提前。”

司家父女交换下眼神，又齐齐地盯着温思雨。

温思雨目光中闪过一丝玩味，但表情随即严肃起来：“我的计划是这样的。”

温思雨打开笔记本电脑，用了整整一个上午，详细地讲叙了自己的计划。

他的一席话，惊得司家父女俩目瞪口呆。他们无论如何不敢相信，这是一介书生所言。

“我怎么没想到？”司雪高兴得满眼都是小星星。

司力夫的表情则有点复杂：“好是好，不过有点损人，我们干脆早点上新产品A2，让石天虎知难而退。”

司雪立即反对：“爸，你又来菩萨心肠啊，他以前没少坑你。”

司力夫有些心烦：“他坑人，是他卑鄙。我不做坑人之事。”

“董事长，放他一马？门儿都没有。我不是在玩阴谋，是阳谋。阳谋代表了正义。”温思雨坚定地看着司力夫，两眼闪着寒光，“商场如战场，更何况他早视你为敌。今天给他喘息的机会，明天他就会背后捅刀子。”

温思雨心里却在喊：我要让他灰飞烟灭，尸骨无存！当然，其中的一个天大的理由没讲。眼下还只能放在心里。

司力夫原本还在犹豫，突然，他想起温思雨到公司的第一天晚上，发生在住宅的黑幕事件。虽然没调查出最后的结果，但是刘警官认为，这肯定是一起针对温思雨的阴谋。至于主谋是谁，还一时没有头绪。但司力夫的心里明镜似的：从事业上讲，温思雨是取代孙渊的不二人选；从生活上讲，温思雨的出现，绝对击破了孙渊的乘龙快婿之梦，而这点对孙渊而言，应该是致命的。而孙渊背后，就有石天虎的影子。因为整个案子没造成重大伤害，也就不了了之。但石天虎这类人在司力夫眼中，已归于豺狼类。所以司力夫最终默认了温思雨的计划。

接下来，他们商量孙渊走后的领导层格局。

温思雨说："很简单，司雪取代孙渊就行了，其他不变。"

司雪忙说："不行，你取代孙渊。"

司力夫说："司雪取代孙渊可以，条件是你要当总经理，并增加集团10%的股份。"

司雪高兴得拍着手："最好！"

这种格局是温思雨没想到的，他说："也不是我谦虚，我是怕影响实验室的工作。再说，我又没做多少工作，股份的事就免了吧。"

司力夫问："你不接受，就是嫌少。"

"不是不是。"温思雨说，"还有一点，司雪不能陷于公司的杂事中，她的重点仍然是实验室，我身边一刻也离不了她。"

这话一出口，三个人的表情就各自有点丰富：司力夫喜上眉梢。司雪满面娇羞。温思雨自知失言，只好装聋作哑。

司力夫想了想说，"那还增加一个行政副总，以减轻司雪的工作量。"

司雪马上接嘴："对，就赵姐。"

"赵姐？"温思雨没反应过来。

司雪说："就是综合部的赵部长。"

"啊，非常好。"温思雨记起来了，"我看她很关心董事长的生活。"

司雪笑嘻嘻地问："你也看出来了？"

司力夫装着咳了一下，打断他们："就这样吧。"

温思雨有点不解地看着司雪。司雪把两个大拇指面对面地撞了一下。温思雨才明白过来。不料这一幕被她老爸看见，狠狠地瞪了她一眼。她吐了吐舌头，跑出门去。这个动作，又让温思雨想起了谷雨，让他心里飘起了小雨，门外却传来银铃般的笑声。

温思雨不禁感慨万分：一个太苦，最后消失在苦海里；一个太甜，一生都泡在糖水里。人生啊，太不公平！

温思雨建议把今天的内容向赵婷通报一下，以便办公会上不出意外。司力夫认为不必。他了解赵婷，永远会与他保持一致。却没料到，事情的发展出乎他意料。

第二天上午，巨能集团召开总经理联席会，讨论集团重大的人事调整。到会人员是集团公司老总及两名副总及各分公司、各大部门一把手，共20人参加。大家见没通知孙渊，才坐实了孙渊出局的消息，面色都有点凝重而复杂。

司力夫主持了会议。他开门见山地说："昨天发生在实验大楼的事，大家应该知道了。其实，孙渊依杖把持着公司大权，欺上瞒下、巧取豪夺，大家应该知道。我之所以没动他，一则是十年以来，他对公司的发展还是有贡献的。另一则是处理他，我的确有些投鼠忌器。但昨天他公开踩到了我的底线，我才痛下决心，做这次人事调整。遵循公司章程第三条36款规定，就集团重大人事问题，有几项提议，在总经理联席会上讨论。下面，由司雪代我宣读提议。"

司雪说道："今天大会有两个重大内容。"她拿起文件，环视一周，待大家注意力集中后，朗声念道："第一项，经董事长提议，并经董事会批准，从即日起，免去孙渊巨能集团常务副总经理职务，并解除聘用合同。其所拥有的业绩股份，由董事会等值全额收回。"会场上立刻响起叽叽喳喳的议论。司力夫敲了敲桌子。待会场上静下来，司雪继续念道："第二项。董事长提议：董事长司力夫辞去中原巨能集团总经理职务，任命温思雨为中原巨能集团总经理。任命司雪为中原巨能集团常务副总经理。任命赵婷为巨能集团副总经理，分管行政。"

会议室立刻响起一片议论声。

司力夫说："请大家发表意见。"

会场上立刻静下来。几个与孙渊走得比较近的老总，相互望了望，又都看向赵婷。他们觉得，眼下能与董事长说得上话的，只有赵婷了。赵婷也感觉到他们的目光。但她此刻的思想十分矛盾。由于她不了解温思雨的战略决策，所以十分担心孙渊的出局和他可能投靠石天虎对集团带来的负面影响。她简单地把造成当前巨变的原因，归结为温思雨和孙渊的权力之争。她一直想尽力平复这种争斗，但没成功。她很想在这次会上做最后一次努力。她知道这样做会得罪司力夫，但为了大局，她决定铤而走险了。她举起手要求发言。

司力夫会心一笑："赵部长请讲。"

赵婷说："我建议对人事安排作点微调。"

会议室立刻响起一阵喧哗，打断了赵婷的发言。司力夫和司雪面面相觑、一脸震惊，他们绝对想不到，不和谐的声音竟来自赵婷。司力夫想起温思雨的提醒，但为时已晚。

"大家静一下。"司力夫轻轻敲了下桌子，会议室渐渐静下来，"赵部长请讲。"

赵婷已经读懂了司力夫的脸色，但箭在弦上，不得不发。她有点紧张，嗓子发痒，轻轻咳了两声，整理了一下思绪，说："两点建议：第一点，孙渊调整为分管生产的副总。第二点，我的职务不作调整。"

会议室立刻响起了几声赞同声。

"赵部长可能对今天会议的主题有点误解。"温思雨的话一出口，会议室顿时静下来，"今天会议的主题是两个完全不同性质的内容。一个内容是集团公司董事会的一份告示，宣布解除集团公司与孙渊的聘用合同。这一主题是个通知，不必会上讨论。宣布后，这个内容就翻篇了。沉舟侧畔千帆过，病树前头万木春。对整改后的局面，我充满信心！"会场上响起了掌声。温思雨注意到有几个人没鼓掌。他稍停了会儿，让大家消化一下，继续讲，"第二个主题才是可以讨论的内容，那就是司总宣读的几项任命。我对集团的人事调整，完全同意。"

入会者都意识到，从此刻起，巨能集团正式进入"司温时代"。

从这天起，温思雨和司雪的关系也迅速升温。然而，一件极不起眼的小事，却诱发了一场温司的生死之恋。

一天，作为总经理的温思雨想更多地了解公司，便请司雪带他到厂区走走。他们刚走进 01 车间，就差一点被一辆手推车撞上。司雪的大小姐劲头一下上来了："没长眼睛呀？"

推车人载着安全帽和一个大口罩，也没吭声，把推车费力地往旁边一弯，准备绕过去。却不料操作过急，这辆三轮推车竟然翻了，车上的东西一下全倒在地上，人也站不住倒在地上。后面的一个班头模样的人跑过来，一见挡住的是两位老总，就厉声喝道："怎么搞的，推个车都不会推，走……"

“住口！”温思雨打断工头的话，走过去拉起倒在地上的人。到这时，他们才发现，安全帽摔下后，推车的竟是个女人。虽然戴着个大口罩，但一对清秀的大眼，还是让温司雨和司雪认出，她竟然是叶小妹，不觉大吃一惊：“怎么会这样？”

“这不就是你想要的吗？”叶小妹索性把口罩摘下来，“如你所愿了吧！”

“叶小妹，你误会了，”温思雨忙说，“我不知道你工作变动。你今天就回综合部。”

司雪听出，这个漂亮的女孩与温思雨可能有故事。但如果温思雨不说，她永远不会问。她的心高傲着哩！而温思雨则认为，他与这个女孩原本就是萍水相逢，便也没把这事放在心上。当他们驱车离开最后一个车间时，意外地发现司力夫和孙渊，正走向厂区里最偏远的业已荒废的区域。

司雪正准备喊他们，却被温思雨拦住，轻声地问：“这是什么地方？”

司雪说：“爸爸起家的地方，孙渊就是从这里干起的。”

温思雨拉着她转身就走。他说：“老爷子还想挽救孙渊。”

司力夫和孙渊的面前，是一排灰色的平房。这排平房和巨能集团38层的大厦相比，那简直就连一粒沙子都不如，在大院现代化的环境里，显得非常不协调，甚至丑陋，但是它就是那样，年复一年固执地站在那里，不屈不挠。孙渊多次提议要将平房拆掉，都遭到司力夫的强烈反对。全集团大概只有司雪懂得这排平房对司力夫的意义：因为它是司力夫艰苦奋斗的见证。十年前，他就是在这排简陋房子里出发，走向了今日的辉煌。在以后的日子里，无论遇到什么样的艰难，司力夫都会在这个屋子里静静地坐上一会儿，就会充满了力量，充满了信心。那么他今天为什么把孙渊约到这里来谈话呢，因为这栋灰色的小房与孙渊也有一些渊源。十年，孙渊就是在这里应聘进入巨能集团的，而接待他的人就是司力夫。就是从这里起步，一个穷途末路的大学生，经过十年的打拼变成一个亿万富豪。那么今天司力夫把孙渊约到这里来谈话，就别有一番意义呢。

当他们两人在这里坐下来的时候。司力夫问他：“你还记得这个地方吧？”

“记得。”孙渊低声回答。实际上，从走进这座平房开始，他就有些恍惚。仿佛当年的应聘，就在昨天。

“那就好。一个人不能忘本。本是何物？本是人树之根。没有根树再大何以生存？忘了本的人犹如无根之树，无论外表如何光鲜，倒下只是迟早。希望你记牢此言。”司力夫一向儒雅的脸上，露出罕有的严峻，“你在巨能集团的十年，做了大量的工作，巨能集团不会忘记你。同时巨能集团也没有亏待你，我昨天到财务查看了一下，这些年，你的累计收入已上亿了。如果加上一些其他方面的收入，我想应该是一个很惊人的数字。”说到这里，司力夫停下来直视着孙渊。

孙渊当然明白司力夫的潜台词，就是指他额外的通过一些不合法的手段从公司经营中为自己获取的利益，另外还有数额惊人的灰色收入。但是，司力夫从来就没提这件事情。他深谙处世之道：水至清则无鱼。

“昨天你放在我桌上的辞职报告我看了，也批了。我相信，无论你走向何处，都不会干任何损害我们巨能集团的事。特别提醒你的是，不能到石天虎那边去。去了，就等于给自己挖了个坑埋自己。你一定要记住这句话。”

孙渊信誓旦旦地说：“董事长待我不薄，我绝对不会做任何损害巨能的事。”

虽然两人心里都明白指的是一些什么事情，那就是巨能集团现在的生产机密技术。虽然董事长心里明白，也懂得温思雨前两天讲话所表现的深谋远虑，但是他还是不希望孙渊犯这样低级的错误。这种错误，会让孙渊和石天虎一同走向毁灭，所以司力夫还是忍不住提醒孙渊。他听不听，就另当别论了。

“好，我相信你。刚才是我的临别赠言，这是我的临别之礼。”司力夫拿出一张现金支票递给孙渊，“这 1000 万不是巨能集团给的，是我个人送给你的，作为这些年，你帮助我的友情回报。”

孙渊脸涨得通红，站起来，双手颤抖地接过支票。

司力夫也站起来。他觉得该说的都说了，该做的也做得仁至义尽了。他从心里觉得对得起孙渊。他向孙渊伸出手说：“天下没有不散的筵席。我们握个手吧，好聚好散。”

孙渊赶紧伸出双手，紧紧地握住司力夫的手。此刻的孙渊，心里还真有一点感动，但回首这片朝夕相处 10 年之久的大厦、厂区和眼前的平房，回顾苦苦追求司雪的无数片段，一股旧恨新仇又涌上心头。孙渊就这样带着一种非常复杂的心情，走出了巨能集团。其实，连他自己也未必相信，从此刻起，他将走向一条不归之路。

008 与黑暗邂逅

在照无眠咖啡厅，温思雨和一位女士擦肩而过时，两人的手臂轻轻地碰了一下，那位女士的背包掉在地上，发出了一声很清脆的响声，好像什么东西摔破了。温思雨很绅士地弯腰拾起女包，是一款很精致的爱马仕坤包，递给女士：“不好意思，你看看是不是有东西摔破了？”

女士很优雅地微微一笑，说：“没事的，不会摔坏什么。谢谢。”说罢转身就走。但温思雨仍然坚持要她看一看。于是她打开手提袋，立刻浓香四溢。她取出一个破成半截的水晶瓶心烦地说：“糟了，香水瓶摔破了。这是我最喜欢的香水。”

旁边有人说：“天啦，是法国原装香榭丽舍香水，国内还没上市。”

又有人说：“这一瓶得5万多！”

温思雨平静地说：“没事，我应该赔你。我没带那么多现金，我们去附近的银行取吧。”

女士摇摇头：“那多尴尬，我们又不认识，就跟你走。”

温思雨一想也是，便不想说什么了，等她说。

“来，我们这边坐下说。”她也不管温思雨的意见，直接走进旁边一个小包间坐下。

温思雨也只好在她对面坐下来。到这个时候，温思雨才注意看了她一眼，发觉她活脱就是一个小明星，五官精致，身材丰腴，穿着昂贵而得体，应该是个富二代或者贵少妇。只是她眼神常透出一点轻浮气，有点与她整体的氛围不协调。

她显然注意到他的目光，便调侃道："我脸上长痣了吗？"

温思雨立刻收回目光，也调侃了一句："正在找。"

女士一笑，接着说："我们加成微信好友，你微信转账给我好了。"

到了这个时候，温思雨也没有别的办法，只好两个人加了微信好友，温思雨正准备给他转5万块钱的时候，这位女士握住他的手说："哎，你给我钱没用，我到哪里去买这款香水，不如还是你买吧，买到了再联系我。"

温思雨不想在这里再耽搁下去。他小心地把手从女士软软的手掌中抽出来："那就这样了，我先走了。"

直到温思雨的车开走了，秋艳妮才收回自己的眼光。多好的男人，又有担待又帅气，而且还不好色。想起她碰到的每一个男人，一见到她，眼睛都直了。而这个温思雨，连跟她多待会的意思都没有。跟这个男人好上了，此生就不虚度了。她边喝着咖啡，边胡思乱想。拿他与石天虎比，一个天上一个地下。尤其是石天虎要她勾引温思雨一事，让她彻底对石天虎绝望了。石天虎收她为情人时，她真享受了好一阵子，至少经济上存了几千万，要风有风，要雨得雨，虚荣心也得到极大的满足。但时过境迁，想到自己的现状，她气得连死的心都有！没办法，石天虎软硬兼施，逼她就范，并保证绝无二次。她才勉强答应试试。令人意想不到的是，被勾引方竟如此风度翩翩，而且在整个接触的过程中，规规矩矩，碰都没碰一下她。在她的印象中，那些交往过的男人，没有一个不想在她身上揩油的。温思雨是唯一的例外。甚至在她主动贴近他时，他都不露痕迹地挪开一点。既拉开了距离，又不让女士难堪，这才是君子之所为！而且他毫不迟疑地答应赔偿，却并无一丝想取悦秋艳妮的成分。秋艳妮打心里喜欢上这个男人了。从今天开始，她相信人世间还真有一见钟情之说。她扪心自问：你陷害这样的人，心里过得去吗？她有点害怕与温思雨的第二次邂逅，但她又非常期待与温思雨的第二次邂逅，想象着与他的鱼水之欢、燕尔之乐，就魂不守舍，夜不能寐。这是她生平第一次为一个男人而动情。情这个字，本来随着石天虎让她卖身而消亡，此刻却奇迹般地燃烧着她的灵魂，让她凤凰涅槃，浴火重生。她决定实施第二次邂逅，但她对石天虎的计划作了根本性修改。她知道这一修改的风险，但义无反顾。她决心让自己真正地做一回“人”！谁都没料到，秋艳妮的这个决心，救了温司雨一命。

一周以后，秋艳妮收到温思雨的微信，说法国香水已经从法国本土寄到，并询问何时何地给她。他们之间便有了一段堪称经典的对话。

秋艳妮：“温总你好，我是秋艳妮。”

温思雨：“我们之间好像没有互留电话？”

秋艳妮：“你觉得这是件很难的事吗？”

温思雨：“呵呵，请告知时间地点，我会安排人送去。”

秋艳妮：“我有那么让你讨厌吗？”

温思雨：“啊，请别误会，我近期有点忙，怕耽误你。”

秋艳妮：“你认为我这一生就只有这一瓶香水吗？”

温思雨：“可能得等几天，我才有空。”

秋艳妮：“有时，等也是一种享受。”

温思雨：“这样吧，就今晚 9 点，地点你订。”

秋艳妮：“香格里拉大酒店总统套房。”

温思雨：“改在一楼的咖啡厅。”

没等秋艳妮回话，温思雨便挂断电话，因为他已听出秋艳妮话中的暧昧。门儿都没有！他绝不给对方往这方面想的机会。

秋艳妮心里喜忧参半。喜的是他拒绝在卧室里见面，真是个少见的正人君子。忧的也是这一点，该如何让他上钩？她前思后想，也没有什么好办法，只得按石天虎的计谋来。她打了一个电话，在五星级的香格里拉大酒店订了总统套房，然后精心打扮了一番。一改以往妖艳的习惯，收拾成端庄淑女，简约不简单，高贵不奢华。再上了点淡妆。对着镜子一看，活脱就是一个雅致的白领丽人。

秋艳妮故意比约定的时间迟了 10 分钟下楼，目的是想让温思雨看到她走进咖啡厅时，惊艳四座的效果。果然，当她穿过大堂走进咖啡厅的那一刻，整个香格里拉一楼从大厅到咖啡厅，突然安静下来，空气也仿佛凝固了。人们被秋艳妮的绝代风华惊呆了：她身着一套浅红色的连衣裙，裙衫的胸部和臀部都包得有点紧，把这两处丰腴而柔和的曲线展露到极致。而裙衫的下摆却很宽松。她只需轻微一动，镶满橘红小花的裙边就翩翩起舞。再配以橘红的发卡、胸针和高跟鞋，整个人就是一幅油画，赏心悦目。只见她穿过无数人惊叹的目光，旁若无人地款款走向温思雨，莞尔一笑："温先生，让你久等了。"

"这是女人的特权。"温思雨起身，很绅士地拉开对面的椅子。

"我们坐沙发好吗？舒服些。"秋艳妮瞅了一眼桌边的双人沙发。

"那边靠近走道，这边坐吧，安静些。"温思雨指向别一边，是一对单人沙发，中间隔着张茶几。而且他不容秋艳妮表态，就直接走向单人沙发。他知道这样做有点失礼，但他别无选择。

温思雨的这个小小的举动，明显地表露出，拒绝与她共处一个双人沙发的提议，这更增加了秋艳妮对他的好感。她只好坐在温思雨对面的单人沙发上。

温思雨想尽早结束今天的邂逅。他立刻从提包中取出包装精美的香水盒，放在茶几上靠近秋艳妮一侧："法国原装，满意吗？"

"温总的眼光，那还有错？"

秋艳妮嫣然一笑，露出一排珍珠般的小牙齿，惹得温思雨心头一跳。他连忙站起来："那好，我还有事，就不陪你了。"

温思雨刚才闪过的一丝欣赏，当然没逃过秋艳妮的目光。到手的艳遇，岂能错过！她撒娇般抱怨道："温总，太不绅士了吧？"

不等温思雨答话，秋艳妮便对服务生说："来两杯摩卡。"

温思雨只好坐下来。同时，心里也暗自吃惊：她如何知道我喜欢摩卡？

不多会，两杯热腾腾的咖啡摆上茶几。香浓的味道，多少冲淡了刚才的气氛。

秋艳妮挟着双腿，稍稍侧过身，摆了个标准的淑女姿势，瞅着温思雨，把温思雨瞅得有点那个。他耸了耸肩说："我不是摩卡咖啡。"

却不料她摔来一句："你就是摩卡咖啡，"秋艳妮就汤下面，眼神火辣辣的，"我喝定你啦！"

秋艳妮的话说得十分有技巧。你可把她当玩笑，也可看成是一种真情的表白。关键在于听者愿从何而想。温思雨从她想与他共处两人沙发起，就品出她对自己有意思。想与他搭讪的女人多得去了，他对美女有很强的免疫力。此刻他只能揣着明白装糊涂。

秋艳妮无疑是位非常漂亮的女人，是男人，都会对她多一些关注，温思雨当然也不例外。但他感到自己在恋爱方面，还没准备好。如果他知道秋艳妮是想通过香水的事，与他走向恋爱，那他今天就不会来。为了转移话题，温思雨把香水袋往秋艳妮一堆："你看看，是不是你那一款？"

秋艳妮伸手去接，仿佛无意间，握住温思雨的手："谢谢你送我这么贵重的礼物。"。

"不是送，是赔。"温思雨面带微笑，从秋艳妮手中抽出自己的手，动作缓慢，却十分坚决。

"干吗这么咬文嚼字呀！就像上语文课似的。"秋艳妮撒娇了。

"我只是实话实说。"温思雨不为所动，侧过头，"服务生，买单。"

"别呀，你不会连一杯红酒都舍不得请我吧？"秋艳妮嗔怒地看着温思雨，美丽的大眼睛调皮地一眨一眨的。

温思雨是真的想走，但四周投来的疑惑的目光，又让他感到自己有些小气。当然，这个小气显然不是指钱。他说："我不胜酒力。"

秋艳妮不管不顾，要了瓶10年窖藏的人头马，斟了两杯，双手递给温思雨一杯。

温思雨只好接过来。

秋艳妮含情脉脉地盯着温思雨，举起酒杯："温总，我俩为什么干杯呢？"

"为法国香水。"温思雨拦住了秋艳妮的思路。

其实，温思雨真不能喝酒。到这份上，不喝也不行呀。他想，喝完就走。于是咬着牙，一口就干了，脸立刻就红光一片。秋艳妮立刻又要上酒。温思雨用手盖住杯口不让上。

就在这时，从邻近的桌上走过两个青年。其中一个手背刺着文身的说："美女，强扭的瓜不甜，让哥陪你。"

他一边说，一边准备拍秋艳妮的肩头。温思雨一甩手，把文身男的手打开，简短地说："走开！"

"呦呵，你还敢动手。"文身男一拳打过来。温思雨一伸手抓住对方的拳，借势用劲一拉，文身男就重重地摔在地上。厅里一片叫好。

温思雨盯着倒在地上的文身男，忽听秋艳妮惊呼："温总，你背后！"

他急忙转过，但为时已晚，背上被文身男的同伙扔过来的凳子重重地击了一下。他忍着疼敏捷地上前一步，以迅雷不及掩耳之势，一记上勾拳打在对方嘴上。对方痛苦地大叫一声，顿时满嘴鲜血，还吐出几颗带血的牙。秋艳妮赶忙拖住温思雨就走向大厅，迅速地拐进电梯。

温思雨说："我们跑什么？"

秋艳妮嗔怪地说："你想上电视啊。"

温思雨醒悟了。他明白，自己也是中原大地上的公众人物，这件英雄救美的花边新闻让记者八卦一下，被司雪和江如蓝知道，那还了得。他冲着秋艳妮点点头："那倒是。我们这是去哪儿？"

"到我房间躲一下。你现在走得出去吗？下面肯定闹成一锅粥了。"

他们来到秋艳妮订的总统套房。秋艳妮脱下外套。一袭紧身内衣，将她苗条而丰腴的身材展露无遗。温思雨赶忙把眼光移开。但他刚才的目光，还是让秋艳妮捕捉到了。她偷偷一笑，说："把上衣脱了，趴在床上，我给你做热敷。"

温思雨急忙说："不必了，坐坐就走。"

秋艳妮嫣然一笑："温总，你可能不知道，我是中原医大毕业的，中医专业，有正规的按摩师证书。"

温思雨"啊"了声，仍然没动。

秋艳妮不管他，自己走进洗手间，打开热水，将两条大毛巾浸在热水中，才走出来说："你背上肯定青了，有淤血，现在是最佳治疗时间。如果让淤血积累起来，你的背会肿得很厉害。要不是看在你英雄救美的份上，本小姐才懒得管你。"说罢，她动手给温思雨解衣扣。温思雨急拦住她："没那么严重。"

秋艳妮轻轻在温思雨背上拍了一下，温思雨立刻疼得跳了起来。

"不严重吗？"秋艳妮戏谑地看着他，"要不再来一下？"

温思雨急忙说："啊，别别。"

秋艳妮仍然在给他解扣子。

温思雨推开他的手说："我自己来。"

秋艳妮就缩回来，怪怪地看着他："行啊，有本事就自己来。"

果然，扣子解开后，往后一脱，背就疼得不行。

秋艳妮仍然是一脸戏谑：“自己来呀？”

温思雨第一次咧嘴笑了，没吭声。

秋艳妮一边帮他脱上衣一边说：“想不到你还会笑！”

给温思雨脱衣服的过程中，秋艳妮柔软的手常碰到温思雨的身子，两人来了感觉。温思雨感觉极不自然，有点想叫停，但又不好意思。秋艳妮的感觉则是春心荡漾，躁动不安。她被温思雨的一股强烈的男人气息所征服，已是醉眼朦胧。她下决心今天无论如何要把温思雨拿下！

秋艳妮用手机拍了个背部的照片给温思雨看。整个背部都是青的。温思雨更加感到问题的严重性。他乖乖地听从秋艳妮的吩咐趴下，想把枕头垫在脸下，但他头一抬就疼，秋艳妮只好弯下腰抬着他的头，再把枕头塞到他脸下。她有意把胸部压在温思雨赤裸裸的背上，想测试一下温思雨的反应。感到温思雨一颤，往下让了让。秋艳妮知道，打温柔牌或许对他无效。她开始给他做热敷，敷得背上红了，她用手做起按摩来，感到温思雨的肌肉很棒，不由心里痒痒的。

温思雨也是个正常的男人，再怎么拒绝秋艳妮，在她柔嫩的手下，他的身子也躁动起来，不由有点害怕。他真还没有做好继谷雨之后，重新接受女人的准备。他说：“不用按摩，就热敷吧，效果好些。”

至此，秋艳妮完全打消了用自己特有的魅力征服温思雨的想法。看来，还得依计而行。很快，温思雨在舒服的热敷中，再加上酒精的作用下睡着了。她飞快地调了一杯特制的饮料，同时把手机调成录像模式，对好方向，并做了点伪装。她为自己的作为叹口气，但也没办法。这是唯一的机会了。但她明白，她是不会按原计划把录像交给石天虎，让他将来要挟温思雨的。她是留给自己的。如果他俩最终不能走到一起，她会珍藏这一段一夜情。一想到“情”，她就情不自禁地伏下身，在温思雨背上吻了一下。结果把他吻醒了。他咕噜了一句：“口好干。”

秋艳妮马上把调好的饮料递过去，温思雨一饮而尽，不一会儿就有些迷糊了。秋艳妮检查了窗帘严不严后，去冲了澡，挨着温思雨躺下。不一会儿，她就感到温思雨身上开始有反应了。她知道药物在起作用。

这时，温思雨好像醒了，转过身来。眼神朦胧，眼圈红红的。他隐隐约约地感觉到，眼前的这个女人，好像是自己的初恋情人。他喊了声“谷雨”，猛地把她搂在怀里狂吻起来。

一阵激情过后，两人渐渐入睡了。温思雨睡得并不踏实。他虽然仍在药物的作用下昏昏沉沉，但潜意识里，还是感到哪儿有些不对头：在他们行燕尔之乐时，他的谷雨一向都是娇羞无语，而此刻的她却浪声浪气。而且最亲爱的谷雨不是死了吗？前不久，我还给她扫墓……他突然彻底清醒了：我被人算计了！他侧身一看，果然是秋艳妮！怎么会这样？他急忙拾起地上的衣服穿上。在他低头穿鞋时，看到床头柜上的一只茶杯，里面还剩一点淡蓝的液体。他记起这是秋艳妮给他喝过的饮料。他想了一下，用纸巾吸干了饮料装进桌上的小塑料袋，然后轻脚轻手地走出房。

听到关门落锁声，秋艳妮才睁开眼。其实，温思雨轻轻把秋艳妮从怀里移出时，她已经醒了。她怕温思雨责难，所以装睡。她回想了温思雨的一言一行，心里漫起一阵甜蜜。她记起了录像，翻身下床，就翻开手机里的录像，慢慢地欣赏起来。看着看着，她的心又躁动起来！

温思雨走出香格里拉大酒店时，心情十分复杂。他能确认自己中了秋艳妮的招，但他却气不起来。因为他经历过无数次女人的类似追求，当然，为了和他交友，女人们使尽了各种手段，温思雨已经见怪不怪了。不过像秋艳妮这样另类这样疯狂的追求，不惜以身相许，还是第一次。他曾经有过一个英国女人的狂热经历，他理解她们的行为，都是“情”字惹的祸！所以，他虽然不耻秋艳妮的行径，却并不记恨她，但决心一有机会，便要让秋艳妮断绝这份念想。他知道这样对待一个女孩子，有些残酷，但如果不做得绝情点，后果或许会更残酷！

温思雨回到办公室，头还有点晕晕乎乎的。整栋大楼，除了警卫，空无一人。他反锁房门，对那团粘有液体的纸巾进行化验。果不其然，液体含有催情剂和梦幻药两种成分。秋艳妮的目的是什么？如果只是情浓所致，倒也罢，以后远离就是。怕就怕事情也许不那么简单。他在网上搜了一下，不搜则已，一搜惊人：原来她是石天虎的情妇！温思雨吓出一身冷汗：我今天邂逅了黑暗，将如何走出围城？他明白，自己惹事了，惹上大事了！懊悔不已。真是最毒妇人心！他往最坏的方面想，无非是整了段录像，再以此来要挟他。他冷笑一声，门儿都没有！反正自己单身，反正自己也不打算找人，损不了什么人。这段录像，正好能打消司雪和江如蓝的刚刚萌芽的感情，省得自己摇摆不定。这样一想，心里就释然了。不过对秋艳妮的印象，都变成了恨！但一转念，万一有一天江如蓝或司雪看到这段视频怎么办？他不禁有些懊恼。又想，自己不是一直在抗拒她们吗？这不正好。你想睡觉，人家就送枕头。尽管他这样宽慰自己，然而，心里还是五味杂陈。突然间，他又有点可怜秋艳妮。她与自己无冤无仇，肯定不会这样设计陷害自己。只有一种可能，受石天虎驱使。一个花容月貌的女人，又正值青春年华，却受制于人，做出如此下作之事，值吗？更可恨的是石天虎，竟然为了牟利，将自己的情妇拱手于人，简直禽兽不如！真是旧恨又添新仇。石天虎，有你哭的那一天！

此刻的石天虎，正在前往香格里拉大酒店的路上。他也在心急火燎地想得到那盘香艳无比的录像U盘，但内心仍然有点隐隐作痛：毕竟秋艳妮是他女人中最让他宠爱的女人啊！

009 我不是好女人，但也有底线

夜深了。秋艳妮斜靠在床上，一遍又一遍地在笔记本电脑上欣赏温思雨与她的录像。她用这种办法排解自己对温思雨的相思。她感到自己真的是无可救药地爱上了温思雨，虽然她知道，这是个遥不可及的梦。人不可能想什么就要什么，但一个人必须有梦。因为梦常常能把无法实现的东西变成现实，哪怕是在梦中，也会获得片刻的慰藉。此刻，秋艳妮正在做一个永远无法圆的梦。温思雨是她的第三个男人，却是她真正爱恋的唯一一个男人。他长得那么帅，气质那么非凡，谈吐那么高雅，那方面又那么棒。总之，她喜欢他的一切。他赔的那瓶法国香水，她永远不会用。想他的时候，便打开嗅嗅，仿佛那淡淡的芬芳是他的体气。

秋艳妮想起与温思雨的最后一次微信。

他问："你为什么这样糟蹋自己？"

"我是被迫的。"她哽咽了一句，泪水就下来了。

他问："录了视频吗？"

"没，没有。"她的语气有点慌乱。

"马上删掉！"他用命令的口气说。

不一会儿，温思雨的微信上就收到了删除视频的截屏。

“你本质上不是个坏女孩，要远离石天虎。有困难找我。”

显然他知道了秋艳妮的身份，当然也知道了她是被石天虎当枪在使，但是他肯定不知道，开始是那样，但以后却不一样了，她真恋上了他，而且发誓不害他，决心从阴谋中退出。所以，她至今没向石天虎交出录像。这段录像，她视为生命。人怎么会把生命交给一个作贱自己的人呢？她想，不错，我是个坏女人，但也有底线。

这时，门那边传来钥匙开锁声。门已反锁，开不了，手机便响了。

秋艳妮知道是谁。

石天虎有点烦：“反锁干什么？快开门。”

秋艳妮也有烦：“我睡了，有事明天说。”

石天虎吼道：“开门！”

秋艳妮知道，她再不开，他真会撞门。她不情不愿地把门打开。

石天虎一关门，便紧紧抱住秋艳妮一阵猛亲。见秋艳妮一动不动，没一丝反应，便停下来：“你怎么啦？”

“我已经被你送人了。”她冷冷回了一句，从石天虎怀里挣脱出来，走到窗边。窗外，夜色如漆，有如她的心情。

石天虎望着她身着睡衣的诱人背影，忍不住走过去，从后面搂着她：“都过去了，老想那干嘛？”

秋艳妮转过身，再次从他怀中挣脱出来，愤怒地说：“你把我当成什么？我是人！”

石天虎讪讪一笑，想再次抱秋艳妮时，秋艳妮用手一挡：“这样有意思吗？”

石天虎忍着怒气把烟头一扔：“东西呢？”

“什么东西？”秋艳妮明知故问。

“录像。”石天虎阴沉着脸。

秋艳妮冷冷地说：“什么都没做，录什么像。”

石天虎看着她：“干坐了一晚上？”

秋艳妮说：“他喝醉了，一醒就骂人，走了。”

“谁信啦？”石天虎又点了支烟。

“爱信不信！”秋艳妮的话像砖头，抛了出来。

“你应该知道撒谎的后果。”石天虎恶狠狠地说，眼里露出凶光。

“知道，不就是死吗？”秋艳妮冷冷一笑，“这样活着，跟死有什么区别！”

“你好自为之吧！”石天虎拉开门就走。

直到门哐啷一声关了，秋艳妮才腿一软直接坐在地上。她刚才是硬撑着，内心却怕得要死。跟了石天虎几年，当然多少知道一些石天虎手狠心辣的勾当。岂能不怕？她用最短的时间收拾好细软，打算悄悄地离开这个是非之地。却不料一出房门，就被人捂住了嘴：“别出声！”她听出是江光剑的声音，才放心了。

他们回到房内，反锁房门后，江光剑小声说：“出不去了，从隔壁走。”

他们来到阳台上，从边上翻到另一个单元的阳台上，所幸房内无人。他们从这一栋溜出大楼。江光剑把她拉到一僻静处，这里停着一辆挂着外地牌照的出租车。江光剑给她张纸条和一把钥匙：“到这里住下，房子是我的，马上走。”说罢拉开车门，要把秋艳妮推进去。

“等等。”秋艳妮赶紧拉住他，眼里满是期盼，“一起走。”

“那就都走不了！”江光剑突然紧紧抱住秋艳妮，重重地亲了她一下。因为过猛，两人的嘴唇都碰出血了。他简短地说了声“等我！”便把秋艳妮塞进出租车，拍了拍驾驶室车窗，出租车便离他而去。此刻的江光剑已泪下如雨。他把混合着泪水的鲜血，全部吞进肚里。他恨恨地说：“谁要是伤害我的妮姐，就准备拿命来！”他拉开车门，一脚油门，车子便呼啸一声，飞驰而去。

江光剑原路返回到秋艳妮门外，叫来楼下的几个人，用万能钥匙打开房门，发现室内空无一人，都慌成一团，要向石天虎报告，被江光剑拦住：“你想找死呀！”

大伙不解地望着江光剑。他其实想给秋艳妮争取时间。“我们找点蛛丝马迹再说。”

他们在房里搜了一阵，断定是翻到邻屋逃走的。他们也如法炮制，翻到邻屋追到地下停车场，又侦查了一会儿，一无所获。这一折腾，两个小时就过去了，估计秋艳妮也远走高飞了。江光剑才向石天虎报告。果然石天虎暴跳如雷：“还不快去找？车船码头机场，分头去。”同时，石天虎拨通了一个电话，只说了三个字“秋艳妮”，便挂机。10 分钟后，石天虎接了电话：

“车船机场酒店都无记录。”

石天虎大惑不解：“她人间蒸发了？”

两小时后，江光剑一行回到公司。江光剑给石天虎去电话：“老大，没找到。”

“都滚到我办公室来！”石天虎大吼一声，嗓门非常嘶哑。大伙知道，这是大怒了！不由一阵惊慌，面面相觑。他们知道，这样发怒，搞得不好要死人的！但江光剑心里有准备，知道如何应对。他沉着地看着大家：“你们都闭嘴，听我说。”

众人连忙点头：“听剑哥的。”

江光剑领头，他们一行八个人走进了石天虎办公室。8个人还没站稳，就听到石天虎厉声地大吼：“跪下！”

大伙都吓了一跳，七个人都跪下了，唯独江光剑站在那里平静地问：“凭什么？”

石天虎冷冷一笑：“你们堂堂八个男子汉，看不住一个女人。还好意思问凭什么？”

江光剑也冷笑一声：“老大，你为人是赏罚分明的，但是你今天这样处罚我们不公。”

石天虎突然逼近江光剑：“怎么不公？你今天不讲清楚，老子让你横着出去！”

江光剑毫无畏惧地盯着石天虎：“老大，你昨晚跟秋艳妮闹翻，4小时后才要我们动手。你以为秋艳妮傻到等我们去抓呀。”

“那怎么连公安都查不到她的行踪？”石天虎逼视着江光剑，江光剑嘿嘿一笑：“老大，你真的是急糊涂了，这点小伎俩她不懂？”

石天虎长叹一声：“唉，当时就该把她收拾掉，我今天真的是妇人之仁啊！好，这件事情不怪你们。都起来吧。”

七个人这才站起，一个两个都歪歪倒倒的。

石天虎回到大班椅上：“那你们说怎么办？”

江光剑冷笑一声：“老大，秋艳妮会白杀吗？”

石天虎冷笑一声：“她恐怕还没那个胆。”

“那就好办了，只要活着，我们就有办法找到他。”江光剑显出很白信的样子，“老大，你给我一个星期的时间，我把她找回来。活要见人，死要见尸。”

“痛快！”石天虎马上兴高采烈，大喊一声：“拿酒来！”

立刻有人抱来两瓶52度的飞天茅台，倒满9杯，“来，光剑，什么都别说，都在酒里！”

大伙一饮而尽。唯独江光剑没喝。

石天虎横了江光剑一眼。江光剑忙说：“老大，我酒精过敏，你知道的。”

石天虎一摆手：“你们都出去，我还有点事要跟光剑谈谈。”

那七个人鞠了个躬都退出去了。江光剑知道有重要的事情。他把门锁上。

石天虎亲切地把江光剑拉到沙发上：“我今天要交给你一件非常重要的事情，这关系着天虎集团的存亡。”他从怀里掏出一张照片，“认得他吗？”

江光剑盯了会说：“有点面善。”

“巨能集团新任总经理温思雨。”石天虎一巴掌拍在照片上。

江光剑吓了一跳：“你敢动他？！”

“没办法，他不让我活，我就不能让他活。你从今天开始，要盯住温思雨的一举一动，下一步怎么走，听我的消息。”石天虎恶狠狠地说，“我想会他一次，让他自己选择生死。”说罢，拿起了手机。

一阵刺耳的手机铃声，让一向处事不惊的温思雨也脸色一变。这种特别暴力的铃声，专为危险设置。该来的终将会来，我等你好久了！他一看，果然是石天虎的。温思雨的手机设置有几个习惯。一个习惯是，重要的相关人物，无论有无往来，必须存下。再一个习惯是，已存人员分为3大类：同事亲友，重要人物，绝对敌人。石天虎便是第三类，而且是第三类中唯一的一个人。

温思雨让刺耳的铃声一直响着，直到最后一刻才按下接听键，用不耐烦的口吻问：“哪位？”

石天虎一愣，没想到对讲口气这么粗。他冷笑一声说：“石天虎。”

温思雨佯装不知，好像想不起是谁：“我们认识吗？”

“我们在剑桥见过面！”石天虎有点不信。

“呵呵，剑桥认识我的人多得很，”温思雨冷冷地说，“还真记不起你是谁。”

石天虎气不打一处来。他的嗓门也高起来：“我是天虎新能源集团的董事长石天虎，想请温总聊聊。”

“啊，原来是石董事长，失敬失敬。”温思雨的话很客气，但语调却仍然是冷的，“我们不正在聊吗？”

石天虎忍住气：“想见一下温总，就这么难吗？”

“啊，石董事长误会了，”温思雨知道适可而止，“那就听石董事长安排了。”

石天虎大喜过望：“好，明晚9时，照无眠咖啡厅1号包间恭候。”

又是那个照无眠咖啡厅，他想起秋艳妮，看来要小心一点。嘴里却应允道：“好的。”

刚放下手机，铃声又响起。温思雨一看，是个陌生的电话，便挂了。铃声马上又响了。温思雨无奈地接了：“请问哪位？”

“是我。”温思雨正准备挂掉，话筒里响起了秋艳妮急切的声音，“你别挂，有重要的事告诉你！”

温思雨放在关机键上的手指停下来，迟疑了会，冷冷地说：“我劝过你离开石天虎，你没听。我们没什么好说的。”

秋艳妮赶忙讲：“我因为没按石天虎的指令办，他要害我……”

“什么指令？”温思雨打断她的话。

秋艳妮急切地说：“他要录像。我说没录。他要害我，我现在已经在逃亡的路上了。”

温思雨一阵愧疚，语调也柔和了许多：“你需要什么帮助，告诉我。”

“不需要。”秋艳妮心里一暖，声音就哽咽起来，“记得我就行了。”

温思雨含糊“啊”了一声，算是回答。又觉不好，补了一句：“你发个银行卡号给我，我打点钱。一人在外，要多备点钱。”

一听这话，话筒那边终于“哇”的一声大哭起来。

温思雨忙喊她：“秋艳妮，秋艳妮！”

秋艳妮说了声“你要小心点！”便挂了电话。温思雨回拨过去，那边已经关机。

温思雨长叹一声，只好作罢。

温思雨放下手机沉思起来。虽说他与石天虎是世仇，但石天虎的天虎集团，又是巨能集团的最大竞争对手，所以必须与司力夫通报一下，以免引起误会。他拨通了邹秘书电话："邹秘书，安排我见一下董事长。"

几分钟后，司力夫亲自来电话："思雨，我等你。"

温思雨走进司力夫办公室，见司雪也在，便向她点点头。

温思雨简短地把石天虎邀约的事说了一遍。

"不能去，石天虎有黑社会背景，好多人都吃过他的亏。"司雪第一个反对。

温思雨眉头一跳。他想起遭遇秋艳妮，更加深了对石天虎的鄙视。一个为了私利连情人都可以奉出的人，确实是非常危险的。

司力夫点点头："是啊，最好不和他发生任何瓜葛。"

"躲不是办法。"温思雨平静地说，"躲过了初一，躲不过十五。"

司力夫说："我们是老对手啦，让我去。"

"绝对不行！"温思雨坚决地说，"石天虎的事，由我一个人对付，你们都不要插手！就这么定啦！"

温思雨不待他们父女表态，起身就走。

司雪忙说："我跟你一起去。"

温思雨头都没回，只是举起手摆了摆。

司雪抱怨说："爸，你也不拦一下。你不怕……"

"石天虎要暗算他，不会来明的。"司力夫打断她的话，"倒是从今往后，要加强对温思雨的保护，防患于未然啊。"

"爸，思雨他不能出事啊。"司雪的眼底泛起一阵红色。

"爸爸知道你的心思。"司力夫搂着司雪的肩膀，"给刘警官打个电话。"

这顿鸿门宴肯定凶多吉少，自己该如何应对？每每遇到难题，温思雨都会独自一人来到湖边、江边或者海边，极目水天相连的远方，聆听阵阵涛声，嗅着岸边散发的清香，寻找慰藉或者灵感。此刻，他就站在南湖之滨，静静地思考着 A2 系统中的一个难点。感到进入了一个死胡同。他拾起沙滩上的一片石块，弯下腰按水平方向把石块抛出去。石块在清澈的湖面溅起了 5 个水花才沉入水中。他对自己的表现十分不满，因为以往，至少是 8 个水花。他又拾起一片石块，正准备抛出，不料水面飞去一片石块，接连打了 9 个水花。他高兴地喊了声："好身手！"却没听到回音。转身一看，不由愣住了：竟是面如桃花的秋艳妮！湖边微风把她的披肩长发和紫罗兰的连衣裙都吹向湖边，使她的身姿看上去有点倾斜，让温思雨有一种她要飘走的感觉。

“温总，这么巧！”秋艳妮显然对温思雨所流露出的欣赏十分满意。她轻轻地拢了一下吹向一边的头发。动作也分外优雅。

“呵呵。”温思雨赶忙收回目光，想起前几天与她的荒唐事，竟显得有些许不自在。

“我观察温总有一会儿了。”秋艳妮反倒显得十分坦然，仿佛与温思雨什么也没发生过。她走近温思雨，“温总心里有事？”

“是啊，遇到点难题。”温思雨敷衍着，想尽早结束这场邂逅。

“我也是，遇到难题喜欢到湖边思考。”

温思雨故意看了看手表，说：“对不起，我要回公司了。”

“温总，”秋艳妮喊住他，“或许这是我们最后一次见面了。”

“啊。”温思雨疑惑地看着秋艳妮，不知她又想搞什么鬼。

“我要跑路了，走之前偷偷来跟你告别。”秋艳妮的脸一下暗淡下来。

“呵。”温思雨似乎明白了点。他略微停了一下说：“这样的日子不会很久。”

“多久？”

秋艳妮杏眼圆睁，看得温思雨不敢直视。这女人实在太美了！他没再瞅秋艳妮，只是伸出一根食指。

“一年？！”秋艳妮瞪大了眼睛。

温思雨肯定地说：“最多一年。”

“太好了！”秋艳妮猛地扑过去，紧紧拥抱着温思雨，任温思雨怎么推她也不松开。

秋艳妮的温润、软柔、芳香缠绕着温思雨，让他一阵眩晕，甚至身体都有了反应。他明白，这样下去是不行的。于是，他果断地推开秋艳妮：“别这样！”

秋艳妮被温思雨的态度激怒了。她一把拉开衣领，露出脖子和乳罩喊道：“你看看，我被折磨成什么样了？”

温思雨一看，大惊失色。只见秋艳妮的脖子和胸前，一道道紫红色的血痕。雪白的乳房上清清楚楚显示出一排排牙齿咬过的凹迹，有些凹迹上已是血迹斑斑。温思雨立刻双手合上秋艳妮的衣领，连抱带拖地把她拉到一处密林中，整理好她的衣领，用命令的口气说："从现在起，你再也不能回到你的住处，也不要和任何人联系，远离江城，重新找过隐蔽的地方躲起。"

"可是我什么也没带，而且……"

"你所有的需要都由我负责。"他打开提包，拿出一打钱，"你先拿着。我再微信转账给你。"

温思雨一直把她送到车上，最后叮嘱一句："记住，没我的通知，不准回来！"

秋艳妮发动了车，却没开，而是放下车窗，眼巴巴地用乞求的眼光看着温思雨，很想让他吻别一下。温思雨却退后一步，拍拍车门说："保重。"随即大步向自己的车走去。

秋艳妮推开车门，向温思雨追过去。温思雨听到身后啪啪的高脚鞋声，正准备转过身去，却被秋艳妮从背后熊抱了一下，然后跑回自己的玛莎拉蒂，一脚油门，车便呼啸而去。

秋艳妮胸前的伤痕告诉他：明天的鸿门宴等着他的是什么！

010 单刀赴宴

当温思雨昂首阔步走进照无眠咖啡厅 1 号包房时，石天虎不由在内心点赞了一下，单刀赴宴，果然是人中吕布，气度不凡，胆识过人！遂暗下决心，一定要将此人纳入麾下，为己所用。如果不能如愿，也不能让他为别人所用。他急忙站起，伸出右手："温总，欢迎欢迎！"

石天虎握住温思雨的手，并没马上松开。他暗暗使劲。温思雨让他下力，不动声色。石天虎是习过武的人，力大无比。但他握了对方一会儿，对方毫无感觉，正暗自称奇，却不料对方一发力，疼得石天虎差一点叫出声来，他知道自己今天遇上高手了。

温思雨也见好就收："石总好手段！"

石天虎嘿嘿一笑："彼此彼此。"

落座后，石天虎客客气气递过茶谱："温总喝点什么？"

温思雨摇摇头："近来失眠，晚上沾不得咖啡茶水。"

石天虎戏言："怕有蒙汗药？"

"有过类似经历，没齿难忘。"

一听这话，石天虎眉头一抖，想起秋艳妮，嘴里却很随意："说笑了，就喝天山冰泉吧。"

服务员拿过来两瓶，给他们各倒了一杯。

石天虎随手递过一张百元纸币：“你退下吧，把门带上。”

服务员道了谢，轻轻关门离开。

石天虎递过一支烟，温思雨说：“不会，你请便。”石天虎犹豫了一下，放下烟。温思雨瞟了一眼，是时下最高档的雪中3000。

石天虎盯了温思雨一小会儿才开口：“人们常说，光阴似箭，日月如梭，真一点不假。两年前，我追到英国，见温总一面的事，恍若昨日。”

“想不到石总还有诗人情怀。”温思雨看似赞赏，实是讽刺。

“实不相瞒，在大学4年，我学的是理工，理想却是成为一个诗人。”石天虎真有点动情了，“‘对酒当歌，人生几何？譬如朝露，去日苦多。’曹孟德的《短歌行》，至今仍是我人生的座右铭。”

温思雨没想到，一场预料中的唇枪舌剑，却是如此诗意的开头。而且沉湎于过去的石天虎，还真显露出一丝文人的气质。这与黑社会一说，相去甚远。

“哎，扯远了。”石天虎收回思绪，“我主要想说的是，人生苦短，要懂得珍惜。”

“你是说我不懂得珍惜？”温思雨一下子挑明了主题。

“我认为是的。”石天虎毫不掩饰，“以你的本领，巨能集团把一半的股份给你，都不为过。但他们只给了你5%的股份，而且还设置了条件……”

“那是我起草的协议。”温思雨打断他的话。

“啊！”石天虎吃了一惊，看来信息有误，但马上收回表情，“要我是巨能董事长，会坚决反对！”

“你的意思是，我如果加盟天虎集团，你会给我50%的股份？”

石天虎没搭腔，却从公文包中抽出一份文件：“你仔细看看。”

温思雨接过文件，一目十行地浏览了一遍。确实是一份没任何附加条件的合同，他可获取天虎集团49%的股份。

石天虎掏出烟，又放下。温思雨见他如此自律，有些意外，便说：“你抽吧，我不介意。”

“谢谢。”石天虎掏出一款金光闪闪的打火机，咔嚓一声点着了烟，顺手把打火机重重地放在茶几上。

温思雨听说过这只打火机，机身上点缀着一排排货真价实的钻石，价值百万。它彰显着拥有者的身份，也暴露着拥有者的张扬。从一点，他又与黑社会很近。

石天虎美美地猛吸了几口才说：“你应该知道这款打火机。”

温思雨未说知否。

“知道它的人，都说过于奢侈，我说不然。那是他们不了解我的人生信条。我是个彻底的享乐主义者。古代的享乐主义者的信条是‘人生行乐需及时，莫使金樽空对月’。”

“那石总的信条是？”

石天虎美美地吸了一大口烟，说：“世上所有的事都能等，只有享受不能等。”

“经典。”温思雨击了一下掌。

石天虎一笑，问：“合同还行吗？”

“看上去很诱人。”温思雨决定发起挑衅了，“但天虎集团不适合我。”

“为什么？”石天虎有些意外。

温思雨平静地说：“因为我是一个正直的人。”

“正直？都什么年代了，还坚守正直？”石天虎把烟蒂一扔，有点像扔正直一样，“正直是什么？是愚蠢的代名词。在我的辞典里，就没有‘正直’这个词。只有弱肉强食。一百年以前达尔文就说过，适者生存。也是这个理儿，不过说得文雅一点。”

温思雨饶有兴趣地看着他，有点欣赏的感觉了。

“我不想做当代的英雄，但我自以为是时代的枭雄。枭雄干事，就唯利是图，不择手段。”

“包括尔虞我诈？”

“包括。”

“包括残害无辜？”

“那要看这个无辜碍不碍事。碍事者就不是无辜。”石天虎猛吐出一行烟，用手一扇，“他们只能灰飞烟灭！”

温思雨冷冷一笑：“你这么自信，那还约我做什么？”

“想救你一命。”

“还是想想如何救你自己吧。”温思雨面带微笑，语调却充满讥讽。

“救我自己？哈哈！”石天虎把要放在嘴上的烟放下来，带着奇怪的神色看着温思雨，“你错啦，我从不想如何救自己，如果到了那个要救自己的时候，我会果断地，毫不犹豫地把自己了结。绝不苟活！”

温思雨又吃了一惊，这是他见到石天虎以后的第二次惊讶。他真没想到，石天虎还真是个人物啊。

温思雨仍然是面带微笑，但语调依然是充满讥讽：“石总，出来混，总是要还的。”

石天虎点点头说：“对，这话说得在理，总是要还的，但在还之前，自己还得好好过啊，老想还干什么？你们这些人哪，就是老在瞻前顾后，活得不痛快。”

“我明白了，你为了自己的痛快，可以让周围所有的人都不痛快。”

“我纠正一下你的话，温总，不是所有的人，是所有妨碍我的人不痛快！你必须签这份合同。”

温思雨突然收起笑容，冷冷地说：“想我签约？门儿都没有。我就是你身边让你不痛快的人！”说罢，抓起那份合同，撕成碎片扔进垃圾桶。

石天虎猛地站起来，恶狠狠地逼视着温思雨：“你到底想干什么？”

“想干掉你！”温思雨平静地直视着对方，“但不是今天。”

石天虎把水杯往地上一摔，大吼一声：“你不要敬酒不吃吃罚酒！”

包间的门突然被踢开了，冲进几员壮汉，虎视眈眈地盯着温思雨，等着石天虎的口令。

他们竟敢在光天化日下动手，这多少让温思雨有些意外。很显然，一场力量悬殊的贴身肉搏就近在眼前。

“图穷匕现了吧！”温思雨平静地坐在沙发上，眉头都没有动一下。只是脸上露出戏谑的表情，眯起眼睛，玩味地瞟着怒发冲冠的石天虎，右手不动声色地握住落地灯的金属灯杆。

“等等！”石天虎举起右手，“你现在改变主意也还来得及。”

温思雨冷笑一声：“你现在改变主意也还来得及。”

石天虎低沉地说了声：“动手！”

几个壮汉猛扑过来。几乎同时，温思雨手上的落地灯杆横扫过去，砸在前面三个人的脸上，一阵哀号。温思雨乘机跳起，左手紧锁石天虎的咽喉，右手将石天虎的右手反扣在背后，两手同时发力，人高马大的石天虎就瘫倒在温思雨的怀里，呼吸困难。

温思雨厉声说道：“叫他们滚！”

石天虎还在挣扎，没吭声。

温思雨左手一紧，加大锁喉力度。石天虎“啊”了一声，说不出话来，直翻白眼。那几个汉子见状，也不敢靠前。

“叫他们滚！”

石天虎已经说不出话来，只是把手向外一摆。那几个汉子便退了出去。

温思雨就这样控制住石天虎，向厅门移去。咖啡厅的顾客一看，顿时惊慌失措，散去两旁。一个熟悉的身影在温思雨眼前一晃，消失在散去的人群中。温思雨认出，那是身着便装的刘正义，心里不由一暖，底气也更足了。他刚把石天虎劫持到门外，一个身手敏捷的白衣大汉突然快步冲上，想从侧面袭击温思雨。石天虎见状，也拼尽全力想从温思雨的控制中挣脱出来。温思雨的双手只能用在石天虎身上。这样，他的整个左侧，就暴露在那个冲上来的大汉面前。形势一时有点危急！他瞟见向他疾步靠近的刘正义，对他做了个挡的动作，突然来了灵感。他没有再后退，而是绑架着石天虎正面迎着白衣大汉，让他面对石天虎而无从下手。他闪到哪边，温思雨就把石天虎堵在哪边。就这样且战且退。但白衣大汉显然是个练家子，几次差点偷袭成功。情急中，他又看到刘正义把手扼住脖子的动作。温思雨一阵后悔：怎么把撒手锏忘了！他的左手用尽全力在石天虎脖子上猛地一收紧，石天虎便“啊”了一声，白眼直翻。

温思雨吼道：“叫他们退回去，否则就勒死你！”

石天虎已经说不出话来，只能做了个手势，那帮家伙便乖乖走进包间。只剩下那个白衣大汉还虎视眈眈地横着温思雨。

温思雨冷笑一声：“不服气？来呀！”

那个大汉刚向前挪了一下，就听石天虎痛苦地闷哼了一声，大手向白衣大汉猛摇手。白衣大汉止住脚步，站在原地，双手握拳，怒发冲冠。

温思雨的右手又是一紧，大吼一声：“滚回去！”

石天虎也是连摆手。白衣大汉才恨恨退下。

温思雨就咬牙切齿地说：“你再敢乱来，下一次会比今天还惨！”

说罢，两手一松，一脚把石天虎踢到3米开外，转身走出咖啡厅，跳上路虎。在车启动的一瞬，他从后视镜中看到那白衣大汉，正杀气腾腾地盯着他的车子。

一帮打手从包间冲出来，七手八脚地把石天虎扶进了包间，安坐在沙发上。看到石天虎鼻青脸肿的样子，都吓得大气都不敢出。却不料石天虎仰天大笑："哈！哈！哈！"

大伙更是惊恐万分，不知老大会如何处置他们。一个个低着头，窥着石天虎。

石天虎止住笑，问道："知道我为什么笑吗？"

大伙都摇头，表示不知。

"我笑那温思雨，不敢对我下手，行妇人之仁。"石天虎显出开心的样子，"竟然对我说，你再敢乱来，下一次会比今天还惨。他还有下一次？真是痴人说梦！他今天放了我，我会让他后悔一辈子！"

石天虎去医院处理了一下，回到办公室，接了个电话，喜出望外。电话是孙渊打的，要见他。他不想让孙渊看到他的狼狈相，便推说在外地，三天后回再约。放下电话便喊："妮子！"见走进来的是刘依，知道又喊错了人，心里有点微疼。秋艳妮跟他几年了，日子长了，终会生出一些情分来。但他因一己之利，一念之差，亲手把这份情摔得稀烂。他曾对秋艳妮下了很大的功夫，又赠万金，试图把这份情拼接起来，但情字是可以拼接起来，那份情又是如何能拼？！秋艳妮的绝情，曾一度让石天虎心灰意懒。

"董事长，有什么事？"

刘依的话把石天虎拉了回来。他说："巨能那边出了什么事？"

"出大事了。"刘依把巨能集团的人事变动详细地说了一遍。

难怪孙渊求见。哼，当初要他过来，他痴心于司雪，想独占巨能，拒绝于我。今天穷途末路了，要投靠我？先晾他几日："孙总，我在外地，三日后回再约。"

孙渊十分意外。他满以为石天虎会兴高采烈地欢迎自己，却不料吃了闭门羹，不由十分郁闷，有一种丧家之犬的感觉。百无聊赖中，想找个人说说话。在朋友圈中搜索了一下，给几个好友去了电话，一个个都推说有事，拒不相见。翻遍通信录，竟寻不到一个可以倾诉衷肠的人。他终于明白了司力夫在劝他安心工作时，说过的一句话：“别看你现在喔，离开了巨能你就什么也不是！”真是一语中的啊！这时，他眼前跳出一个人。孙渊出于面子，本不想与她联系，但除她之外，就没有人可联系了。孙渊拨通电话，铃响了 8 声，都没有接。

其实，赵婷一看是孙渊的电话，本不想接，但又不忍挂断，犹豫一会儿，还是接了：“孙总。”

孙渊一喜，忙答话：“小赵。”

“最近还好吧？”赵婷都不知说什么好，只得虚问一声。

孙渊却感动得嘴都抖动起来：“不，不太好，想跟你叙叙旧，你有时间吗？”

赵婷沉默着。她真不想去。但她也念着当年应聘时，她只是硕士，巨能集团中层干部只招博士，多亏孙渊网开一面，她才得以成为巨能集团员工。后又经他提携，升至综合部老总，跨入巨能集团中高层，年薪百万。所以说孙渊有恩于她。此刻的她陷入进退两难之中。不去罢，感到自己太薄情势利；去吧，又担心陷进是非之中。但她的为人让她选择了去。

赵婷走进照无眠咖啡厅包间时，发觉孙渊靠在沙发上睡着了。她轻轻坐在对面的沙发上，瞧着孙渊，发觉才过了几天，他却判若两人了。原本有点风流倜傥的他，此刻却是一副穷途潦倒的样子：愁容满面，衣冠不整。不觉有些可怜他。赵婷小声咳了一下，惊醒了孙渊。他揉揉眼，坐了起来：“对不起，几夜没睡，太困了。”

“你这是何苦呢？非要闹成这样。”赵婷给他倒了杯咖啡。

他苦笑一声：“我愿意这样吗？都是温思雨逼的！”

“好了，不说这些了。”赵婷关切地注视着他，“今后有什么打算？”

“赵婷，跟我一起走。”赵婷的态度给了他一股勇气。

“去哪儿？”赵婷没料到他有这种不着边际的念头，吓了一跳。

“去天虎集团。”孙渊满怀希望地看着赵婷，“我保证你的收入会翻番。”

“孙总你听好了，”赵婷一字一句地说，“第一，我不会跟你走。第二，我劝你不要去天虎集团。”

“为什么？”孙渊大为意外。

“我来看你，是因为你以前照顾过我。仅此而已！所以，我不会跟你去任何地方。”赵婷斩钉截铁地说，“至于去天虎集团，那是一条不归之路，你比我更明白为什么。”

“啊哈，笑话，我潦倒到需要你来指导我的人生？”孙渊傲慢地昂起头。

赵婷委屈了：“我是为你好。”

“因为我关照过你？”孙渊盯着赵婷。

“是的。”赵婷坦然地迎着孙渊不友好的目光。

“知道我为什么关照你吗？”

孙渊眯着的眼睛里透出戏谑的神色，让赵婷身上起了一身鸡皮疙瘩。她不由自主地在胸口抓了一下。却不料孙渊的眼光也落在她丰满的胸前，让赵婷非常恶心。她开始后悔此行了。

“我关照你，不是因为你学历多优秀，而因为你长得太优秀！”

赵婷跳起来向门口冲去。但孙渊就坐在门口，所以他更快地反锁了门：“你别逼我动粗。我把话讲完就放你走。你坐回去！”

赵婷也怕强行要走，招来他动手动脚玷污了自己，便坐下。手机却来了微信的铃声。她问：“我可以回微信吗？”

孙渊大大咧咧地说：“可以，回短点。”

赵婷只向司力夫发了个定位，便放下手机，决定拖着他聊天：“孙总，我知道你的心思在别人身上，怎么看得上我。”

“错，我一门心思就在你身上。”孙渊的眼睛在赵婷身上扫来扫去，“要不是发现你想和董事长好，想留这条长线，早把你搞到手了！”

赵婷压制着想吐的感觉，继续与他周旋：“孙总，以你的技术和实力，完全可以自立门户开家公司，何必受制于人？”

“你跟我一起干，我就开。”孙渊的心头又燃起了希望。

“给我什么待遇？”赵婷装着有点认真的样子。

“当老板娘怎么样？”孙渊也认真起来。

“那不行，”赵婷说，“经济上我要独立。”

就这样聊了一会儿，孙渊才感到有点不对头。他走到赵婷面前说：“既然你动心了，拿点实际行动给我看看。”

“什么实际行动？”赵婷明白他的意图，有点慌了。

“让我亲一下。”孙渊一边说，一边弯下身向坐着的赵婷扑下去。赵婷伸出手挡住孙渊，但挡不住，便大叫“救命”。

包房的门“嘭”的一声踢开了，刘警官第一个冲进来，挥手一拳打倒孙渊。

司力夫冲过来扶住赵婷：“别怕！”

赵婷紧紧抱住司力夫，用小拳捶着他的背哭道：“才来！才来！”

第三个进来的司雪，对刘警官做了个手势，刘警官便押着孙渊随司雪退出包房。

包间内，这样让赵婷抱着，司力夫感到有点尴尬，便说：“松开手说话。”

“就不！”赵婷娇嗔地哼了一声，“我抱你多久，你就抱我多久，不能便宜了你！”

司力夫不知怎么办。

“你不抱我就不松手！”赵婷两手一紧，司力夫就整个陷进她怀里，感受到她火热的温柔。

第二天早上，司雪叫赵婷到她办公室来。

赵婷走进来，羞红的脸上写满了不自在。她低眉垂眼地说：“有事打电话就行了。”

“我是常务副总，你是副总，比我低半个级别，不能叫你来？”司雪板着脸。

赵婷知道她是在借昨天的事捉弄人，也不生气，只是怪怪地瞧着她，看她搞什么鬼！

司雪向她招招手：“走近说话。”

赵婷走进点，对她有点警惕。

她凑近赵婷耳边轻声地叫了声“妈！”掉头就跑，不料一头撞在刚进门的司力夫身上。她舌头一伸，一溜烟小跑开去，丢下满面娇羞的赵婷傻傻地呆在房里，半天吐不出一个字。

司力夫笑问：“她又如何你啦？”

赵婷倒是甜甜地瞅了司力夫一眼，也一溜烟小跑出去。搞得司力夫莫名其妙：这两个女人今天是唱的哪一曲？

从拘留所一出来，孙渊便给石天虎去电话。石天虎再次把他约到小红楼。

三年前，巨能集团的A1号产品问世时，给石天虎带来危机。石天虎曾把孙渊约到小红楼，痛快地招待过孙渊一次。那次孙渊就提出要秋艳妮，遭到石天虎拒绝。石天虎说：“朋友妻，不可欺。”

那次没争取到孙渊的归顺，但也多少获得了部分提高质量的资料。孙渊当然也受益匪浅。不过就产品质量而言，天虎比巨能还有很大差距。这次归顺，想必这个差距就可以消除了。感觉当然不错。

半小时后，石天虎与孙渊面对面坐在小红楼的包房里。几个身着比基尼的美女给他们送上现磨咖啡。孙渊吞着口水，在女孩身上扫来扫去。石天虎看了孙渊一眼说："是先说事还是先玩一把？"

孙渊本想说先玩一把，但看石天虎的脸色严肃，便改口说："先谈事吧。"嘴里这样说，眼睛却一直盯着旁边的美女。

"好吧。你们先退下。把门关上。"石天虎佯装不知，等几位小姐扭腰摆臀地走出门，便把眼光落在孙渊脸上。

孙渊收回眼光说："石总，我决心跟你干了。"

"好哇，欢迎欢迎！"石天虎嘴上说得很热闹，脸上却没什么表情，"早该如此了。"

"我带来A1号的全套资料。"孙渊想给石天虎一个惊喜，但石天虎仅仅"呵"了一声，便没有下文。这让孙渊颇感意外。"石总不需要？"

"啊，不，当然需要。"石天虎的脸上却仍然毫无表情，"我在想另一个问题。温思雨的A2一上流水线，A1就一文不值了。"

"A2如果上不了流水线，A1是不是很值钱？"孙渊看着石天虎。

"说得好，我不会亏待你。"一句惊醒梦中人。石天虎大喜过望，他一击手掌，进来几个穿丁字裤的女孩，"好好款待孙总。"说罢，大步走出包间。身后传来一阵莺歌燕舞。

011 昨夜星辰

一阵紧急的电话铃声，把司雪惊醒了，起初，她以为自己在做梦，但是铃声还是固执地响着，她才感觉到真有电话。抬头一看，才凌晨 2 点，不禁有点生气，是哪个冒失鬼，这个时候来电话，等着她一看手机，原来是温思雨，她心一跳：出事了？急忙按下接听键："温总，怎么啦？"

温思雨兴奋地喊："司雪，有好消息……"

"你知道现在几点？"司雪有点不耐烦了。

温思雨一看，凌晨 2 点，忙说："司雪，我高兴过头了，真对不起，真对不起，打搅你，打搅你了。算了明早再说。"

他正准备挂电话，司雪说："反正已经吵醒了，什么好消息，说来听听。"心里却在说：你要骗我，看怎么收拾你！

温思雨的劲头又来了："我们不是前两天一直在苦苦地寻找解决 TV 问题的办法吗？"

司雪说："是啊，怎么啦？"

"京南大学的华教授给我一个思路，我找到突破口了！"

"太好啦！你还在办公室吗？"司雪急急地问。

"在。"温思雨简单地说。

“你别走，我马上到。”

司雪翻身下床，踢踢踏踏地冲下楼，惊动了她爸：“怎么啦？”

“温思雨叫我。”

“现在？！”

回答他的是“嘭”的一声门响。

温思雨知道司雪要来，非常高兴。因为最终的结论，需要两台电脑配合才能完成。另外一层意思，他非常希望司雪此刻在他身边，与他共享成功的喜悦。

一刻钟以后，他听到楼下传来了刹车的声音，接着，气喘吁吁的司雪跑进了他的办公室。

温思雨一看，见司雪还穿着睡衣，好不惊讶。但他脸上却没显露出来。他指着另一台电脑说：“快开机，进入程序。”

司雪完全明白他的意思，熟练地打开电脑。

不一会，司雪烦恼地说：“这个程序怎么打不开？”

温司雨摆了一下头：“那你过来看看！”

司雪走过来站在温思雨背后，伏下身子，全神贯注地观看着显示屏上程序的变化。温思雨飞快的动作，让司雪惊讶不已，又紧张万分，害怕漏掉了某个环节。由于她太过专注，上身压得过低，以致丰满的胸部紧紧压在温思雨的右肩上，她都没感觉到。那份柔软，温思雨岂会感觉不到？他想提醒一下，不然有占人便宜之嫌。但又无从开口。于是他把右肩微微往下挪了一点。司雪是何等冰雪聪明的女孩。她立刻明白了自己的失态，赶紧抬起上身，快步走回原位，装着看电脑来掩饰自己的失态，但红云密布的脸上却暴露了她的羞恼。

温思雨偷偷瞟了她一眼，正碰上她瞅过来的目光。司雪娇嗔地喊了一句：“你烦不烦啦？！”

温思雨赶忙收回目光，啪啪啪地敲起了键盘。

大约过了半个小时，程序终端出现了通过的标识。让他俩焦虑了一周的难关，这一瞬间闯关成功，两人同时大叫一声站起来，下意识地紧紧拥抱在一起。司雪眼里涌出泪水，把温思雨的肩头浸湿了一片。温思雨用有力的双手，把司雪完完全全地拥在自己宽大的怀抱。此刻的司雪，仅穿着一件薄薄的蚕丝睡衣。所以，当司雪柔软而丰腴的身子紧紧贴在温思雨厚实的胸前时，温思雨突然强烈地感觉到一种久违的熟悉，他恍惚感到，拥在他怀里的人就是谷雨一般。这种感觉让他幸福得近乎窒息！

而司雪此刻的感触，就更深了。这是她成年后第一次被一个男人拥在怀里。透过轻薄又光滑的睡衣，她强烈地感受到温思雨传给她的强烈的男人气息，让她震撼，甚至痴迷。有那么一小会儿，她完全沉醉到相拥的温柔乡里了，甚至有一种重归故里的感觉。他们俩就一直这样恋人般地紧紧相拥着，谁也不想松开谁。突然间，手机响了，把两人都吓了一跳，这才意识到他们忘情的拥抱。两人猛地松开搂着的双手，同时后退一步。没想到司雪睡衣的腰带打结的头，竟挂在温思雨裤子的皮带上。这么一退，竟把司雪的蚕丝睡衣拉开。光滑的睡衣直接落到司雪脚下。她就一览无余地站立在温思雨面前。

司雪吓得尖叫一声，双手紧抱胸部转过身去。这时，她才发觉自己今晚如此荒唐，竟穿着睡衣冲到办公室！

温思雨眼疾手快，忙从地上捡起睡衣，披在司雪后肩上，把她洁白的身子完整地包裹起来。司雪一言不发，拉紧睡衣，满面娇羞地跑出门去。

温思雨喊了声："等等。"急忙追出去。跑到楼下，司雪的车早已飞驰而去。温思雨开车就追。司雪从后视镜看到温思雨追来，便加快了速度。其实，他俩此刻所想，并不是一回事。

司雪提速，是出于害羞心理。她虽然对温思雨刚才的表现心存感激，但又担心他追上后再求一番亲热，司雪有点接受不了。心想：这进度也太快了点吧！

温思雨追上来，则是出于担心。现在是凌晨 4 点，马路上空无一人，怕万一出点什么事。

司雪的车到了自家的院门口，院门也自动打开了，司雪倒是没有马上开进去，也没熄火。她坐在驾驶室的黑暗中，犹豫了一下，还是推开车门走出来，站在车门口，并没有向温思雨的车迎过去，而是忐忑不安地等着他。等什么？她自己也不知道。

温思雨也下了车，走到她跟前。司雪一阵心跳：她真怕温思雨过来，但又期待着他过来。然而温思雨浅浅的一笑："太晚了，怕出事，就算送你一程。"他挥挥手，"拜拜。"

司雪不觉一阵失望，连"拜拜"都忘了说，一直盯着他的车消失在夜色中。

这一夜，两个人都失眠了。

司雪整晚都沉浸在甜蜜的回忆中。她与温思雨相识的点点滴滴，一幕一幕从眼前滑过：

他拖着行李箱款款地向她走近；

他横在孙渊面前，护着自己；

他义无反顾地冲向三个壮汉，快速地收拾了他们；

他运筹帷幄，从容地计划着如何打击石天虎；

刚才滑落睡衣的意外……

这一晚，注定长夜难眠。

温思雨也是一夜无眠。他可以肯定，这是成年后的司雪，第一次接受一个男人的拥抱，也是她第一次主动地拥抱一个男人，更是她第一次在男人面前显露自己完美无瑕的身子。看到她近乎裸露的身子，温思雨又一次想到谷雨。她俩太像啦！按常理，今晚与司雪的亲密接触，应该让温思雨倍感珍惜。其实不然！温思雨颇为今晚的冲动后悔。他深知，这个高傲得像公主，身价数百亿，又美若天仙的女孩，是很难有男人让她中意的。这就是她 26 岁还单身一人的原因。而一旦她爱上某个人，这个单纯得近乎天真的女孩，就会把全部的爱都倾泻给对方。但自己能像她一样，把爱全部给她吗？回答是否定的。因为他心里永远放着另一个人。这也是他至今单身的原因。这时，他记起了远在大洋彼岸的露易丝。那也是个各方面条件都异常优秀的美女，他们一度处于热恋中。但当温思雨坦率地告诉她谷雨的往事，坦诚说出心中还装着另一个女人时，她表示无法接受，与他挥手告别。所以，他在恋爱问题上，是有心理障碍的。眼下面对司雪，如果他对司雪说“我爱你”，就是对司雪的不公，甚至是欺骗！毫无疑问，温思雨对司雪的好感，超过了除谷雨以外的任何女人。他确信，自己真是爱上她了。正因如此，他决心远离她。他不能伤害她。他担心露易丝的一幕在中原重现，到那时，不仅两人连同事都做不成，甚至会毁掉他千辛万苦要实现的“铸剑十年”。他的一切努力将功亏一篑。痛定思痛，温思雨决定必须将这段情扼杀在摇篮之中。对司雪会伤害一时，但不会伤害一世。他想起明天中午的欢迎宴，看能否有机会。

第二天上午，司力夫召集温思雨和司雪讨论下一步规划，司雪却无故缺席，让司力夫颇感意外。几次给司雪去电，她就是借故不来。让司力夫疑惑不解。他猜想，是不是昨天深夜，温思雨与司雪发生了点什么。但温思雨却一如既往，与平时无异。他几次用询问的目光看向温思雨。而后者却一脸无辜地看着笔记本电脑，像是什么也没发生过。其实，温思雨心里明镜似的。他知道，司雪在害臊，而且臊得不轻。但无论多臊，他俩都得在晚上6时，去省府的中原大酒店，参加省政府举办的国际新能源汽车论坛峰会晚宴。

在同车去赴宴的路上，司雪没像以往那样坐进副驾，而是选择了后排，紧绷着脸一言不发。温思雨也一声不吭地开着车，不敢回头一望。他们俩的目光偶尔在后视镜中交集一下，都连忙闪开。为避免尴尬，温思雨灵机一动，打开了车载音响。也是鬼神差事，竟播放的是《昨夜星辰》：

昨夜的昨夜的星辰已坠落
消失在遥远的银河
想记起偏又已忘记
那份爱换来的是寂寞
爱是不变的星辰
爱是永恒的星辰
绝不会在银河中坠落
常忆着那份情那份爱
今夜星辰今夜星辰依然闪烁

今夜的今夜的星辰依然闪烁
像眼神点燃爱的火
想得到偏又怕失去
那份爱深深埋在心窝
爱是不变的星辰
爱是永恒的星辰
绝不会在银河中坠落
常忆着那份情那份爱
今夜星辰今夜星辰
依然闪烁

温思雨和司雪当然都想到了昨夜星辰，脸都红了。

当温思雨和司雪并肩走进宴会大厅时，嘈杂的大厅突然渐渐安静下，不明原因的人莫名其妙地四下张望，终于都把目光投向刚走进宴会厅的一对男女。他们出色的颜值，优雅的气质，颀长的身材，以及在众目睽睽下的淡定，吸引了所有人的视线。厅里不时发出赞叹声。有人小声说："真是金童玉女！"

由于他俩的席位安排在主席台，所以他们必须穿过整个大厅，这就使大厅的安静变得极其漫长。司雪被老爸一直雪藏在深闺，这是她第一次出席商界盛会。温思雨也很少在中原省的公众前亮相，所以两人都感到没有熟悉的人。不料主席台方向突然有个女人用英语喊："温思雨。"并且向他冲过来。

"露易丝！"温思雨吃了一惊，感到昨晚想要的机会不期而遇。他高兴地迎过去。

司雪一看，原来是一位高个子的外宾，金发碧眼，标准的欧式美女。她几乎是跑过来，用西方人的方式，给了温思雨一个熊抱，而且要跟他亲吻，他急忙侧过头，只让她亲了一下脸。厅里顿时响起一阵"呵呵"声，搞得温思雨好不尴尬。司雪阴沉着脸看着抱在一起的这对男女。温思雨的目光从司雪脸上一扫而过，连忙挣脱了拥抱，对司雪说："露易丝，英国同事。"然后准备介绍司雪，却不料露易丝热情地向司雪伸出手，用憋足的中文说："温夫人你好。"搞了两人个大红脸。

温思雨忙说："我们是同事。"

"啊，我误会了。"露易丝笑着边与司雪握手边对温思雨说，"看来，我还有机会？"

司雪马上紧张地盯着温思雨。温思雨却装着没看见，笑着说："当然。"

露易丝突然抱住温思雨，狠狠地亲了一下，这一吻着实吻在温思雨的嘴上，又引来一阵轰动。她动情地说："我这次就是为你而来。你以前说过的事，我不在意了。"

温思雨知道露易丝的疯劲，不能再闹下去了。他做了个请的动作："这边请。"

温思雨与司雪找到自己的座位。露易丝也走过来，对温思雨邻近的一位男士说："能跟您调个座位吗？"

这样，她就堂而皇之地坐在了温思雨右手边，举起盛满红酒的高脚杯对坐在温思雨左手边的司雪说："我们公平竞争。"

司雪冷冷地说："竞争什么？"

露易丝坦然地举起酒杯伸向司雪："温思雨呀！"

"我没有打算竞争。"司雪冷冷地说。

"你别骗我，"露易丝爽快地说，"你刚才的表情泄密了。"

司雪真有点狼狈，不知该如何回复，却听到有人叫她："雪儿！"把她从困境中救出。一看，喜出望外："蓝姐，快坐这里来。"

江如蓝来到露易丝跟前，伸出手："露易丝博士你好！"

露易丝夸张地说："天啦，难道中原的姑娘都这么迷人？"一句话把满桌人都逗笑了。

江如蓝转身面对温思雨："温总你好。"

温思雨忙站起来。他见江如蓝没伸手，知道她怕自己耍花招："你好江部长。"就主动伸出手。

司雪赶紧说："温总，你和江部长换个坐。"

"傻了吧你，"江如蓝走到司雪左边，举起桌上的字条，上面写着"省科委江如蓝"三字。"就在桌上都没看见？有某人在就神不守舍了吧。"

幸好，晚宴的主持人开始讲话了，否则，司雪会一败涂地。

这次国际新能源汽车论坛峰会，一年一度，由联合国能源委员会主持。之所以在中原省会江城市召开，完全是因为温思雨的原因。今晚的酒宴，则是中原省以东道主的身份举办的欢迎宴。

这次峰会，原本是温思雨一个人参加。司力夫临时决议让司雪也参加，声称让她锻炼一下。其实是想让她和温思雨多一点相处的机会。却不料适得其反。温思雨经过昨晚的思索，决定从重从快地斩断司雪的情思。而露易丝的出现，无疑给了他极好的机会。他瞟了一眼司雪，心里默默地说："司雪，对不起了。"

司雪浑然不知即将到来的打击。她正全神贯注地与江如蓝说悄悄话。话题显然涉及露易丝，引得江如蓝不住地打量这位欧式美女。而后者与温思雨正用英语谈得正欢。他俩交往甚密的样了，让司雪和江如蓝都心生不快，但又毫无办法，只有等待时机。

露易丝把司雪和江如蓝的不快看在眼里，心里更是得意。她把眼前风度翩翩的成功人士，与几年前在餐厅洗盘子的临时工作比较，真可谓天壤之别！她深为当初对温思雨的拒绝懊恼不已。今天温思雨一心向着她，视两位美女如空气，岂不让她浮想联翩！她暗下决心，今晚注定会与温思雨重温旧梦、共度良宵。她却全然不知，温思雨是在演戏。

温司雨与露易丝的表现，完全是一派新婚后的久别，来言去语，旁若无人。尤其是露易丝，活泼开放，时常情不自禁地侧过身子搂一下温思雨的肩头。倒是温思雨只是说笑，行为却是中规中矩。

露易丝不屑地说："你们中国人太保守。"

"这话不错。"江如蓝接过话题，"我们因为保守，所以比较纯洁。你们因为开放，所以有垮掉的一代。"

"他们有追求自我的自由。"露易丝反击了。

江如蓝冷笑一声："当然，他们有滥交、变态、吸毒的自由。"

露易丝指了指温思雨："他如此优秀，就是英国培养的。"

"那是因为他有中国基因。"

麦克风响起来，才终止这场争论。温思雨松了口气。

简短的欢迎仪式过后，宴会正式开始。温思雨决心把斩断情丝行动演到底。

他频频向露易丝举杯，送出一连串祝福。露易丝也回应得情真意切。

温思雨：为露易丝接风洗尘。露易丝则回应：你的接风是我生平中最美的相逢。

温思雨：祝露易丝中国之行旅途愉快。露易丝则回应：有你相伴，愉快随行。

温思雨：祝露易丝峰会满载而归。露易丝则回应：但愿事业爱情双丰收。

温思雨对司雪和江如蓝的明显冷落，让她俩忿忿不平，但碍于环境，又不好发作，只得用聊天来掩盖情绪。露易丝却兴奋得不行，蓝色的双眼闪闪发光，把白皙的脸蛋印衬得红云一片，显得媚气十足。

宴会结束时，露易丝满眼期待地说："去我的住处聚一下？"

她虽然说的英语，司雪和江如蓝却都听懂了，他们紧张地盯着温思雨。

温思雨决心对她俩发出致命一击。他对露易丝说："好吧。"

"OK！"露易丝笑逐颜开地挽起温思雨的胳膊，用胜利者的目光看了司雪一眼，“我们走吧！”

温思雨这才转身对司雪和江如蓝说：“一起去坐坐？”

谁都懂得，这不过是客气的问话，其实是说：你们就请便吧。

司雪还真不想让他们去过二人世界，所以她迟疑着。江如蓝倒是把司雪的胳膊一挽：“不必了。”然后头也不回地走向厅门。

这时，司雪和江如蓝几乎同时接到老爸的电话，电话里讲的同一件事，叫她不必急着回家，邀温思雨去咖啡厅坐坐。她们的回答也是一样的，他约了别的女人。她们的态度也相同：异常气愤！

一进家门，司雪把提包往沙发上面一扔，就准备回房去，被他爸爸拦住了：“你怎么了？今天怎么回事？”

“别人约了他。”

“谁呀？”

司雪把酒宴上的事说了一遍。说到露易丝，司雪满脸都是恨。她正准备进卧室，她爸的一句话，让她停下来。

司力夫说：“不对呀，我刚才看见思雨的车开过去。”

“刚才？！”司雪眼里写满了疑虑。

她爸肯定地说：“就刚才。”

温思雨与他们住在同一个小区，他的别墅房靠后一些。司雪家门口的路，是温思雨回家的必经之地。如果他几乎与自己同时回家，就说明他与露易丝一出门就分手了。想到这里，司雪心中疑云顿起。她必须落实一件事：温思雨是否真回家了？

司雪冲出门，跳上车急驰而去。几分钟后，便来到温思雨房前。果然，他二楼的书房里亮着灯，有个人影在窗前闪了一下，很快就消失了。显然是司雪的刹车声惊动了他。司雪在车里坐了一小会儿，想温思雨会不会出现在门外，但屋前一点动静都没有。她真有下车去敲门的冲动，但她管住了自己。总得把事情想清楚再说吧。这样去兴师问罪，你凭什么呀？她像被霜打的茄子一般，带着一脑的糨糊回到家里，冲着她爸点点头。

“这事不那么简单。”他爸爸想了一下说，“事实证明，温思雨根本就没有去露易丝的房间，不过是借露易丝之机，向你传递了某些信息。”

“爸，别搞得像侦探小说似的。”司雪怪怪地看着她爸。

“我总是感觉到，温总心里有事情，真的，”司力夫停了一下，整理着自己的思路，“雪儿，你还记不记得他刚来的那一天，请了假，说要办件私事。”

“啊，那又怎么啦？”司雪不解地盯着老爸。

司力夫说：“办事前，他曾向宋司机打听，哪里可买到花圈纸烛。”

“还有这事？”司雪瞪大了眼睛。

“是小宋把他带过去的。小宋说，他一边买一边掉泪。”

司雪“啊”了一声，泪水也漫了上来，她扑到爸爸怀里，“他心里有多苦。”

司力夫继续说：“小宋也不敢问，回来就告诉了我。估计是去见一个什么故人。而这个人，就和他现在的生活，和他的爱情相关，使他走不出这个阴影。”

司雪带着哭腔说：“那我怎么办？”

“显然，他是想借露易丝的手，斩断你和他的这份情。这正说明他心里有你，又怕伤害你。”

到此刻，司雪的心才稍稍有了点慰藉。她说：“我们约好晚上还要讨论研究室的人事。”

“那你试着跟他聊聊。”

“嗯。”司雪没把握地应了一声。

回到闺房，司雪又忍不住把刚才发生的事，一股脑倒给了江如蓝，搞得江如蓝唏嘘不已。

此刻的温思雨，正为自己把一场好戏演砸了而郁闷。本想利用与露易丝幽会，剪断司雪、江如蓝的念想。可是过早地回家却暴露了自己的行踪。几分钟前，他看到了司雪的劳斯莱斯。隔着纱帘，也隐约看到挡风玻璃后面，司雪微笑中带着期盼的神情。有那么一小会儿，温思雨有奔下楼的冲动，可刹那间一个声音在弱弱地扪心自问：恋爱？你准备好了吗？！

012 你这样躲着我，却是为何？

温思雨按约去司雪办公室商量人事问题。他有个晚饭后散步的习惯，就提前一小时走出住宅，来到南湖边上。发现这里有两条并列的道路。靠湖的一条铺的紫红色的沙砖。温思雨知道，这是一种会呼吸的砖。有雨水时，它会吸收，并把多余的水分渗往地下，而它表面却不存水。所以即便是雨天，走在砖道上，也绝无淌水的感觉，当然也不打滑，很舒适。和它并列的是沥青铺成的绿道，上有自行车行驶的标识。这并列的一红一绿的小道沿湖岸蜿蜒而前，形成了一道绝美的风景。温思雨可以肯定，它的构想，或许出自司雪，只有女人，才可能有如此柔和的思维。

刚想到司雪，就见她从一条小径飘出，走上紫红色的人行道，背向着他，向前飘去。温思雨不用走而用飘来形容司雪的步行，是因为她前行的身姿极像谷雨，迈着碎步，轻扭细腰，摇曳前行。她所经之处，无论是繁茂的丛林还是如茵的草地，都成了她的陪衬，如影相随。温思雨放慢了脚步，想拉开与司雪的距离。在一个拐弯处，司雪消失在温思雨的视野里。但紧接着，弯道那边的丛林里传来司雪略带惊慌的叫声：“谁呀？！”

有人应了声：“司雪，是我。”

“啊，孙渊，别再这么装神弄鬼的好不好？会吓死人的。”司雪很不耐烦。

孙总："司雪，我等了你 1 个小时。"

司雪："孙渊，我们没什么好谈的。我还有事。"

"约了温思雨？"孙渊悻悻地问。

"那又如何？"司雪回答得很干脆。

孙总阴阳怪气地："这么快就约上了？"

"别想得那么猥琐行吗？"司雪转过身，"多一点君子思维吧。"

"我想告诉你一件事。"孙渊挡住司雪的去路。

"你的事与我无关！"司雪已经极不耐烦了，"别挡道！"

"我如果给石天虎生产 A1，也与你无关？"孙渊让到路边，"那你走吧。"

孙渊以为司雪会屈服。却不料司雪头也不回地快步向前走去。

此刻，温思雨已转身走出好远。无意中听到是一回事，继续听就是个品质问题了。但即使是只言片语，温思雨仍然感到不安。本来，他从孙总投向司雪的目光中，就读出了一些暧昧的东西，今天一段对话，又体会到了司雪的态度。至于把自己拉扯进去，就有点太无辜。这哪儿跟哪儿啊。他心里这样想，但眼前总是闪现出司雪容颜的姣美和走路时的妩媚。他总是提醒自己，老是想到司雪，是因为她太像谷雨。

思绪之间，眼前就出现了昨天，司雪愤愤而去的一幕，心里一阵发紧，不知今晚的司雪将是怎样一个架势。其实，利用露易丝打击司雪，他内心也如刀绞般疼，但自从那晚他们相拥以后，司雪对他就多了许多温柔，这让他认真地担心起来。他觉得长此以往，必定会伤害司雪。长痛不如短痛，所以他自编自导自演了与露易丝调情这一曲。但曲终人散后，他将如何面对曲中之人？他就是这样带着忐忑之心来到司雪办公室门前。门开着，溢出一股咖啡的浓香。一定是摩卡咖啡。门虽然开着，温思雨还是轻轻敲了一下门。

"门开着。"司雪冷冷地说了一句，头都没抬眉头一扬，嘴角稍稍向上翘了一下，好像是微笑。她缓缓地放下咖啡，从沙发上徐徐起身，微微做了个请的手势。整个过程都是慢节奏的，但却一气呵成，如行云流水。让温思雨不由自主地想到一个词：优雅。

司雪留意到他的关注，似乎他的态度是赞赏的，心里也美滋滋的。她问："喝什么咖啡？这有好几种。"

“就摩卡吧。”温思雨在她对面坐下来。

“你也喜欢摩卡？”司雪给他倒了一杯，准备放在他面前的茶几上，却不料他伸手去接，这样，他的双手就捧住了司雪的双手。两个人像触了电似的抖了一下，司雪才小心地从他手心抽出自己粉红的小手，脸上一下就红云弥漫。温思雨也极不自然地装着喝咖啡，想掩饰一下，却不料咖啡太烫，他哇的一口喷了出来，全喷在司雪的手上。

司雪不由尖叫一声：“哎哟！”

“糟糕，烫着了吧。”温思雨忙跑过去，抓起她的手一看，“都烫红了！快来，用凉水冲。”

他拉着她到洗手间，用凉水冲她的手。他说：“一直冲，别动。”他走出去，从冰箱里取出两个冰袋，用毛巾一只手裹一个冰袋，“一会儿就没事了。”

他看了看茶几上的文件说：“我们还讨论人事吗？”

“当然”司雪在沙发上坐下来，“明早就要宣布了。”

“好吧。”温思雨坐到司雪身边，“我翻给你看。”

刚才的一段小插曲，很自然地拉进了两人的关系。开始时的那种尴尬，已荡然无存。

讨论完后，两人意犹未尽，但又找不到继续待下去的理由。终于，司雪想起一件事，问道：“温总，那天到机场接你，你怎么看出我就是去接你的人？”

温思雨一头雾水：“我没看出你是来接我的。”

“那你怎么一直走到我面前？”司雪也是一头雾水。

“因为你极像我的一位朋友，”温思雨说，“不，不是极像，完全是一个人，或者是双胞胎。”

司雪心里一跳。难道我真有一个双胞胎的姊妹？关于自己的身世，她早就知道自己并非司力夫的亲生女儿，因为血型对不上。但她从不说穿。何况司力夫待她，胜似亲生。所以此刻温思雨的一番话，让她思绪万千。她急忙央求温思雨给她讲讲那个女孩的事。温思雨却敷衍了一番：“说来话长，再找个合适的时间吧。”

司雪虽然极不情愿，但毕竟多了一丝希望，也算是向真相靠近了一步。

第二天上午，温思雨召集实验室的125名成员开会，司雪以实验室副主任的身份参加了会议。到会的还有董事长司力夫，以及集团各部的总经理，把能容纳100人的中等会议室塞得满满的。会议由司雪主持。会上，温思雨做了一次豪情四溢的演讲。

各位同事，女士们，先生们：早上好！

我今天演讲的主题是：

青春 理想 至死不渝

青春，是传承着中国千年文化中最动人心魄的词汇，最魅力四射的词汇。她是创造力的源泉和动力。我们的新能源实验室成员，都是硕士、博士，我们的平均年龄只有28岁，这就是青春！我们在青春中，不仅要追求美好的爱情，享受浪漫的人生，更要去点燃我们的青春，去创造我们的未来，创造民族的未来，创造国家的未来。

理想，就是一个人终身的追求。我们这个团队的终身追求，就是造出世界上最好的电池，它将能让汽车在一望无际的公路上飞奔，让轮船在波涛汹涌的大海上航行，让飞机在广袤无垠的蓝天翱翔，让飞船在浩瀚宇宙中漫游。众所周知，在高科技领域，有太多至关重要的话语权，掌握在别人手里。我们只能吃人家的残菜剩饭。这是民族之耻！而我这次回国，就是要从新能源这一领域杀出一条血路，让西方列强也品尝一下中国话语权的味道。

但是我要重点提醒的是，对创业路上的艰辛，大家要有充分的思想准备。我们会面临挫折、彷徨、痛苦、失望，甚至痛不欲生，但是我们绝不放弃。哪怕马革裹尸也至死不渝！我们要用热血，点燃我们青春的红烛，为照亮理想而燃烧自己。

我想用唐代著名诗人王昌龄的《从军行》与诸位共勉：

青海长云暗雪山，
孤城遥望玉门关。
黄沙百战穿金甲，
不破楼兰终不还。

温思雨的演讲，多次被长时间的掌声打断，以至于温思雨频频举手致意，让大家静下来。在司力夫的记忆里，这应该是掌声最多而且最热烈的一次会议。特别是结束后的掌声，是大家站起来鼓的，如雷鸣般热烈而又持久。更可贵的是，这些掌声都是自发的，出自肺腑的。而不是通常的那些礼貌的应景式掌声。他注意到，有一个人没有站起来鼓掌：司雪。看来，雪儿对温思雨动真情了。这是他最期待的大事。如果此梦成真，他何愁自己的事业后继乏人！

司雪则一直在擦泪水。26 岁的她，在经历过无数的人和事后，清醒地意识到，温思雨就是她千般寻觅的那个人。她盯着台上无比高大俊秀的温思雨说：思雨，我来了！

实验室的工作紧张而有序地展开了。司雪也只好丢下那份小心思，跟着温思雨忙起来。他们俩只有在喘口气时，交换一个会意的目光。让司雪不解的是，每当她把目光投向温思雨，他立马就能感觉到，抬起头与她对视。仿佛他俩有心灵感应一样。这种奇妙而又美好的感觉，让司雪无比开心。以至常常抱怨，下班的铃声好像比以往早了许多。她和温思雨多半时候都是最后走。渐渐的，同事们都感觉到了这一丝暧昧的气息，纷纷下班就走，让实验室变成两人世界。司雪显然十分期待每天下班后的这一刻，但让她失望，甚至伤心的是，温思雨却一反常态，也随大流下班就走，把司雪一人孤零零地扔在办公室，好像在刻意回避她似的。

有件事，让司雪百思不得其解。一天下班，同事们约温思雨去酒吧坐坐，他欣然答应。同事们见司雪也在，也约她同往，司雪说："好哇，去放松一下。"却不料走到门口，温思雨推说有事，不去了，一个人返回了办公室。司雪觉得没意思，也说不想去了，开车便走。第二天，她却从同事的言谈中知道，她离开后，温思雨昨晚还是跟同事们去了酒吧。

可是，他有时又会对司雪的生活表现出超乎寻常的关心。记得有次感冒了，自己从抽屉里翻出各式各样的感冒药。被他看见了，他说，感冒药是不能同时吃几种的，十分危险。然后问清了她的症状，从中选了一种，给她倒了杯水，还试了试水温才递给她。然后不由分说，把其余的药全部拿去，说怕她又吃杂了。这件事，他做得如此细心，简直是呵护备至，让她感动了好久。

还有件事，虽然司雪羞于去想，但老是记起。有次开会，司雪几乎每隔十几分钟，就要离开一小会儿。这时，她收到温思雨的微信：

中医学认为，人们的穿戴调整应该春捂秋冻。所以，当下这初春时节，还是多穿点为好。你应该是受凉了，去洗手间的次数就会多。我在门口放了件毛衣，去穿上。有袋姜茶，泡一杯得浓浓的喝完，会好受些。切记！

司雪看到“去洗手间”几个字，脸上一阵飞红。她不敢看温思雨，但还是走出门。在门口的椅子上，果然放着件湖蓝色的毛衣和几袋姜茶。毛衣内，还能感觉到微微的温度，当然是温思雨的。她身不由己地把毛衣紧紧地贴在胸口，心里暖暖的。当她穿上毛衣，喝完姜茶后，果然再也没有出门。她感觉到了温思雨的目光，但她没有对视，只是情不自禁地摸了摸春装内的毛衣领。

在司雪眼里，温思雨无疑是中国乃至世界理工领域的奇才。却不料，又一件事再次颠覆了她对温思雨的认知：原来他还是一位诗人。

一个夏日的午后，温思雨带着项目组的一行人，去南风汽车基地考察，顺便游览了著名景区唐城。

唐城是襄阳的一座仿唐朝风格，依山傍水而建的影视拍摄基地。占地5500 亩，可谓规模宏大。园内按唐朝的宫廷城楼复制，古香古色，美轮美奂，让人流连忘返。

那件让司雪铭刻心头的事，就发生在景点的中心广场。在这里，景区组织了一场活动：游客留声。就是摆好文案，让游客即兴挥毫，用诗歌的形式来抒怀。一旁还有一架钢琴助兴。获得一等奖者，可获得景区 VIP 客户称号，享受终生免费入园资格。已有不少游客正跃跃欲试、挥毫泼墨，引来阵阵掌声。温思雨一行走来，可能是他们衣着靓丽、气宇轩昂，引起主持人的注意。她热情地邀请他们留言。大家都不约而同地把温思雨请到最前面。温思雨忙连连摆手推辞。

司雪有心想试试温思雨的文学素养，便使用了激将：“主持人，人家是搞物理的。你让他写诗，那不是对牛弹琴吗？”

却不料温思雨还真被激将了。他挽起衣袖对司雪说：“好，我们今天就演一场对牛弹琴。司总弹琴，我即兴挥毫写诗。”

“好！”司雪爽快地款款走向钢琴，轻扭细腰，缓缓坐下，跷起兰花指，熟练地打开琴盖，微抬双手，稍稍活动了一下十指，然后把手掌慢慢落向琴键。瞬间，一曲《春江花月夜》徐徐响起，宛如初春午后的清风缥缈而至，令人心旷神怡。

司雪琴前的一系列优雅的风姿，已经美不胜收。她的行如流水的琴声，更让众人叹为观止。就连与她朝夕相处的温思雨，也如遭雷击一般，手提毛笔呆在案前。主持稍稍推了他一下，他才如梦初醒，挥毫疾书：

唐城

温思雨

长生殿前挂红灯，
壁上嫔妃百媚生，
桥下似流华清水，
今人砖瓦垒古城。

玄武之变非昨夜，
开元盛世成碑文。
多情笑我仲夜醒，
杨妃原是梦中人！

二〇一六年夏至

“好诗啊！”

“这一首颜体草书真牛！”

人群的赞叹声此起彼伏，打断了琴声。司雪忙跑过来看，才知道了温思雨原来还是个诗人。直到此刻，司雪还能一字不差地背诵全诗。

想到诗人，司雪想起温思雨挂在客厅的一个条幅：

南湖夕照

温思雨

南湖湾水清且浅，
锦鲤近滩沙鸥远，
晚舟徐徐泊岸处，
垂柳依依抚嫩莲。

墅前幽径没林间，
西窗薄暮染纱帘。
我欲挑灯夜读书，
忽闻芳邻弄琴弦。

只有司雪心里明白，诗中弄琴的芳邻，就是她自己。

最让司雪刻骨铭心的，当然是温思雨舍身救她的事。有一次他们几个人在省科委开完会，正在停车场走向自己的车，一个喝了酒的司机突然开车向他们冲来。大家都是第一时间飞也似地逃开了。只有温思雨一把推开司雪，自己却被车撞了个跟头。好在是车身擦碰，并无大碍。但至今胳膊上还留着一个丑陋的疤痕。司雪劝他做个美容消掉。他却说，留着好，哪天你要欺负我，我就让你看看它！

想到这里，司雪不由自主地笑了。明明他喜欢我，却为什么又老躲着我？南湖啊南湖，你能告诉我吗？

南湖沉默不语，只是用反射的月光，温柔地看着她，连岸边的垂柳，也停止了摇曳，仿佛与她在一同静思。今晚怕是长夜难眠了。司雪立刻想到上一次彻夜难眠的往事。那是去年，对孙渊向她求婚一事的思考。当时的形势，的确让她十分为难。她一直不喜欢孙渊，总觉得这人心理上有缺陷。特别是她亲眼看到孙渊如何亲自残忍地折磨一只小狗，就好像小狗的痛苦能带给他快乐似的。从此，她下定决心要远离他。但他位高权重，在集团经营多年，门生故旧比比皆是，盘根错节，形成了一个足以抗衡董事长的利益集团。以致她爸爸都几乎要委屈地答应婚事。也就是那天，也是一个周末的夜晚，她违心接受孙渊的约请，第一次与孙渊对面而坐，共饮咖啡。尽管那天的孙渊，把自己扮成风度翩翩的男士，但一件小事，却让司雪看清了孙渊的虚伪和可憎。

一位身段丰腴的女服务员给他们送来咖啡。在她伏身弯腰给孙渊放咖啡杯时，开得比较低的领口微微张开了点。孙渊贪婪盯着女孩的领口内微露的胸部，直吞口水。由于女孩个子高挑，孙渊甚至挺胸昂头，想多看一点。女孩显然感到他的企图，忙直起腰，脸上露出厌恶的神情，掉头就走。孙渊却不以为耻，竟然淫威大发："喂，服务员，你是怎么服务的？"

大堂领班忙走过来："请问先生，有什么问题？"

"她把咖啡往桌上一放，掉头就走。"孙渊极力想在司雪面前展示自己的男人气概，"我欠她的钱吗？"

"你过来。"领班盯着服务员，"你放下咖啡，什么都没说就走？"

女服务员小心的"嗯"了一声。

领班问："为什么？"

女服务员难堪地低下头，双手不由自主地捂在胸前。

领班厉声吼道："你季度奖没啦！"

"她没错！"司雪猛地站起来，从包里拿出一沓钱，往女服务员手上一塞，"你做得对，我给你奖金！"说罢，看也不看孙渊，快步走出咖啡厅。

目瞪口呆的孙渊此刻才从惊愕中醒过来。他忙追出去。司雪的劳斯莱斯已绝尘而去。那一夜她失眠了：我绝不能嫁给他，但是……

今夜失眠，也是因为婚嫁，但内容却完全相反：我非他不嫁！司雪是一个超凡脱俗而又冰雪聪明的女孩。却难解心中的郁闷与疑惑。她现磨了一壶浓浓的咖啡，坐在落地窗前，面对浩瀚的南湖，想用一夜的时光，梳理眼下纷乱的思绪。每当遇到人生中的难题时，她都会面对南湖寻找答案。这原本是她妈妈的习惯。妈妈去世后，就成了她的习惯。实际上，在她心里，南湖就是妈妈。

首先，她想把温思雨对自己的感觉定个位：他喜欢自己吗？答案是肯定的：喜欢。他投向自己的目光总是那么的柔和，甚至温馨，而且很频繁。每当他俩的目光交汇的时候，虽然他总是躲闪，但脸上会露出羞涩的微笑，好像在对司雪说：老看你，对不起。

唉！思雨，你这样躲着我，却是为何？

不知是何时，满月已走到窗前，把充满女人味的卧室，照得如同白昼。刚才还浮光耀金的南湖，一下消失得无影无踪。远处的湖泊尽头，倒是泛出一抹金黄。司雪鼓励自己：无论多难，太阳还会照样升起。

门外传来轻轻的敲门声：“雪儿，一夜没睡？”

是老爸的声音。司雪有些不情愿地回答：“老爸。”

司力夫轻声地说：“天都要亮了。”

“爸，你去睡。”司雪嘟囔了一句。

“你开门！”司力夫加重了语气。

“门没锁。”

司力夫走进来，在窗前坐下问：“又遇到难题啦？想了一夜。”

司雪很快收回思绪，把刚才所想，原原本本向老爸道来。讲到最后，她竟然泣不成声：“爸，我都这样主动对他啦，他怎能这样待我？！”

司力夫当然非常了解女儿的委屈了。司雪是一个何等高傲的公主。追求她的人，从来不敢正视一下她，更别说她去主动地追求谁。他搂着女儿的肩头说：“别忘了，为了救你，他险些送命啊！”

“我怎会忘。”

等司雪的情绪稍稍平复了点，司力夫说：“在对你的事上，他是否有难言之隐？你见过他卧室挂的条幅吗？”

“没有。”司雪茫然地看着父亲，不知所云。

司力夫神色十分凝重：“条幅上，写的是唐代著名诗人元稹的悼亡诗：曾经沧海难为水，除却巫山不是云。取次花丛懒回顾，半缘修道半缘君。”

“啊！”司雪跌坐到沙发上。她当然明了此诗的含义：元稹表达了他对妙龄早逝的亡妻深切的怀念。并表示，曾经拥有过人世间最美丽的爱情，对其他的情感和人事，就不会再放于心头。

司雪痛苦地说：“他难道有过红颜知己？而且已经过世了？”

司力夫突然说：“雪儿，你还记得他曾给人上坟的事吗？！”

“是啊！”司雪站起来，一句话，惊醒了梦中人，“我要直接告诉他，再大的苦，我们一起扛。”

“好。”司力夫也激动起来，“这样，我约他明天来家里谈谈。必须捅破这层纸！”

“好！”

司力夫离开不久，一阵手机铃声响起。

电话那头传来温思雨微弱的声音：“司雪，我好像病了。”

“啊！你怎么啦？”司雪吓了一跳。对方没回答，话筒里却传来一声沉闷的响声，仿佛有个物体重重地摔在地上。司雪大声喊：“思雨！思雨！”

电话那头悄无声息。司雪顿时花容失色，冲出了房门。

013 每朵花，都有她独特的芬芳

时钟刚指向 7 点整，温思雨就醒了。常年有规律的生活，让温思雨的生物钟准得跟电子表一样。有那么几秒钟，温思雨搞不清楚自己身在何处。直到一句美妙的女声问候："你醒了？"他才记起昨晚已住进了医院的单人间病房。司雪正坐在床边笑吟吟地看着自己。

"啊，这么早你……"话说了一半，温思雨就停下来，不知往下说什么，只好用充满谢意的眼光看着司雪。

司雪一身白装，头上戴着一顶网状鸭嘴帽，脖子上系的一款蝴蝶领结，细腰上围根柔软的腰带，脚上穿着平底球鞋，这些装饰都清一色是洋红，显得素净，又雅致至极、赏心悦目，让温思雨的眼睛有些挪不开。他不由自主地想到那次晚上的拥抱，想到她丰满的胸脯贴在自己坚实的胸脯上的美妙感觉，想到浓浓的司雪的气息，人就有些走神了。

司雪见状，心里美滋滋的，也有些不好意思，害怕他意气用事，又来个熊抱。这可是在医院啊。她忙说："这是炖的土鸡汤。快去洗脸漱口。"

温思雨感到自己的失态，忙收回目光，走进洗手间。洗完后来到桌边坐下，桌已经摆满了各类食品饮料，香气四溢。司雪在他对面坐下来，嫣然一笑："我们吃吧。"

虽然这不是第一次与司雪一起吃饭，但像这样就两人面对面地吃饭，还真是第一次。温思雨不由自主地时不时偷看一眼，发觉司雪吃饭的动作，极其优雅。她小心地在碗边上夹菜，尽量不让筷头碰到旁边的菜，喝汤时，舀一小匙，慢慢地送到嘴边，小口小口地咽下，绝无一点响声，你甚至看不到她的白牙。温思雨还注意到，她拿筷子的姿势很特别，没拿中间，而是握住筷子顶部，这样一来，筷子在她手里就显得特别长。这长长的青色筷子下端挟着几根翠绿的菜蔬，竟有一种观赏盆景一般的感觉，让温思雨唏嘘不已。

“看什么哩，吃饭。”司雪终于被他看得不好意思了，嗔怒地凶了他一眼，搞得他有点狼狈，呛了一口汤，猛地咳了几声来掩盖自己。司雪不由有了几分得意。心想，平日里，这个傲慢的王子似的人，在本姑娘面前，也不过如此。但突然间，司雪的脸却红了起来。她感到此情此景，真有点像一对小夫妻在家里围桌用餐，也是心起涟漪。幸好这时响起了敲门声。

温思雨极不情愿地说了声：“请进。”

门被轻轻推开了，款款而来的是江如蓝。她见到病房内的两人共进早餐的情景吃了一惊，显得有些尴尬，进也不是，退也不是，好生尴尬。

司雪也颇感意外。但看到江如蓝的样子，马上调整心态，快步走过去：“蓝姐，来，一齐用餐。”

温思雨也站起来，把桌上整理了一下说：“来，坐这边。”

江如蓝已恢复常态，把手里拎的东西往桌上一放：“煮了点银耳汤，快趁热喝。”

一丝疑惑从司雪脸上掠过，转眼就变成笑脸：“思雨，蓝姐煲的白木耳粥最好喝，快来一碗。”

今天的江如蓝也是一改以往的职装，换了一身湖蓝色的套妆，又搭配同一色系浅蓝色的胸花、腰带、软靴，再配脸上的一点淡妆，就带给人一种艳丽中略带清纯的视觉冲击。搞得温思雨又有点眼直了。

“愣着干吗，”司雪把盛好的木耳汤重重地往桌上一放，“趁热喝吧。别凉了江大小姐的一番美意。”言语间，竟多了几分酸味，搞了江如蓝一个大红脸。

温思雨刚喝了一大碗鸡汤，肚子已经胀鼓鼓的，但还是强迫自己灌了一碗。

司雪给江如蓝添了碗土鸡汤：“如蓝，来一碗。”

江如蓝也爽快地喝了一碗。两人都对喝下的东西赞不绝口。

江如蓝见温思雨气色不错，说道：“看上去恢复得很快。”

温思雨说：“本来就没什么，只是前一阵工作太累。昨晚检测，各项指标都正常。我今天就想出院。”

“别人给点颜色就开染房。”司雪嗔怒地瞪了温思雨一眼，“都正常怎么晕倒的？”

温思雨的眼冲着司雪凶了一下，嘴里却没有出声。

坐在一旁的江如蓝感到，两人就像小两口似地斗着嘴，心里一阵发紧。她想到司雪刚才的话“别人给点颜色”，好像是说自己，就想小小的报复一下司雪。她说道：“温总，雪儿也是为了你好，别把人家的好心当了驴肝肺。”

“就是。”司雪接着说，却发现江如蓝和温思雨都在坏笑，猛的明白过来，跳起身就去拎江如蓝，“你才驴肝肺哩！”

江如蓝赶快招架：“喂，怎么好话坏话都分不清！”

温思雨无可奈何地看着她俩打闹，心里却很纠结。她俩看上去是开心的打打闹闹，而实际上是在用这种打闹在掩盖内心的忐忑。在温思雨心里，她们俩有许多共同之处：一样美若仙女，一样优异典雅，一样品德高尚，又一样喜欢自己，甚至是可能爱上自己。自己也喜欢她俩，甚至爱她俩。他无论如何选择，都会伤害其中一个。但他又必须选择一个，当然也肯定会伤害另一个。在温思雨的成人岁月中，还第一次体会到：每一种选择都是残酷！

司雪和江如蓝打闹了会儿，就停下来。这一停，室内的气氛就有点异样。江如蓝有点想离开，但又不甘心就这样退出。司雪则颇有些手足无措。她以前对江如蓝与温思雨多半是调侃，并不认为江如蓝会真的钟情温思雨。然而今天江如蓝的表现，似乎有一点那方面的意思。这样一想，她不由警觉起来。

正当大家都在绞尽脑汁地想如何打破眼前的僵局时，房门再次响起，又传来一声悦耳的女中音：“可以进来吗？”

这声音很特别，也很独特，大家都知道是谁来了，也大概猜到她是为何而来，所以，室内的三个人都感到头有点大。

门开了个小缝，露出一个绿色的蝴蝶结在一头金发上微微跳动着，像活的一样。接着出现一张还带着稚气的脸蛋，红扑扑的。一对亮晶晶的大眼对室内一阵乱扫，闪着光亮，让人想到挂在夏夜的小星星。果然，进来的是记者刘芳，也拎着一袋早餐。

温思雨的头更大：这怎么都凑到一块了？难不成她们开过会，约好一起来？更让温思雨哭笑不得的，是刘芳的一句特别的问候：“温总，前几天活蹦乱跳的，像只蚂蚱，今天就变成病猫了？”

一听这话，屋里人都大笑起来。笑过后，看到刘芳大大咧咧地把丰盛的早餐一件一件的挤进堆满了食品的桌子，司雪和江如蓝的眼里，就多出了一份暧昧：她这是干吗？难道也是……她俩不愿往下深想。

其实，刘芳进门的一刹那，就明白了病房里的状况：室内正在上演“两个美女和一个白马王子的故事”，反正已经有两个了，多我一个也不多。她马上调整了自己的心态，把自己当成一个纯粹的追星族。这么一想，就把自己解脱出来，举止言行也就自然起来。

“两位大美女好。”她笑嘻嘻地说着，转身瞪着温思雨：“温总，我是你的忠实粉丝，怕你不收，就先贿赂贿赂你吧。”

“你也太小瞧我们的温大总经理了吧，”司雪昂起头，做出一副高贵的样子，“一碗汤就把他收买啦？”

“还有一个麦克风吧？”江如蓝也参加进来。

“哟，刚才还是甲方乙方，一下就成统一战线了？”刘芳也是嘴不饶人。

三个美女笑成一团。温思雨可笑不起来。在他的青春岁月中，身边从来不缺美女的追求。像今天这样，三个美女齐聚一室争奇斗艳，还真的是第一次。但自从谷雨过世以后，他对美女有了一种自身的免疫力，几乎达到坐怀不乱的地步。“曾经沧海难为水，除却巫山不是云。”在接受女朋友一事上，他心里有障碍，或者说还没准备好。所以面对她们，内心十分复杂，甚至纠结。他是个正常的健康的优异的男人，对这风情各异的漂亮女人，不可能不动心，然而，一想到内心深处还装着一个让他魂牵梦绕、刻骨铭心的女人，他就有负罪感。这既是对谷雨的歉意，也是对新人的抱愧。他忽然想到英国的露易丝。这个艳压群芳的女孩儿，连他的一个承诺都不要，只要他愿意，她随时可以毫无保留地为自己付出。因为她太喜欢温思雨。但温思雨永远把她挡在恋人以外。

有次，温思雨在好友的催促下，去看心理医生。这位博士级的心理医生，恰恰也是一位可放入美女之列的人。她要求温思雨放开情怀，把办公室的沙发当床，和她演绎一场现实版的罗密欧与朱丽叶，吓得温思雨仓皇出逃，被女博士追了两个街区才作罢。

此刻，又响起微微的敲门声。声音小，而且断断续续，显示出敲门人的犹豫。温思雨仿佛找到救星似的，三步并着两步走过去拉开房门，一看来人，都有些意外：竟是叶小妹！她一身翠绿色连衣裙，点缀着红色的发卡、腰带和网鞋，活脱就是个邻家小妹。江如蓝不认识她，当然不知道她是何方人士，但也叹息她身上焕发的那股青春靓丽气息。司雪就不同了。她一直记得叶小妹带温思雨去住宅时的一鸣惊人："我带你去睡觉。"虽然当时在场的所有人都明白这是口误，但也有人暗想：这又何尝不是流露出这个小女孩所想？当晚，就是这个漂亮的女孩一人带温思雨去的住宅。而且据小区的保安说，一个小时后叶小妹才开车出了小区，神色也有些异常，连保安跟她打招呼都没回应。这些情况都是保卫部的宋部长告诉她的。但她不知道的是，宋部长是应孙渊的要求讲的。而此刻，这个带疑问的女孩正腼腆地站在门口，进也不是退也不是，只是弱弱地叫了声："温总。"

温思雨当然也没料到会是叶小妹。但他很快地调整了自己的表情，侧过身："啊，是小叶，快请进。"

叶小妹看到都是大人物，不敢久留。她走进去放下手里的慰问品，正准备转身离去，门外响起了欧式普通话，大家都不约而同地喊道："露易丝！"

"天啦，这里是《非诚勿扰》吗？"露易丝一进门就是一句美式幽默，逗得大家都笑起来。然后，她径直走到温思雨面前，张开双臂，给了温思雨一个熊抱，弄得大伙都面面相觑。温思雨的脸也涨得通红。

露易丝打开食品袋，搬出不少西点饮料："来，见者有份。江部长，你是中原第一公主，你先来。"

江如蓝忙说："这里都是公主。公主们，动手吧。"

大伙相互看看，还是有些放不开。见大家还有些局促，露易丝的美式幽默又出台了："别一个个搞得像情敌似的。他温思雨一天不结婚，他就是我们的大众情人。每个人都有权分享。"

"呃，露易丝，越说越不靠谱了！"温思雨赶紧拦住露易丝。

"我同意。"刘芳向温思雨走去，张开双臂："我现在就要分享。"

温思雨吓得往后一退，不料身后坐着司雪，他一时没站稳，身子一歪，竟坐在了司雪腿上，赶忙站起来。露易丝趁机起哄：“不行，偏心，你现在必须在每人腿上坐一次！”

温思雨知道这个英国女人的疯劲，想逃出门去，却不料与进门的人撞了个满怀。一看，冷汗一冒，来人竟是秋艳妮？！实在是更出人意料。在场的所有人都认为，这里的人谁都该来，唯独秋艳妮不该来。因为她脸上贴着一张特别打眼的标签：石天虎的情妇。

秋艳妮被撞得差点倒下，幸亏温思雨手快，一把抓住她。她想乘机扑进温思雨怀里，温思雨却轻轻推住她：“秋总也来啦？”

这个“也”字，实际上是提醒秋艳妮，房内已有人了。

秋艳妮稳住神，向里一瞧，不禁吃了一惊：满屋芳华啊！仿佛中原的顶尖美女，都聚集在这里。而且大家把她当不速之客，用眼光表示对她的不屑。

久经沙场的秋艳妮评估了形势，暗想：别看你们一个个花枝招展的，说不准只有我一人占有过温思雨啊。她迅速调整了情绪，用半恭维半调侃的语调说：“我是不是走错了地方，撞进了世界选美大决赛？”

室内无一人搭腔。温思雨也不想让秋艳妮太尴尬，忙说：“秋总，说笑了。”

秋艳妮忍住心中的不快，从双肩包中取出一包东西，一打开，包内的物品顿时展开，竟是一盆一人多高的折叠花篮，还散发着古龙香水味。她在一块显示屏上触摸了一下，花丛中立刻飞出无数亮晶的萤火虫，伴随着柔美的音乐，翩翩起舞，唯美动人。

秋艳妮笑着对温思雨说：“温总，祝你早日康复！”

秋艳妮说完，关掉折叠花篮的电源。屋里的光彩和音响，全都消失了，屋子里突然静得让人发怵。大家都以为秋艳妮会离开，因为这儿实在不合适她待下去。但她没走，而是以一个非常优雅的姿势坐下来，又非常淑女地侧弯着腿，微微抬起头，让大家注意她鹅蛋形的脸上精致的五官，和又白又长的脖子。摆足了样子后说道：“我知道我是屋里唯一不该来的人，更知道自己在你们心里的不堪形象。”

温思雨忙说：“秋总，不是你想的那样。”

“你别安慰我，我知道自己在中原人心中是个什么东西。”秋艳妮打断温思雨的话，摆摆手，“我是石天虎的情妇，不！甚至连情妇都不如，是他的玩物，是猪！是狗！”

秋艳妮咬牙切齿地咒骂着自己，脸色变得十分凄凉：“可我当时有选择吗？没有。当一个人被逼上梁山的时候，是没得选择的，他们只能落草为寇。当年，我就是那样落草为寇的，没得选择。”

秋艳妮猛地站起来，用闪闪发光的双眼直视着屋里的每一个人，语调也高昂起来：“但是，今天我有了选择，我要和过去一刀两断，过自己想要的日子。宁愿站着死，决不跪着生！”

说罢，头也不回地大步走出门。

秋艳妮在转身的那一刻，委屈的泪水夺目而出。

她身后的人没看到她落泪，却分明看到她擦泪的动作，都不由一阵迷糊：泪为谁流？显然是温思雨了。难不成她和温思雨有一腿？她们的目光带着疑问，齐刷刷地射向温思雨，搞得温思雨无言以对。他心里自然明白秋艳妮的一番心思，但嘴上却讪讪地说：“这秋总唱的哪一曲啊。”

心直口快的露易丝说：“哪一曲，还不是爱慕你那一曲。你要是中国古代的皇帝多好，把我们都娶回去，每天晚上翻牌子，得牌者当晚侍寝。”

大家都笑成一锅粥。

刘芳擦了擦泪水说：“我第一个同意。”

司雪和江如蓝只是笑了笑，面露羞色。

“越说越不靠谱了。”温思雨打断她们的话。他知道今天的聚会不能继续了，“各位，谢谢啦，都去忙吧。”

大家纷纷站起来，开始收拾自己的坤包什么的，露易丝又要搞事了。她说：“你们就按中国的方式握手言别吧，可我是英国人，要欧式的告别。”

温思雨明白她又来搞事，连忙后退一步防着她。却不料她已有准备，抢先一步抱住温思雨，还在他脸上狠狠亲了一口，笑着指指温思雨白脸上的红唇印：“哈哈，盖章了！”

一屋美女顿时目瞪口呆：英国女人都这么疯吗？

大家先后走出门。虽然司雪极不情愿，但她又不好意思独自留下，只好随队伍走了出去。屋里立刻显得空荡荡的。温思雨坐在窗边，想着刚才的事，觉得十分无奈。每朵花，都有她独特的芬芳。但温思雨仍然没做好再次恋爱的准备。然而如何向她们告知，又尽量不伤害大家？似乎有些难度。尤其是江如蓝。在确定司雪身份之前，他俩已经彼此爱慕，甚至有了些肢体的接触。虽然那张纸没捅破，但都感到那只是时间而已。如果事先知道她是孟书记的女儿，他是否会克制些？幸亏他悬崖勒马，及时而果断地中止了与江如蓝的暧昧。即便如此，温思雨明白，这对江如蓝的伤害将是巨大的。但愿她能承受。

但以后的事实证明：江如蓝无法承受，终成悲剧！

014 苦难岁月，永远不堪回首

第二天晚饭后，巨能集团的工作人员帮温思雨办完出院手续，温思雨就接到司力夫的电话，邀请他到家里来坐坐。他便直接开车来到司力夫家。他虽然是头一回来司宅，但车至小区，沿湖而行，一眼就能找到，因为司宅所在的地理位置最好，在一处类似半岛的地方，三面环水，一面接岸，气势不凡。后花园的岸边，是一座小码头，停着一艘很时尚的双层游艇。游艇的设计和装饰，美轮美奂，浸润着浓浓的女人味。显然，这游艇主要是给司雪用的。艇首处草书着游艇的名号：小雪。夕阳的余晖，给洁白的游艇镀上一层浅浅的金黄，随着湖浪的起伏，这金黄和洁白交替闪动，仿佛在向来客炫耀着它固有的奢华和傲气。温思雨在游艇边小站了一会儿。他在想，当游艇在乘风破浪时，司雪站在舰桥上长发飘逸、衣衫摇曳的情景，一定楚楚动人。

司力夫把温思雨迎进客厅。亲自给他倒了杯摩卡咖啡。他迎着温思雨的疑惑解释道："我给家政人员放了假。"

温思雨点点头，内心有点压抑，因为他想不出司董请他来家里喝咖啡的意图。

司力夫微微一笑，想缓和一下厅里的气氛，说道："温总，我也不绕圈子，就直奔主题吧。"

“司董请讲。”温思雨从靠背直起身来，直视着司力夫。

司力夫：“温总，你对小女的感觉如何？”

“您指哪方面？”温思雨问。

“所有方面。”

温思雨不加思索地讲：“所有方面都非常优秀。她是迄今为止，令我感到最愉快的同事。”

“你喜欢她吗？”司力夫单刀直入。

温思雨突然停下来，埋下头，迟疑着。

司力夫心头一紧：怎么会这样？但他不能停下来：“温总，我们坦诚相见，实事求是。”

“司董，我非常非常喜欢司雪。”温思雨仍然低着头。

“既然非常喜欢，为什么你刚才又显得很迟疑？”司力夫穷追不舍。

“就因为她太美好，我太喜欢她，所以我不能爱她。”温思雨抬起头，“我不能伤害她。”

果然如此！司力夫记起了温思雨卧室的条幅：曾经沧海难为水，除却巫山不是云。他问道：“怎么说？”

温思雨说：“我心里还有个女人。”

司力夫：“啊。”

“她是司雪之前，我唯一爱过的女人。”泪水猛地漫出温思雨眼眶，他从钱包中抽出一张照片递给司力夫，“她已经去世近十年了。”

“对不起。”司力夫松了口点，原来这样，他接过照片一看，不觉大惊失色：照片上的女孩不就是司雪吗？！而且她脖子上挂着的那个吊坠，与司雪的吊坠一模一样。这怎么可能？一段遥远的记忆猛袭心头，他不由一阵眩晕。一失手，那张泛黄的照片落在地上。

温思雨急忙拾起照片，垂下眼睛说：“她叫谷雨，是我大学的同学，也是我的初恋。为了供我留学，谷雨瞒着我卖干了最后一滴血，在大四那年得了白血病，走了。”他抬起头直视着司力夫，“我不能一边爱着司雪，心里还装着另一个谷雨，这对司雪不公平，甚至是伤害。司董，我喜欢司雪很久了，她是我心中的女神。但我，我很矛盾，很痛苦。”

司力夫摇摇头：“所以你故意拒绝她？”

突然，通往大厅的楼梯上，传来一阵急促的脚步声。只一小会儿，司雪便坐在温思雨身边。她拿那张已经泛黄的照片看了看，问道："谷雨的吊坠还在吗？"

温思雨被他们父女的神情弄糊涂了。他下意识地解开衬衣扣子，从脖子上取下细细的银质项链。司雪急切地抓过项链上的吊坠，然后把藏在衣内的项链吊坠掏来合在一起，正好拼成一个完整的"心"的形状，就全明白了。她抓起一把抽纸，擦着温思雨的泪水，"思雨，我最亲爱的，你知道吗？谷雨是我的亲姐啊！"她也泪流满面。

"谷雨是你亲姐？"温思雨抬起头，疑惑地望着司雪，又看向司力夫，发现他也是一脸惊愕！

"爸，我早就知道我不是你们亲生的。"她泪眼汪汪地望着满脸疑惑的司力夫，"你和妈妈的血型是A型和O型，我的血型怎么会是AB型？"

司力夫明白过来，一脸羞愧："雪儿，我们并不想瞒着你。只是找不到合适的时机，怕伤害你……"

司雪打断司力夫的话："爸，我是个成年人，有权知道自己的身世！"

司力夫夫妇几十年的担心终于来了，他顿时面如死灰，泪水一下涌了出来。

"司雪，别这样，"温思雨握住司雪的手，"你要理解你爸。"

"可谁理解我？！你们知道这十多年我是怎么熬过来的吗？"司雪近乎绝望的喊，"一到周末，同学们都回家与父母团聚，可我却不知道父母是谁，在哪里？可我还得装着什么也不知道，笑着回家！你们知道我的感受吗？"

温思雨再也忍不住了。他一把拉过司雪，紧紧地搂在怀里："雪儿，你不仅有爸爸，还有我！你姐早已把你托付给我。"

司雪伏在温思雨怀里放声痛哭起来，仿佛要把几十年积压的泪水，此刻全倾泻出来。她重重地捶打着温思雨的后背，哭喊道："思雨，你为什么才说！你为什么才说！"

温思雨轻轻拍着司雪的后背，待她平静点，说道："明天我们一起去祭拜你谷雨姐吧。"

"好！"司雪突然想起在机场接温思雨的情景。当时她就感到温思雨似曾相识，原来源自孪生姐姐的心灵感应。她不由自主地把怀中的男人搂得更紧。

司力夫不知何时悄悄地离开客厅。

满月时的月光，流水般泻进厅内，把初秋时节的和风也带了进来，整个厅堂顿时弥漫着桂花的芬芳和南湖的润泽。窗外传来的波涛声，一阵又一阵，温婉而细腻，有如两颗初恋情人的心跳。

司力夫离开了相拥而泣的温思雨和司雪，回到房间，心情万分复杂。喜悦和恐惧两种内涵完全不同的思绪，交替出现在脑海，让他无所适从。

喜悦，当然是因温思雨与司雪的相恋，这应该是司力夫一生中最后的一件大事！从此刻起，他爱女的一生就驶向了幸福之旅。而爱女的幸福就是刻在他心中的丰碑！但是，伴随而来的，却也是他一生中最怕的大事，那就是司雪的身世将大白于天下。真到了那一刻，他还会有爱女吗？当司雪终于搞清了尘封 20 多年的秘密，她还会把他当慈父吗？我会跟她解释，这一切都是为了她不受伤害，但当这一刻来临时，这伤害或许更是刻骨铭心。一想到有可能永远失去爱女，他就有末日将至之感。真是“剪不断，理还乱”啊。这一夜，怕是彻夜难眠了。她的爱妻如在天有灵，怕也是惶恐不安啊！

4 年前，妻子因子宫癌去世时，说过一句话，让司雪哭昏过去。她把司雪的手贴在自己脸上说：“死我不怕，就怕再也看不到我的雪儿。”话一出口，她便撒手人寰。冰凉的手还紧紧握着女儿温暖的手。

他记起 26 年前的一个春夜，啊对了，那天是农历的谷雨，应是精贵如油的春雨沥沥纷飞的天气，却例外地飘起一场鹅毛大雪，铺天盖地。放眼望去，整个世界仿佛除了雪，就什么都没了。

那晚，司力夫同妻子正走出中原医院妇产科，心情极为沮丧，恰如这场冷入心扉的大雪。因为他们刚拿到医院的检查结果，司力夫妻子叶浅湾因早年子宫受损，无法恢复，专家诊断为终身不孕。尽管司力夫努力表示不在意，但他妻子却内疚不已，痛不欲生。恰巧在这时，天上掉下一个让他俩品尝一辈子的馅饼：一个很熟的护士跑过来告诉他们，出了场车祸，婴儿房多了两个孤儿，问他们要不要。他们赶去时，就剩下一个妹妹，她就是司雪。他们俩一下就喜欢上了这个白白胖胖的小生命，而这个小生命居然向他们伸出了双手，嘴里还咿咿呀呀地叫着，仿佛命中注定在等着他们，连医护人员也惊讶不已！

叶浅湾忙抱起婴儿，轻轻地贴在怀里。这一刻，她开始相信有天命一说。否则，为何在他们最绝望的时候，赐给他们一个新的生命。在孩子的襁褓里，放着一根细细的银质项链，链上挂着一个吊坠。吊坠的造型有点特别，仿佛是心型的一半。司力夫想，吊坠的另一半应该在女孩姐姐的襁褓里。

刚开始，他们还担心不是亲生的，多少会有些隔阂。但随着时间的推移，很快就消除了这个顾虑。他们把司雪看得比亲生的还亲。用一句通俗的话形容，含在嘴里怕化了。

细数起来，雪儿都26岁了。她这26个年头9000多天，是如何走过来的？他一时还真想不起来，但是他记起了叶浅湾的一句话："雪儿是我们亲大的。"

是的，真的是我们亲大的。在这9000多个日日夜夜中，最让夫妻俩铭记于心的事，有四件。

第一件事发生在给雪儿做周岁的时候。有一天，她突然对叶浅湾喊了一声"妈"。就一个字，喊得叶浅湾喜极而泣。她大声喊："力夫力夫，你快过来，她会叫妈呢。"从这一天开始，叶浅湾逢人便讲："雪儿会叫妈了！"大家都露出惊讶的样子说："真的，她都会叫妈啦，哎呀，真了不起！"司力夫其实明白，他们的惊讶都是装出来的。哪个孩子不会叫妈呢？

第二件事情也来得很突然。就在司雪刚一岁的时候，他们办完了生日酒宴回到家里，把司雪放在地上，用手扶着。突然间，司雪挣脱了妈妈的手，踉踉跄跄地向司力夫走去。夫妻俩开心死了，又怕她摔跤，紧张地盯着她。她也感到了紧张，走了两步，好像对自己的行为有点奇怪，站在那里思索了一下，然后就开始走向司力夫。司力夫猛地抱起她，一顿狂亲。她却不愿意，呀呀地说："不，不。"她还想走。于是司力夫又把她放下来。她高兴地转过身，又向妈妈走过去。司雪就这样开始她人生旅途的第一步。

第三件让他们夫妇难以忘怀的事发生在2013年春，当时，司雪读大四。记得是农历谷雨的前一天深夜。他们夫妇俩还在客厅里，为明天司雪的生日忙碌。二楼突然传出司雪很大的叫声："姐姐，你在哪里？"夫妻俩赶快跑上楼，推门一看，司雪坐在床上揉着眼睛，脸上挂着泪花。他们搂着司雪问："雪儿，怎么啦？"

司雪说："我梦见姐姐呢，她问我：亲爱的妹妹，姐不在，你还好吗？"

夫妻俩面面相觑，惊讶地张着嘴巴，不知如何回答。他们只好安慰说：

“雪儿，哎哟，你在做梦，睡吧睡吧。”

司雪固执地说：“我没有做梦，真的，我真的看见姐姐了，她拉着我的手问的。她的手冰凉冰凉的。”

从这一刻开始，他夫妇俩才真正地意识到：难不成孪生姊妹之间真有心灵感应？难不成她姐真在冥冥之中托梦于她？

司雪是1991年4月20日出生的，这一天正好是农历上的一个节气：谷雨。所以，司雪父母给司雪做生，永远定格在农历的谷雨这天。

2013年谷雨这天晚上，被春雨滋润过的空气，清新又温暖，恰如司雪父母此刻的心愿。他们请来了众多的亲朋好友，为司雪举行了一次颇为隆重的生日派对，大家兴高采烈地闹了2个小时才散。但让司雪父母不安的是，他们总感到司雪的笑脸背后，总隐约透着一丝忧伤。司雪的闺密江如蓝也有这种感觉。她私下问过司雪，司雪却强撑笑脸推说昨晚没睡好。但她的笑脸还是掩盖不了内心的悲切。妈妈叶浅湾有感觉。后来说给司力夫听，司力夫说，也感到有点不对劲。但又说不出所以然。谁料到司雪当晚返校后，他们在司雪的书房看到一页毛笔字，顿感十分惶恐。那是司雪临行前在宣纸上用毛笔抄写的苏轼的一首词：

江城子

乙卯正月二十日夜记梦

十年生死两茫茫。不思量，自难忘。千里孤坟，无处话凄凉。纵使相逢应不识，尘满面，鬓如霜。

夜来幽梦忽还乡，小轩窗，正梳妆。相顾无言，惟有泪千行。料得年年肠断处，明月夜，短松冈。

司雪自幼冰雪聪明，喜欢唐诗宋词，更是酷爱苏轼的人品和他的词作。加之司雪练就一手毛笔字。所以，司雪常信手抄练古诗词，司力夫和叶浅湾也不足为奇。但生日这天应该是高兴的日子，她却在临睡前抄写了一首如此伤感的词，而且从用笔的力度和排列的工整来看，绝非信手拈来，而是情之所至，极其认真。那么，司雪用心何在？以她妙龄之年，而且身居豪门，怎么会有如此悲切的情怀？他俩很自然地联想到司雪不幸的出生，不由警惕起来：莫非她知道了自己的身世？

他们夫妻俩也曾讨论过，要不要告诉司雪的身世，可最后都否定了。因为他们输不起。万一司雪因此而受伤，那代价是他们无法承受的。这样一拖，就是多年！现在，想瞒是瞒不下去了。她知道真相，不过是时间而已。

第四件事，就是他的爱妻在癌症去世前夕，她搂着女儿说："宝贝，我们俩今生今世最大的幸福就是有了你。今后无论遇到什么天大的难事，一定要牢记，我们俩是世上最爱你的人。"

司雪哭了："妈，我记住了！"

此时此刻，她还记得当日的承诺吗？

司力夫静静地来到窗前。微微泛白的星空一下涌到他眼前。他默默地凝视着那颗最亮的星座启明星，有如凝视自己的妻子："亲爱的，怎么办？"

启明星用闪闪发光的眼睛深情地看着他，仿佛也在思索。

这一夜对司家父女和温思雨来说，真叫"长夜难明"！但天终究还是亮了。

这漫长的一夜到底发生了什么？它应该画上一个怎样的句号？是这栋寂静的别墅需要思考的问题。

当温思雨看着司雪从他怀中醒来时，他坚信自己不仅收获了美好的爱情，而且告慰了谷雨的在天之灵，司雪竟然是谷雨孪生的亲妹妹，真让他不信上帝都不行！谷雨在遗言中，就把寻找妹妹、照看妹妹的大事托付给他啊！

司雪的心境，也犹如漫进客厅的朝霞一般明丽。但喜悦中多少带着一丝不安：是不是亲生，对司雪来说，绝对不是问题。她还会一如既往地爱他的养父。倒是养父知道自己的心迹吗？想到这里，她才发现，一向准时上班的父亲，竟没出房门。她慌忙从温思雨怀里站起："思雨，爸爸。"她快步走到司力夫门前："爸，起来了吗？"

门立刻开了。显然司力夫就在门前，只是没有开门。一夜的短暂时光，司力夫的头发全白了。

"爸爸！"司雪一下扑进司力夫怀里，泪如雨下，"你永远是我的亲爸爸！"

司力夫悬着的心一下落地了。他紧紧抱着司雪，只说了两个字："女儿。"便泣不成声。

当天，司雪、温思雨和司力夫准备了香烛、纸钱、花圈等，去凭吊谷雨。

在距江城 300 公里的鹰山脚下，有一处公墓。谷雨的墓地，便是温思雨海归时，迁移至此。这里依山傍水，森林茂密，莺歌燕舞，绿草如茵。这份美丽，犹如谷雨。

他们走近墓前，司雪便一眼看到了碑上的谷雨玉照。她扑到碑上，用手轻轻抚摸着谷雨的脸，喊了一声："姐，我看你来了！"就抱住石碑，泣不成声。她手里，就紧握着半心型的吊坠。

温思雨没有拦她。几十年的苦难和相思，哪是一把泪就能淌过的。

司力夫也是泪流满面。他擦了把泪，突然看到了一段黑色的碑文：

铸剑十年

温思雨

双亲含冤别人生，
至爱玉殒绝红尘。
铸剑十年终出鞘，
樯橹灰飞尸不存！

二〇一四年谷雨

这段碑文如五雷轰顶，震得司力夫目瞪口呆！温思雨果然藏着一个巨大的秘密。而浸沉于悲痛中的司雪，泪眼朦胧，根本就没注意到碑文，只是跟温思雨一道，开始用带来的工具，收拾墓地。扫过的落叶发出的沙沙声，好像谷雨在低吟，让他们痛彻心扉。他们把带来的纸钱在碑下点燃，温思雨与司雪一道，静静地跪在墓碑前，司力夫则肃立在他们身后。

温思雨柔声地说道："亲爱的谷儿，你在那边过得好吗？我把你朝思暮想的妹妹带来了，你能看到吗？"

温思雨用右手搂住司雪："谷儿，我已完成你的第一个遗嘱，找到了你妹妹。你的第二个遗嘱我也会完成，我一定会娶你妹妹，我爱她，像爱你一样。你的第三个遗嘱，我承诺的'铸剑十年'，已为期不远。到报仇雪恨的那天，我们再来找你。用仇人的粉身碎骨来祭你的在天之灵！”

突然，司雪“啊”的尖叫一声，瞪大了双眼盯着墓碑，呆若木鸡。把温思雨吓了一跳。他赶忙搂着司雪：“雪儿，怎么啦？”

司雪用手指摸着碑文上刻的一行字：生于一九九一年四月二十日（农历谷雨）殁于二〇一三年四月二十日（农历谷雨）说：“姐去世时找过我。”

温思雨以为司雪情绪激动，有点语无伦次，便哄着她说：“你姐一直在找你。”

司雪知道温思雨不信，便说：“姐去世那晚找过我，不信你问我爸。”

此刻的司力夫也是惊讶万分：人世间还真有阴间之说吗？他听女儿一说，便向温思雨讲述了 2013 年 4 月 20 日司雪生日当晚梦见谷雨的事。这下轮到温思雨感动了！他一把抱住墓碑，抽泣地说：“谷雨，你听见了吗？”

坟前起风了，把碑前的纸钱灰卷起，慢慢旋转着升到半空，然后飘向远方的丛林。

“姐姐，你看到我们了吗？”司雪举起双手。

面对着谷雨的墓碑，温思雨向司家父女讲述了雪藏在他内心深处十年之久的“谷雨往事”。

015 你是我一生最美的遇见！——谷雨往事 1

2009 年，谷雨和温思宇同在中原大学就读。谷雨大一，读中文。温思宇大四，读物理。一所几万学子的综合性大学，而且一个学文，一个学理工，照常理，他们相识的概率应该是万分之一。但他们的遇见，碰巧就是万分之一。

谷雨认识温思宇，始于温思宇发表在校刊《文苑》上的一首小诗。

谷雨

物理系温思宇

水蓝沙白柳如丝，
薄雾微霞细相织。
乍暖还寒是谷雨，
携友踏青正当时。

2009.04.20（农历谷雨）于南湖

说实话，让谷雨记住这首诗，并不是这首诗有多好，而是这首七绝的诗名“谷雨”，自己就叫谷雨。她觉得很好玩。

但是，学子们却并不觉得好玩。作为大家公认的校花谷雨，绝对是大学里的公众人物。所以此诗一出，很多人都跟着起哄，说求爱信都上校刊了！以为温思宇肯定会出手了，至少要来一次献上九十九朵玫瑰活动。男生们都嫉妒，希望以冷面著称的谷雨会给以颜色。特别是中文系的小伙子，更是义愤填膺！物理系的男生，竟然把手伸到中文系来了。姓温的，你越位了！学校的小女生们也是蠢蠢欲动，唯恐天下不乱。她们都弄不明白，究竟是何方神圣，竟打起校花的主意，也太自不量力！经过多方打探，却一个个偃旗息鼓、集体失声。最后，其中一个小女生终于忍不住道出了实情：论学习，人家是物理系名副其实的学霸。别人用 4 年学完本科，他用 4 年不仅学完本科，而且读完了研究生，直接准备考博。论长相，更是被小女生们奉为偶像：一米八五的高个，加上运动员般的体魄，偏偏脸上又带着浓浓的书卷气质。让去打探的小女生，一想起就脸红心跳。这一切当然瞒不过谷雨。不过，她的内心却是出奇的平静，表现出一种女王应有的淡定和傲气：让他们去折腾吧，我过自己的日子。

原本应该上演的一曲闹剧，竟波澜不惊。所有的期待都化为泡影。让校友们大失所望。

温思宇毫无动静。他照常是早上 6 点钟与好友李星环湖跑步，然后跟李星学少林拳和自由搏击，接下来是一天的课程，晚饭后手持英语辞典环湖散步，8 点按时晚自习，11 点上床。如此作息，雷打不动，风雨无阻。只是近期，早晚的湖边多了不少小女生，探头探脑地打量他。特别是李星教他练少林拳时，竟有不少女生围观助战，搞得李星也感到很自豪。但李星随后发现，虽然是他在教温思宇打少林拳，而女生们的目光，却全都盯在温思宇身上，让他好不郁闷。有时，李星突然来个高难度的动作，非常吸人眼球。然而，女生们却视他的表演如同空气。而温思宇一个平常的招式，却引来掌声一片。让李星这个闻名中原的武术冠军忿忿不平，又无可奈何。温思宇对眼前的情形视而不见。有几次李星向他暗示“谷雨来了”，他也照样我行我素，心无旁骛。

谷雨也是心如止水。朝读唐诗宋词，晚练养生瑜伽。对同窗们的只言片语充耳不闻。仿佛从未有过“温谷风波”。中原大学的男生们，个个欣喜若狂，认为那个叫温思宇的学子怕是求爱无望了，便一个个蠢蠢欲动，想试试是否能抱得美人归。所以谷雨身边，一时多少豪杰。

五四青年节这天，谷雨在《文苑》上又看到了温思宇的一首小诗：

“五四”赠友人

物理系温思宇

看到操场上五颜六色的标语，才意识到今天是青年节，可见自离青春有多远！信手写了首七绝，用传统来纪念现代。

花未全开月未圆，
恰逢思飞少年时。
春华秋实梦正酣，
窗外已是日迟迟。

2009 年 5 月 4 日于中原大学

物理是一门相当现代的学科，却把自己搞得像老夫子似的，说自己“离青春有多远”，动不动就来篇四言八句，还教训人。她突发奇想：那个温思宇摇头晃脑地读古诗的样子，一定煞是可爱。但是接下来发生的一件看似平常的小事，却触动了谷雨的芳心。

5 月 10 日是母亲节。每年的这一天，谷雨就特别难过。她在日记本上写道：

妈，我又想你了。你和爸爸在那边还好吗？你怎么忍心把我和妹妹扔在凄寒的雨夜，就这样头也不回地走了。我多希望有那么一天，你们突然手牵手来到我面前，抱抱我。我深知这是不可能的，永远不可能的。我深知你们和我，还有那不知在哪里的妹妹，都只能在梦中相聚。妈妈，你能告诉我可怜的妹妹在哪吗？我多想亲自照料她！

闺密辛小芹见谷雨神情凄凄地坐在床上写东西，知道她又在伤感往事，便想分散她的注意力。辛小芹递过《文苑》杂志：“谷儿，你的那个他又有新诗啦。”

谷雨心情正伤感，懒懒地问：“哪个她呀？”

“你的那个他。”辛小芹翻开《文苑》，“你看。”说罢，回床去了。

谷雨漫不经心地瞅了一眼，立刻捧起杂志看起来。

想

物理系温思宇

无论今天多么美好，一想起母亲，就心酸：亲爱的妈妈：想你了……

只要一想起她，
心里就飘起小雨。

即便是眼下：
垂柳吐出了新芽，
春光明媚；
或者初夏的小巷里，
挂满了五月的玫瑰。
或者秋分时节的黑土地上，
起伏着欢乐的稻浪；
或者大雪纷飞的山谷，
唱着歌的溪水。

我的身边啊，
总远离这些，
世俗的愉悦。

只要一想起她，
心里就飘起小雨。

2009 年 5 月 13 日母亲节

猛地，一阵遥远的伤痛袭上谷雨心头，泪水便一下涌出。是啊，“只要一想起她，心里就飘起小雨。”她还是幼年时，就听到自己的养父母谈论她的亲生父母。当时，养父母以为谷雨听不懂。其实，谷雨听多了，也就慢慢地把只言片语在脑海里拼接起来，渐渐明了一个大概：自己的亲生父母遭遇了一场车祸。父亲当场死亡，母亲则是在医院生下她们双胞胎后死亡的。他们留给她的唯一信物，是一条半心型的吊坠。待她成年后，想去查找自己的父母亲，人海茫茫又时过境迁，无从查起，便只能将对双亲的念想留在心灵深处，不敢想起。但一到每年的母亲节，就特别伤感。今天突然读到温思宇的《想》，便把自己带到了伤心之地。她能不哭？

她怕自己哭出声来，忙把头钻进被子里。不知哭了多久，才迷迷糊糊睡着了。待她醒来时，被子已浸湿了一大片。从此，她牢牢地记住了“温思宇”这个名字。并且意外地萌生出想见这个男生的愿望。让她更加意外的是，这个愿望很快就变成现实。

作为有着百年校史的国家重点大学，有着许多优秀的传统。而以“青春理想 五月的玫瑰”为主题的歌咏联唱会，就是传统之一。联唱会并没有固定的节目单。而是由主持人唱第一支歌，然后由她点台下任何一个人，这人必须上台唱。然后再由他点台下任何一个人。被点者如不唱，则全系学生必须立即退出会场。这是晚会约定俗成的规则。当然，谁也不会干这种蠢事。

联唱会按惯例，在五月的最后一个周末晚上如期举行。主持人在热烈的掌声中宣布联唱会开始。她领头唱了一支歌，被她点名的人唱了第二支歌。晚会就这样接力着一支支唱下去。虽然热闹，却也平淡。高潮是第六支歌引起的。

第六支歌的演唱者，正是谷雨的闺密辛小芹。她一唱完，便诡异地笑着喊：“欢迎物理系的诗人温思宇给我们唱歌！”

热闹的会场上，突然静下来。大家都想看看前一阵吵得沸沸扬扬“告白”谷雨的男主角的尊容。会场上，终于有个人站起来向舞台走去。人们的议论，也随之“嗡嗡”作响：他们的第一印象是“好高啊！”第二印象是“好帅啊！”第三印象是“好牛啊！”

说他“好高啊”，1.85米当然有点高；说他“好帅啊”，浓眉大眼，鼻梁高耸，整个面部，棱角分明，除了帅还是帅。说他“好牛啊”，则是指他在众目睽睽之下，徐徐走向舞台的那份从容。

辛小芹意外地点名温思宇时，谷雨也意外地有所期待。留意地四下张望。搞得她身边的同学调侃她："至于吗，这么紧张。"她仍然全神贯注地四下张望，终于看到有人走出来。看到他的第一眼，就让谷雨有点心动。对大家发出的"好高、好帅"，谷雨印象不是很深，她自己就1.75米，自己就被誉为校花。倒是对"好牛"颇有感触：在大庭广众之下，在赞誉之中，能如此淡定地款款而行，说明他内心十分强大，强大到"如入无人之境"。

温思宇走到舞台中央辛小芹身边，主动向她打招呼："美女，你好。"

"我美吗？"辛小芹调皮地瞅着温思宇。

"至少我这么认为。"温思宇调侃了一句。

辛小芹夸张地瞪大眼睛："你的意思是说：还有人认为我不美？"

台下一片起哄："你很美！"

温思宇："我知道谁认为你不美。"

"吹吧你，"辛小芹哼了一声："说来听听"

温思宇认真地问："你真想知道？"

"是的。"辛小芹也认真起来。

温思宇迟疑片刻，往旁边挪了两步，拉开了与辛小芹的距离。包括主持人和辛小芹在内的所有人都不明白温思宇在折腾什么。谷雨也好奇地盯着台上，不明所以。

吊足了大家的胃口，温思宇弱弱地问："你没带刀吧？"

大伙一愣，随即笑声、掌声、口哨声响彻大厅。

主持人插进来问："温思宇同学，你觉得自己帅吗？"

温思宇："这好像不是晚会的主题。"

辛小芹撒娇了："这话题是你挑起的，你必须回答！"

台下一片女声："必须回答！"

"好，我回答你。"温思宇直视着辛小芹美丽的大眼睛，"男人帅不帅，女人说了算。"

他的话赢得一片喝彩。

"温思宇同学，再问最后一个问题。"主持人笑盈盈地看着他，"你看我和小芹，一直是笑盈盈地与你对话，可你从上台到现在，就没见你笑过。这是为什么？"

“因为我的生活离笑太远。”

主持人发现温思宇的脸色变得有点阴暗了，立即改变话题：“好啦，我们回归主题，请我们美丽的辛小芹把金话筒交给温思宇。”

主持人见温思宇接过话筒便问：“温思宇同学，准备给大家唱支什么歌？”

温思宇说：《怒放的生命》。

台下立刻响起一片叫好声。

主持人大声说：“音乐！”

随着前奏，温思宇唱起来：

曾经多少次跌倒在路上
曾经多少次折断过翅膀
如今我已不再感到彷徨
我想超越这平凡的奢望
我想要怒放的生命
就像飞翔在辽阔天空
就像穿行在无边的旷野
拥有挣脱一切的力量

曾经多少次失去了方向
曾经多少次破灭了梦想
如今我已不再感到迷茫
我要我的生命得到解放
我想要怒放的生命
就像飞翔在辽阔天空
就像穿行在无边的旷野
拥有挣脱一切的力量

我想要怒放的生命
就像矗立在彩虹之巅
就像穿行在璀璨的星河
拥有超越平凡的力量

温思宇唱完后，大厅里寂静无声。有那么几秒钟，大家都惊呆了，整个晚会似乎被他的歌喉凝固了。因为谁都没料到，温思宇能用磁性的嗓音，向人们展示了一个青年如何从绝境中爆发，从爆发中自救自强。他把这首歌曲演绎得如此完美，镇住了所有人。寂静过后，便是长时间的震耳欲聋的掌声和欢呼声，整个晚会都沸腾起来。谷雨感到自己的手都拍疼了，嗓子也喊哑了。

主持人满怀激情地说："这是我担任联唱晚会以来，唱得最好的，也得到了最热烈、持续时间最长的掌声和欢呼声。让我们把青春、理想，五月的玫瑰送给温思宇同学！"

晚会散场后，不少女孩子都在礼堂门口磨磨蹭蹭地候着。一见温思宇走出大门，便自动让出一条窄窄的通道，并鼓着掌。有的女孩还情不自禁地递上小纸条，上面写着联系方式。温思宇很腼腆地接受着女孩的包围。在他的意识里，这片柔情蜜意，似乎离他很远。于是，他加快了步子，飞快地冲出了这片温柔之乡。

在接近宿舍的地方，一个女孩从树荫中走出来，拦住了温思宇。温思宇认出是辛小芹，她正试图将另一个还在树荫下的女孩拉出来，而那个女孩极不情愿，还有些急了："你说过只是陪你来。我就在这等你！"。

温思宇很绅士地停下脚步，礼貌地打招呼："辛小芹，我们又见面了。"

辛小芹终于把阴影中的那个女孩拉出来，脸上露出玩味的笑，只说了两个字"谷雨"。

温思宇眼睛一亮：校花果然名不虚传啊！辛小芹原本就是美女，但在谷雨面前，就逊色得多。漂亮还只是一个方面，主要是她嗔怒中流露出的小家碧玉的气质：柳眉含羞、婉约可人，而1.75米的身高，又显得亭亭玉立、卓尔不凡。身着白色的连衣裙的她，仿佛从唐诗宋词中走来，古朴素雅，经典高贵。心高气傲的温思宇，几乎就没有为美女动过心，因为他身边不乏美女流连。但此刻，他的心弦，被一只纤纤玉手拨动了，而且这一动，竟让他魂不守舍。他尽力平复着内心的激动，几乎有点结巴地说："谷，谷雨，你，你好。"

"你好。"谷雨略迟疑了一下，轻声回了一句，"小芹，我还有事，先走了。"说罢，转身就走。却被辛小芹一把拉住："哎，我说谷儿，在男生面前，你从来都是高傲的小公主，今天怎么变成羞姑娘啦！你怕什么？"

谷雨只好停下脚步，缓缓地转过身来。动作极其优雅。她红唇一张，吐出一句话来："谁怕了呀！"话虽这么说，可仍然是双眼低垂。

辛小芹的嘴就是不饶人："温大才子，你也是，刚才唱得那么流畅，怎么问一个好，五个字就喘了三回。你们是同病相怜吧！"

接下来大家都不知说什么好。只是你瞅我一眼，我瞅你一眼。有时两眼一碰又赶忙分开。气氛一时有点尴尬。

辛小芹忙说："哎，我说二位，这儿光线暗，也瞅不清楚。你们是不是找个光线好点的地方，面对面地瞅呀？"

谷雨拧了她一把说："瞅什么呀！"

李小芹见温思宇不知所措的样子，就明白他不好开口，便道："温思宇同学，你还欠我们谷雨一个情呢！"

"小芹，你越说越没谱了！"谷雨有点生气了。

辛小芹一笑："你想哪儿去了，我说的是人情。"

温思宇放下心来："啊？"

辛小芹说："你借谷雨的名字写过一首诗对吧？"

温思宇立刻会意，忙说："啊，对对，是欠个人情。这样吧，我请你们喝咖啡。"

谷雨刚说个"不"字，就被李小芹打断："恭敬不如从命。"

在去咖啡厅的路上，辛小芹咬着谷雨的耳朵说："你一路都看见了，有多少女孩想结识他，他都无视了，唯独请你喝咖啡，这就是一个情字啊！"

谷雨说："初次见面，何来情字。"

辛小芹有点急了："哎，我跟你说，要不是我有男朋友，我才不让你！"

谷雨把她往前一推："好，让给你好了！"

他们刚走过一片竹林，眼前便闪出一间咖啡屋。抬头一看，名曰"初心咖啡屋"，温思宇暗道："如我所愿！"

三人落座，品着香气四溢的咖啡，感受着朦朦胧胧的微黄灯光，三人刚才的尴尬也渐行渐远了。

还是心直口快的辛小芹先开口："温思宇同学，你那么爱写诗，怎么不读中文系？"

温思宇说："这叫距离产生美。"

辛小芹头一歪："怎么讲？"

"你想啊，整天读的都是美到极致的名篇，会审美疲劳的。"

他飞快地瞅了谷雨一眼，发现她正用美丽的大眼睛盯着自己，心里暖暖的，"我们学物理的则不然，整天面对的都是严谨的课题，偶然想起一首小诗，就浪漫一下，倍感享受。"

"有点卖弄吧。"谷雨话一出口，便觉不适。快速地吐了下舌头，神态十分娇媚可爱。

辛小芹故意抬杠："你说得有点炫耀了吧。"

温思宇脸动了一下，好像在笑："同样发生一件事，学物理的和学中文的，想到的事可能完全不同。例如说吧，你们看窗外。"

窗外，树影婆娑，灯光摇曳，月光如水。

"你们有何感想？"

辛小芹："除了美，还是美。"

谷雨："是啊，你想到什么？"

温思宇看着谷雨："物理现象：满月。"

"原来如此。"

谷雨笑了，笑得很文艺。把温思宇看呆了。辛小芹用手在温思宇眼前晃了晃："哎，也太偏心了吧。分点眼光给我吧。"

谷雨使劲拍了她一下："别闹了。"

辛小芹忙躲到温思宁背后："快，机会来了，英雄救美。"

三人笑成一团。谷雨心想：他还是会笑啊，笑得很文静。

他们的笑声引起邻桌的注意。几个女孩狠狠地盯了温思宇一眼。

辛小芹冲着温思宇眨眨眼："成香饽饽了吧？"

温思宇与谷雨间的"情"就始于这么简单的小事，但他们的"义"却是一发不可收。仅半年的时间，就走完了从相识、相恋、相依的初恋过程。从此以后，中原大学的花前月下，湖畔沙滩，处处留下他俩的足迹。他们没有海誓山盟，却在频频的回眸中流露出厮守一生的意志。他们甚至胆小到不敢相拥，但他们的目光却恨不得黏在对方身上。彼此都在感叹：你是我一生最美的遇见！

016 你如果死了，让我怎么活？——谷雨往事 2

温思宇接连做了两件事，终于俘获了谷雨的芳心。

让谷雨心动的第一件事，是帮助谷雨找到了她的亲生父母。

其实，从温思宇知道谷雨的身世那一刻起，他就暗下决心：一定要查清谷雨的亲生父母的情况。他坚信，她父母不会就这样凭空消失。他们总会在人世间留下点儿什么。这不同于自己的父母。温思宇是被遗弃的。他的人生记忆，是从清苦的孤儿院开始的。谷雨则不同，她出生在医院，父母亲死于车祸，这两件事都应该有记录，不过有些年代而已。但事情并没有他想的那么简单。那两件事，发生在 20 年前，当时没有计算机，所有的事都只有纸质记录。在浩如烟海的卷宗中，查找一份并不起眼的旧闻，绝非易事。但温思宇绝不放弃，他心里装着谷雨的那双美丽而忧伤的眼睛。一想到有一天，当他亲口告诉谷儿亲生父母的尘封往事时，她的脸当如夏花，这是多么让人神往的时刻！

真是苍天不负有心人啊！温思宇终于在市立第二医院的资料库里，查到了谷雨爸爸妈妈的姓名：谷书城，夏花。病案上还有交警的送医签名：刘国庆。他趁人不备，偷偷地把这一页撕下来。

刘国庆 50 来岁，中等个子，生着一张国字型的脸，看上去应该是个忠厚老实的人。当温思宁简单地对刘国庆说明来意，并出示了那张病历时，刘国庆平淡的脸上，生出了几分警惕："你为什么打听这件事？"

温思宇不得不出示了学生证，详细讲述了他与谷雨的事，让刘国庆唏嘘不已。尘封了20多年的往事，为什么温思宇一提，这位民警就能记起呢？并不是他记性好，而是这件事在他几十年的民警生涯中，唯一的一件遗憾而且伤感的案子，毕竟是两条人命、两个孤儿的一桩逃逸案啊！他略微平静片刻说："你可以带谷雨来一趟。来时，一定把她的收养证带来。"

终于有天，接到刘国庆电话，约好周五下午去。

周五下午，温思宇拖着谷雨就走。谷雨笑问："干吗呀，神秘兮兮的。"

温思宇笑嘻嘻地说："别问了，保证是好事。"

他们来到刘国庆的办公室。司雪一进门，刘国庆就惊呆了："天啊，太像了！"

温思宇当然明白刘国庆指的谁，但谷雨不明就里，茫然地看着温思宇。

刘国庆问："你没告诉她？"

温思宇说："没。"

"好。"刘国庆点点头，"进来说话吧。"

他们来到一个会客室。刘国庆说："温思宇，你先把情况告诉她，我去拿点东西来。"

"谷雨，我要说说关于你父母。"温思宇握着谷雨的手。见她张大嘴巴却发不出声，急忙说："你千万要冷静，听我慢慢说。"见谷雨点点头，他便把去调查谷雨父母的经过讲了一遍。最后把那张撕下的病历递给谷雨。

谷雨的表情怪怪的。好像温思宇讲的事与她无关。她只是茫然地听着。待她看清病历上的字：谷书城，夏花，才好像清醒过来。喉咙里沉闷地"啊"了一下，却发不出声，只是泪水流了出来，无声地流着。温思宇吓坏了。他紧紧地把谷雨拥在怀里，不停地说："谷儿，亲爱的，别这样。"

刘国庆拿着一个文件袋走进来，把袋里的东西拿出放在桌上说："谷雨同学，请出示一下身份证和民政部门的收养文件。"

审核证件后，刘国庆从文件袋中取出一份文件小心翼翼地放在谷雨面前。在刘国庆的心中，这不是一叠文件，而是两个有血有肉的生命。每次触摸到文件，心中就会涌起一股莫名的酸楚、愤怒和自责，毕竟是两条年轻的生命和两个从出生就不识父母的孤儿啊！

泪水涟涟的谷雨，呆呆地盯着卷宗，迟迟不敢翻动。温思宇一只手紧紧握住谷雨的手，一只手缓缓地翻开文件。

交通事故记录

事故等级：重大恶性交通事故逃逸

时间：1991 年 4 月 20 日 17：25

地点：中原省江城市黄坡区后湖东路 47 公里处

现场记录：一辆由北向南的雪铁龙车与一辆由南向北的奔驰车迎面相撞。雪铁龙车牌：原 AH3904。奔驰车牌：原 AA8888（套牌）

相撞时两车的位置：雪铁龙在正常行驶位置。奔驰越过中线约 0.8 米。

后果：雪铁龙被撞翻至路边堤下，车上两人伤势严重。由于肇事车主逃离现场，延误了最佳抢救时间，男性在民警送救途中死亡，女性送至医院抢救，产下双胞胎后不治身亡。双胞胎均为女性，因无法找到亲属，所以送民政部门养护。

责任认定：奔驰车逆向行驰，严重违章，负全责。且逃逸现场，严重违法。

雪铁龙司机信息

姓名：谷书城　性别：男　年龄：28 岁　单位：长江商报

雪铁龙乘客信息

姓名：夏花　性别：女　年龄：28 岁　单位：长江商报

奔驰司机信息

姓名：×× 虎　性别：男　年龄：20 ～ 30 岁　单位：待查

事故现场交警（签名）：刘国庆

1991 年 4 月 20 日

“谷雨同学，这是你父母的遗物。”

谷雨在一小堆遗物中，一眼就看到那张父母的合影。她赶紧拿起来，对着父母说：“爸，妈，终于见到你们了。”然后又泣不成声了。

刘国庆又递过一叠卷宗：“谷雨同学，请在这里签字。”

温思宇深知今日的会见事关重大，一定不能错失良机。他略思片刻后说：

“刘警官，谢谢你为我们做的一切。我能问几个问题吗？”

刘国庆点点头：“可以。”

温思宇问：“对那辆套牌肇事车的调查有结果吗？”

刘国庆摇摇头：“奔驰车是失窃的，已报案。至今没查到盗车人。”

“那么，肇事人 ×× 虎从何而来？”温思宇还没等刘国庆的话落地，马上发问。他不想给刘国庆有思索的时间。

刘国庆盯着温思宇，这小伙不简单。心里给他点了个赞！

温思宇却误读了刘国庆的停顿，马上提醒：“刘警官。”

刘国庆收回思绪说道：“据现场的一位目击者说，撞车后，先从副驾驶下来一个老人看了看现场，喊了一声。由于当晚风大雨疾，目击者只听到人名的最后一个字：虎，前面的字没听清。接着司机推门下来，向老人打了个手势。老人迟疑了一会儿，被年轻人拉跑了。据目击者说，年轻人个子有点高。逃跑时右脚一拐一拐的，好像受了伤。但我们查遍全省，没查到相关病例。案子就成了悬案。”

被谷雨抓住的一只手抖动了一下。温思宇看了谷雨一眼，她脸上写满了失望。

温思宇心有不甘：“就这样不了了之了？”

“还能怎么样？”刘国庆无奈地说，“案子封存后，我还跟踪了很多年，仍然没有任何线索。”

温思宇改变话题：“刘警官，怎么谷雨姐妹俩活着，她母亲却走啦？”

“唉，说起这件事，到今天还让人难过。”刘国庆看了一眼谷雨，“当时，医生站在病床前对我说：‘马上要手术，要么救人，要么救孩子，她身边没有亲属，你得签字。’我看着昏睡中的女人，不知所措。突然，女人睁开眼睛，直盯着刘国庆，拼着全身的气力喊：‘救孩子！’那双充满乞求、哀求，甚至绝望的眼神，我至今历历在目。那么善良的女人，本就不该有那样的眼神啊！以至在今后几十年的从警生涯中，每当我想起那眼神，就痛心疾首！”

“妈妈，我可怜的妈妈！”谷雨捂着双眼，不停地呻吟着。泪水透过指缝，一滴滴流出来。

温思宇把谷雨揽在怀里，试图安慰她，话没出口，自己却泣不成声。刘国庆也是泪流满面。

后来，他俩多次查找长江商报，却被有关单位告之，这张民营报纸已停办多年，整个机构已解散，他们的寻根之旅只好作罢。但温思宇一字一句地对谷雨说："亲爱的，我们现在怕是没力量弄清这个案子，但我发誓，给我十年的时间，我会清算这笔血债。我用尽我的一生，去履行我们的十年之约！"

从这一天起，温思宇的勤奋，被赋予了新的内涵：只有铸剑十年，方能实践"十年之约"！

如果说寻根这件事，让温思宇走进了谷雨心里。那么第二件事，就让谷雨彻底向温思宇缴械投降了。

一天，辛小芹告诉温思宇："谷雨肝上可能有点问题。"

"什么问题？她怎么没告诉我？"温思宇有点急了。

"她不让告诉你。你听我说。"辛小芹摆摆手，"她要我下午陪她去看。你去吧，就躲在这里等我们，别让她看到你。"

下午两点，谷雨和辛小芹向校门口走去。刚走过一片丛林，温思宇便闪了出来："啊，这么巧。"

"温思宇，虚伪了吧。"辛小芹素来率直。她把谷雨往温思宇身边一推，"都人约黄昏后了，还这样犹抱琵琶半遮面的。交给你啦。"说罢，转身就跑，落下一片银铃般的笑声。

谷雨心里当然想温思宇陪她去，嘴里却说："也没多大的事，你先回去吧。"

温思宇装出有点不高兴了："那我回去了？"却伸出手，拉着谷雨走向校外。

经过检查，大夫只说谷雨肝表面有明显的异常，却又一时诊断不出什么病。只好开点药吃吃，观察一段时间。这让两人都十分郁闷。

第二天，温思宇带上谷雨的病历，又去找那位宋大夫。他问："宋大夫，能不能把我的肝移植给她？"

宋大夫吓了一跳："现阶段还没到那一步。"

温思宇恳切地说："我想查一查我的肝，看有没有问题，是否与谷雨匹配，把前期的准备工作做好，一旦需要，立即实施。"

宋大夫问："你是谷雨的男朋友？"

温思宇说："是的。"

宋大夫有点感动，说："这样的大手术固然能救她，但对你的身体影响不小，肝可是造血器官。你考虑好啦？这可不是闹着玩的，说不准，会出人命的。"

温思宇毫不迟疑地说："不存在考虑。只要她健康，我可以付出一切！"

宋大夫叹了口气，说："那好吧，先做几个检查，有备无患。"

温思宇接过检验单，有点腼腆地说："宋大夫，这事先不告诉谷雨好吗？谢谢你。"

宋大夫点点头，马上转过身去。她感到眼眶有点湿润。

本来这件事做得十分隐秘，但一件意外，让谷雨知道了事件真相，让她又喜悦又心疼。

一个周末，谷雨和辛小芹带着各自的男友一行四人，去南湖绿道郊游。温思宇怕谷雨受累，把她的小双肩包塞进自己的大包。

秋天的南湖，依然是繁花似锦、林木繁茂。即便是地面落满银杏叶，也是金灿一片，闻风起舞，犹如丽人在展示淡黄的衣裙。

其实，不管你看与不看，景色永远在那里。只是景色给你的感受，却是由情而生。心怀沧桑之人，会哀叹"一叶落而知天下秋"而顿生前程渺茫；情绪愉悦之人，会发出"万类霜天竞自由"的呐喊而高歌而行。此刻的中原学子 4 人，便在蜿蜒的绿道上纵情驰骋，奔向诗和远方。

人们常用蓝宝石来喻示忠贞的爱情。他们 4 位穷学子，没有蓝宝石，但他们却有淡蓝的湖水，瓦蓝的天空，还有 4 颗比蓝宝石还坚强的心。

他们来到湖畔一座苏园式小亭。两位男士在岸边收拾着游人落下的垃圾，两位女士则打开背包，把食品和水齐整地摆在小桌上。无意间，谷雨从温思宇的包夹层翻出一叠纸，她漫不经意地翻着，发觉这竟是温思宇的一叠化验单！医生签名处赫然写着她熟悉的大夫宋玉。她第一反应是，难道他的肝也有问题？一想不对，哪这么巧！那又是为何？她用复杂的眼光看了看正在拾荒的温思宇，便不动声色地把化验单塞进口袋。这一小动作被辛小芹发现，刚想问，谷雨用食指压在嘴唇上嘘的一声，制止了她。

在之后的行程中，他们发现谷雨有些走神，究其所以，谷雨以累了搪塞。辛小芹几次想开口，都被谷雨恶狠狠的眼色制止。这样，此次郊游，开始于高兴，结束于郁闷。

郊游的第二天，谷雨找到宋大夫，把温思宇的化验单平放在桌上问：“宋大夫，温思宇也有肝病吗？”

宋大夫望着谷雨心想：多么好的女孩，难怪温思宇愿意为她献身。她真有点为难，不知该如何回答谷雨。

谷雨恳切地说：“宋大夫，您是我最信任的大夫，我求求您啦！”

“他的肝没有问题。”宋大夫迟疑了一小会儿，看着谷雨那对清纯如水的双眸，“他想把他的健康肝脏移植给你。”

谷雨“啊”了一声，说：“他不要命了！”

“他说，只要能治好你，把命都搭上也值。”

泪水一下子从谷雨的大眼睛里涌出。她一把抓起那叠化验单，掉头就走，连告辞的话都没说。

“他不让告诉你！”宋大夫冲着谷雨的背影喊了一句。谷雨只是举起拿着化验单的手在空中扬了一下，很快消失在宋大夫的视野中。但她仍然盯着谷雨穿过的走廊，思绪万千。在当下金钱至上、物欲横流的环境中，还能有如此高尚、如此纯真的生死之恋，是何等的可贵！她下意识地打开电脑，调出谷雨的病案，仔细地研究起来。谷雨啊谷雨，我一定要治好你。

当天晚上，谷雨把温思宇约到他们称之为“情坞”的地方。他们是在一次散步时发现这个神秘之所的。这里是片茂盛的竹林。在竹林深处，高大的竹枝自然形成了一个棚状，下面塞进一座条凳，又温馨，又隐蔽，是一个谈情说爱的好去处。温思宇给它取了个地名：“情坞”。从此，“情坞”成了他们的诺亚方舟，成为他俩爱情的见证。今晚，从钻进情坞的那一刻起，温思宇就感到忐忑。因为谷雨约他的口气以及见面后的严肃，让他感到这次约会不比往前，绝不是花前月下之约，倒有鸿门宴之请。他装着无事的样子，静静地等着谷雨。

谷雨盯着他的眼，直盯得他心里发毛。她问：“你没什么要告诉我的吗？”

温思宇不解地说：“什么事？”

谷雨问：“你找宋大夫干什么？”

温思宇一下慌了：“没，没什么呀。”

“你还想瞒我多久？”谷雨把一叠化验单递给温思宇。温思宇知道瞒不住了。他一把紧紧地抱住谷雨：“谷儿，我最亲爱的，为了你，我愿意付出一切！”

谷雨用她的粉拳使劲地捶打温思宇：“你王八蛋！你若死了，让我怎么活？”

“亲爱的，我们都不能死！”

温思宇的话没说完，他的嘴便被谷雨堵上了。谷雨的身子也软在温思宇怀里。

这一夜，谷雨把自己的全部，毫无保留地交给了自己的爱人。

这一夜，温思宇在日记里写道：

我最亲最亲的亲人谷儿，用言语表达我此时的幸福，都是苍白的。因为在你给我的幸福面前，我此生所有幸福都显得多么微不足道！

我是那么的爱你，以致我的嘴说不出其他的话语。

我是那么的爱你，以致我的心装不了其他的事情。

亲，我要用尽一生去呵护你。

在谷雨以身相许的那个夜晚，她许的愿是：我愿意为他的事业付出我的所有，哪怕是生命！

令人绝望的是，谷雨此刻的愿望，竟会成为她人生的谶语！

017 至爱，为何总是在水一方——谷雨往事3

温思宇终于和谷雨好上了，成为轰动中原大学的头条新闻，被学子们誉为“温谷之恋”。其受捧程度，甚至一度超过了学校拿到的大学生运动会铜牌奖。尽管学校到处贴满了庆祝大运会获奖的巨幅标语，校园里街谈巷议的仍然是温谷之恋。以至学生会主席亲自出马，希望两人在网上辟谣，宣布“温谷之恋”纯属谣言。

温思宇严肃地说：“主席同学，这事等愚人节再宣布行吗？”

更让学校不能容忍的是，在学校为大运会获奖人员颁奖典礼大会上，学子们齐声高呼：

“温谷颁奖！”

“温谷颁奖！”

学校体委主任怒发冲冠：“大家静一静，谁颁奖能由你们说了算吗？”他转过身问获奖运动员：“你们说，请谁颁奖？”他满以为运动员们会说“校长颁奖”，却不料运动员一齐喊：“温谷颁奖！”整个会场一下炸开了，秩序一度失控。

大会以后，校学生会成立了专案组，准备给温思宇和谷雨安个什么处分。最好按“破坏大会现场秩序”论处。但据查，那天温思宇请假去参加欧洲组织的一个什么考博活动，谷雨一直陪着他。所以他俩根本就没在大会现场。说他俩幕后操纵，但问了几十个叫得最凶的，竟没一个指认的。说他们伤风败俗，又收集不到此类证据，倒是得出他们在正当恋爱的结论。正在学生会这帮小官僚感到无从下手之时，两件有关温思宇的重大消息，接踵而至：

第一则消息：温思宇获中原大学理工科考博总分第一名。但由于学历造假，校博考办正在考虑，是否宣布考试成绩作废，并建议学校加强该生的品德教育。

这样的结果真是匪夷所思。温思宇去找校领导，校领导冷冷地说：“你以为这是学校的颁奖会呀，由你闹来闹去。”

谷雨陪他去省考博办，一位学者派头的领导接待他们。温思宇的话没讲完，领导就发话了：“你看看。”他从抽屉柜里拿出一张考博登记表，“这是你填的吗？”

温思宇一看，说：“是的。”

他不动声色地问：“有问题吗？”

温思宇不理解，赔笑着：“请领导指示。”

“你的学历这一栏是怎么填的？”他突然提高了嗓门，搞得办公室的人都转过头来，“你是研究生吗？”

温思宇忙解释：“不是，是大本。但是，我填的实际水平，顺利通过考博也证明了这一点。而且在备注一栏中我加以说明，本人是大本学历，研究生是自学的。”

“假的就是假的，伪装应该剥去。”领导为自己精彩的表述有点自鸣得意，“学历造假，说到底是个品德问题。而有品德问题的人，学位越高，危害越大。就拿你们学校的大运会颁奖典礼说吧……”

没等他讲完，温思宇拉着谷雨就走。他明白问题还是出在颁奖大会。谷雨把温思宇拉到情坞。此刻的情坞，翠竹摇曳，树影婆娑。两人却无暇观赏。谷雨不知拿什么来安慰温思宇，只有搂着他，贴着他的脸说：“亲爱的，就算你失去了一切，你还有我。”

她的一句话，把温思宇从低谷拉起。他忘情地抱着谷雨的脸，狂亲起来。他们在夜幕下纵情欢悦，却不知一个针对温思宇的阴谋正在进行。

学校办公室灯火通明。他们正在起草一份关于温思宇学历造假记大过一次，并宣布考博作废的公告。

公告贴出的当天，学生们正为学校打击报复温思宇而愤愤不平，又一则更为震撼的消息传开了：英联邦国立剑桥大学破格招录仅有大本学历的温思宇为该院物理专业博士生，并获奖学金。消息是温思宇的学友李星透露的。他有个远亲在剑桥大学工作。两天后，温思宇便接到了正式的录取通知书。

整个中原大学沸腾了！

学子们奔走相告，额手称庆。校领导灰头灰脸，如丧考妣。不知谁在公告旁贴了一首打油道尽此刻风潮：

学校处分墨未干，
又传思宇有捷报。
人才本是同林鸟，
中原不要剑桥要。

一连几天，谷雨都沉浸在不可言状的喜悦中。她为思宇的超人才智而充满骄傲，她为思宇的光辉前程而欢欣鼓舞，更为他是属于自己的而沾沾自喜。她的小姐妹们也为她编了一首顺口溜：

我们的校花呀，
走着走着，就变成了蹦蹦跳跳。
说着说着，就变成了乡村小调。
瞅着瞅着，就变成了眼花乱冒。
写着写着，就变成了面带微笑。

可是，温思宇却怎么也笑不起来。有几件事压在他心头，让他心事重重如鲠在喉。

首先当然是离别。谷雨之于他，犹如阳光、空气和水，这是一刻也离不开的，谷雨已是他生命的一个部分，以至于若有一天没看到她，他会觉得这一天等于白过啦。但留学却要让她四年都不能在他身边，这让他如何忍受？儿女情长，英雄气短，绝非男人之错，这里面藏着一个“情”字。这个情对温思宇来说，是不可翻越的山峰，是不可蹚过的大海，是温思宇心头的一道跨不过的坎！他想起曾经写的一句诗，“一想起她，心里就飘起小雨。”是的，没有她在身边的日子，他心里会永远飘着小雨。

第二件放不下的，是学校会给谷雨小鞋穿。这主要源于自己与学校的关系。他的锅将由她来背，这是无法接受的。

第三件放不下的，是经济问题。温思宇从许多书籍上了解到，奖学金仅仅解决了学生的基本学习费用，生活费基本上还是要自理。同时由于学业紧张，最多能利用周末两天打工。有时周末要做义工，这天的打工就要泡汤。这样一来，收入高一点的用人单位就不会用你。上班时间自由点的用工单收，收入就低许多。总之，如无外援，会读不下去。可是，他的外援在哪儿？就眼前而言，去英国的机票怕都没钱买。

一想到这三件事，温思宇就有点头大。叫他如何乐得起来？他几次想与谷雨谈，但一看到她笑如夏花的样子，又不忍心开口。但拖也不是办法呀。

终于在一个周末，温思宇把谷雨约到情坞。他考虑再三，只敢跟她讲前两件事。

谷雨用不容置疑的口吻说：“不就是 4 年吗？有什么了不起。两情若是长久时，又岂在朝朝暮暮。4 年以后，我们 1 分钟都不离开，去补偿丢失的日子。”

至于第二件事，她认为思宇多心了。学校能把她一个小女生整成什么样？

谷雨又是哄又是亲，终于把温思宇的情绪调动起来了。

谷雨用柔情去消除温思宇心上的烦忧，但她心里也明白，还有一个难题才是挥之不去的，那就是“钱”。她知道赴英的路费都没着落，还有签证费，还得到粤州去签，又是一笔不小的费用。再说，到了英国，奖学金还不知哪天能发放，可他得生活啊。按最节省的算，没有两万块钱，他将举步维艰。可留给他的时间，只有短短的两个月！温思宇已没日没夜地在校外打几份工，人都瘦了一圈。她心疼！我从哪儿能搞到这笔钱呢？她计算了起来。平日要上课，只有周末两天。一月有 8 天。像这样的临时工，日薪大概就 200 元，一月下来就 1600 元，还差得远呢。她一时心烦意乱。但在温思宇面前，她还要装出笑脸，生怕温思宇打退堂鼓。

一天，学校操场上来了一辆义务献血车。大一的时候，谷雨与辛小芹就来献过100cc。此刻的谷雨，心里一动，忙跑回寝室，在百度的查询栏写入了“卖血”两字。她望着两个鲜红的字，心里一紧，但还是点击了搜索。屏上立刻显示出几行字：

血液一般是不可以买卖的。有的地区缺血，当地中心血站可适当有偿收取。偿付标准：全血

200 毫升 / 袋 400 元。

100 毫升 / 袋 200 元。

50 毫升 / 袋 100 元。

健康的人，15 天内抽一次取 400cc，对身体影响不大。

谷雨的脑子飞快地转动起来：如果她一个月抽 4 次，每次抽 400cc，就是 3200 元，两个月就有 6400 元，加上她打工的 3200 元，路费、签证费就解决了。先去了再说，天无绝人之路啊。再说，自己还可以继续打工，卖血，补贴他后期的生活。反正自己年轻，扛得住。他连肝都愿意割给自己，自己卖点血算什么？

说干就干，当天谷雨就去血液中心卖了 400cc 血。当她怀里揣着 800 块钱回校的时候，尽管头晕晕的，但心里却暖暖的。她觉得这是她一辈子做得最重要，也是最正确的事。

一回到寝室，谷雨连晚饭都没吃，倒头就睡，一觉到天光天亮。辛小芹见状有点担心，但看她早上猛吃早餐，才放下心来。

“感时花溅泪，恨别鸟惊心”，这诗句在书中读来，很是享受。但此刻的谷雨和温思宇，却是最怕提起的。随着离别的临近，两人的愁思也日渐浓烈。虽说憧憬未来，但毕竟是“此地为一别，孤蓬万里征”啊！

8 月下旬的一天上午，是温思宇启程的日子。谷雨和温思宇提着行李走出宿舍门。门前已站满了不少学子，纷纷上前话别。李星接过温思宇的行李，辛小芹则搂着谷雨，泪眼朦胧。出人意料的是，学校还安排了一辆小车，委派教务处处长送行。处长叫司机走一圈湖滨路再出校门。司机也知道温思宇的故事，把车开进了湖滨路。

中原大学湖滨路，是中原大学的自豪。这条公路沿湖而建。路的一边，万顷波涛、烟雨苍茫。湖畔之中，亭台楼阁、小径蜿蜒；路的另一边，与高

楼相邻、一片现代风格。校舍之间，学子往返、意气风发。4 年啊，一千多个日夜，说走就走，让人难以割舍？！温思宇此刻，不由感慨万分：“剪不断，理还乱，是离愁。”

突然间，一片茂盛的竹林像城墙般并列于湖滨滩头。温思宇心头一紧，飞快地扫了谷雨一眼，正好碰上谷雨投来的目光，两人会意地交换了一个眼神，便将目光投向窗外，果然那个被称作“情坞”的小景一闪而过。这里的竹窝依旧，条凳尚存，曾记录着他俩多少次“人约黄昏后”。条凳前草坪上的小路，用柔美的曲线，丈量着他俩的相拥而行。回望渐行渐远的情坞，两人的心似乎被掏空了。

进入候机室，一行人与温思宇话别后，让谷雨一人送温思宇到安检处。

一路上，谷雨强打起精神，面带微笑地应酬着。但在安检处，她再也忍不住，一头扑进温思宇怀里，放声哭泣起来。温思宇紧抱着她。泪水落在谷雨发梢，闪着微光。温思宇轻声说：“我真不知道离开你，我的日子怎么过。”

谷雨说不出话来，只能用头撞着温思宇的胸。

直到机场广播第三次催人登机，谷雨才猛地挣脱温思宇的怀抱，轻轻推了他一下：“快走。”

谷雨一行人刚走到停车场时，一架波音 747 宽体客机从头顶上呼啸而过。谷雨打了个颤，抬头看着渐入云端的飞机。它把我的爱人带走了。谷雨眼一黑，倒在辛小芹怀里。

“我真不知道离开你，我的日子怎么过。”这是温思宇临别时讲的最后一句话，其实，也是谷雨近一段时间里，一直想对温思宇讲的话。怎么活也得活，也得适应没有他的日子。她带着对往事柔肠寸断的回忆，带着剪不断的离愁，甚至带着后悔让他走的苦涩，无精打采地对付着日子。

一天，李星在食堂边找到谷雨，把她喊到安静点的地方说：“谷雨，你有温思宇的消息吗？”

谷雨点点头：“常通信。”

“他怎么样？”李星问。

“还好哇。”谷雨看到李星面露迟疑，记起他有个远亲李叔在剑桥大学，心里一紧，忙问：“他出什么事啦？”

“也不是什么，就是经济上有点紧张。”李星组织着语言，怕伤着谷雨。

谷雨有点急啦："哎呀，有什么就说呗。"

"生活费不够，他常常吃干面包喝自来水……"李星看谷雨脸色不对，急忙打住。

谷雨说："不是有奖学金吗，怎么会这样？"

"我叔说，英国对中国留学生的奖学金假得很。一学年下来，各种费用就把奖学金扣光了，生活费还得自筹。"李星停了一下，又说，"本来打工可以挣够生活费，可他想用两年读完四年的博士课程，双休都在用功，就为了提前两年与你团聚。"

谷雨动情地说："他跟我讲过，我也希望他早点回。但这样一来，他失去了很多打工的机会，经济上就更困难了。"

"是啊。"他望着愁容满面的谷雨，"我叔说，他曾经有过好几个彻底摆脱困境的机会，但都被他拒绝了。"

"这是为何？"谷雨不解地看着李星。

李星给谷雨讲了他叔说的一件事。

一个周末的晚上，温思宇正在一所高级的餐厅厨房里洗着碗筷，突然餐厅的总经理弗朗西斯急匆匆跑进来问厨师长："你们厨房是不是有一个名叫温思宇的华人临时工？"

厨师长说："是的，我去把他叫来。"

弗朗西斯说："不要不要，你带我去见见他。"

厨师长把弗朗西斯带到温思宇面前，这个时候温思宇正在急速地洗着一大堆碗筷。

厨师长说："温思宇，总经理要见你。"

温思宇放下手里的碗筷和麻布，然后用一块干净的抹布擦了擦手，来到总经理面前说："老总，找我有什么事？"

弗朗西斯用一种奇怪的目光上下打量着温思宇，然后一笑说："你这个大才子怎么会干洗碗的事情呢？"

温思宇说："我要挣学费。"

弗朗西斯笑着说："你很快就不用洗盘子了。先去换一下衣服吧，我带你去见一个人。"

温思宇说："老总，不换衣服吧，换一套衣服很麻烦，还有很多碗等着我洗，我们走吧。”

他们一行来到一间最高级的包间，里边坐着一个非常漂亮的年轻女人。

弗朗西斯很客气地对女人点点头，然后对温思宇说：“这是皇家飞机集团公司的代表，露易丝女士，她有事找你。”

温思宇礼貌地点点头说：“你好。”

但是露易丝并没有讲话。她看着温思宇，脸上也同样露出了跟弗朗西斯一样的奇怪表情。因为她无论如何想象不出眼前这个满身脏兮兮的年轻人，就是他们皇家集团的老总想要聘用的人。她并没站起来，只是用傲慢的眼光扫视了一眼温思宇，用很轻蔑的口语问：“你就是温思宇？”

温思宇迎着她不屑的目光，冷冷的只说了两个字：“是的。”

露易丝本以为她的这个做派，很容易就能吓倒温思宇，却不料这个年轻人对她的这一套，有很强的免疫力，心里不禁颤了一下，这个年轻人还真不简单哪。更让这位女士惊讶的是，温思宇竟然没有征得任何人同意，直接在露易丝对面的沙发上坐下来，并且跷起了二郎腿。

弗朗西斯气愤地拉了温思宇一下：“你怎么就坐下了呢？这么没礼貌。”

温思宇冷冷地说：“是她请我来的，她坐在那里不动，凭什么我就该站着？”

弗朗西斯还准备说点什么，却被露易丝打断了：“你们都出去吧，我要单独跟他说几句话。”

等到房里只剩下露易丝和温思宇的时候，露易丝开口说话了。不过这个时候她讲话的声调和整个的外部表情，都表现出对温思宇的尊重。因为她从温思宇的肮脏的工作服背后，看到了帅气、强大和自信。她现在知道了，为什么他们老总会看上这个年轻人。

露易丝浅浅地笑了一下说：“我受我们老总的委托，来跟你签一份助学合同。”

温思宇没作声，只是静静地等着她作进一步的说明。露易丝的心理平衡再一次被温思宇的冷静打破了。像皇家飞机集团公司这样的世界500强，来与一个穷学生签助学合同，按照常理，这个学生应该高兴得忘乎所以，但是眼前的这个人却很冷漠地看着她，仿佛是皇家飞机集团公司有求于他一样。这使她不得不为温思宇内心的强大再一次点赞。

“我们知道你现在经济上十分困难，我们皇家飞机集团公司愿意每个月给你提供 2 万英镑的学习补助，一直到你博士后毕业。”温思宇点点头，表示听到了，但仍然一言不发，平静地看着露易丝。露易丝指望听到的“感谢”两个字，却没听到，她终于忍不住了，问道：“你了解皇家飞机集团公司吗？”

温思宇说：“当然，世界 500 强。”

露易丝说：“没感到你的高兴。”

“天上不会掉馅饼。”温思宇平静地说，“我想知道馅饼后面的故事。”

露易丝终于从凳子上站了起来，哈哈大笑的几声，现出了她本来的青春面目。她拿出一张名片递给温思宇说：“朋友，让我们重新认识一下，皇家飞机集团公司代表露易丝。”

温思宇也连忙站起来，接过名片，与露易丝握了手说：“剑桥大学博士生温思宇。”

“我们还是坐下谈吧。”

露易丝对温思宇做了个请的动作。温思宇坐下后，露易丝并没有回到她原来坐的位置上，而是挨着温思宇坐下来，因为坐得有点近，她的胳膊无意中碰到了温思宇，温思宇稍稍往旁边挪开了一点。露易丝笑着问：“我有那么让你讨厌吗？”

温思宇尴尬地一笑：“不是，我满身都是油污，你穿这么漂亮。”

“你的意思是，人不漂亮？”露易丝歪过头，侧身对着温思宇，把温思宇弄了个大红脸。露易丝终于看到了温思宇本质的东西，十分高兴。她从文件包中拿出一份文件，递给温思宇：“你先看看，这是我们的助学协议书。”

协议不长，就两张 A4 的纸。温思宇很快就看完了，他把文件递给路易斯说：“我不能签这份协议。”

露易丝用夸张的表情盯着对方说：“温思宇，你今天给我的震撼，可真是太多了，这么好的协议，可以解决你的一切困难。而且到我们公司任职，是好多人梦寐以求的，你为什么不签呢？真让人匪夷所思！”

“真对不起，露易丝小姐。”温思宇停了一小会儿，整理了一下自己的思路，说道：“我承认，这的确是一份十分诱人的协议，可以解决我目前的所有困难，但是，让我毕业后至少在贵公司服务 20 年，这是不可能的。因为十年之内，我要履行一个大大的承诺。请原谅。”

“天大的承诺？！比这份协议还重要？”

温思宇说：“这个原因，还真不能讲，我只能告诉你，这是一个要用我的一生去履行的十年之约。”

李星向谷雨讲到这里，也停了会儿，说：“我叔和我，他到现在仍然想不通，温思宇为什么不签这份协议。”

谷雨当然知道温思宇为什么，但她没作声。

他望着谷雨，犹豫了一下，说：“有一次晚自习，他饿晕了。还是中国大使馆资助，他才渡过难关。”

谷雨的心一阵剧痛，以致她不得不蹲在地上，泣不成声。李星也几度哽咽。

在李星的记忆中，温思宇的身体是很棒的。自从跟李星学练少林拳后，身体更是有了质的飞跃。一套少林拳打下来，气都不喘。即使李星是中原省散打武术冠军，想要战胜温思宇，还真有点吃力。一个身体这么好的人，竟然饿晕了。可见他生活困难到什么程度。

辛小芹见李星和谷雨站在食堂的一角，心里一动，他俩怎么躲在一旁说话，情形有点怪怪的？此时的辛小芹已经与前男友分手，与李星恋爱了。她忙走过去问谷雨、李星，出什么事了。李星把温思宇的遭遇讲了一遍。大家的眼圈又红了。辛小芹说：“在校园网上发起一次募捐吧，我第一个捐。”

谷雨只能点头，说不出话来。

当天晚上，校园网出现了一个帖子，详细地介绍了温思宇的困境，号召大家踊跃捐款，帮海外学子渡过难关。辛小芹第一个捐了 300 元。一晚上，竟收到 5000 多元捐款。让谷雨意外的是，那几个曾经给温思宇小鞋穿的学生会干部，也捐了 2000 多元。让谷雨他们都唏嘘不已。

第二天一早，谷雨便转账给温思宇。她知道这笔钱是及时雨，但对温思宇 2 年的负担，还是杯水车薪。她暗自盘算起来：早餐不喝豆浆，4 元就减为 3 元。中餐晚餐全吃素菜，能省下 4 元。这样，一月下来省出 150 元。双休打工，一月能挣千元。她摇摇头，还不够啊。第二天，她又去了血液中心。血液中心的护士坚决不接受她卖血，说道：“太频繁了，你这人真是，要钱不要命啦！”

尽管谷雨苦苦哀求，护士还是不答应。没办法，谷雨只有实话实说。让工作人员陪她一齐落泪。几个小护士围在旁边议论了会，凑了 400 元直接装进谷雨双肩包：“这是我们的一点心意，你快回去吧。”

也不等谷雨申辩，就把她推出了门。

谷雨把募捐的钱全部汇给了温思宇。

温思宇的信息，很快就来了：

我最亲最亲的谷儿，我这辈子最大的幸福，就是在最美丽时刻，遇到最美丽的你，成就我最美丽的人生。尽管此刻，北风卷着漫天的雪花，越过英格兰高地，从大西洋呼啸而来，我仍然能感受到你怀抱的温暖。感谢学友的募捐，但切勿继续。我一人之困让众人受累，决非我愿。相信我会独自克服。

另外，我跟李星学的少林拳，现在带学生了，也收入了些外快。中国驻英国大使馆的领导，也给我不少的支持。倒是这个标榜“自由平等博爱”的国度，却对我的困境不闻不问。身在异国他乡，才深深地体会到祖国的温暖。

我真想现在就看到你！“鱼沉雁杳天涯路，始信人间别离苦。”何时是尽头？长亭接短亭！我常仰天长叹：至爱，你为何总是在水一方？

一滴滴泪珠落在手机屏上，屏幕上的字变得模糊起来，有如她含泪的双眼。

谷雨不听温思宇的，仍然我行我素，一如既往地耗着生命为她所爱的人筹款。她以为这一年熬得过去，却不料她已是油尽灯枯，终于倒在从血液中心回寝室的路上，开始了人生的不归之旅。

018“铸剑十年”，镌刻在石碑之上——谷雨往事4

谷雨是直接倒在地上的，连摇晃一下的过程都没有，就重重地摔在了水泥地上，发出沉闷的响声。待辛小芹把她的头抱起来靠在自己胸前时，怎么叫她，她都全无反应。

谷雨醒过来时，已是一周后的一个深夜。她努力适应了一下光线，看清了自己在病房，嘴上是氧气罩，床边趴着辛小芹在睡觉。她不知道是怎么到这里来的，但她记得自己是如何在回寝室的路上倒下的。她突然记起了一件大事，忙推醒辛小芹：“小芹，我躺了多久？”

辛小芹一见她醒了，喜出望外：“啊，你醒了！”她边说边按下值班医生的电铃。

谷雨一把拉住她：“我睡了多久？”

辛小芹伸出1根指头。

“一天？”

“一周！”

“啊，坏了，误事了！”谷雨拉下氧气罩，掀开被子，就要坐起来。

辛小芹忙按着她：“你还在打针呢！”

谷雨叹了口气，说：“我要打电话。”

这时，医生走进来，对谷雨作了例行检查后说：“你的部分检查出来了，情况不太好。我们在等一个最关键的化验报告。到时就可以确诊了。”

医生一走，谷雨又要起来：“我要打电话！”

“打给谁？这么急。”

“李星。”

“找李星有什么事，我去打电话。”说完，拔脚就走。

谷雨忙说：“他的号码……”

“我知道。”辛小芹头也不回地走出病房。

不一会儿，李星气喘喘地跑进来，看到这阵势吓了一跳：“你怎么啦？”

“没事，”谷雨掏出一张卡递给他，“赶快转账，已经迟了两天。”

李星问：“转多少？”

“都转去。”

李星忙说：“留点医疗费吧。”

“我没事，今天就出院。”

李星还想说什么，被谷雨打断了：“快去。有事以后再说。”

李星走后，辛小芹盯着谷雨问：“你有事瞒我。”

谷雨有点心虚，嘴上却说：“我们谁跟谁呀，还瞒你。”

辛小芹：“我们来算一笔账……”

“好啦好啦，我没事了，”谷雨打断她的话，“你回去休息吧。”

“谷雨！”辛小芹真生气了，声音有点高，把谷雨吓一跳。她指指同房的病友，示意辛小芹小声点。辛小芹凑近谷雨耳朵说：“你一直在卖血，是吗？”

谷雨窘得面无人色：“你说什么呀！”

“谷儿！”辛小芹痛心握住谷雨冰凉的手，这手在轻微地颤抖着。“这世上只有 4 个人能这么叫你，我就是其中的一个，不是吗？”谷雨连连点头，“我一直把你当亲姐呀！你怎么能做这么傻的事呢？你的肝本来就有问题。哪经得起这么折腾！你对温思雨的这份情，比天高，比海深，常让我感动得掉泪。但你要明白。如果把命也搭上去，这个情还有意义吗？”

“有意义！”谷雨想起了远在异国他乡的温思宇，苍白的脸一下有了生机，连昏暗的眼睛也变得光彩起来。

辛小芹强忍着泪水，果断地说：“我去找医生。”

谷雨刚说了个“别”字，辛小芹已跑出病房，她不想让谷雨看到自己泪流满面的样子。

辛小芹冲进医生办公室，正准备讲谷雨卖血的事，医生先开口了：“请问你是谷雨什么人？”

辛小芹说：“同学。”

医生问：“能通知到她的家人吗？”

辛小芹心里紧了一下，问：“怎么啦？”

医生沉痛地说：“检查结果出来了，她患的是再障性贫血。”

辛小芹一脸茫然：“什么病？”

医生语气沉重：“白血病，俗称血癌，而且是晚期。”

“天啦，怎么会这样？”辛小芹失声叫了，“还有救吗？”

医生摇摇头，没出声。

泪水一下从辛小芹的眼中涌出，仿佛早就候在她眼眶里。她边哭边向他们讲了谷雨和温思宇的血泪情史，讲得医生护士都伤心落泪。最后辛小芹说：“医生，谷雨真不能死，求你们救救她。”

医生知道一些谷雨的传闻，也有些动情：“我们会尽力的。这个结果先别对谷雨讲。还是要通知她家人。”

辛小芹是如何回病房的，她自己都不知道。

半个月后，谷雨的病况急剧恶化。医生明确地对谷雨的养父母说，她的生命只有两三天了，你们要有思想准备。两个老人也是悲痛欲绝。

谷雨显然明白了自己的处境。她的心一下坠入万丈深渊。她这么年轻，当然怕死。但此刻更让她担心的是，如果思宇知道她死了，他怎么活？我一定要瞒着他，让他完成学业。她拉着辛小芹的手说：“小芹，我的好妹妹，姐求你办两件事。以后，你用我的手机，继续以我的口气与思宇发微信，直到他完成学业。小芹啊，一定不能说我的事，否则，他会中止学业飞回的！”辛小芹连忙点头。

谷雨喘着气，递过一面精巧的小园镜，镜的反面，贴着一张温思宇与谷雨的合照片：“这镜子照了我几十年，我的魂就装在里面，没有我的日子，就让她陪你。”辛小芹抽泣着，说不出话来。泪水一滴一滴落在镜面上，镜子里的谷雨一下子模糊起来。谷雨递过一个精致的小木箱，“这是我的一切，你交给思宇。”

谷雨打开盒子，面上是一款银质的项链。项链上吊着枚玉佩，血红色，呈半个心状。“这是我亲生父母留给我的唯一的东西，你交给思宇。它就是我。这是我给他的信，最后一封……”她突然停下来，眼里放出异彩，拼尽所有的气力，发出留在人间的最后声音：“思宇！”

谷雨，一个柔弱的少女，为了她心爱的人，耗尽了最后一滴血。如今油尽灯枯，撒手人寰，就这样走了，走得那么的平静，就像平静的湖面。但又走得如此震撼，让她身边所有的人都为之痛惜，为之心酸，为之落泪！

辛小芹默默地关上盒子，再用一个塑料袋包起来。她没看那封信，那是她的闺密给温思宇的遗言。她默默地收拾着遗物。她已经不流泪了，泪已经流干了。

在清理谷雨的身体时，辛小芹发觉谷雨右手还握着一张小纸条。辛小芹以为是还有什么要交代的事，便展开来看，原来是谷雨亲手用毛笔抄写的温思宇的一首小诗：

想

物理系温思宇

只要一想起她，
心里就飘起小雨。

即便是眼下：
垂柳吐出了新芽，
春光明媚；
或者幽静的小巷里，
挂满了五月的玫瑰。
或者秋分时节的黑土地上，
起伏着欢乐的稻浪；

或者大雪纷飞的山谷，
唱着歌的溪水。

我的身边啊，
总远离这些，
世俗的愉悦。

只要一想起她，
心里就飘起小雨。

一年后，当波音747巨大的宽体，在中原省天沐国际机场降落的那一刻，温思宇长长地叹了一口气，终于到家了。他真不知道这几千公里的路上，他是怎么熬过来的。旅途中的人们，常有的那种兴奋感，他一点都没有，他只被一个思念紧紧地包围着，那就是谷儿，谷儿，还是谷儿！我什么时候才能见到你！这一路对他来说实在是太漫长了。他一直思考着一个问题，那就是当他走出机场的时候，当他看到谷雨的时候，他能怎么把她永远紧紧地搂在怀里，一直搂到她痛。一想到痛，就让他想起，有一次他们在“情坞”那个地方。可能是因为他搂得太紧，谷雨说，搂疼我了！我的骨头都要断了。他还是没有把手松开。当温思宇大步流星地向出口走去的时候，他想，就是搂得她喊疼，我也要紧紧地搂住她。在候机厅出口处，他远远就看到了辛小芹和李星，却没有看到谷雨，他心想，你还在跟我玩捉迷藏呢。他加快了步伐走过去，往李星胸前捶了一拳：“你们俩装什么深沉啊，谷儿呢？”

辛小芹的脸好像笑了一下，但温思宇觉得这个笑的当中，藏有着一丝苍凉。这场面，这氛围，不像是在欢迎他这位阔别多年的游子呀？温思宇感到哪儿有什么不对头！他有些不理解，便急切地问：“谷儿呢，你把谷儿藏哪里了？”

李星没有回答，只是拿过温思宇手里的旅行拖箱，转身就走。落在温思宇身后的李小芹在偷偷地擦着泪。温思宇的心，也变得沉甸甸的。一路上的喜悦已消失殆尽。

几天之前，他和谷雨微信联系的时候，他告诉谷雨：我博士研究生毕业了，我就要回到你身边了！谷雨就说，你直接到我家来吧。他就很奇怪，为什么不到大学去呀，去大学近多了，却要去她家。他当时想，该不会是在老家布置了一个漂亮的婚房吧。他一想到婚房，心情就荡漾出无穷无尽的爱意。

当他俩把温思宇带到一座典型的老式农舍时，温思宇推门进去大声地喊：“谷儿！谷儿！你藏在哪里？”但是来到他面前的，是谷雨的养父养母，两位老人。他们默默地站在温思宇面前，眼里都带着泪花。温思宇脑子一下短路了：难道谷雨出事了？！他向两位老人身后望去，惊讶地发现，这是一个阴森森的灵堂。堂前亮着两支快要燃尽的红烛，一串串殷红的烛泪，正缓缓滚落而下，堆积成锥形，在忽闪的烛光辉映下，透着血色的忧伤。红烛中间的香炉中，插着一排香。香的青烟婉约向上，使悬挂在墙上的照片变得朦朦胧胧。恍惚中，温思宇才看清，相框中的人竟然是他朝思暮想的谷雨，正用忧伤的大眼睛默默地凝视着他。让温思宇一直担心却又不敢问李星的事，终于变成了残酷的事实。他忽然感到头晕目眩，冷汗淋淋，大声喊：“谷雨！谷雨！”眼前一黑，倒在地上，不省人事。当他从朦胧中醒来的时候，旁边坐着辛小芹。突然，温思宇记起谷雨在“情坞”中对他说的一句话：“你如果死了，让我怎么活？”他抬头凝视着谷雨遗像喊道：“谷雨，你死了，让我怎么活？！”

谷雨只是忧伤地看着他。

辛小芹无声地递过谷雨的遗信。温思宇飞快地拆开。

我最最亲爱的思宇：

我的爱人，我的心上人，我的灵魂，我的生命，我在词典上找遍所有的词语，都无法找出合适的词，来表达我对你的爱。但是，当你看到这封遗书的时候，可能我已经永远离开你，有一年了。一年前，我被确诊为白血病晚期，医生明确地说，没有救了。我是多么的舍不得离开你，我的爱，所以，当我得到这个消息的时候，我的心有多痛，这个时候，我才懂得痛彻心扉的真实含义，那是比刀插在心口还疼的痛！但我最怕的还不是这个痛，而是当你知道我永远离开你的时候，你的痛，该有多深！该有多残忍！这会毁了你呀！这才是我最怕的。所以我把这件事瞒了一年。我知道，如果你当初知道了，你会抛弃学业，抛弃一切回到我身边来的。如果那样，我们的所有努力和牺牲，就毫无意义了。我的这场绝症，也与害死父母的恶棍有关。医生说，形成的原因，与我不幸的童年有极大的关系。长年的抑郁损坏了血液的质量。直到有了你，我才尝到欢乐的滋味。所以你千万不能垮掉。你要坚强，要勇敢地活下去，义无反顾地去实践我们的“十年之约”！

在病榻上的三十几个日日夜夜，我承受着巨大的痛苦，唯一让我能够与病魔作斗争的勇气，就是对你的无穷无尽的回忆。我想起了，我们在一起的温馨的点点滴滴，我想起我们在南湖之滨的爱巢“情坞”，想起我们在“情坞”里的亲吻，想起我们一块数星星，想起你抱着我等天明。嗯，亲爱的思宇，那是什么样的日子，还会有吗？想起这些，我觉得我的一生，虽然短暂，但是没有虚度。

我亲爱的思宇，还有一件事你一定要做：就是希望你能找到我的孪生妹妹。就是踏遍千山万水，也要找到她，我可怜的妹妹。如果可能，也希望你能够娶她，就像娶我一样。如娶不了，就把她当亲妹妹好吗？这个玉坠是我亲生父母留给我的唯一的东西，是半个红心，我估计，我亲爱的妹妹手上，应该有这个红心的另外一半。

亲，我的心，我就写到这里了，如果还能够的话，我还会给你写信。

永远永远活在你心里的谷儿
2013年农历谷雨于病榻

温思宇把泪迹斑斑的信贴在怀里，仿佛贴着谷雨一样。他强制着心头的悲痛问：“小芹，就两年的时间，谷儿的身体怎么就垮成这样啦？”

辛小芹沉默不语，不敢看温思宇。

温思宇说：“小芹，我想知道谷雨的任何事。”

辛小芹叹口气：“事情都过去了，把伤疤揭起来又会疼一次。”

温思宇一听这话，感到谷雨的病有问题。所以他严厉地说：“小芹，谷儿都走了，还有什么是让我受不了的。”

辛小芹被逼得没法，她只得把谷雨为了筹学资而卖血的事情简略地讲了一下。话没讲完，温思宇便一头撞在墙上，血流满面。大家慌忙帮他包扎了起来。

温思宇久久地肃立在谷雨的像前，轻声地说：“从今天起，我叫温思雨，要想她一生。”他转身问：“小芹，坟在哪？”

小芹说：“屋后。”

她带着温思雨走向屋后的谷雨墓地。远远的，他们就看到一个圆形的土堆，堆前插着一块板，上写着“谷雨之墓”。

温思雨的心仿佛被利刀刺中一般，猛的一疼。他怎么也不相信，他的美丽的谷雨，中原大学的校花，闻名院校的才女，1.75 米的颀长身躯，这小小的坟如何容得下她！他发疯般冲过去，扑向墓碑。木制的碑牌在他的冲击下断成两截。他一边叫喊着谷雨，一边双手猛击着坟头。坟头上渐渐显示出斑斑血痕。

天突然阴沉下来，瞬间暴雨倾盆。雨水和着泪水渗进墓体，原本干硬的坟墓，变得柔软起来。无数耀眼的闪电把乌云密布的天际照得光怪陆离，有如恐怖的地狱！接着一声巨雷，把墓后的一棵水桶粗的古槐炸成了两截。

众人被惊得目瞪口呆。

温思雨猛地站起来，双手伸向天空高喊：“十年之约！”

雨越下越大。顷刻间，大家都湿透了。大家都想拉温思雨回家，被温思雨拒绝。他坚决要求大家离开，让他一人在坟前待会儿。大家只好离去。

天色渐渐暗下来，雨停了，风停了，周围的一切都渐渐静下来。温思雨的心也是死一般的平静。突然间，他想到，应该在一年以前，谷雨就已经向他暗示了很多很多，但是他当时并没有在意，也没有往坏的方面想。现在回想起来，那些前尘往事，又一点一点地浮现在他的脑海里。

那是一年前的一个飘雨的秋夜。温思雨对谷雨说：“我想你了，想得心都是痛的，我落泪了。”接着用嘲讽的口气嘲笑自己，说这是儿女情长，英雄气短。

却不料，谷雨一反小女人的常态，用比较激烈的口吻说，她不喜欢“儿女情长，英雄气短”这句话。英雄就是英雄，英雄应该气盖山河，决不会为儿女情长所羁绊。

温思雨听了，感到有些意外，但是并没有往坏的方面想，只是觉得谷雨是在激励他，大丈夫立世，不要为情所困，要励志前行。

还有一次，他们谈到生死。谷雨说生死有命，这是人不可强求的。温思雨马上反驳："我们曾经发过誓要患难与共、同生共死。"如果照谷雨以前的思路，她肯定会热烈的响应，但是这一次她却说，患难与共是肯定的，但同生共死却不一定，这不是我们的意志所能决定的。

还有一则微信，更应该引起温思雨警觉。谷雨说："亲爱的，我真后悔没有把那条爸妈留给我的项链让你带去。如果那条项链挂在你脖子上，无论发生什么事，我都在你身边。"

今天回想起来，一年前谷雨已经向他暗示了她自己的不幸。只是那时的自己，被强烈的思念围城，没有往深处想。现在说什么都晚了。

温思雨从遭雷击的槐树枝上截下一段烧成炭的枝干，在坟前的石板上写起来：

铸剑十年

温思雨

双亲含冤别人生，
至爱玉殒绝红尘。
铸剑十年终出鞘，
樯橹成灰尸不存！

二〇一四年谷雨

019 千纸鹤啊，你能飞多远？

给谷雨扫墓回家，司雪做的第一件事，是把姐姐的小照放在床头。她要让姐时时陪着自己。她也常静坐床头，长时间凝视着忧伤的姐姐，泪眼朦胧、郁郁寡欢。

司力夫见状，也有些心疼。情急之中，他想了个办法来安慰女儿。根据司雪亲生父母年轻时的合影照片，他定制了一幅镶满宝石的相框送给司雪。这份小礼物，让司雪喜出望外。她知道老爸已经彻底化解了“亲生”这件事。但是，陈旧的照片和已经变色的画面，与精致的相框极不协调。温思雨说，他来想办法处理一下。

温思雨在电脑前忙了一夜，终于成功了。照片上的司雪父母神采奕奕。谁知这一处理，不仅把照片整旧如新，而且发现了一个惊人的秘密：在照片人像背后作为背景的墙上，清晰地出现了一段草书，而文字的下方，有一行签名，赫然在目地写着：“谷书城夏花”。

温思雨惊讶得目瞪口呆，他真想掐一下自己看是不是在做梦！他接通了司雪电话：“雪儿，马上来我这儿！”

可能是他声调有些不同，司雪有点不安：“思雨，怎么啦？”

“来了再说，快！”

“好吧。”司雪还真有点忐忑，一路小跑过来。

“你看！”温思雨指着放在茶几上的照片。

“爱在喀纳斯”一行字跳进司雪眼里。她喊了声“爸妈！”一下跪在照片前。泪水便滴滴答答地落在照片上，照片上的字渐渐模糊起来。

温思雨扶起司雪，搂着她坐在沙发上，拿起照片看起题写在墙上的短文：

爱在喀纳斯

我们曾痛不欲生，因为我们被放逐到人迹罕至的阿尔泰山脚下。我们又心花怒放，因为我们在如画的喀纳斯湖畔收获了爱情。让这座挂满千纸鹤的茅草亭，见证我俩的海誓山盟：阿尔泰雪峰没有消融，喀纳斯湖水没有干涸，我们的爱将永存！

谷书城　夏花

1968 年 5 月 4 日于喀纳斯千鹤亭

“我们去喀纳斯！”他俩异口同声地说。

三天以后的一个中午，一辆挂着军牌的东风猛士越野吉普，急驰在由乌鲁木齐到喀纳斯的公路上。这辆军车是她动用她爸的关系，在新疆军区搞到的。一路上，司雪都在揣摩爸妈在边疆的情景，想到可怜的姐姐。突然间，她想到了两个故人，便问：“思雨，李星和辛小芹你联系过吗？他们情况如何？”

“常联系。”温思雨盯着司雪，意味深长地说：“忘了告诉你，他们准备结婚了，还邀我们当伴娘和伴郎哩。我准备了份大礼。”

迎着温思雨的目光，司雪当然读懂了其中的含义。她握住温思雨的手：“我想践行十年之约时，举办我们的婚礼。”

温思雨把她的手举到唇边，深深地吻了一下。

司雪嗔怒地瞪了温思雨一眼，抽回手，用嘴向司机努了努。温思雨装着糊涂，假装又要拉她的手。司雪忙把手藏在身后。

微暮之中，东风猛士终于走出盘山公路，驶进喀纳斯景区。在喀纳斯沿湖公路上，向导指着前方说：“那就是著名的千鹤亭。”

他俩向前望去，隐隐约约看见一座孤亭静静地站在喀纳斯湖畔，静静地眺望一碧万顷的喀纳斯湖，仿佛在追忆着旧事。泪水顺着司雪秀丽的脸颊淌着。温思雨默默地把她搂在怀里，轻轻地给她擦着泪水。渐渐的，前方传来嘈杂的人声。他们才发现，这里已挤满了人，大多都是少男少女，手上都拿着一对千纸鹤，排着长长的队，往亭中鱼贯而行。亭中，立着一座汉白玉石碑。一对对年轻人在碑前认真地三鞠躬后，在亭上找个地方把一对千纸鹤用红绳挂起来，诉说着情侣间的海誓山盟。微风吹过，吊在亭上的千百只鹤便翩翩起舞，让人为之动容。

好不容易轮到他们俩，才看清汉白玉石碑上面就刻着“爱在喀纳斯”的短文。他俩同时跪在碑前。司雪哽咽着小声说：“爸，妈，我们看你们来啦。”

他们身后的人群不清楚他俩为何跪下，而且泪若泉涌。但还是礼貌地退后一步，站成小圆圈围着他俩。

司雪真想拥抱一下石碑，但看碑旁的“严禁触摸”的告示，忍住了。但她还是偷偷地摸了一下碑身，冰凉刺骨，让她心里打了个颤。她用祈求的目光看着石碑轻轻地说：“石碑呀石碑，你是唯一见过我父母的人。他们当年可好？”

石碑默然无语。它像一位白发苍苍的老者，慈祥地俯视着司雪。

温思雨拉起司雪，示意后边还有不少人在等待。

他俩默默地走出茅亭，注视着夕阳辉映下的喀纳斯湖。

喀纳斯位于新疆阿尔泰山脚下，蒙古语意为“美丽而神秘的湖”。此刻虽只是秋天，山顶上却已是千里冰封。向北的冰峰洁白无瑕，宛如银色的宫殿；向西的冰峰却在夕照下金碧辉煌，好似华灯初上。这两类色差极大的图像同时展示在同一画面上，奇妙无比，宛如仙境。清澈见底的喀纳斯湖，随着山势的走向，蜿蜒曲折穿梭于崇山峻岭之中，伸向远方的绿色。

司雪在想，20多年前，这里应该是荒野之地，可怜的父亲母亲，是如何跋涉在这片海拔3000多米的崇山峻岭之中？他们又是为何从繁华的都市，来到人迹罕至的西北边陲？他们该遭遇过多少苦难？他们是怎么熬过来的？啊，我可怜的爸妈！泪水浸湿了司雪胸前的衣衫。

当最后一抹晚霞沉入山峦背后时，眼前的景物便瞬间走进了夜幕。喀纳斯茅亭已人去亭空。温思雨和司雪马上返回茅亭，用湿纸巾清理之前的石碑。

突然有人喊："施主，休得碰石碑！"

他们抬头一看，是一个身披黄色袈裟的老年主持。

温思雨双手合一向主持施礼："师傅你好，碑石上有许多尘土，我们在清理。"

主持走近一看，灯光下的司雪有些面熟，却又一时记不起什么时候见过。突然，他记起来了，有些迟疑地问："施主可是姓谷？"

司雪一惊，不知主持怎么知道她姐的姓，正迟疑。温思雨马上意识到这一信息的重要性："是的。师傅认识谷书城？"

主持没理会温思雨的问话，仍旧盯着司雪："你是书城的女儿？"

"是的。师傅认识我爸？"司雪也明白过来。

"夏花年轻时，跟你一模一样！"主持高兴起来，双手合一对司雪点了点头，"阿弥陀佛，善哉善哉。慧泉这厢有礼了。"

司雪急切地说："慧泉大师，快讲讲我爸妈的事。"

"何出此言？！"慧泉主持不解地瞪着司雪。

"师傅，是这样的。"温思雨便简略地把司雪的身世讲了一遍。

慧泉主持大为惊讶。他转身向着石碑双手合一鞠了三躬，然后闭目肃立了许久，声调悲怆地说："慧泉祝两位施主九泉之下安好！"然后对司雪说："难怪你父亲突然与我失联了，原遭如此不幸。知识青年上山下乡时期，你父母来到喀纳斯接受贫下中农再教育。他俩的到来，可是帮了寺庙的大忙。好多被砸坏的石碑上的碑文，都是他俩修复的。可惜没修完，就考上大学走了。至今还有好多没修复。我们最后一次通信，书城告诉我孩子的预产期，叫我给孩子取名。我掐指一算，正好是阴历谷雨那天出生。我便提议孩子不论男女，就叫谷雨。后来就没有回信了。真是老天有眼，让我与故友之女不期而遇于碑前。若非天意，岂会如此！想当年云中寺庙重建，全靠两位大知识分子鼎力相助，寺中被毁文字，才得以恢复。巍巍功德，永世不忘！"

慧泉主持取下左手腕上的手串递给司雪："这是老衲戴了一生的佛珠，送于你，留个念想吧。"

司雪原本以为，这款佛珠手串与庙寺平日给香客的普通赠品一样，价值不高，只是表达僧人的一种礼貌，而且香客还必须接受，以示香客对庙寺的尊重，和求卦的诚意。所以，司雪双手合一向慧泉主持行礼，然后双手接过佛珠手串。但在接过手串的一瞬间，她立刻感到这款手串绝非平常之物。司雪虽没经过专业的珠宝鉴赏类的学习，但长期生活在贵族之家，不仅对此耳濡目染，而且收受或购买过不少珠宝。对各类珠宝的品质和价值也颇有了解。这款手串串的佛珠，洁白无瑕，通透圆润。手指一接触，顿感凉气刺人，使人心豁然开朗，冰释忧郁。

她立刻说："慧泉大师，这佛珠太珍贵，我不能……"

慧泉主持双手往司雪一推："佛家赠物，犹于冰川流下的溪水，阿尔泰山脉岂能收回。永戴身边，保你们逢凶化吉，一世安泰。"

慧泉主持往司雪手腕上一推，便飘然而去，悄无声息。把他们俩遗留在夜色下的茅亭中。他俩真没料到，慧泉主持的一句临别赠言，日后真救了温思雨和司雪。

司雪对着渐渐没入苍茫中的大师背影高喊一声："我替爸妈谢谢你啦！"

"十年之日，必有报应！"这沧桑的声音，仿佛不是出自慧泉主持之口，而是从天而降，穿过喀纳斯浓浓的夜色，在起伏的山峦回响。把司雪和温思雨震惊得目瞪口呆。他俩同时想起了温思雨的誓言："铸剑十年终出鞘！"

司雪猛地搂住温思雨，泣不成声地说："亲爱的，老天爷要帮我们啦！"

起风了。山风带来了喀纳斯湖的阵阵涛声，如泣如诉，不绝于耳，催人泪下，又给人力量。

在茅亭左边，距云中寺庙不远处，有一座喀纳斯宾馆，号称四星级。温思雨预订了一个有两个单间的商务套房。当温思雨带着司雪来到801套房门前，用房卡开门时，司雪心里一紧：他难道只开了一间房。司雪心里又害怕又期待，便用复杂的眼光看着温思雨。

温思雨显然读懂了她的目光，一进房门便问："你住主卧吧。"

司雪紧绷的心一下松下来。她感激地看着温思雨："随便。"

他把司雨的拖箱放进主卧，仔细地检查了一下床和洗手间，还试了试热水，点点头，"条件还不错。"

司雪"嗯"了一声，人却没动，眼睛瞅了温思雨一下，赶紧躲开。这是她唯一的一次跟除父亲外的男人共处一室，心里总有一种异样的感觉，头也晕乎乎的。

温思雨一阵感动：多纯洁的姑娘。他尽力克制着自己的冲动，轻轻抱了一下司雪，连吻都不敢吻她，便松开手，“今天太累，早点洗了睡吧。”说罢，转身逃也似的走出主卧，带上房门。他实在不敢在司雪房里久留，害怕管不住自己。

门锁的响声，让司雪确信房里只有自己一个人了，便叹了口气。连她自己也没搞清，这是在失望还是庆幸。但有一点是肯定的，温思雨的自律，是她非常欣赏的。

喀纳斯的夜真是安静。但两个人的心却并不平静。他俩都彻夜想着对方。

一阵悠长而厚重的钟声，唤醒了沉寂的喀纳斯。随之，仿佛一切都醒了：太阳还躲在雪山背后，却已把缠绵着朝霞的洁白峰顶染得火红一片，好一派红装素裹。如同淡淡的青黛染黑的湖水，也逐渐显露出微微的清波。依湖而建的栈道蜿蜒曲折，慢慢融化于或明或暗的晨雾之中。

司雪静静地伫立在阳台上，完全沉醉在这幅浸透着浓郁的边陲风情的水墨丹青之中。她想起她的父母亲，也曾目睹眼前的景色。他们何曾想到，20多年后，他们的女儿，会追寻他们的足迹，也立于此？她突然明白过来，她来喀纳斯，不仅是追踪父辈的足迹，更多的，是在寻找这份血浓于水的亲情。

轻轻的敲门声，让她从遐思中回到眼前。她知道是温思雨来了。但开门一看，有些吃惊：门外除温思雨外，还有昨晚的慧泉主持和一群人。

慧泉主持双手合一鞠躬致意：“阿弥陀佛，女施主，这些人都是你父母的好友。知道你来了，都要来见见你。”

司雪一阵感动。忙让他们在客厅落座。好在商务套房的客厅有点大，人们还都坐下了。温思雨和司雪忙着给各位倒茶。大家一会儿聊开了。聊的主题，当然是当年的谷书城和夏花。

中午，司雪在酒店盛宴招待了众位乡亲。

下午，温思雨和司雪随众人来到喀纳斯小学。这里是谷书城和夏花艰难岁月的见证。

老校长是一位面容清瘦但精神矍铄的长者。虽然乡间的生活让他皮肤粗糙而暗黑，但言谈举止仍透着一股书卷气。他就是当年与谷书城和夏花一同由上海下放到喀纳斯的知青。上午他在上课，所以没去宾馆。现在看到亭亭玉立的司雪，仿佛夏花再世，不禁老泪纵横。他带着司雪边看边叙说着司雪父母的点点滴滴。虽然世事变迁，这里也有一些变化，但司雪依然从这些尚存的旧貌中，依稀体会到他父母当年的艰辛和无奈，更感受到他俩爱情的凄苦和坚贞。父母的形象，也在盈眶的热泪中升华起来。

告别老校长，已是黄昏时分。他俩又随慧泉主持来到了喀纳斯神庙。慧泉主持一一指点着当年曾被司雪父母修复过的碑文字画。虽有几十年了，依然清晰可见。最后慧泉主持带他俩来到一间名为“施主留痕”的殿堂，在其中的一帧裱好的字幅面前停下来。

温思雨第一眼就看到这首七律诗的署名：谷书城。他抓住司雪的手兴奋说：“快看，你爸写的。”

致友人

喀纳斯湖水坻树，
半城烟沙半城雾，
刀耕火种寻常事，
常思此生在何处？

所幸天山有夏花，
方觉野旷有乐趣。
此生如不建伟业，
愧对乡亲愧对玉。

一九六八年农历七夕

喜爱诗词的温思雨，对这首诗大加赞赏。只是有一处不明，便问道：“请问主持，诗中的玉指谁？”

慧泉主持说：“我们喀纳斯的风俗，把美丽的姑娘称为玉。书城便给夏花取了个爱称：小玉。”

司雪拿出相机准备给条幅拍照，慧泉主持却取下字幅递给司雪：“这条幅要物归原主了，弥足珍贵，常思常新。”

司雪大喜过望。她恭敬地接过条幅，发现条幅上一尘不染，十分感动：

可见庙寺中的大师们，是何等的珍视这件条幅。这份真诚，让她永世难忘！

慧泉主持从柜中取出一叠纸质状的物品："这是十盏天灯，你们拿到寺外去点燃放飞，问候亲人。十盏喻示时常思念。"

他们来到寺外。慧泉主持在一方祭台上点燃红烛和高香，取出一件叠物品，在顶上轻轻一提，便变成一盏类似内地的孔明灯。点燃灯下的红烛，灯顶便凸起。再把点燃的灯举到眉间处表示对已逝亲人的敬意，然后轻轻松手，天灯便缓缓向夜空飞去，带去祭祀人的问候。相传天灯是由三国时期孔明首创，所以也被称为孔明灯。

此刻的天际，暮霞渐淡，星光初上。当十盏闪着红光的天灯，错落有致地飞向天际的时候，司雪和温思雨已是泪流满面。他们默默地仰望着渐行渐远的天灯，和天灯背后星光旖旎的夜空，默默想念着自己的亲人。

温思雨一时兴起，找慧泉主持要来纸笔，奋笔直书了一首七律：

祭亲人

忽闻今夜能访祖？
祭品齐摆向黄昏。
红烛成泪香成灰，
只见清辉不见魂。

明知此事古难全，
晚辈齐眉放天灯。
天若有情天亦老，
隔空问安梦中人。

慧泉大师猛击双掌："好诗，好诗！可否赠予贫道？"

温思雨连忙双手递过诗稿："不成敬意，请笑纳。"

第二天上午九点多钟，司雪房里还没有一点动静。温思雨轻轻敲了敲司雪的房门。不一会儿，门打开了一半，室内却没有声音。温思雨好生奇怪。他走进一看，门后站着司雪。温思雨只看了司雪一眼，就惊呆了：太美啦！司雪身着一袭粉红睡衣，满面娇羞地靠在门后的墙上低头不语。颀长的脖子在柔和的室灯下透着乳白的光晕。温思雨感到自己仿佛遭雷击般一动不动地盯着司雪，不敢越雷池一步。突然间，司雪轻解衣带，睡衣便从肩上滑落在地。司雪的洁白而丰腴的身子，就一丝不挂地展现在温思雨面前。温思雨再也控制不住自己，一把将司雪搂在怀里狂吻起来。但温思雨并没有把司雪抱到床上，而是慢慢地从怀中退出来："雪儿，我对自己发过誓：一定把你最宝贵的留到新婚之夜。"

上午，他俩告别喀纳斯的父老乡亲后，来到喀纳斯神庙向慧泉和尚辞行。一位小神童说："慧泉主持已外出云游了。"

司雪好不失望，问道："主持去哪里了？"

小神童没回答，只是往窗外一指。他们顺指望去，窗外午时的阳光下，是巍峨起伏的阿尔泰雪峰。他们俩不约而同地想起谷书城和夏花在雪山栈道上艰难跋涉的情景。眼睛都湿润了。

临别，小童递上一封黄色的帖："这是慧泉主持让我转交你们的。"

他们打开黄帖。帖上工工整整地写着几行颜体的毛笔字：

十年之约需践行
征途艰险百战多
得饶人处且饶人
谢幕之日披绫罗

慧泉主持的临别赠言如晴天霹雳，震得温思雨目瞪口呆，半晌说不出话来。因为帖上所言，道出了温思雨未来90%的计划，余下的10%绝非温思雨所愿！

温思雨沉吟片刻说道："请你转告慧泉主持，我温思雨谢谢他老人家，但是，帖中的第三句，我断难从命。"

小童淡漠地说："我师傅知道你不会接帖，他还有一句临别赠言写于帖背。小童翻到帖的反面，帖上写着：听与不听，都是天命。"

小童说罢，收回黄帖。

司雪忙说：“请把黄帖给我。”

小童淡漠地说：“对不起，你不是受帖之人。”

司雪不甘心。她推了温思雨一下。温思雨会意，忙说：“还是给我吧。”

小童不动声色地打开黄帖。他们赫然发现，帖反面的一行字赫然依旧，可正面的四行字却荡然无存！两人不禁大惊失色。

小童依然淡漠地说：“你既不受，它当然没留存的必要。”说罢，手一扬，帖碰到烛火，突发奇光，顷刻成灰。

小童转身飘然而去，走进殿侧的厢房，把面面相觑的两人，留在大雄宝殿厅前。大厅正面一尊巨大的如来佛像正带着慈祥的微笑俯视着他俩。此时此刻，温思雨人生第一次感到自己的渺小和思绪的渺茫。从来不踏进寺庙的他，破例来到厅侧的厢房，向小童索购高香。小童没答话，只是向神坛上指指。他俩一眼望去，神坛上放着两束高香。每束三支。分别标注着温思雨和司雪的姓名。他们俩再次被震撼：原来一切皆在慧泉主持的妙算之中。他俩点燃高香，深深地鞠躬三次，然后怀着万分虔诚的心情把香插进香炉。

走出喀纳斯神庙，他俩再次来到喀纳斯茅亭。温思雨从手提袋中取出一对粉红的千纸鹤，递给司雪，让司雪十分惊喜。更让司雪惊喜的是，温思雨折的千纸鹤，与别人的不一样。他折的千纸鹤可在风中振翅飞舞，栩栩如生。引来亭上的少男少女一片艳羡。

此刻的司雪，却不知道，就是这些会翩翩起舞的千纸鹤，日后竟救了温思雨一命。

020 夏花，挣扎在喀纳斯湖畔

经过几天的走访，渐渐地，一曲婉约凄美的喀纳斯之恋，在温思雨和司雪心中缓缓响起。几度让他俩泣不成声。他们感慨万分：4573平方千米的喀纳斯啊，你浩浩荡荡、无边无垠，你容纳了阿尔泰山的千座冰川，你容纳了喀纳斯湖的万顷碧波，怎就容不下一朵含苞待放的夏花……

1968年夏末秋初的一个午后，一辆满载着知识青年的敞篷货车，从西宁出发，向西北方向急驰。气温渐渐的冰凉起来。车上知青的心也慢慢冰凉起来。刚才还笑语声声的气氛，在冷风中凝固了，车厢里顿时沉寂下来。仿佛是与当下的氛围相协调，眼前的景物也苍茫了许多。在西宁看到的些许绿色，被黄色取代。无论是天，还是地，还是水，还是牲口，甚至是人，全被染成了土黄色。靠在车墙板上的谷书城更感到，连风都是黄色的。在这个季节，中原省的风，温暖中带着嫩寒，吹在人身上，那就是一个爽。可边疆的风，带着一股透骨的冰，往你怀里钻，让你挡都挡不住。就像有人往你赤裸裸的身上抹雪一般！

谷书城忙从旅行袋中取出一件军用棉大衣披在身上，马上暖和起来。而坐在他身旁的一个女孩，就没那么幸运了。原来她的旅行袋较大，带队领导不让随身带，随行李车走了。她没想到气温会这么低，而且车一开，冷风就更凶了。她冻得嘴唇乌青，浑身发抖，不停地把手放在口边哈着热气取暖。

谷书城见状，忙把军大衣递过去："快穿上。"

她接过军大衣，迟疑了一下："那你？"

"没事，我扛得住。"谷书城挺了挺胸，表示不在乎。但不一会儿，他就不由自主地也对手哈着气。

女孩毫不犹豫地挪到他身边，把军大衣披在两人头上："一起吧。"

但毕竟一件军大衣裹不住两个人，大衣总是滑向一边。女孩索性侧过身，往谷书城怀里一靠，大衣才盖住了两个人。当时，单纯的他俩，只想到抱团取暖，怎么也不会料到，这一抱，就是一生。

车是中饭后从西宁出发的，已经开了 3 个小时。有人向带队干部黄队长提出要找个厕所方便一下。

黄队长一笑，露出一嘴大黄牙："厕所？连个人影都没有的地方，会有厕所？"他的脸色严肃地来，"你们是来接受贫下中农再教育的，就入乡随俗吧。待会儿一停车，你们下去，男左女右，就地解决。"

车上的学生都惊讶地"啊"了一声。特别是女生，都吵起来："那怎么行？"

"不行就憋着吧。我可是有言在先，还要 3 个小时才到格桑花镇，路上不会停车的。"黄队语气里透着一丝邪气。他拍了拍车顶，"司机，停一下，要解手。"

司机猛地一刹车，搞得学生们人仰马翻。

黄队大声喊："下车，男左女右，就地解决。谁偷看，就是阶级敌人！"

人们呼地一下站起来，纷纷跳下车。

那位女孩有些犹豫，谷书城把她拉起来："还有 3 个小时，受不了的。"他跳下车，伸出手接女孩下车。女孩在匆忙中，脚一滑就扑下去，整个人就扎进谷书城的怀里，差点把谷书城撞翻。两人都闹了个大红脸。

一会儿的工夫，车左车右就响起阵阵尿打在沙地上的"啪啪"声。

一阵异味也腾空而起，臊得女生们个个面红耳赤的，羞得不行。

由于路况不好，加上车在路上修过两次。当夜幕降临时，格桑花小镇还遥遥无期。伸手不见五指的原野上，突然传来一阵凄厉的号叫声："呜，呜，呜。"

“是狼嚎！”黄队大喊一声：“靠墙的男生把屁股下的木棒拿在手里，一会儿有狼往车上扑，狠狠地打！”

立刻就有人“哇！”地哭叫起来。

“都别叫！”黄队用木棒指着人群说，“男生拿着木棒站起来！快点！”

大家拿着木棒，刚依着车厢板站起来。眨眼间，车周围闪现出一片幽灵般的绿光。人群又是一声惊叫！终于，狼群现身了，黑压压的一大片。每匹狼都张着血盆大嘴，吭哧吭哧地喘着粗气，舌头伸得老长，全身的毛都竖起来，看得人提心吊胆。

“都把木棒举起来，狼一扑上来就打。”黄队又大喊道。

这群刚出校门的孩子，哪经历过这等骇人的场面。一个个都面面相觑。只听“啪”的一声，一匹狼扑向谷书城站的位子。谷书城抡起木棒，拼尽全力扎过去，正扎在狼头上。一声闷响，狼头血花四溅。狼哼了一声，重重地跌倒在地上。

黄队大喊：“好，就这样打！”

谷书城的第一棒给了大家极大的信心。就这样，一场惊心动魄的人狼之战，在这漆黑的草原之夜展开。

刚开始，还不时传出人喊狼嚎的声音。到后来，双方都不发声了。在充满血腥味的空气中，只有狼爪抓在车板上的“哗哗”声，和木棒打在狼身上发出的沉闷的撞击声。正当大伙信心满满的时候，意外发生了：一只狼咬住了一个男生的木棒，男生紧握木棒不松手。正僵持间，车从一坑上驶过，猛地一跳，那个男生失去平衡，被狼一拉，他就一头栽到车外地上，立刻被群狼围住，一阵乱咬。男生发出凄惨的叫声。

大家都喊：“停车！救人！”

“想找死啊！别叫！”黄队恶狠的一喊，大家便静下来。大家也明白，一旦下了车，就全军覆没了。车上静下来。群狼围咬的残忍场面，也消失在漆黑的夜色中。只是群狼的撕咬声和男生的哀叫声还追着车辆，不绝于耳，催人泪下。一个鲜活的生命，说没就没了。

谷书城眼里漫出泪水。他感到双腿被人抱紧了。低头一看，原来是那个女孩。心里一阵感动。他明白，女孩怕他被狼拖下去。他情不自禁地抚摸了一下女孩柔软的秀发，心里猛地漫出了一股从未有过的情愫。他想起一个甜甜的词：初恋。

狼突然停止了追赶，返身向后跑去。显然是奔刚才拖下的男生去了。好多男生都不由自主地跌坐下来。女生则哭成一片。

“知识青年到农村去，接受贫下中农的再教育”的第一课，就在这片蛮荒之地，以血腥的方式开始了。

第四天下午，他们终于到达新兴自治区布尔津县北部，一个叫“喀纳斯”的地方。习惯了一路上戈壁沙漠的黄色，一旦看到满眼青山绿水，竟适应不了，都以为是幻觉。直到奔往清澈的湖边，用凉冷的水洗脸时，才感觉到这片实实在在的美景是真实的。有人就哼起《边疆处处赛江南》的曲子。那场人狼之战，已被忘在脑后。

下车后，谷书城主动向女生伸出手：“我叫谷书城。”

“我叫夏花。”女生送上一个美丽的微笑。

风景是美丽的，现实是残酷的。他们很快就发觉，这里的生活与他们的故乡比，用一个地下一个天上来形容都不为过。一个词就可以形象地描绘出这里的生存环境：刀耕火种。这里的一切都是原始的，包括人。仿佛时光走到这里便停住了脚步。从此，他俩便融入了面朝黄土背朝天的日子。生活虽然艰苦而单调，但热恋中的谷书城和夏花的小日子，却多彩而温馨。他们互相分担苦难，分享幸福。而位于喀纳斯湖畔的那座毛草亭，便成了他俩的爱巢。这样，原本流放式的痛苦生涯，渐渐变成了喀纳斯之恋的爱情之旅。他们真希望这种日子能地久天长。但却不知，一只罪恶的黑手正向他俩悄悄伸来。

一天，村长买买提找到他俩，希望他俩在喀纳斯办一所民办小学。喀纳斯没有小学。这里的7个小孩只能到10来公里外的克里木镇小学读书。路远还是其次，关键是根本没像样的路，只有一条依山而走的羊肠小道。其间还要攀岩涉溪，过独木桥，更可怕的是，还时常有野兽出没。最近就有一个掉队的小孩，在回家的路上失踪了。所以，村里的七八个适龄少年都辍学在家。为这事，村长没少受上级的批评，因为国家不允许适龄少年辍学。但村长一提修路，上级就走人。现在村里来了4个高中学生，让村长喜出望外。村长的想法一出口，4人都高兴地答应下来。

经过一番张罗，学校就准备开学了。却不料遭到知青领队黄队长的反对。他的理由荒唐而又简单：“他们是来接受贫下中农再教育的，怎么能教育别人。”

村长十分恼火：“他们都是好好的学生，为啥不能教学生？”

他们俩闹到县里。县领导来了个折中：半天讲课，半天接受再教育。

学校终于开学了，孩子们自然是欢天喜地。他们穿上最好的衣服，整整齐齐地坐在木椅上，一对对喜悦的大眼睛，注视着站在讲台上的4位年轻的教师——谷书城、夏花、罗小丽和黄秋生。木板搭成的课桌上放着的新书，散发着浓浓的印油的香味。整个教室充满了节日般的喜庆气氛。

村长把长长的烟枪在讲台上敲了敲说：“娃儿呀，掌劲地跟老师学哇，学好了考到乌鲁木齐去，别像我，像头驴一样，一辈子都走不出喀纳斯。”

一个丫头叫道：“买买提爷爷，你会学驴叫吗？”

大家哄地笑起来。

一年的时间，孩子们的学习便有了极大的提高。这原本是造福一方的事，却因为两件事而中途夭折。

一件事，是老师之一的罗小丽，因病经黄队帮忙，给她办理了因病返城的手续。这一手续，对当时的知青而言，可都是梦寐以求的啊。罗小丽的返城，大家都感到透着一些诡异。她离去前，黄队突然频繁光顾他们知青小组，而且多半是找罗小丽做思想工作。罗小丽则是避之不及。而且常常是一场思想工作之后，罗小丽总是面带泪痕地回到宿舍，闭门不出，连饭都不吃。

就4个老师的学校，走了一人，学校师资当然吃紧了。然而接着发生的事。就让学校彻底关门了。

一天下午放学后，谷书城与夏花在教室里说悄悄话。突然暴雨倾盆而下。两人没带雨具，只好边说话边等。夏日里，喀纳斯的气候多变，这雨常常说来就来，说走就走。可等到深夜，雨还是停不下来。虽说是夏季，但天山脚下的喀纳斯气温，也就十几度。

夏花怯生生地说：“这回宿舍还有几里路。淋回去准生病，不如就在这里对付一夜？”说罢，脸上一阵发烧。幸亏小油灯不亮，否则让谷书城瞧见，那还了得。

谷书城当然是一百个愿意，但也不好意思太直白，便装模作样地叹口气：“也只好这样了。”

好在这里原本是仓库，有用来值班用的木板床和旧被子。当两个年轻人羞答答地并肩躺下时，谷书城还是忍不住一把搂过夏花吻过去。虽然两人都穿着衣服，但透过夏日单薄的衣裤，两人还是强烈地感受到对方身子的柔软，都情不自禁地伸出双手抚摸着对方。正在两人的情感上升到不可控制的时候，门“嘭”的一声踢开了。几道刺眼的白光照在他俩惊恐的脸上。一看，原来是黄队长带几名巡访队员冲进来。

黄队长大声吼道：“好啊，捉奸捉双，把他们绑起来。”

巡防队员吃了一惊：“呵，是谷老师，夏老师。”

他们的孩子或者亲友的孩子都在学校读书，十分喜欢这两位老师。所以不肯动手。这时谷书城和夏花已经从床上站起来。

谷书城不慌不忙地说：“黄队长，别血口喷人，什么捉奸啊？我们是因为下雨回不了宿舍，就在这里睡觉。”

黄队长一时语塞，便恼羞成怒：“到村委会说去！”

他们一行来到村委会，村长买买提也来了，看了满脸委屈的谷书城和羞羞答答的夏花，便明白了几分，嘴里还是问：“黄队，啥事啊？闹这么大动静。”

黄队长厉声地指着谷书城和夏花说：“他们通奸，被我们捉奸在床！”

“你胡说！”夏花愤怒地回了一句，便哇的一声哭起来。

谷书城冷静地说：“村长，放学后，我们刚改完作业，就下起了暴雨，回不去。我们搭个床睡下了。衣服都没脱，黄队凭什么乱咬人？”

黄队继续发横：“你们睡在一起就犯法了！”

“你把法律拿出来看看，第几条第几款？”谷书城鄙视着黄队，然后大大方方地把抽泣着的夏花搂过来，“我们在恋爱，犯的哪门子法？”

黄队长带着淫邪的笑容看着夏花：“夏花，你太单纯，不要被人玩弄了。”

“你是个什么东西，难道我不晓得？”夏花终于忍不住了，她掏出一个信封，抽出信纸，递给买买提：“村长，这是罗小丽走前给我的一封信。她被黄队长强奸了，怀了孕才走的！”

“你胡说！”黄队全身一颤，大吼一冲过去，想抢那封信，被谷书城一把拦住：“既然是胡说，你急什么？”

买买提很快看完信，收进口袋，愤愤地说：“难怪你盯着夏花，还想再害一个吗？”

黄队长脸涨成猪肝色：“村长，你别信……”

“够了！你就是阿尔泰山谷的野狼。”买买提粗暴地打断他的话，“你明早就回县里等法院的传票。”见黄队长还不走，他猛地拔出腰刀往桌上一插，刀深深地插进桌面。在油灯的照耀下，刀面闪着寒光。

黄队长恶狠狠地横了村长一眼走了。

买买提沉思了片刻说：“黄队长会把今晚的事捅到县里的。你们俩不能再待在一个队了。小谷你去 6 队吧，也不远，离这也就一天的行程。”

就这样，一个恶劣的念头，竟使新办不久的学校停学，一对纯情的恋人也劳燕分飞。除非村里有大的活动，否则他俩很难见上一面。

为了寄托相思之情，他们相约每次路过喀纳斯湖畔的茅草亭，就挂上一只千纸鹤。没多久，亭上便挂满了千纸鹤，也挂满了他俩的泪珠。

终于熬到尽头了：谷书城和夏花参加了 1979 年的高考，而且双双被高校录取。买买提村长为他俩举行了隆重的欢送会。

大雁终于南飞了。

温思雨和司雪能了解到的司雪父母轶事，也只能到此了。

021 石天虎，老子来了

温思雨和司雪返回中原，把手头的工作安排好后，便打算找刘国庆警官，向他讲述石天虎与温思雨在英国剑桥的会见，看能否让警方通过了解到的蛛丝马迹，找到当年车祸逃逸案的破解之术。到后湖区交警大队一打听，刘国庆已退休多年。按警界的规定，没人告诉他的住址。司雪想到了刘正义警官，看他是否帮得上忙。

出于职业的习惯，他们的问话，立刻引起了刘正义的警惕："找刘国庆有什么事？"

司雪说："他经手过一件交通肇事案，想找他了解一下情况。"

"可以到单位查。"刘正义也简单地回了一句，但心里却明白，这案子肯定有问题。他曾断断续续听他爸唠叨过。

"能到单位查清白，我找刘国庆干吗？"司雪的小姐脾气上来了。

"呵呵，司总，我问问他本人再回复你。"刘正义语气中带着歉意。

从刘正义的话语中，温思雨感到他可能认识刘国庆，便插话了："刘警官，请你转告刘国庆警官，说我找他，我们见过面。他是个好人！"

"好吧。"刘正义挂了电话。

不一会儿，温思雨的手机响了："是温总吗？"

“我是，是刘国庆警官吗？”温思雨喜出望外，忙打开免提。

刘国庆说：“早就听说你回中原了，知道你迟早会找我。”

听到故人的声音，温思雨有点激动：“刘警官，谢谢你来电话，我想和您见面聊聊。”

“来我家吧。”

根据刘国庆告诉的地址，温思雨和司雪 10 分钟就到。门一开，却看到是刘正义，不觉一愣。

“刘国庆是我爸。”刘正义浅浅一笑，“两位老总请进。”

室内站着一位两鬓斑白的老人，背有点微驼，饱经沧桑的脸上布满了皱纹。仅仅十年，当年的英气就荡然无存。温思雨压制着心头的感慨，快步上前伸出双手：“刘警官您好！”

“当年的穷学生，转眼变老总了。”刘国庆笑了笑，看向温思雨身后的司雪。

“刘叔叔，我和我姐都谢谢你！”司雪伸出双手时，已是泪流满面。

刘国庆握住司雪的双手时，不由自主地想到长眠地下 20 多年的谷雨父母，眼睛也湿了起来：“孩子，你们受苦了。”

温思雨坐下后，飞快地扫了室内一眼，发觉整个屋子收拾得一尘不染，有营房的感觉，但装修和家具太过简陋。两代人都是警官，还是小有权力的，日子却是一贫如洗，足见屋主的廉洁。

刘国庆显然注意到温思雨的眼神，坦言道：“别人说光临寒舍，是句客套。到我这里，就是实话实说了。”

温思雨脸一红：“刘警官，真想不到你们是这样清贫。真让我肃然起敬。”

“哎，贫也是一天，富也是24小时，都一样。”刘国庆一笑，“大家坐吧。”

寒暄过后，温思雨便把在英国与石天虎会面的经过，详细地讲述了一遍。刘国庆听罢，沉思了一会，猛地一掌击打在条茶几上，震得茶杯一阵乱跳，其中一个摔在地上，发出刺耳的声响。大伙都深深地感到了刘国庆的愤怒。他咬牙切齿地骂道：“这个畜生！”

刘正义正拿过扫帚准备清理，被刘国庆拦住，他说：“温总，你讲的情况，可以百分之百的肯定，石天虎就是 20 多年前车祸的逃逸犯，但是，从法律角度看，不能当作呈堂证供。”

"那就只能眼睁睁地看着他逍遥法外？"司雪忍不住说道。

"我有点想法。"刘国庆看了看温思雨，又看着司雪，却没有下文。温思雨和司雪没开口，只是静静地等着下文。谁知这一等竟是10多分钟。要在平日，这10多分钟，也就眨眼之间的事。但此刻，4个人都有千言万语要说，却寂静无声，就显得十分漫长。显然，刘国庆在思量从何说起。终于，刘国庆开口了："这起车祸离现在，已经20多年。想破案的难度极大。首先，缺乏证据，这是最大的难题。"他做了个手势中止了温思雨的讲话，"听说，你们的A2产品给天虎集团打击是致命的？"刘国庆突然转变了话题。说完，意味深长地看了温思雨一眼，然后用脚踩向地上的茶杯，茶杯发出阵阵破碎声。"碾碎它！"

司雪愣了一下，不解地望了望温思雨，发觉他在沉思。

刘国庆在温思雨肩头重重地拍了一下："你要记住，既要为你报仇，更要为民除害！"

刘国庆站起来，示意谈话已经结束。

温思雨忙起身告辞，简短而明确地说："刘叔，明白，谢谢了！"

在送温思雨到门外时，刘正义小声地说："我们警局早就怀疑石天虎有黑社会背景。但这家伙到底受过高等教育，智商极高。我们至今没拿到有效证据。我非常希望能从你和他的较量中找到破绽。"

温思雨会意地笑了："好的，我会把他往死里整，不怕他不露原形。"

"是的，狗急了肯定会跳墙！"

两人哈哈一阵大笑。

望着路虎绝尘而去的背影，刘国庆心里生出一丝不祥的预感。他说："正义，随着他们与天虎集团较量的升级，你要多安排些警力保护好他们俩。在旁门左道方面，他们不是石天虎的对手。"

刘正义咬牙切齿地说："他们敢！"

"你错了，他们不是敢不敢的问题，是肯定敢，而且肯定在做了！"刘国庆斩钉截铁地说，"你忘记了那些与石天虎竞争的人是什么下场？"

"这只黑手很狡猾，每件事都做得天衣无缝。对温思雨下黑手，是迟早的事。这股被公安盯了多年的黑恶势力，或许就终结在你手上！"刘国庆又一掌拍在桌上，震得茶杯又跳起来。

“我决不会放过他！”刘正义狠狠地说。此刻，他想起了发生在咖啡厅的那场较量，还有温思雨别墅的黑幕事件。老爸说得对，这只黑手早就伸向温思雨了！

事情的发展，果然如刘国庆所料，最终，黑手还是伸出来了，不过黑手的方向，却出人意料！

正在开车的温思雨，突然把车停弯进了一个不碍事的地方，问道：“能不能让你的闺密帮帮忙，查一查石天虎的背景材料？”

“你说找江如蓝？”司雪吃了一惊。

温思雨看到她的表情，十分不解：“有什么问题吗？”

司雪沉默半天才说：“借助她爸的权力？”

“是啊。我们是查真相，又不是搞腐败。”

想不到这么简单的事，又让司雪踌躇半天才答一句：“还是不太好吧。”

温思雨越想越不对劲。他把司雪的手拉到嘴边，深深地亲了一下，说：“雪儿，你心里一定有事。”他索性搂过司雪，亲了她一下，温柔地看着司雪，“亲爱的，告诉我。”

“她早就喜欢上你了，在我之前，我当时对你还没印象，总拿这事取笑她。”司雪停下来。

“她喜欢谁是她个人的事，你操什么心？”温思雨看着司雪。

“可我把你抢过来了呀！”话一出口，司雪满面通红。

“啊，难不成我是被你抢到手的？”温思雨故作惊讶。

“你烦不烦啦！”

司雪挥起粉拳打过去。车内一阵求饶声。闹了一会儿，温思雨说：“总是要面对的。打电话吧。”

司雪打通了电话：“蓝姐。”

“雪儿，稀客啊。”

“啊，不是，这段有点忙。”

“忙什么呀，重色轻友的小娘们！”

“你再胡说，我不缠你了！”司雪真有点急了。

“好，好，姑奶奶，说事吧。”

“老地方见，行吗？”

“好。”

一刻钟后，他俩走进照无眠咖啡厅。温思雨一阵郁闷：怎么又是这家咖啡厅？而且又是 1 号包房？

推门进去，江如蓝已坐在主位上。见他俩进来，愣了一下。显然她没料到温思雨的到来，一丝尴尬闪过，随即转入平静。但温思雨和司雪都捕捉到了那一瞬间的尴尬，也显得有些不自然。温思雨想到刚才江如蓝在电话里说的“重色轻友”，江如蓝的心病应该是淡化了的，却不料还是看出她的情愫，也一时不知说什么好。倒是司雪用一份娇情化解了眼前的困境。

“蓝姐，你一定要帮我。”司雪抓住江如蓝的手，柔声说着，脸上满是小妹的恳求。

江如蓝知道他们真碰到难题了，忙说：“你的事，我一定帮。”

司雪一笑，突然搂着江如蓝，在她脸上亲了一口。闹了江如蓝一个大红脸。她嗔怒道：“都是老总了，这样没正形的。”她话冲着司雪说，眼角却瞟向温思雨。温思雨忙低头喝咖啡，装着没看见。心里却在说：对不起了，江如蓝。

接下来，司雪把事情的来龙去脉详细地讲了一遍。听得江如蓝张口结舌。她一把搂住司雪，用纸巾擦着她脸上的泪水，自己也是热泪盈眶。

“雪儿，别哭了。你哭姐心疼。”江如蓝柔声地说，突然语气一变：“这样的悲剧即使不是发生在你身上，我也要帮！”

江如蓝早早地回到家里，直等到晚上 11 点钟，才听到停车声，江如蓝赶紧跑下楼拉开门。

孟长河知道女儿是个严守作息时间的人，见女儿 11 点了还没睡，笑着问：“等我有事？”

“没事就不能等你？”江如蓝娇声问道。

此刻的孟长河，就不是封疆大吏，而是好父亲了。他坐在客厅的沙发上，拍拍沙发：“说来听听。”

江如蓝便详细地把全部经过讲了一遍。孟长河一听到石天虎的名字，心里不由冒出黎小溪的一句话：我只能跟石天虎了。孟长河的思绪，一下回到大学时代，眼前便闪出如花似玉的黎小溪……

“爸。”江如蓝的喊声，把孟长河拉回到现在。

孟长河看了一会儿车祸现场报告说：“我让公安厅查一下。”

这一夜对孟长河来说，注定是个不眠之夜。

这是一段鲜为人知的历史：孟长河、石天虎和黎小溪三人同是长江大学的同班同学。而且孟长河和石天虎同时爱上了校花黎小溪。

大学时代的孟长河，高大英俊，志向深远，政治上进，大一就发展成预备党员，且具有极强的组织能力，学习成绩名列前茅，是当时的学生领袖，被推选为学生会主席。而石天虎则完全是另一个类型：仪表堂堂，风流倜傥，且胆大妄为，又讲义气，大有燕赵侠士之风，被学生封为绿林好汉。

校花黎小溪游走于二人之间，好不得意。但时间一长，烦恼也随之而来：她将花落谁家？但在进入大四的某一天，孟长河被黎小溪告之："只能跟石天虎了。"

以后很长的一段时间，对孟长河来说，真叫度日如年。他不相信永远失去黎小溪，就像一个刚截肢的人，很长时间不相信失去了肢体一样。但孟长河天生就具有政治家的气度，他从绝望的阴影中走出来，以超人的精神投入学习。他要用超出常人的成就向黎小溪展示自己的优异。果然如他所愿，他被大学保送到北京大学读研。让全校学生惊艳不已。却不料他的一个举动，更是惊呆了全校的眼球：他向校方宣布，放弃保送资格，自己要凭实力考取北大政治经济专业研究生。他的这一举动，就连他的情敌石天虎，也禁不住竖起大拇指夸他："真爷们！"因为按有关规定，保送生如报考，就自动放弃保送资格。校领导和老师纷纷做他的工作，就连好久没联系的黎小溪都羞答答地劝他，他却坚如磐石。果然，心想事成，他以超出录取线 98 分的成绩考取了北大研究生。

事后，他收到了黎小溪的贺卡，上写着两行秀丽的留言：

衷心祝贺你。

我只能跟石天虎了。

又是那句话。跟就跟，却又为何前面加"只能"两字？这句话一直藏在孟长河心里，一藏就是近 30 年。

早上起来，对镜子一照，两眼布满红丝。不由一声长叹。诗人笔下，往事如歌。但对孟长河来说，往事并不一定都如歌。

一周后，省公安厅王副厅长，向孟长河作了如下汇报：

第一，车祸发生在 1991 年 4 月 20 日。从目前掌握的情况而言，石天虎与此案似有关联，但查无实据。

第二，石天虎疑是有黑社会背景，但缺乏确凿的证据。许多看似指向石天虎的证据，都在查证的过程中夭折了。

我们会盯紧。

对此，孟长河也作了两点指示：

第一，既然多次查证失败，检查一下，是否侦破的思路有问题？

第二，不要因为我的过问，就先入为主地认定石天虎有问题。我们决不放过一个坏人，但更不能冤枉一个好人。

当司雪从江如蓝口中得知上述结论时，心情十心沮丧。但温思雨却很坦然。他平和地问：“你还记得刘警官临别时说的事吗？”

“什么事？”司雪嘴里虽然在问，却连眼皮也没抬起。她仍然沉浸在失望中。

温思雨不紧不慢地说：“他是说可换个角度打击他们。我们的 A2 可以致石天虎于死地。我要在事业上碾碎他！”

“那是当然。”司雪盯着温思雨，等着下文。

“把你的照妖镜给我用一下。”温思雨认真地说。

“什么照妖镜呀？”司雪一脸困惑。

温思雨仍然一脸真诚：“就是你时不时拿出来瞅一瞅的那面小镜子。”

“你在找死啊！”司雪扬手就是一拳。

“你一直盯着我的脸，我怕长了什么东西。”

说完，赶忙后退。果然躲过了第二拳。司雪站起来，高高举起粉拳追过去，却被温思雨一把抱起来。她刚想说话，小嘴便被大嘴堵上了。

司雪是个脑子单纯的女孩，心里不爱存事。她假装生气地推开温思雨：“你越来越没有正形了。说正事哩！”

温思雨才恋恋不舍地放开司雪说道：“我们要用 A2 打垮他。”

“那又如何？”司雪仍然不解其意，歪着头看向温思雨，一副天真烂漫的小丫头样子，惹得温思雨又想抱她。被她真的重重打了一下，“就算石天虎不做电池了，他还有百亿资产，照样过好日子。”

“你错了，我决不会便宜他，”温思雨冷笑一声，“尸骨无存！”

“那是必须的！”司雪的眼里，满是钦佩和温柔。

温思雨问道：“雪儿，公司里谁与孙渊走得最近？”

“应该是技术部的尹总。”

“为人如何？”

“第二个孙渊。也是一个吃里扒外的东西。”司雪毫不含糊地说。

“那就好办了。”温思雨如此这般地向司雪交代了一番，然后说，“你先向他了解一点基本情况，我回办公室上网查点资料再碰头。”

“你何必来回跑，就去我套间查，里面有电脑。”

“也行。”

温思雨也没多想就走进了套房。在套房门关上的一瞬，两人都后悔了。因为套房实际上是司雪设在办公室的卧室，作临时休息之用，也自然是女孩最私密的地方，怎么会让一个男人进入？司雪后悔得肠子都青了！而温思雨看着满眼的女孩用品，尤其是散落在床头的内衣心里也极不自在。他在梳妆台旁的小靠椅上坐下，感到屁股下面似乎坐着东西，拉出来一看，竟是一条粉色的三角裤！他的心猛地一跳，身上就有了反应，便赶紧把三角裤往床上一扔。抬头一看镜子，已是面红耳赤。这时，门外传来说话声。

司雪叫技术部尹部长在桌前坐下，直奔主题：“温总的A2项目遇到难题了，你把这些资料带到研发部讨论一下，集中大家的智慧，搞搞攻关。”

尹总暗自窃喜，嘴里却说：“温总从不让我插手，他知道了怎么办？”

“叫你做你就做，哪来这么多废话。”司雪有点不耐烦了，“他要能解决，还用得着找你？”

尹总喜笑颜开地领命而去。

尹总刚出门，司力夫走了进来，正准备说话，司雪卧室的门开了，温思雨满面通红地走了出来。司力夫见状，一脸惊愕。司雪的脸一红，不知如何解释。

温思雨也不好意思，只得硬着头皮把事情含糊地介绍了一番。

司力夫一听就明白其中的猫腻，觉得有点损人，想拦一下，但想起谷雨的悲剧，也就揣着明白装糊涂，由着他去。只是简短地交代了一句：“悠着点，别过头。”

温思雨连忙答应：“好的。”

司力夫一整天没见到女儿了，本想来与司雪聊几句，但看到两人不自在的样子，俨然自己是个局外人似的，心里苦笑了一下，推说有事，匆匆离去。

司力夫前脚出门，司雪后脚便闪进卧室，重重地关上门。温思雨想，进去检查去了。果然过了许久，司雪走出来，脸更是红扑扑的。

“没丢什么吧？”温思雨一本正经。

司雪白了他一眼：“以后不许进这间房！”

“哎，有没有搞错哇，我要回办公室，是你叫我进去的好不好！”温思雨一脸委屈。

“反正以后不许进！”司雪认真了。

“不进就不进。”温思雨装着生气，向门口走去。临出门来了一句：“谁稀罕看你床头的东西。”说完，拔腿就跑。身后传来司雪的怒骂：“你坏蛋！”

当天晚上，石天虎就知道温思雨项目遇阻的消息，立刻加大了对 A1 生产线的投入。天虎集团的厂区扩建计划，便轰轰烈烈地启动了。

几天后周末的一个清晨，温思雨破例邀司雪乘游艇游览南湖，让司雪十分惊喜。以前，司雪曾多次暗示，想邀他乘游艇览胜，都被他婉拒。因为“十年之约”在身，让他无心玩耍。眼下，石天虎已步入陷阱，他的心情，也豁然开朗了。

温思雨与司雪来到小雪号游艇，肩并肩地站在船头，面对着波涛起伏的南湖。他俩用这种姿态，预示着，他们将并肩迎接即将到来的挑战与艰险。

温思雨用手机向驾驶员发出指令：鸣笛启航。

游艇汽笛长鸣，发动机怒吼一声，游艇便如离弦之箭，向一碧万顷的湖心急驰而去。惊得岸边大群沙鸥腾空而起，展翅高飞，蔚为壮观。

随着游艇的提速，船头激起一阵阵巨大的浪花，向温思雨和司雪迎面扑来，打得他俩倒退几步才站稳。温思雨右手揽着司雪，大步向前，回到原来的位置，左手紧抓船舷。司雪侧身双手紧紧地搂着温思雨，把脸深深埋在温思雨怀里。他们就这样迎接着巨浪一次又一次的冲击。

此刻的温思雨可谓决胜千里、壮怀激烈。他对着飞溅的浪花大喊一声：“石天虎，我来了！”

022 一个温柔的陷阱

温思雨实验室加快了新产品的研发和试制的速度，胜券在握。但有一个关键部位的产品总不能达标。究其原因，是数控机床生产的一组核心部件精度不够，急需去德国购买一套精密的制造系统。但多次向德方致函，德方均以涉军工制造为由断然拒绝。司雪便向江如蓝求援。但德方仍然拒绝了省科委发出的采购单。江如蓝深知温思雨项目的重要性，便向省政府作了报告，希望国家出面解决这一难题。为此，孟长河专程去了趟北京，找到国务院。正巧赶上德国工业部长在北京访问，有求于中国，温思雨的需求才得以顺利解决。

得到孟长河从北京发来的德方文件，江如蓝第一时间给司雪手机去电话，是忙音。又给司雪办公室座机去电话，没人接。只好硬着头皮给温思雨去电。但听到温思雨叫她“如蓝”的那一刻，她就后悔了，以至于好半天说不出话来。温思雨当然知道沉默的原因，也只能用沉默来等待。他们俩就这样，静静地听着对方沉重的呼吸声。幸亏这时司雪走进来。温思雨忙把手机交到她手上：“你接一下，江部长。”

司雪疑惑地瞅了温思雨一眼，接过电话，还没来得及说话，手机里便传来江如蓝温柔的声音：“思雨，怎么不讲话呀，急死人的！”

司雪一听，红云满面、五味杂陈。但她不敢吭声。如果江如蓝知道是她在接电话，会羞死的。她忙捂住话筒，把手机往温思雨手上一塞，掉头走出了办公室。

“你们到科委来拿批文。”手机里传来一句话。没等温思雨回话，对方便挂机了。

当晚，温思雨便飞往了柏林。临行前，还按照江如蓝的提示，必须严格遵守省公安厅制定的保密条例，向市公安局打了去德国的报告。让温思雨始料不及的是，他这一走，巨能集团就发生了八级以上大地震，几乎让前期的全部努力，毁于一旦！

石天虎利用孙渊的技术，终于开足马力生产出一批批与巨能集团同一水平的高性能锂电池，而售价比巨能产品低10%。这种销售策略，让巨能顷刻间失去80%的客户。也就是说，除了那些因为与巨能集团走得很近的企业外，其余绝大多数下游客户都投向了天虎集团。商人是逐利的，所以司雪并不怪他们。但巨额的亏损，让司雪束手无策。万般无奈之下，她打起了A2电池的主意。她知道这款新产品尚有一道数据与设计标准有细微的差距。司雪认为，第二代产品各项性能大大超越了第一代，这点差距微不足道，可以动工生产，抢占先机。否则，整个市场会被天虎集团占领，危机已迫在眉睫。但对标准一丝不苟的温思雨不为所动，坚持不完全达标的产品不能生产。他认为，石天虎的得势是暂时的，而我们拿出世界顶尖产品是永远的。

对眼前的巨大损失，让司雪很心痛，她第一次对温思雨的固执有一丝不满。这时，一件与主题无关的事，让她决定自行其是。

温思雨赴欧的第2天，司雪收到一封匿名的挂号信。拆开一看，她几乎气得晕了过去。信封中没信，只有几张在昏暗的夜色中，温思雨抱着叶小妹躺在草坪上亲吻的照片。她突然联想到前些时发生在01车间偶遇叶小妹一事。当时她就感到，叶小妹与温思雨有故事。原来他们早就好到这般地步了？但她冷静一想，又觉得温思雨应该不是那样的人。这是不是石天虎使的阴谋诡计？照片是否是技术合成的？她私下找了一个在科研机构工作的密友，对照片进行技术鉴定。司雪暗暗祈祷，希望照片就是技术合成的。但结果很残酷：照片不是拼接的，是真的。以司雪对温思雨的了解，他应该不会做出如此不齿之事，但这照片又做何解释？正当司雪大惑不解时，一件更意外的事，坚定了她的猜疑：温思雨果然背叛了她。

第二天，司雪又接到一封挂号信。司雪一看，来自德国，心里一喜。此时此刻，她急需温思雨的支撑。拆开一看，又是一沓照片，居然又是温思雨和叶小妹在柏林商业区逛街的照片。这绝不是真的！她接通了公司前台的电话，劈头说："我是司雪，叫叶小妹接电话！"

她多想能听到叶小妹接电话的声音，但她被前台工作人员告之，叶小妹去德国旅游去了。司雪的头皮一下炸开了：好啊，说什么去德国采购设备，原来是幽会到海外去了。又在玩"明修栈道，暗度陈仓"。难怪他看到公司每天的巨额亏损数字，一点都不心疼。原来他早就移情别恋了。司雪一下崩溃了！愤怒了！失去理智了！她一把抓起话筒，命令立刻开足马力生产尚未达标的A2电池。并斥巨资，同时在各大媒体发布新产品预订广告。一时之下，所有的客户，包括天虎集团的老客户，都回到巨能集团。甚至连欧美发达国家的订单，也越洋跨海的飞来。仅一周时间，订单总额达5亿。

在欧洲的温思雨获知A2投产并预售的消息，急忙给司力夫去电话，已经半退休的司力夫说，不了解详情，要问司雪。给司雪去电，每次都是忙音。他感觉不妙，联系了几个副总，都推在司雪身上，就知道出大事了。好在设备已订，便提前结束了欧洲之旅，匆匆回国。一路旅途中，他只想一个问题：我的司雪怎么啦？

司机还没停稳车，温思雨就推开车门，直奔司雪的办公室。司雪去了车间。他奔向车间，老远就听到机械的轰鸣声。走进车间，他被眼前的景象惊得目瞪口呆：5条流水线正繁忙地吞吐着各种零件和产品。待打包的成品，堆积如山。不远处的司雪，肯定看见了他，却装着没看见，继续与车间主任在交谈。温思雨走过去，听司雪在说："今天开始三班倒，必须坚决执行！"她仍然无视渐渐走近的温思雨。

作为总经理，温思雨完全可以下令停止生产。但他忍住了。一则，他不了解这一周公司发生了什么，使得司雪作出如此重大的决定。更重要的是，司雪对他的180度的变化，让他胆战心惊！此刻司雪的做派，完全可以视为对他的侮辱，可他还是极力克制着内心已经到极限的愤怒，尽量语调平静地说："司总，我们去办公室谈谈。"

“你没看我正忙吗？”司雪看都没看他一眼，继续对车间向主任说：“赶紧把人凑齐。”

温思雨开始生气了，声调也高起来：“向主任，你们必须停产！”

“不能停！”到此刻，司雪才正面看着温思雨。

向主任说：“两位老总，我们很难办啦。”

“我是董事长助理，代表董事长的意图，你执行便是！”司雪斩钉截铁地说。

温思雨直视着司雪：“生产不合格的产品，会严重影响巨能集团的国际声誉和形象。”

司雪反驳道：“没那么严重，就一个指示不达标，但整体质量比第 1 代要好得多。”

温思雨耐心地说：“与我们发布的标准有一定距离，企业要讲诚信……”

“我顾不了那么多。”司雪打断他的话，“别人都把刀架在我脖子上了，我不能赔了夫人又折兵。”

“从长远看，这些损失可以忽略不计。”

“是啊，对你来说，是可以忽略不计，因为你的千万年薪一分都不会少。可我爸的账上一周就少了 5 亿。”

温思雨被司雪的话震出一身冷汗。他不明白司雪怎么会讲出这番话，但他仍然强压内心的怒火，尽量用平静的语调说：“雪儿……”

“喂，打住吧，叫我司总！”说罢，她撇下温思雨，头也不回地向门外走去。此刻，她如果看一眼温思雨，看到他因为绝望而变了形的脸，她也许会停下脚步，说句歉意的话。但被愤怒支配的她，头也不回地离去。

她把一切都搞砸了。

望着渐行渐远的司雪，温思雨恐惧地感到他与司雪的情感，也好像渐行渐远了。他不相信这就是他深爱的女人，但她就是那个他爱得刻骨铭心的女人！在温思雨眼里，司雪就是他的天，就是他的地，就是他的全部世界。怎么转眼间，这往日用温馨传递的海誓山盟，就灰飞烟灭了？我重归中原，究竟是为何？我用尽自己的一生，不就是为了履行对她们承诺的“十年之约”吗？

温思雨是天之骄子，心比天高，比地大。怎能容得下如此屈辱！他不知道自己怎么走出车间的，也不知怎么回的住宅，甚至不知道自己怎么消失在中原大地上。总之，他走了，悄无声息地走了。没人知道他去哪儿，因为他自己也不知道该去哪。

半退休在家的司力夫，正在后花园里给梅花整枝。副总经理赵婷面色凝重地走进后，没等司力夫开口，她急忙说：“你还有这份闲心，公司出大事了！”

司力夫一笑：“一张漂亮的脸，一急就变丑了。”

赵婷不接他的调侃，气急败坏地说：“温总都失踪三天了！”

“怎么会？”剪刀从司力夫手中滑落在地下，“雪儿怎么没吭声？”

“她吭什么声？就是她气走的！”

赵婷把宋主任汇报的情况详细地说了一遍。气得司力夫几次跺脚。他边喊司雪，边与赵婷走进客厅。

司雪知道，她爸极少这样大声地叫她，而且不是喊“雪儿”，喊的“司雪”，便明白怎么回事。她拿走公文包，有恃无恐地从楼上下来，喊了声“赵姐”，便平静地面对她爸，等着问话。

司力夫厉声地问：“你怎么这样侮辱思雨？他是为年薪千万到巨能来的吗？他在英国的收入是现在的10倍，你不知道？”

“我知道，我就是故意气他的，那又怎么样？”司雪的火也上来了。

司力夫扬起手，想抽她一耳光，被赵婷拦住了：“力夫，别……”

“你们先看看再说！”司雪从公文包里抽出一叠彩照重重地摔在茶几上，发出震耳的“啪啪”声。

司力夫和赵婷循声望去，马上明白了事情的缘由。那是一叠温思雨压在叶小妹身上，躺在草坪上的艳照。最上面的一张，更是香艳无比：温思雨正亲吻着叶小妹。

赵婷马上明白了是怎么回事，望着司力夫：“力夫，这件事你没告诉雪儿？”

“没有，我怕她误会。”司力夫懊恼不已。

“啊，原来你们串通好骗我？”司雪委屈得杏眼圆睁，怒目而视。

赵婷拉起司雪的手，还没开口，手便被司雪摔开了：“别碰我，恶心！”

赵婷哭笑不得：“雪儿，你误会了。”

“误什么会？”司雪仍然气汹汹的，脸上的表情却软下了。因为她真希望这是场误会。

赵婷打开随身带的手提电脑，调出温思雨随叶小妹第一次来到住宅的录像：“你自己看吧。”

看完后，司雪当然明白了许多，但仍然有些不满：“即使是这样，他也不该吻叶小妹呀！”

赵婷说：“你把那一段用慢放功能看看，到底是谁在吻谁。”

司雪又操作了一遍，果然是叶小妹扬起头去吻温思雨，倒是叶小妹想再吻一次温思雨时，被温思雨推开，并快速从叶小妹身上爬起来。

司雪一下惊呆了：“怎么会这样？”

赵婷便把刘警官调查的情况讲了一遍，让司雪懊悔不已。

“这可怎么办？我把他气跑了。”她喃喃了一句，泪水便涌了出来。她又拿出德国的一组照片问，“可他把叶小妹带到德国，你怎么解释？”

赵婷看了照片好一会儿说道：“这是一起针对温思雨的大阴谋。”

“阴谋？”司力夫和司雪不约而同地叫了。

“几天前，叶小妹拿着一份文件找我，说她中大奖了，德国七日游。她向我请年假。我也没问就同意了。正好在德国的温总向我要一份文件，我就让她带去了。”此刻的赵婷，已大致上揣摩出这出戏的来龙去脉。所以她十分冷静。“我们的对手布了个局。这个局从温总回归中原的第一天就开始了。首先孙渊借我的手，安排了叶小妹送温总去住宅，便有了两人在草地上相拥热吻的艳照。但这组照片比较容易拆穿。所以，他们在等待着下一个更好的机会。正好温总去德国采购。于是叶小妹就幸运的中奖了，碰巧也是德国游。于是就有了第二组照片。于是你气跑了温总，于是我们的 A2 计划泡汤了，于是他们的阴谋得逞了。”

“哎呀，我上当了！”司雪大叫一声，完全失态了。

客厅一下静下来了。刚才的争议，变成了沉寂。大家都在想一个问题：温思雨去哪里了？

司力夫说：“我们必须尽快找到思雨。”

司雪说：“爸，赶快报警，让警方派人找。”

“不行。一报案，消息在社会传开，巨能会有灭顶之灾。”司力夫又道，“再说，像温总这样有能力的人，不会出现意外。”

赵婷边给司雪擦着泪水边问：“雪儿，你是他最亲的人，好好想想，一个伤心的人，最可能去哪？”

司雪一眼看到挂在墙上的条幅“中元节祭祖”，突然叫了：“他肯定去我姐那儿了！”

在去谷雨养父家的路上，司雪给远在上海的李星去了个电话。接电话的却是一个女人：“司总你好！”

司雪一愣，接着说：“请问李星在吗？”

“司总，李星在洗手间。我是辛小芹。”辛小芹的语音里充满了笑意。

司雪这才记起来，她原来是李星的未婚妻，也是温思雨的好友，便问：“温思雨是不是去你们那儿了？”

“没有呀。”辛小芹有点惊讶了，“温思雨怎么啦？”

“啊，没什么，一时联系不上，可能是手机没电了。”

说罢，连再见也顾不上说，就关了电话。

3 个小时后，他们一行 3 人便来到鹰山县谷雨的养父母家。养父母一见来了贵客，便手忙脚乱地把他们请进屋。

司雪并没打算坐下，开口就说：“阿姨，温思雨来过吗？”

养母边整理着座椅，边答道：“来过。”

“他人呢？”司雪一喜，终于有温思雨的消息了。

谷雨养母拿出一张卡说：“温总给了这张卡，说存了 500 万，然后就去给谷雨上坟了。”

司雪、赵婷、司力夫随谷雨养父母一齐来到谷雨墓地，这里已经明显地被人整理过。墓碑上的红字和白字都被重描过，颜色很新。碑后的坟头上，添了厚厚的一层新土，杂乱的落叶归到一边，墓前的杂草也清除得干干净净，唯独留下满地的银杏落叶，在昏暗的秋阳下，透着一片微黄。四周万籁无声。谷雨的墓像死一般沉默在叶海之中，显得那么孤单，那么悽凉，那么无助。

司雪把一个巨大的花篮放在碑前，泪水就涌了出来，轻声地说：“姐，我来看你了。你还好吗？”

谷雨养父说：“那天，我见温总脸色不好，就跟过来了。他也送了个大花篮。就蹲在你站的地方烧纸钱，边烧边哭，哭了一晚上。怎么一个大男人，会这样哭？”

听他这么一说，司雪哭得更厉害了。

这时，一阵秋风刮过来，轻盈的叶片便扫地而去，碑前的墓地上，突然显露出一片猩红。仔细看去，满地写的都是“谷雨司雪”，密密麻麻，重重叠叠。

赵婷用指甲刮下一片红色在手中一研，惊恐地说：“这是温总的血呀！”

司雪眼一黑，口吐鲜血，倒在赵婷怀里，把赵婷的胸前，染得一片猩红，如同地上的一片红字。

等到司雪醒来，已是3天以后。也就是说，温思雨已经整整失踪了6天。她睁开眼的第一句话便是：“思雨，你在哪里？”

得知温思雨出走、司雪住院的消息，高兴得石天虎大摆三天豪宴。并召开了新型科研成果新闻发布会，正式隆重推出A1的仿制品S2。

石天虎新型锂电池S2新闻发布会选在红山宾馆召开。红山宾馆级别不高，属四星级，可它是省政府的招待所，意义就不一般了。

上午9时，西装革履的石天虎，满面春风地站在新闻发布会门前，恭敬地与来宾握手。当省委省政府的车队停下时，他快步跑下台阶，主动去拉开车门。这时，他看到了车牌尾数是1616的座车徐徐驶近，赶忙一路小跑过去，拉开后车门，然后把手顶在车门口的上方，一个标准的随从请主人下车的动作。却不料坐车的人根本不买账。她迅速地推开另一边车门，款款地下了车。此人正是江如蓝。她的这一小伎俩，搞得石天虎一个大尴尬。但他显然不是第一次遭遇江如蓝的如此冷遇了。石天虎依然满面堆笑地从车头绕过去，老远就向江如蓝伸出了手。此刻的江如蓝左手拎包，右手原本空着。她装着没注意石天虎伸手的样子，右手从提包中抽出一份文件，装着边走边看的样子，这样一来，江如蓝的双手就都没闲着了。到这时，她仿佛才看到迎面而来的石天虎，调侃道：“都是老熟人了，干吗还这么客气。”

说完，径直向前走去，与石天虎擦肩而过。石天虎心里已经是怒火中烧，但脸上依然笑容可掬，跟在江如蓝身后前行。江如蓝号称“中原第一公主”，那可不是浪得虚名的。石天虎早就对她垂涎三尺，但至今连一次握手的机会都不给他，让他如何不恼。但此刻他也无可奈何，只是两眼发直地盯着江如蓝轻扭着细腰徐徐前行的曼妙身姿，直吞口水。他当然也耳闻江如蓝好像与温思雨有点那个意思。不由愤愤不平，凭什么中原的一公主二公主都挤在温思雨身边？

走在石天虎前的江如蓝感到石天虎就在身后，知道他的眼光盯着自己，深感恶心，便借故侧过身与旁边一个熟人打招呼，让石天虎走到前面去。

新闻发布会看上去很热闹，其内容很单一：宣布新型锂电池 S2 正式投产。

石天虎用一块砖头大小的电池驱动一辆电动自行车时，引起一阵掌声和赞叹，记者们的闪光灯也照得人眼花缭乱。江如蓝想起温思雨的实验，是 1 元硬币大小的电池驱动一辆电瓶车。目测了一下，1 元硬币的大小，应该是这块砖的 1/1000，不由流露出不屑一顾的神色。

石天虎见状，知道江如蓝在想什么，心中窃喜：人都没了，还有 A2 吗？！

由石天虎一手编写、一手导演的短片，终于成功地搬上银幕，而且结局超乎寻常的好。

整个事件，源于石天虎在巨能集团的卧底泄露的一个消息：温思雨的新产品 A2 的试制，遇到瓶颈：某个关键原件的制造工艺不过关，温思雨决定亲赴德国采购。于是，一个惊天阴谋出现在石天虎脑海。他找了家旅行社，花重金导演了一曲叶小妹中奖去赴德国旅游的好戏。于是，叶小妹心安理得地请了年假，欢天喜地地去了柏林，而且邂逅了温思雨。

接着，石天虎把温思雨到达巨能集团的第一夜，遭遇黑幕坠落而被叶小妹亲吻的照片，和在柏林偷拍的温思雨和叶小妹街头偶遇的照片，先后寄给了司雪。

石天虎的惊天阴谋，设计之周密，实施之有力，对接之完美，真达到天衣无缝的地步。于是，司雪发疯了！思雨出走了！ A2 夭折了！

他深信，中原首富这把交椅，他石天虎是坐定了。巨能集团的破产，是迟早的事。多年以来兼并巨能的梦想，近在咫尺。还说不准能揽中原第二公主于怀。他冷冷一笑：司力夫啊司力夫，你也有今天！

石天虎接手父业后，赚了很多钱，但让他没想到的是，今日之天虎集团能赚这么多钱。短短的一周，进账 5 亿。按这个速度，要赶上全国首富，也不是不可能的。他推开窗子，一阵巨大的汽车轰鸣声，伴着强烈的汽油味，涌了进来。来等待拖货的卡车，排成了长龙，堵了几个街区。这可是天虎集团的历史上从未有过的巅峰盛况啊。当初他选办公室时，一眼就看中了这间。秘书秋艳妮很是不解：“这间办公室窗子朝货场，整天吵死人。”

石天虎一笑："集团经营情况，这里一目了然。"

这虽是件小事，也表现出石天虎的过人之处。但此刻的他，却闪过一丝懊悔：当初应该听孙渊的话，建10条流水线的。他却谨慎地只建了3条，一方面是因为设备过于昂贵，再一方面担心温思雨的新品投产。当他得知温思雨出走的消息，大喜过望，立刻拿出能动用的资金，同时投资建7条流水线。预计一个月后即可投产。到时天虎集团的收入，会创下一个天文数字。

与石天虎一同做梦的是孙渊。他在生产一线，更直观地感到滚滚而来的财源，势不可当。由于他拿捏着产品的关键技术，所以就在昨天，他逼着石天虎修改了合同，把他在集团的股份由3%提高到30%，整整提高了10倍！签约现场，石天虎举杯向孙渊祝贺，面带笑意。可孙渊在他的眼中，却看到了一丝凌厉的杀气。孙渊内心颤了一下，却并不害怕。因为他知道，石天虎不会和钱过不去，天虎集团离不开他。此刻的孙渊正盯着电脑，从财务室传来的销售数字不断地拉高。当拉高到5亿时，他就感到口袋又装进了1.5亿，这可是个沉甸甸的数字啊。据新闻报道，从某贪官家中抽出1.2亿现钞金时，装了整整1卡车百元大钞。他突发奇想：如果司雪看到这满载百元大钞的卡车驶进家门时，有何感想？他当即决定去司雪那里炫耀一下。更何况她卧病在床，也给了孙渊一次献殷勤的机会。

他带着一个巨大的花篮，出现在司雪病榻前，脸上堆满了笑："司雪你好。"

一个护士在一旁给司雪量血压。司雪眼睛看着血压表，头都没抬，冷冷地说道："出去！"

"司雪……"

"出去！"司雪仍旧没抬头。

护士知道这人不受欢迎，便拉开门："你走吧，病人要休息。"

恼羞成怒的孙渊，恶狠狠地说："行，我走，你会有求我的一天！"

司雪厌恶地说："护士，把花篮扔掉。"

孙渊横眼盯着护士把漂亮的花篮塞进垃圾桶，冷冷一笑：有你哭的一天！然后迈开大步，怀揣亿万富豪的美梦，向医院大门走去。他何曾料到，医院门外，早有人挖了一个深坑等着他跳进去。

023 我就是死，也要死在你怀里！

失眠了几天的司雪，刚刚似睡非睡，手机猛的响起。打开一看，是赵婷。电话里传来急切的声音:“雪儿，我路过温总的房子，怎么感到房里有声音？”

“啊！”司雪一下从床上坐起，“你按门铃了吗？”

“按了，又敲了门，没人回应。”赵婷想了想又说，“温总的家，我也不好随便进。”

“你别离开，我马上来！”

司雪胡乱地把衣服往身上一套，拎起小包，快步冲出床房，差一点与进来查房的医护人员撞上。没等他们开口，司雪边跑边说:“对不起，我有急事！”

她只用了一刻钟，便把车急刹在温思雨别墅的门前。当她打开了温思雨的房门，被眼前的情景惊得目瞪口呆：房顶上挂满了手折的千纸鹤，有红的有蓝的。在门口吹来的秋风中伴着凄美的乐曲婆娑起舞。

司雪想起了千里之外的千鹤亭。立刻意识到温思雨去了哪里：他在喀纳斯！

司雪把去喀纳斯找温思雨的想法告诉了她爸。司力夫想了想，认为可能性较大。提了两个建议：第一，不同意她一个人去，让赵婷同往。第二，联系江如蓝，帮忙在乌鲁木齐要辆军车。

司雪拨通了江如蓝手机："蓝姐，我要去喀纳斯，帮我要辆军车。"

江如蓝调侃道："旧梦重温啊。"

司雪声调沉重地说："去找温思雨。"

一听到个"找"字，江如蓝就叫了："思雨怎么啦？"

司雪迟疑着，不知怎么回答。

"你说话呀！思雨怎么啦？"江如蓝焦灼万分。

司雪小声说："他出走了。"

"出走是什么意思？"江如蓝有些疑惑。

司雪说："我把他气跑了，不知道他去哪了。"

"多久了？"江如蓝感到不妙，语调也沉重了起来。

司雪想了想说："快10天了……"

"你哪里也不要去，就待在家里！"

江如蓝打断司雪的话。她马上想到石天虎高调召开的新闻发布会，感到事态极其严重。有些事，司雪并不清楚。温思雨可是在国安局挂了号的人，被列为一级保护对象。江如蓝当即打通了省国安厅王副厅长的保密电话。仅10分钟，5辆警车就驶进了巨能集团。干警们对温思雨的办公室和住宅进行了地毯式的搜查。刘正义以区刑警队队长身份参与了工作。江如蓝也赶过来，陪着司雪。同时，国安厅又在网上进行了排查搜索。30分钟后，网监找到了一则重要信息，显示在新疆喀纳斯宾馆有温思雨的入住登记。从前台的工作人员那里得知，每天的主要活动就三件事：早上在千鹤亭挂千纸鹤，晚上在云中寺修复碑文，白天在喀纳斯小学教书。生活情况正常。信息中，还发了几张温思雨的生活照。

大家都松了口气。司雪高兴得抱着江如蓝抽泣起来。

大家都聚集在会议室讨论下一步。国安厅王副厅长的意见是请当地警方派人护送温思雨回来，用意很明显，怕节外生枝。

"这绝对不行！"江如蓝和司雪几乎同时说，说完又相互看了一眼。江如蓝脸一红，推了推司雪，"你说。"

司雪并不计较江如蓝的情绪，握住江如蓝的手，眼睛看向大家，"温总自尊心极强，这会伤害他。只能暗中保护他。就让我们去喀纳斯接他回来吧。"她又紧紧握了一下江如蓝的手。

大家都表示同意，唯独江如蓝没作声。她的级别不高，但她是省委书记的女儿，说话的分量就不一般了。更何况她刚才所表现出的焦虑、喜悦和担心，就超出了同事之情。特别是王副厅长，知道她还是深闺待嫁之身，就想得更远了。大家便齐刷刷地看着她。而此刻的江如蓝是走神了。她还在回味司雪说的“我们去接他”。难不成这个“我们”还包括她？直到王副厅长忍不住问：“江部长，你的意见呢？”江如蓝才收回思绪说：“行，就按司总的意见办。”

司雪心里还是动了一下。她真实地感到温思雨在江如蓝心里的分量。江如蓝一直放不下温思雨。想到以前温思雨与江如蓝的暧昧，想到自己后来居上把温思雨揽入怀中，想到江如蓝还是她情同姐妹的闺密，心里多少有点内疚。刚才她说“我们”，也不过脱口而出，并无实际意义，但看到江如蓝如此反应，便认真考虑起来。

散会后，王副厅长一行人在门口与司力夫握手告别而去。江如蓝没走。她站在自己的小车旁对司雪说：“你到乌鲁木齐后还是让军车接送，又安全又方便。”

司雪拉着她的手，想着“我们”两个字，便说道：“你干脆陪我一起去？”

“我才不当电灯泡。”她说了一句玩笑语，脸上却笑不起来。她果断地拉开车门坐进去，“替我向温总问好。”没等司雪回话，车子便滑了出去。没走多远，她便把车停在路边。此刻，她无法开车，因为她已是泪流满面。

司雪想到刚才的搜查，温思雨的办公室一定很乱。就来到温思雨办公室。推开窗子换换空气，一眼就看到江如蓝的奥迪座车停在不远处的路边，不知发生了什么事。她忙给江如蓝打手机。接通后她问：“蓝姐，怎么啦？”

江如蓝小声说：“没事，我走了。”

虽然江如蓝控制得很好，可司雪分明还是听到了一丝轻微的抽泣声。司雪长叹一声，心里喊了句“蓝姐”，不觉也落泪了。她下定了决心，一定让江如蓝陪她去，虽说爱情是自私的。

当天下午，江如蓝和司雪简单地收拾了一下，便匆匆踏上喀纳斯之途。心烦意乱的司雪，也百无聊赖，便戴上机载电视的耳机，胡乱地点了个频道。

频道中正播放云朵演唱的《西海情歌》，当听到“爱像风筝断了线，拉不住你许下的诺言”时，泪水猛然如潮水般涌出司雪的双眼。她赶忙把头掉向了窗边。此刻的飞机，正在天山上空飞过，司雪的两眼就定格在窗外那片漫无边际的雪峰上。她的爱人，就生活在那片雪域中，我这就去找你。想到这里，她泪迹未干的脸上，便露出一丝温柔。

第二天的黄昏，一辆军车在喀纳斯湖畔的千鹤亭边停下。江如蓝一下车，就被眼前的奇观惊呆了：一大群挂在亭子上的千纸鹤，在午后阳光的辉映下，迎着初秋时节在山风中振动着双翅翩翩起舞。司雪兴奋地说："这都是思雨折的。"

江如蓝不解地看了看："你怎么确定这一群是温思雨折的？"

"蓝姐，你仔细看看，"司雪指左右两边的千纸鹤，"思雨折的千纸鹤翅膀会飞。"

江如蓝一看，左边的一群千纸鹤果然在风中振动着翅膀，而右边的一群却只是随风飘动。

司雪得意地说："这是思雨改进的。"

江如蓝说："我们去学校吧，这个时候，思雨应该在那儿。"

"好。"

他们把车停在喀纳斯小学门前，跳下车向校内快步走去。这时已是下午6点钟，学校已放学，显得空荡荡的。只有操场高杆上升起的五星红旗，在山风中翩翩起舞，猎猎作响。

一个苍老的声音打破了校园的寂静："是司雪姑娘吗？"

司雪望去，见是黄秋生老校长，忙走过去："老校长您好。"

"你们这么快就知道了消息？"老校长从一扇低矮的门洞中走出来，满眼疑惑地着他们。

司雪笑着问道："老校长，什么消息呀？"

老校长看了看面带微笑的几个人，把想说的话咽了下去，变成了另一句话："看来你们还不知道。"

老校长又咽下口水，有点艰难地说："你的，你的那个朋友，他出大事啦！"

司雪和江如蓝同时变脸了，嘴里只喊了个："啊？！"

江如蓝第一个清醒过来，问道："老校长，出什么事了？"

老校长又紧张地咽了口水，断断续续地讲了一会儿，司雪和江如蓝才搞明白是怎么回事，一下子面如死灰！

三天前下午的第一节课，是温思雨的。他一进教室，就发现少了一个学生。这个学生，正是他十分喜欢的珠兰琪琪格，所以他十分留意。便问与珠兰琪琪格结伴上学的学生："朗杰，怎么珠兰琪琪格没来上学？"

朗杰是个胖墩墩的男孩。他气愤地说："珠兰琪琪格不上学了。他爸黑心，要把她嫁人换钱！"

温思雨大吃一惊："这怎么可能？"

"有什么不可能？2万块彩礼都收了。"朗杰气愤得很，"珠兰琪琪格不肯，说要来找你，他爸就把她捆起来。明天就让她的男人来接她。"

朗杰说完，从书包里拿出一张折得皱皱巴巴的小纸条递给温思雨："温老师，这是珠兰琪琪格从窗口扔给我的。"

温思雨展开纸条，上面歪歪斜斜地写着一行字：温老师救我！字粗细不均，而且是红色的，应该是咬破手指写的。温思雨头一炸，掉头走出教室，来到校长办公室。一进门劈头就问："老校长，珠兰琪琪格的事你知道吗？"

老校长往桌上一指："知道，这不，喜糖都送来了。"

温思雨大吃一惊。他原以为老校长会与他一样愤怒，却不料老校长却不温不火。

他气冲冲地说："珠兰琪琪格还只是个16岁的女孩！"

老校长说："珠兰琪琪格是蒙古族，女孩成熟早，16岁可以嫁人，是当地习俗，政府想管也管不了。"

温思雨说："她家长也应该让她读书啊！"

"问题就出在她家长身上！"老校长气愤了，"她爸是个赌棍，欠了一屁股债，被人逼急了，想用嫁女收彩礼还债。"

"想嫁珠兰琪琪格，门都没有！"温思雨扔下一句狠话，迈步走出校长室。

当天放学，温思雨跟着朗杰走了两个小时的山路，才来到珠兰琪琪格的家附近。朗杰向一间房一指，然后转身躲在一边。

珠兰琪琪格家，与其说是一间房子，不如说是一堆泥巴上堆满了毛草的棚子。用木条把厚纸板一挟，就是一扇门，用各色塑料纸糊成的窗子，在夕阳的照射下闪着五颜六色的光亮。喀纳斯开发成风景区后，这里老百姓的生活都有了极大的提高，却不料珠兰琪琪格家还是这样家徒四壁，想必是家当都被赌棍败光了。再看看周围一栋栋红砖绿瓦的邻居，让温思雨对珠兰琪琪格的父亲厌恶至极。

温思雨刚准备敲门，门就吱啦一声开了。一个满面皱纹的妇人，端着一盆水，就站在门口向外泼。泼出后才看到门外有人，有点惊讶，但水已泼出，只好带着歉意地干笑了一下。

幸好温思雨躲得快，没遭遇“淋浴”。他瞅着那妇人问：“请问老人家，这是珠兰琪琪格的家吗？”

妇人咿咿呀呀地说了半天，藏语中也夹着点汉语。温思雨才明白这位竟是珠兰琪琪格的妈妈。

温思雨忙说：“我是珠兰琪琪格的老师。”

一听是老师，珠兰琪琪格妈妈立刻返身关上门，任温思雨怎么说都不开门。门里还有个男人在吼叫，“要他滚开”。

来的时候，温思雨是凭着一股愤怒。但到这时，他才感到此行有些鲁莽。至少应该请一位当地人当向导和翻译。现在夜幕已经降临，气温从白天的20多度骤然下降到几度。一身单装的温思雨，在冷风中冻得牙齿打战。如果返回，山路白天都要走2个多小时，晚上要走多久？更何况他不能返回。他一走，珠兰琪琪格的一生就给毁了。他一想到珠兰琪琪格今后的可怕遭遇，就一阵心疼。正在他无可奈何时，突然感到房子侧边窗子上的塑料布，在微微地凸起，好像有人在向外捅塑料布。温思雨赶紧走到窗边，立刻感到了少女的气息。他用手撕开塑料布，果然看到珠兰琪琪格的脸。只是嘴被毛巾堵住，无法出声。

温思雨对她做了个噤声的暗示，然后解开堵在她嘴上的毛巾，再解开捆住她双手的麻绳，就从窗洞中把珠兰琪琪格拖了出来，再往窗里扔了2万块钱，然后拉着珠兰琪琪格就跑。

讲到这里，老校长就停下来，显出不知怎么往下讲的样子，很无奈又很痛苦。

“后来呢？”司雪的嘴唇都被自己的牙咬破了。

“哪有什么后来！他们一直没回来，都三天了。我们全乡的人都在找。”老校长终于哭出声来，“这深山一到晚上，漫山遍野都是豺狼虎豹，没人敢走夜路。”

“啊！”司雪和江如蓝齐声惊叫了起来。

司雪转身就向门外冲去："我们去找！"

江如蓝想拉住司雪："别冲动。"却没拉住。

司雪跑到悬崖边上，冲着漆黑一片的山峦大喊："思雨，你在哪里？"

起伏的群山，顿时一波又一波的响起她的回声。渐行渐远，渐行渐淡。

思雨，你在哪里？我就是死，也要死在你怀里！

024 从此，他们相信心有灵犀

江如蓝果断地拨通了父亲的电话："爸，温思雨出大事了！"

此刻的孟长河，也正想着女儿去新疆的事，一听这话，心猛地一跳，但多年的官场生涯，练就了一身临危不乱的本事。他强压心跳，语调平稳地说："别急，慢慢讲。"

听完了女儿边哭边讲的情况介绍，孟长河立刻意识到：真出天大的事了，温思雨可是国家安全部的特级保护对象呀！他没有片刻犹豫，直接把电话打给了新疆军区司令员。5分钟后，10架军用直升机呼啸着飞向喀纳斯。

当天，在喀纳斯小学简陋的教室里，第一次聚集了这么多的大人物：国家安全部特保局副局长、中原省安全厅王副厅长、新疆维吾尔自治区安全厅副厅长、新疆军区空军司令部政委，等等。

在听取了老校长的详细介绍后，大家都把询问的目光投向了一位又黑又壮的汉子。

空司政委简短地命令道："宋队，向各位首长汇报一下你的想法。"

宋队马上立正，行了军礼："是！"

他拿起一根指示棒，打开激光开关。挂在墙上的一幅军用地图上便亮起了一个红点："这里是格桑花村，珠兰琪琪格的家，距喀纳斯小学10

多公里，并不太远。但从地图上的色彩显示，一路上悬崖峭壁，沟壑纵横，险象环生。更危险的是，冰川中的雪豹，为了寻食，偶然也侵入这片领地……”

“啊！”司雪一声尖叫，打断了宋队的讲话。她扑到江如蓝怀里抽泣起来。江如蓝强忍着泪水，把司雪紧紧抱在怀里，轻轻地拍打着司雪的后背。

大伙的不满眼光齐刷刷地扫过去，见是两位年轻美女，还在哭，应该是失踪人员的亲人，便没说什么。

宋队接着说：“所以形势十分危急。我有如下建议：第一，我们空军直升机大队，沿山谷纵深展开，作扇形搜索。第二，由公安人员在当地乡亲的帮助下，进行地毯式搜索。可最大限度地避免搜索的死角和盲点。”

大家一致同意这个方案。由宋队和当地警局连夜分别负责空中和地面搜索。

司雪拉着江如蓝到宋队跟前，怯生生说：“宋队长，能带上我们吗？”

“带你们？”宋队盯着司雪，像在看外星人似的，“胡闹！”

司雪还想求一会儿，江如蓝拉住她：“别添乱了。”

当晚，大家都住进了喀纳斯宾馆。司雪特意要801商务套间。宾馆前台工作人员起初不同意，说这个套间被温思雨租了。后来，不知王厅长说了些什么，就把钥匙交给司雪了。

司雪带着江如蓝走进801商务套房，让江如蓝住主卧，她则住进了次卧。这间次卧，就是几个月前，她与温思雨寻根时，温思雨住过的房间。江如蓝先以为是司雪讲客气，把主卧让给她。可一看次卧里放满了温思雨的物品，便记起他俩的喀纳斯之旅。当时温思雨肯定把主卧让给了司雪，他自己住在次卧，显然他俩没有共处一室。想到这里，她再一次为温思雨的品德点了赞，同时也为自己的想法感到一阵脸红。

从踏进卧室的那一刻起，司雪就强烈地感到温思雨的存在，因为这里不仅放满了温思雨的物品，而且无处不散发着温思雨的气息。这气息是如此的芬芳和醉人，几乎让司雪窒息。她静静地坐在一张靠近落地灯的单人沙发上，勾画着当时温思雨进房后的点点滴滴。那天，温思雨逃跑似的走出司雪的主卧回次卧后，司雪当然不会再去他的房间，所以也不知道他回房后的行动。她只是用这样的思绪，寄托对温思雨的念想。对她来说，这间房就成了她和温思雨的爱巢。她轻轻把洁白的枕头抱在怀里，仿佛它就是心爱的思雨。突然，一张纸片从枕头的折皱里滑出。拾起一看，惊讶万分，原来是思雨写的一首诗：

青春理想五月的玫瑰

思雨

初夏雨后，庭院的玫瑰，竟开得如此灿烂。心灵雾霾，一扫而光。不由想起了普希金的名句：我有着光明的忧愁。遂写下这首小诗，借以释怀。

如果你想知道
什么叫美？
请你抬头：
那里挂满了
青春理想五月的玫瑰。

你的心情
犹如那片片绿叶，
美妙而青翠。
你的梦想，
就像那朵朵
娇艳欲滴的红蕾。
你便笑了，
双眸里浸满了
晶莹的泪水。

于是你懂了
什么叫美：
那是一片宁静，

那是一片温馨，
那是一片梦想，
早就冬眠在你的心扉。

啊，亲爱的朋友，
忧郁的日子一定会过去，
美好的日子
就在你眼前。
你的心永远留在：
青春理想五月的玫瑰。

江如蓝显然听到司雪的惊叫声，来到司雪身边，双手紧紧搂住司雪，一遍又一遍地读着思雨的华章，两人的泪水浸湿在彼此的肩头。她们就这样忧伤地坐在窗前，望着沉沉的黑夜和月光下隐隐约约的远山，默默地呼唤着：亲爱的，你还好吗？你到底在哪里？你可一定要活着啊！

头两天的巡查虽然没有结果，但在司雪和江如蓝走进临时会议室听巡查报告时，各位首长们的神态还并没有什么特别表现。然而，当司雪和江如蓝走进临时会议室，听第三次巡查报告时，室内的人都站起来，表情肃穆地看着她俩，她俩立刻警惕起来。

司雪紧张地问："出什么事了？"

几位领导面面相觑，都没作声。还是宋队说："只找到这条项链。"

司雪只看了一眼，便失声叫道："这是思雨的！"声音尖锐而恐怖，泪水也夺目而出。她双手捧着项链疯一般地喊："思雨！思雨！"

江如蓝感到痛彻心扉，泪水涟涟。她紧紧抱住司雪，两人哭着一团。

王副厅长问道："在哪找到的？"

宋队看了一眼政委，见政委默默点点头，便说："在断头崖。"

司雪一听这词，就浑身一颤，拉着老校长急切地说："大叔，你带我去断头崖！"

老校长苦着脸说："断头崖是断头的地，是喀纳斯最险的地方，崖下是喀纳斯湖最险恶的湖区。据称，这里湖深千米，水冷如冰。落进湖里的人，无一生还，我们如何去得？”

“那你不去我去！”司雪推门就要往外走。

“我也去！”江如蓝跟着司雪也走向门外。

宋队快步冲向门口，“砰”的一声关上门并锁上，用命令的口吻道：“你们不能去！”

司雪坚定地说：“如果不让我去，我就是走，也要走去！再找不到他们，我就从断头崖跳下去！我就是死，也要死在他怀里！”

大家一时都面面相觑。算起来，他们已经失踪6天了。按野外生存法则，人若缺水，极限时间就是6天。超过6天，必死无疑。体质差的，4天都熬不过去。这让所有人的心都陷于谷底。尤其是司雪和江如蓝。

司雪坚定地说：“温思雨还活着，我能感觉到。”

大家都认为这是司雪的一厢情愿，但都不愿说破。

司雪见大家不认同，提出了一个更令大家惊讶的请求：“宋队，明早你带上我，我能感觉到温思雨在哪儿。”

宋队正打算拒绝，门外传来急刹车的声音。几分钟后，孟长河和司力夫并肩走进教室。室内的人都一齐站起来：“首长！”

司雪和江如蓝快步跑向各自的父亲，哭着扑进父亲怀里。

孟长河把女儿安放在一把椅子上，来到各位领导身边听他们汇报情况。听完后，果断地说：“决不气馁，决不放弃！集中力量彻底搜索断头崖。必要时，空降断头崖腹地，不惜一切代价救人。这是命令！”

“是！”在场所有官员立正，向孟长河行军礼。大家都知道，孟长河不仅是中原省委书记，更是中央政治局候补委员。

司雪哭着说：“孟叔叔，我一定要随队出巡。我能感到思雨在哪里。”

孟长河能体会两个女孩的心思，说道：“宋队，如果对你们没有太大影响，能不能让她们去一下。”

宋队立刻站起来说：“报告首长，她们登机对工作没影响，但对她俩有危险。”

司雪和江如蓝马上说：“我们不怕！”

孟长河又把头转向司力夫：“司总你看？”

其实他很希望司力夫表示不同意。却不料司力夫的回答，大出意料：“我女儿对温思雨确实有第六感觉。这也许是希望。”

“对了，还有这佛珠哩！”司雪兴奋地举起左手，手上的一串佛珠在灯光的照射下闪着夺目的白光。

这都什么事啊！宋队很无奈，但也违心地同意了。

就这样，第4个搜索日的清晨，司雪和江如蓝登上了同一架军用直升机，开始了巡检。当飞机经过深不可测的断头崖山口时，司雪感到一阵心跳，同时感到左手腕手链上的白玉突然明亮了许多。她大喊：“停机！”

宋队“啊”了一声，并没有叫停。因为他根本不相信所谓的第六感觉。

司雪气愤地瞪着宋队：“他们就在下边。掉头！”

江如蓝也用不容置疑的口气说：“宋队，掉头！”

宋队知道她的身份，只好命令：“返回。打开远程探照灯。”

飞机掉头，奇迹就在此刻发生了：在下面的一块平坦的山崖上，隐隐约约显示出一方红块。直升机垂直降下去，是两个巨大的红色“司雪”。

“那是我的名字！”司雪忘情地喊道。大家也兴奋得大叫起来：“在那里！”但也都弄不明白，有篮球场大的“司”字，是如何在崖石上刻出来的。

宋队命令：“垂直降落。”

军用直升机稳稳地停在那个巨大的“司”字上面时，大家才明白怎么回事。原来这块平坦的巨大崖石上，因为潮湿，长满了青苔。是人在青苔上铲出了“司雪”两个巨大的字。字下便是火红的崖石。宋队长疑惑地瞅了司雪一眼。他始终弄不明白：这世上还真的存在心灵感应？

人们很快发现，在崖石边上，有个巨大的山洞。大家带着急救设备向洞里冲去。几把手电同时射向山洞，却发现洞中空无一人，都大吃一惊。

宋队命令道：“生命探测仪！”

几个军人手持生命探测仪走进山洞，仔细搜起来。走了不一会儿，其中一个军人手中的探测仪上警灯突然微微亮起来，同时发出轻微的报警声。大家都振奋起来。随着这名军人的推进，警灯越来越亮，警笛声也越来越响。最后，这名士兵在一个巨大的土石堆前停下来：“宋队，就在里面。”

宋队用手摸了摸土石堆，有些松软，估计是洞内的泥石流造成的，时间不会太长，暗叫一声“不好！”立刻喊道：“不用器械，只能用0式手套挖，不要造成二次伤害！”

想到自己朝思暮想的亲人，就埋在这个巨大的土石堆里，司雪和江如蓝叫了声“思雨！”就发疯似的冲上前，直接用手挖起来。

宋队打开军用无线对讲机：“01,01，我是09。”

“我是01，09请讲。”

“已发现生命迹象，埋在土石堆中，我们正在挖掘。”

“09号，注意不要造成二次伤害！”

“09明白。”

收起军用无线对讲机，宋队才发现司雪和江如蓝正胡乱地直接用手挖着土石堆，立刻毫不客气地拉起两位：“不能乱挖。会造成二次伤害！”

司雪和江如蓝很不甘心地站在一边：“那我们……”

宋队不耐烦地说：“你看你们的手！”

她俩一看，两人的手指头，都血肉模糊，立刻疼得大叫起来：“哎哟！我的手。”

“军医，快给他们包扎一下。”宋队正准备转身，突然想起了什么，盯着司雪，“等等，司雪，你不是与失踪人有心灵感应吗？你绕着这个大土石堆慢慢走走，也许会发现点什么。”

“好吧。”

司雪拉着江如蓝慢慢地绕着土石堆走着，边走边注意手链上的佛珠。不一会，司雪看到佛珠一亮，同时也感到心里猛地一跳，那感觉跟刚才在飞机里一样。她大喊：“宋队，在这里！”

宋队这次可没迟疑，立刻带人跑过。真的如人所愿，奇迹再次发生了：不到5分钟，就挖出了温思雨，他怀里正抱着珠兰琪琪格。两人都像死人一般。司雪和江如蓝都扑过去，大叫着温思雨的名字，却毫无反应。两人都哭起来。

军医摸了摸两人的脉搏说：“没事，应该是饿晕了。”他迅速地给两人各注射了一针，然后叫大家把两人抬上担架送到直升机上。

宋队打开军用无线对讲机：“01,01，我是09。”

“我是01，09请讲。”

“已找到两名失踪人员，有生命体征，正在抢救。”

“09号，边施救边抢运！”

“09明白。”

望着昏睡在担架上的温思雨，脸上涂满了污泥，但依旧遮不住他英俊的容颜。司雪和江如蓝都浮想联翩。

司雪在想，以她的资产，已是百亿之身。荣华富贵，都成浮云。她所缺的，不就是一个如意郎君吗？一个与自己终身相守的伴侣，一个无时无刻不在呵护自己的爱人。这个寻他千百度的男人，已在自己身边的灯火阑珊处，自己却差一点把他推入深渊。这样的失之交臂，怕是只能用生命来补偿的。她用心在对默默无语的温思雨说：思雨，我要用一生的柔情，去请求你谅解！泪水就淌了下来，把胸前的衣衫浸湿一片。虽然时值初夏，但在这海拔 3000 米的山上，已然是寒气袭人。但司雪对胸前的冰凉全然不知。她的心热着哩。

江如蓝想着的，倒是另一番意思。有军医的看护，温思雨的生命肯定无大碍了。但以后的日子，自己该如何与他相处，则是件伤筋动骨的事。搞得不好，只怕连朋友都做不成，很可能连闺密也难保。在温思雨初回中原的日子里，她就对温思雨有点意思，司雪也老拿这事打趣她，常搞得她心猿意马、面红耳赤。但不知从哪天起，司雪就渐渐不拿这事开玩笑了，甚至在江如蓝提到温思雨时，司雪还不时有些走神。到后来，司雪嘴里的“温总”，就变成“思雨”了。而且每当司雪说出“思雨”两字时，语调就自然的柔和起来，仿佛不是在说一个人名，而是在说什么花儿草儿之类的东西。江如蓝渐渐感到事情正起着变化，却也拿不准变到什么程度。然而这次喀纳斯之旅，让她清楚地感到司雪对温思雨的情意之深，还有让人无法相信但也不得不相信的“心灵感应”。江如蓝不由自主地想起那个写在红色崖石上的巨大的“司雪”二字。可见在生离死别之际，温思雨想到的是谁。他是被司雪气走的，但他准备留在人世间的最后声音，就是“司雪”二字。他就是用这种方式表达了他对司雪的谅解，更表达了他临死前对司雪的思恋。这才是至死不渝！江如蓝也泪流满面。这泪水是对这份生死之恋的感动，也是对自己失落的悲怆。“人生若只如初见”该多好！但有些事是无法重来的。她随后放慢了脚步，逐渐拉开了与司雪的距离。而司雪却握住温思雨的手，全然没有注意到江如蓝的落后。

温思雨和珠兰琪琪格被抬上飞机后，军医立刻给他俩输液。大约 10 分钟后，握在司雪手里的温思雨的手指动了一下。她高兴地喊道：“思雨！”温思雨慢慢睁开了眼睛，看着司雪和江如蓝，脸上露出一丝笑容。想说什么，却发不出声来，只是嘴唇动了几下。司雪和江如蓝读懂了他的唇语：“我知道你们会开飞机来救我。”就一齐扑到温思雨身上，紧紧抱着他喜极而泣。那些救援队的军人都面面相觑，不明就里：这是什么情况？

温思雨有点不好意思，轻轻推开司雪与江如蓝。突然，他注意到司雪左腕上的佛珠，比平日里明亮了许多，仿佛珠内亮着小灯泡似的。

“奇怪吧，”司雪把手链取下来，戴在温思雨手腕上。佛珠更加晶莹透亮。“就是它指点我们找到你的。”

“慧泉大师！”温思雨终于开口说话了。他想起慧泉大师的临别赠言：永戴身边，保你们逢凶化吉，一世泰安。

当他们抬着温思雨走出飞机时，司雪和江如蓝一左一右地扶着担架。见此情景，孟长河和司力夫不由自主地对视了一眼，一脸苦笑。他俩走上前紧紧地与宋队他们握手致谢。

宋队说：“别谢我，多亏了司雪的心灵感应。”

大家都一愣，眼中闪着惊讶：还真被她爸说中了？

宋队就有声有色地把当时的情形讲了一遍，大家都唏嘘不已。

原先作临时会议室的地方，已经改成了战地医院，各种设备应有尽有，还有两张病床。大家七手八脚地把温思雨和珠兰琪琪格分别抬到两张床上，都热烈地鼓起掌。珠兰琪琪格也从昏睡中醒来。她的一对眼睛滴溜溜地四下一看，目光就停在另一张床上的温思雨脸上。她猛地翻身从床上跳下来喊道：“温老师！”快步走过去，钻到了温思雨怀里。珠兰琪琪格虽然只有16岁，还是个小女孩，但蒙古女孩比内地女孩成熟早，体态已经长成一个比较丰满的大姑娘了。一下钻到温思雨怀里，吓得温思雨赶紧往床的另一边让过去，并用手挡住珠兰琪琪格：“琪琪，不能这样。”

珠兰琪琪格瞪着稚气的大眼睛问：“昨天你就抱了我一夜，今天就不行了？”

温思雨一听，头都大了：这一屋的人，还不知会怎么想。他很无奈，甚至有些生气。但嘴里还是尽量平静地说道：“昨晚遇到泥石流，我在保护你。”

“啊，我懂了，”珠兰琪琪格脸上突然出现了认真的神情，“那要是我嫁给你，你就可以每天抱着我睡了？”

一句话，呛得温思雨猛地咳嗽了一声。周围的人先是一愣，随后都哈哈大笑起来。

“笑什么呀！”珠兰琪琪格有些生气了，“我都16岁了，可以嫁人的。”

老校长一边拉过珠兰琪琪格，一边说："别添乱了。"

珠兰琪琪格愤愤不平地说："校长，我们班的格桑不是嫁人了吗？我怎么不能嫁给温老师？"

"学校有规定，学生不能嫁给老师！"老校长狠狠瞪了珠兰琪琪格一眼，"你想被开除吗？"

一句话，吓得珠兰琪琪格连连伸了几下舌头，才闭起眼睛装睡，眼缝里还在偷偷打量着老校长，看他是不是认真的。大家都你看看我，我看看你，都无可奈何地摇摇头。温思雨这才松了口气。他十分感激地看了老校长一眼。心想，要不是用校规来吓唬她，她不定还会说出什么离谱的话来。

经过两天的治疗和调养，温思雨和珠兰琪琪格都完全康复了。

珠兰琪琪格的父母来接人时，找到了温思雨。她父亲用结结巴巴的普通话说："温总，谢谢你，救了，小卓玛，我们会，让她，上学的。"说完，从背包里拿出一个很精美的提包递过去。"这是你留，下的钱，还给你。"

温思雨对老人的行为很感动。他不容分说地把提包一推："大叔，你留着，就当小卓玛的学费，可别拿去赌博啊。"说罢，推着他们一家走出门外。珠兰琪琪格一边走一边可怜巴巴地问："温老师，他们说是来接你回家的，是吗？"

温思雨没想到小卓玛会提这个问题，而且一时也没想好该如何回答。司雪拉着小卓玛的手亲切地说："小卓玛，我们是来接温老师的。你放假了，欢迎你到我们那里做客。"

小卓玛一下哭出声来："我再也看不到你了，是吗？"

温思雨也为之动容，眼睛湿润起来："我一定会来看你。"

"你保证不骗我？"珠兰琪琪格凝视着温思雨，那眼色让温思雨一阵心酸。他强颜欢笑地举起右手说："我保证。"

"那好吧。"珠兰琪琪格快步追上她父母，一起向校门口走去。刚要出校时，却见珠兰琪琪格一个转身，飞一般跑回，来到温思雨面前："温老师，能抱抱我吗？"

温思雨一愣，看着只比自己矮一个头的女孩，不知怎么办才好。司雪在他背后轻轻拍了他一下，他才张开手，轻轻地抱着珠兰琪琪格。而珠兰琪琪格却是哭着紧紧抱住温思雨。在那一瞬，温思雨的泪再也忍不住了。

珠兰琪琪格的父母也走回来，劝说着珠兰琪琪格，一家人才走出校门。

目送卓玛一家出门后，温思雨小声对司雪说："我要与王厅长单独说件事。"

司雪告诉了王厅长。王厅长立刻感到有情况，忙让人把温思雨请到套间里，关上门说："温总，请讲。"

温思雨说："王厅，我们是被人推下断头崖的。"

"啊？！"王厅吃了一惊，"他们的黑手伸到边疆啦？"

温思雨便把路上的情况详细地讲了一遍。

救出珠兰琪琪格后，温思雨借着手机微弱的照明，摸着崎岖的山路跌跌撞撞地前行。路上不知摔过多少次，险象环生。

当他们来到一个路口，珠兰琪琪格紧张地拉住温思雨："温老师，我怕！"

"怎么啦？"温思雨瞅着前面，并没有发现有什么异样。

珠兰琪琪格紧张得说不出话来，只是指了指身右的石崖。温思雨用手机照明对向右边，才看清石崖上刻着三个字：断头崖。他的心里不由一紧。这个地名，当地人常挂嘴上。在诅咒一个人时，常说：让你死在断头崖！可见此处的凶险。温思雨也站住了，仔细打量了一下黑沉沉的前方，才发现眼前果然是个极其险恶的地方：山路到此处，突然来了个急拐弯。而且急拐处，山路非常窄，一人通过都得侧身贴壁慢慢向前移动。身子的另一边，是深不可测的深渊，而且没有任何护栏。更何况此刻是伸手不见五指的深夜。温思雨感到了他平生的第一次害怕！但他明白，眼下，除了冒死前行，他们别无选择。他让珠兰琪琪格身体紧贴崖面，跟着他，缓慢地向前移动。正当他要移过拐角时，突然感到肩上被人猛击一掌。温思雨猝不及防，身子向悬崖外倒去。珠兰琪琪格大叫一声"温老师"，伸手抓住温思雨的衣角。结果，两人一同坠落深渊。幸运的是，他俩被崖边的树木多次阻挡，减缓了坠落的速度，所以落到一个洞口，才没摔死。

王厅长说："你安心养伤，剩下的事就归我了。"

当天，新疆军区安排了几辆车送他们去乌鲁木齐机场。上车前，温思雨有点忐忑，不知司雪和江如蓝怎么坐。司雪喊江如蓝坐一齐，却见江如蓝摆摆手，和她爸上了另一辆军用吉普。但温思雨一路上都在想：在未来的日子里，我将如何面对江如蓝？

025 螳螂捕蝉，黄雀在后

回到巨能集团，温思雨拒绝了司力夫要他休养的安排，立刻与司力夫一道召集了全体高层的会议。会上，几乎所有的高层，包括司力夫在内，都对巨能集团前景堪忧。

眼前的形势，对巨能来说，确实是个危局：巨能积压了一大批温思雨认为不合格的产品，而新研发的产品 A2 又不知何故，温思雨迟迟不让投产，而巨能的传统产品，又因为天虎出产了仿制品，价格低了 1 成，让商家疯抢，造成巨能集团 A1 产品滞销，也堆积如山。反倒是天虎集团的 5 条生产线在日夜生产与巨能同一性能的仿制品。现在有消息说，天虎集团获得了巨额贷款，正夜以继日地抢装 7 条生产线，并疯狂地用高于巨能的价咯，迅速屯集了一大批原材料。准备彻底打垮巨能集团。巨能集团一时危如累卵。

会上，大家每说出一道难题，温思雨都要冷笑一声，不发表任何意见。

等到大家讲完，温思雨冷冷地说："既然困难重重，倒不如破产算了。散会。"说罢，也不跟司力夫打招呼，起身就走，留下一室惊愕。但唯独司雪，镇定如常地拨弄着手中的钢笔。那支笔在她手掌中高速地打着转，十分好玩。心情十分郁闷的司力夫见状，也心情大变。知女莫如父。司雪的这个习惯，可是心情大好的标志啊。他想，或许司雪知道温思雨的锦囊妙计。可回家一问，司雪摇摇头，表示温思雨并没有私下对她讲什么。司力夫就有点急了：“这么个局面，他一点都不急？”

“老爸，你急什么，他会来的。”

司雪话音刚落，院外就传来急急的刹车声。司雪得意地对她爸做了个鬼脸，跑过去开门。

门一开，司雪就想扑到温思雨怀里。温思雨侧过身，让她的动作变成挽胳膊，同时用眼色示意了一下，室内还有人。他们就这样手挽手走过来。

温思雨微笑着对司力夫说：“司董，我们不急，我要的就是当下的危局。前不久，孙渊投靠石天虎的事，完成了我们计划的第一步，让石天虎加大了生产线的投入，但还不彻底。今天会上的情况，无疑又会刺激石天虎的扩张计划。他投资到资不抵债之日，就是我们亮剑之时！”

果不其然，石天虎当晚就得到了巨能集团高层会议不欢而散的消息，自然是兴高采烈，决定立即启动第二波投资扩建计划，同时实施酝酿已久的“盗墓行动”：当晚，几个黑影用万能钥匙打开了孙渊的住宅大门，闪了进去。将保险柜里的全部东西、电脑的主机、所有的U盘和一切打印成册的资料，都装进背包。同时，将现金和贵重物品洗劫一空。整个室内，就像被盗现场。

孙渊走出雨蒙蒙夜总会时，已是午夜时分。他一边回味着刚才的疯狂与香艳，一边打开防盗门，立刻被眼前的景象惊呆了。他甚至怀疑自己是不是进错了门，或是产生了错觉。整个室内一片狼藉。几乎看不见一个完整的东西。包括床垫、被子、枕头都撕开了，洁白的羽绒撒满一切。藏在衣柜深处的保险柜也打开了，里面的高级手表等贵重物品都没了。他最初的感觉是被盗了。可到书房一看，笔记本电脑和书架上的打印资料，甚至书桌上的所有硬盘，都不翼而飞了。至此，他百分之百的肯定，这绝对是石天虎派人所为，是冲着他的技术资料来的。

他刚刚挟技自重，逼石天虎签定城下之盟。石天虎岂能咽下这口气？但石天虎还是失算了。狡兔尚有三窟，更何况人乎？孙渊暗自庆幸自己有远见，把资料锁进了银行的保险柜，需要脸谱识别才能开锁。

他犹豫了一下该不该报警。最后决定报警，至少能给石天虎一点警告，制造一点麻烦。

仅10分钟，刘正义便带着几个刑警敲门进来。

其实，今晚并不是刘正义值班。只是刘正义早有交代，凡是与天虎、巨能两大集团有关的警务，必须通知他。

他们一行 4 人折腾了几个小时，几乎一无所获，不得不感叹作案人的反侦查能力之高。就在快收队时，刘正义意外地在灶台上发现了一个模糊的鞋印。

窃贼进房前都穿了鞋套，以防留下鞋印。但灶台上由于有厚厚一层油污，所以窃贼的鞋底就透过薄薄的鞋套，在厚厚的油污上留下了模糊的鞋印。回到队部后，与几个月之前，留在温思雨住宅窗台上的鞋印作比对，吻合率达 90%。由此他们断定，这两起案子是同一团伙所为。刘正义断定，石天虎就是幕后黑手。但仍然没有证据。不由恨得牙痒痒。

此刻的石天虎，心里也很不痛快。好不容易从孙渊家里盗来的东西，除了电脑里的一大堆孙渊操刀的低俗录像外，没有一点有技术含量的东西，更别说他渴求的 A1 锂电池的技术资料了。而最让他揪心的是，孙渊就是用脚思考，也明白这事是谁干的。他们本来就是狼狈为奸的关系，现在就升格成尔虞我诈了。当然石天虎也明白，眼前的合作，还不至于出什么问题，因为孙渊刚刚抢到了 30% 的红利。但他也明白，合作只是暂时的，将来的分道扬镳却是肯定的。他本想用极端的手段来逼孙渊交出全套技术，但这是一步险棋。万一孙渊死扛，石天虎到手的红利就玩完了。这事是迟早的事，就让他多活几天也无妨。打定主意，石天虎就坐在办公室，一边听着窗外络绎不绝的卡车轰鸣声，一边抽着黄鹤楼 1980 香烟，等着孙渊的到来。

果不其然，城府不深的孙渊带着一脸怒气走了进来，劈头就问：“石总，至于用这种下三烂的手段吗？”

“谁对你下三烂了？”

石天虎一脸平静的神色，顿时变成问号。变化之快，隐藏之深，让孙渊这个本就是下三烂的人也一阵恶心。他来时还以为，石天虎是条汉子，敢做敢当。却不料他也不过是个下三烂，就用鄙视的眼光瞟了石天虎一眼，愤愤地说：“好，算我没问。”说罢走出门去。

石天虎没再装下去，只是用阴冷的眼光看着渐渐远去的孙渊背影。在他眼中，孙渊已是一个死人了。而刚好在此刻，孙渊猛地回视石天虎，正碰上石天虎阴冷的目光，也看到石天虎杀气腾腾的脸。不由自主地打了个寒战。

孙渊顿时一身冷汗。他太了解石天虎，深知那眼光的含意。他开始感到自己离开巨能集团，投向石天虎这一重大举措是一步臭棋，甚至是一步死棋。如果他仍在巨能，虽然他没有温思雨风光，虽然他得不到司雪，但他的副总地位还是不会动摇，他的千万年薪还是有保障的。他在万念俱灰地谈话后，飞快地想着自救的办法。他首先想到了他的启蒙人司力夫，但他很快就否定了。在离开巨能集团的前夜，司力夫与他进行过促膝谈心。在语重心长地谈话后，还送了他一千万。他则信誓旦旦地发誓：决不干任何危害巨能集团的事。这个保证尚回响耳际，他却与石天虎狼狈为奸，巧取豪夺，干起了欲致巨能集团于死地的卑鄙之事。他有何面目去见江东父老？这时，他想起了司雪。虽说司雪肯定也恨他，但他毕竟与司雪共事多年，甚至一度步入爱情之途。说实在的，孙渊的人品有缺陷，但爱司雪却是千真万确的。为了司雪，他终止了自己近乎痴迷的风花雪月的生活，删去了所有与他有暧昧关系的女人的电话，过着僧侣般的生活。这一切，他感到司雪有所感悟，终于有了一次“月上柳梢头，人约黄昏后”的照无眠咖啡厅对饮。这场春梦，随着温思雨的到来而成一枕黄粱，让他痛不欲生。但我们曾相恋过。如果我向她保证，立刻中止与天虎的合作，巨能集团就可以走出困境。她也许会说服她父亲？更何况眼下温思雨已离开巨能集团，离开了她，也许他会乘机重获芳心！想到这里，他下定决心去见司雪。

孙渊通过巨能集团的内线，打听到司雪在时代广场，便买了个康乃馨大花篮，开车来到时代广场地下车库，刚停稳车，后座车门就被猛地拉开了，一个人影闪进车内，一把锋利无比的匕首就顶住了孙渊的腰部。孙渊瞅了一眼在灯光下闪着寒光的匕首，全身一颤，极力控制着自己的情绪，尽量用平静的语调说：“朋友，我提包内有两万块钱，你拿去花，有话好说。”

“少废话，开车！”来人硬邦邦地吼了一句，“别耍小聪明，这匕首可不是吃素的。”

孙渊一听有些耳熟，知道是江光剑，石天虎的第一打手，不知有多少好汉都作了他刀下之鬼，难不成今天轮到他孙渊了？他直冒冷汗：“剑哥，有话好说。大家混江湖，无非是图个钱。只要你放兄弟一马，要多少，尽管开口。”

匕首一推，孙渊就痛得吸了一口凉气。他感到有股热乎乎的东西从腰间涌出，身体一下僵硬起来。

“开车！”江光剑又低吼了一句。车便驰出了停车位。

3个小时后，车驶进了一座废旧仓库。

“下车！”

孙渊用右手捂住流血的腰部下了车。眼前突然射来一道强光，照得他眼花缭乱。他赶紧闭上眼睛，眼皮外便是一片猩红。啪的一声，他感到脸上被人扇了一耳光，接着是一声暴吼：“眼睛睁开！”

孙渊只得睁开眼。感到光太强，便眯起眼向前瞅去，隐隐约约看到光线背后有几个人。从身影上，他判断出坐在中间的那个人是石天虎。

果然石天虎开口了：“孙子，你找司雪做什么？”

孙渊吃了一惊，但嘴上却说：“她是我女朋友。”

“你挖了巨能的墙脚，还想跟她谈恋爱？这谎话也太小儿科了吧。”石天虎冷冷一笑，“又想改换门庭才是实话。”

“那也是你逼的！”

孙渊心一横，干脆亮出底牌，说不准能唬住石天虎。其实他错了。石天虎并不能确定孙渊找司雪的真实目的。或许他感觉到危险，想以中止与石天虎合作为资本，重回巨能集团；或许他想利用巨能目前的困境，乘人之危，逼司雪就范，答应他的求婚。如果是后者，石天虎今天会放他一马，只是教训他一下。但如果是前者，他孙渊就必死无疑。结果，孙渊偏偏选择了前者。

石天虎恶狠狠地说：“孙渊，我也不跟你绕弯子，你把A1的全部技术资料交出来，就可以活着从这里走出去。”

孙渊干巴巴地说：“石总，我们可是签了合同的。”

“哈哈哈！”石天虎一阵狂笑，“都死到临头了，还记得合同，看来你是敬酒不吃吃罚酒了。”

立刻就上来几个人，把他绑在椅子上。有人提起一个小桶放在他跟前，打开密封的桶盖，一股刺鼻的气味立刻弥漫了整个空间。

“知道这是什么吗？”石天虎皮笑肉不笑地看着孙渊，“这是强硫酸，要不要试试？”

孙渊惊恐地使劲摇着头：“石总，不要。”

石天虎手一伸：“把资料给我。”

孙渊说：“石总，我帮你干还不成吗？”

“好，想吃罚酒！”

石天虎做了个手势，江光剑便走上前，用一把毛刷沾上浓硫酸，在孙渊腿上一刷，立刻冒起一道青烟，空气中冒出肉体被烧焦了的臭气。孙渊撕心裂肺地大叫一声，便昏过去，又被一桶凉水泼醒。

石天虎盯着孙渊：“要不要再来一下？”

孙渊喘着粗气，咬着牙说：“石总，你弄死我，你的产品也玩完！”

“弄死你？”石天虎冷冷一笑，“我石天虎有那么蠢吗？”

立刻，又一刷浓硫酸刷在孙渊腿上。他再次疼得昏死过去。被凉水泼醒后，孙渊剧烈地大口喘着粗气，惊恐地盯着又要伸过来的毛刷大声喊：“我交，我交。”

石天虎如愿以偿，得到了A1的全套知料，便再次使用巨额贷款，加上前期所挣的货款，再次投资新建了5条生产线。加上原来的生产线，共15条，加足马力生产A1锂电池。

石天虎亲自动手，在孙渊手把手调教下，确信自己完全掌握了A1系统的当晚，他让人在荒郊野外挖了个坑，让人把孙渊活埋了。让他始料未及的是，他刚给孙渊挖了个坑，把他埋了。他也正在给自己挖了个坑，准备埋他自己。

螳螂捕蝉，黄雀在后。这句古训，在孙渊身上得到验证，在石天虎身上，又何尝不是如此！

当石天虎用巨额贷款生产的A1锂电池堆积如山，准备推向市场，彻底击败巨能集团，称霸江湖时，温思雨突然回归中原，高调宣布，将近期召开石墨烯电池A2投产新闻发布会。

如果巨能的A2如期投产，石天虎的订单，将一夜归零！石天虎差点倒在办公桌前。他把60%资产用于抵押贷款，抢装了15条生产线，现在有可能打了水漂。这样下去，破产是迟早的事。他明白，自己被温思雨耍了。该使用极端手段了！

他拿起手机拨出了一个号码，拼尽全力吼道：“马上动手！”

026 邪恶与善良，仅一步之遥

温思雨的手机里，传来司雪带着哭腔的声音："思雨，你别来，他们要你……"

"对，我们要的是你，有种别来！"

手机里传来熟悉的男声，是石天虎那特有的苍狼般的号叫。一股怒火腾地冲进温思雨的脑海，差点把他击晕。他大吼一声："姓石的，你敢动司雪一下，我要你死得很惨！"

"哥们，你不要搞错了，我石天虎虽是草莽英雄，但是也懂得大道亦有道的道理。"石天虎嘿嘿笑了一声，接着说："温总，你别想歪的，我石天虎这番动作不是用来劫色的，而是要劫你，我需要你的大脑，你知道吗？"

"你要怎么样？说干脆一点，哪来那么多废话。"温思雨知道了石天虎的目的，心里倒是坦然了，语气也缓和了一点，"说现实的，你如果真像你说的那样，指个地点，我过去把司雪换出来。"

"OK，我要的就是这句话，你果然是个英雄，值得司雪这样的美女爱你。顺便提醒你一下，千万不要报警，至于为什么，你懂的，你等我电话。"说完石天虎就把电话挂了。

温思雨在极度的焦虑和恐惧中，度过了他这一辈子中最漫长的一天。他第一次想起慧泉主持的临别赠言的第二句：征途艰险百战多。该来的总要来的！他既不敢报警，也不敢把现在的情况告诉司力夫。他只有一件事可做，那就是等。

刚入夜，他等的电话终于来了，石天虎对他说，立刻出发打的到向阳广场，再换一辆的士，听他的指示。

温思雨打车到了向阳广场，又接到下一个指令，接着又接到下一个指令，就这样，换了4趟的士，终于乘上了石天虎为他准备的一辆超豪华的奔驰车。温思雨被招呼上了副驾驶室的座位。一上车，他身后就有一个人用套子套在他头上，他顿时什么也看不见。他只觉得车走了约十几分钟，便来到一段非常平稳的小路，而且感觉四周特别的安静，空气中偶尔传来华尔兹的音乐声，而且空气太过清新。他判断，应该是在一个非常豪华的小区。

温思雨感到乘上电梯，然后又下电梯，在经过一段拐弯抹角的路后，在一个房间里停了下来。头罩拉开的一刻，一道强烈的光线射在他眼睛上，他眯了一会儿，不敢睁开，就听见石天虎的声音：“温总啊，我已经恭候你好久了。”

温思雨伸出手，石天虎见状，也连忙伸出手，却没想到，温思雨并不打算跟他握手，而且抬起手，对着石天虎笑眯眯的脸，就是重重的一记耳光。打得石天虎“啊”的一声叫了起来。他周围的几个彪形大汉，立刻冲过来，想对温思雨动手。石天虎大吼一声：“打住，都别动。”他用手捂着红肿的脸，用调侃的声调说：“你们知道打我的这个人是谁吗？他可是我们省鼎鼎有名的温大总经理啊，全省能够被他打的，没有几个人，你们都不够格。”

几个彪形大汉哭笑不得。

温思雨厉声地问：“石天虎，司雪在哪里？我要见她！现在！”

“跟我来吧。”

石天虎向最里边的一间房走过去，轻轻地把门推开，没有走进去，只是侧过身说：“温总，这以前是我女儿的房间，我和我的手下，从没踏进这间房半步。司总来后，就房里的三个女孩伺候她，你该满意吧。”

房间装修得十分奢华，几个女人围着司雪坐着。她一见到温思雨，啊的一声冲过来扑到他怀里，一边哭一边捶打着他：“说了叫你别来，你为什么还要来？你疯了？！”

温思雨紧紧地拥抱了一下司雪，然后坚决地推开她，转身逼视着石天虎说：“石总，你说的话可是算数？”

石天虎一字一句地说：“大丈夫一言既出，驷马难追。”

“好，你马上送司雪走。”

“我不走，要走一起走！”司雪紧紧挽住温思雨的胳膊坚决地说。

“你马上走！”温思雨用力从司雪手中抽出胳膊，用坚定的口吻说：“石总，请你马上安排。”

石天虎的眼睛变得游离起来。他油腔滑调地说：“小别胜新婚，你们不说说悄悄话？”

温思雨大步向前，一把抓过石天虎到房中，用胳膊扼住石天虎脖子。因为用力过猛，石天虎一下喘不过气来。厅里人见状都冲过来。温思雨胳膊一使劲，石天虎叫了起来。上次在咖啡厅他就领教过温思雨的手段。他边喘气边说：“你们别过来。秀秀，马上送司总走。”

秀秀三人拥着司雪匆忙走出门。

石天虎大喊道：“你们三个人一定要保证把司总安全地送到她家，直到她进了家门，你们才能够离开，听到没有？”

三个女孩急忙应了一声，拥着司雪向门外走去。

“等等！”司雪边转身边从手腕中取下佛珠手链，戴在温思雨左手腕上，用泪水蒙蒙的眼睛凝视了温思雨一会儿才走出房门。

听到门外传来的汽车启动声，温思雨才放开石天虎，把他拉到房里的沙发上坐下，手仍然抓着石天虎的胳膊。

石天虎笑嘻嘻地说：“温总，没必要搞得这样剑拔弩张的，我本来就打算送司总走，我是想与你合作，可不想得罪你。”

温思雨松开石天虎的胳膊：“绑人谈合作？”

“我不这样，你会来吗？”石天虎两手一摊，做出无奈状。

温思雨挪动了一下，让身子靠在沙发上，瞟了石天虎一眼：“说吧，想谈什么？”

石天虎打了个响指，立刻有一波人送进一桌酒肉饭菜。石天虎在桌边的椅子上坐下说：“来，温总，我用一杯薄酒，来给你压压惊。”

“好吧。”温思雨也不客气地在桌边坐下来。

“这是一瓶珍藏了30年的飞天茅台，只有它才配得上温总。”

他一边说，一边用很复杂的工具，打开了飞天茅台，顷刻间整个房间都洋溢着芬芳的酒香。他给温思雨倒了一小杯，大约一两，然后给自己倒了三小杯。

“我们今天也来一场煮酒论英雄。”他举起其中一杯站起来，“温总，真是对不起，小弟只能利用这种下三烂的办法把你请来。小弟自罚三杯向你赔礼了。”

他刷刷刷，连干三杯。然后又倒了一杯，举起来：“温总，我敬你一杯。”

温思雨冷冷地看着石天虎：“在没有接到司雪平安到达的消息以前，我不会举杯。”

石天虎举着手里的酒杯，喝也不是，放下也不是，十分尴尬。等了大约半个小时，温思雨的手机响了，是视频电话。手机一接通，手机屏上立刻就出现了泪流满面的司雪：“思雨，你什么时候回来？”

“没事，一会儿就回。正跟石总在煮酒论英雄呢。”

“煮什么酒啊，你也不会喝酒，别逞能！”司雪着急起来。

“我挂了，明天见。”

温思雨果断地挂断电话，拿过一盏盛红酒用的高脚杯，斟满酒，举起酒杯：“石总，我为你信守承诺，敬你一杯。”

石天虎连忙拿过一盏同样的高脚红酒杯，斟满酒，和温思雨的酒杯清脆地碰了一下，然后哈哈一笑，说：“今天，我才真正认识你，敢拿自己的命来换女友，是个当之无愧的豪杰。说实话，我差点害死你。”

“没想到我命大，没摔死。”温思雨心里的疑团终于解开了。他想起王厅长告诉他的信息：有一个当地的黑道杀手，突然死在家里。线索就断了。

石天虎豪情满怀地说：“都翻篇了。大难不死，必有后福！来，干了！”

两人一饮而尽。

这一大杯酒，估计也有三两酒，石天虎喝下去，倒还没什么感觉，倒是温思雨的头，一下就耷拉下来，而且满面通红，变得有点语无伦次了。但他头一昂，嘴里还在说：“来，我们再，再来一杯，煮酒……”

石天虎曾经听秋艳妮说过，温思雨不善饮酒，今日所见，果然如此，苦笑了一声说：“看来今天的酒是煮不下去了，来，你们几个把温总扶到床上，让他睡觉吧。”

几个人七手八脚地把温思雨抬到床上时，温思雨已在打鼾了。

石天虎吩咐道，我们走吧，把门锁上。

一个大汉问：“老板，留谁看守？”

石天虎冷冷一笑：“能从这里逃走的人，还没出世！”

随着渐行渐远的脚步声，整个的房间，陷入死一般的沉寂。一阵酒意袭来，温思雨迷迷糊糊地在沙发上躺下。不知过了多久，他隐隐约约地感到，房间里好像有人在走动，他下意识地微微睁开眼睛一看，不禁吓了一跳，房间里边真的有一个人，就站在他的面前，明亮的双眼紧紧地盯住他。更让他吃惊的是，眼前的这个人，竟是一个非常非常年轻，而且非常非常漂亮的女孩。这到底是怎么回事？

他正准备开口问，这个女孩却开口了：“你是温思雨？”

这又让温思雨吃了一惊：“你认识我？”

女孩莞尔一笑：“你是中原新闻上的明星人物，中原省最牛的钻石王老五，谁不认识。”

温思雨苦笑了一下，问：“你是谁？”

女孩并没有回答的话，而是接着问：“你为什么在这里？”

“你以为我非常喜欢在这里？”温思雨有点烦了。

“你莫非是被绑架了？”女孩突然明白过来。一对美丽的大眼睛惊恐地瞪着温思雨。

“你不会以为我来这里是做客的吧？”温思雨用戏弄的目光看着女孩。

“天啦，还真是被绑架了！”女孩一下紧张起来，“你别急，我救你走。”

“小丫头，你别是吓糊涂了吧？”温思雨语调戏谑的成分更浓了。

“我就奇了怪了，都被绑在这里了，还有心情讲风凉话？”女孩气恼起来，烦恼的眼色替代了刚才的惊恐，“我今天算是长见识了！”

说罢，径直走到床头柜前，点击了一个开关，柜上出现了一块液晶显示屏。让温思雨吃惊不小。

女孩转身横了一眼温思雨：“我要按密码啦，你都不回避一下？看来素质也不怎么样！”

温思雨被呛得直翻白眼，苦笑了一下，转过身去。

“我们走吧。”

温思雨转过身，见女孩手上多了一个精致的手包。她走到衣柜前，面对穿衣镜站了几秒钟，衣柜门就自动打开了，里面竟是亮着灯的走道。女孩抬脚就向走道走去。温思雨却没有跟进，他怕又是一个什么圈套。

倒是女孩急了：“快跟上啊，再晚一点，他们就上班了！”

“你是谁？我凭什么跟你走？”温思雨仍然站在柜前，没有跟进的意思。

“你烦不烦啦，人家好心救你，你却疑神疑鬼。”女孩紧张得直跺脚，委屈得满脸通红。温思雨这才明白过来，她真是在救自己，忙大步向女孩走去，连声说，“对不起！对不起！”因为步子太快，一下撞在女孩背上。女孩的身子失去平衡，猛地往前一倒。幸亏温思雨眼疾手快，一把拉住她胳膊，她才稳住了，可手中的手包却摔出去。由于拉链没关好，包内飞出几张发黄的黑白照。温思雨一眼就感到照片上的年轻男人似曾相识，而年轻的女人，就是眼前的这个女孩。

这女该也被眼前的这张泛黄的黑白照镇住了：这男人是谁？我何曾与他合影过？但这也只是一瞬，几秒钟的时间，女孩明白过来，那女孩应该是她妈。她赶紧拾起照片装进手袋，快步向前走去。又用密码开了好几扇门，最后终于来到大街上，这里停着一辆跑车好像是法拉利，女孩拉开主驾车门，迅速地启动车。温思雨也飞快地坐进副驾室内。突然，听到后方传来巨大的汽车轰鸣声。显然有车发疯般地驶来，并不停地鸣笛对他们进行警告。小女孩感觉到有麻烦了，也是一脚油门到底，小车发出刺耳的加速声，车便像离弦之箭，冲向夜色迷茫的马路。车后腾起一阵黑烟。就这样，这两辆车在宽阔无大道上，开始了一场现实版的生死时速。

温思雨很快感到，追来的车渐渐靠近了法拉利。他回头一看，是一辆路虎。由于离得近，显得块头极大。他立刻明白了追车的意图，大喊一声：“左打盘子！”

话音刚落，轰的一声巨响，法拉利往前一跳，温思雨整个人就弹起来。要不是有系安全带的习惯，人早就飞到车外了。

温思雨感到，这辆追车是绕不过去了，必须设法解决。这时，又来了一次撞击，而且更猛！温思雨感到肠子都要吐出来了。再看女孩，脸色发白得厉害。

温思雨说：“他们追的是我，你停车，放我下去。”

女孩倔强地说：“不行！”

温思雨大声喊：“他们追的是我，不是你！”

女孩也大声说：“要不是我，这车早撞扁了！”

“他们怎么不敢？”温思雨一脸困惑。

“我是石天虎的女儿！”

到此刻，温思雨才如梦初醒。怎么善良与邪恶，就一步之遥？他感动地看了女孩一眼，坚决地说：“我不管你是谁，我都不想让你冒险。快停车，放我下去！否则，我跳车了！”

回答他的是全车锁门的声音。

突然，小女孩放慢了车速，打开车窗，并把车靠向了路的右侧，明显是让追车超上来。

果然，路虎一声怒吼，从左边超上来，与法拉利并排。副驾驶的车窗也放下来。一个黑大汉喊道：“大小姐，你停车，有你爸电话……”

女孩打断他的话：“你们听着，车上坐的温总，是我男朋友。你们要再撞我的车，我就与你们同归于尽！”说完，一左盘子，法拉利的车头就撞在路虎车头上。轰的一声，路虎没什么，法拉第的车头左灯就没了。

路虎一个急刹，法拉利便飞向前去。

这样一来，路虎明显是不敢再撞法拉利了。只是跟在法拉利后往前开。然而过了一会儿，显然路虎上的人得到了某种指示，这辆车又开始撞击法拉利，不过撞得不是那么猛，而是想把他们逼停。小女孩也加快了速度。这样重复了好几次，小女孩的车都几乎被他们撞变形了。这时小女孩的狠劲也上来了。她不再躲避，而是只要两车一并排，它就是一个左方向盘直接撞上去，而且是使劲地撞。吓得路虎只敢跟在法拉利后面了。车上的人显然认为，这是人家的家事，打断骨头还连着筋哩。我们掺和什么？就这样，他们的这两辆车，就像疯了一样，在空旷无人的大街上风驰电掣。

突然，在他们前方的路上出现了路障，上面显示前面的桥梁正在维修，严禁通行。温思雨刚想提示女孩注意，小女孩却不管不顾，直接冲垮了路障向前奔去。因为她知道，停车意味着什么，往前冲也许能给温总一条生路。

明亮的灯光下，他们发现桥中间有一段路段已经断开了，中间大约有两米的空当。温思雨倒吸了一口凉气。这时候刹车已经来不及了，小女孩索性把油门踩到底，法拉利腾空飞了起来，在空中划了道美丽的弧线，经过两米的空档以后，砰的一声摔在对面的桥面上，把对面的路障冲得稀里哗啦的一片倒下，车也熄火了。温思雨再看后面，那辆路虎停在断桥前，从车上走下几个彪形大汉，在那个地方指手画脚。到此刻，两人才松了口气。

小女孩弱弱地说："你来开吧，我腿都是软的。"

温思雨换到主驾位上说："我送你回家，我再打的走。"

"不必了，"女孩冷冷地说，"你开到巨能公司。我歇会自己开。"

可是车却再也启动不了啦。再回头看对岸，路虎已经向下游方向不远处的另一座小桥冲去。

女孩忙说："你快跑，他们一会就追来了。"

温思雨一摆手："我一个人跑？门都没有！我不能把你一人留在这里！"

"你这人怎么婆婆妈妈的！他们敢把我怎么样？"女孩真有点烦了。

温思雨一想，也是。他拿出一张名片递给小女孩："这个电话号码24个小时都能够跟我联系上的，你无论有什么要求，我都会答应你。"

小女孩迟疑片刻，伸手接过名片，冷冷地说："无论什么要求？"

温思雨真诚地点点头："是的。"

"好，我记住了！"小女孩盯着温思雨，"我的第一个要求是：别报警！第二个要求是，你快跑！"

温思雨没再迟疑，飞一般冲进了黑夜。跑了一会儿，来到一个十字路口，不知该走哪条路。这里显然是市郊，深夜的马路上无人无车。他选择了右转，发觉手腕上的佛珠暗了下来。他有点怀疑是错觉，便改变成直行，佛珠竟变得明亮起来！而且越是向前，佛珠越亮。他暗自称奇。

这时，他隐约感到有车高速驶来。顷刻之间，一辆小车和那辆路虎越野车从马路的两头向他急驶而来。强烈的远光车灯照得他眼花缭乱。他感到今晚在劫难逃了，心里反而平静下来：今晚除了拼命，别无选择。他飞快地扫视了一下地面，意外地发现了环卫工用的两把掏粪棍，立刻拾起，用手一掂，沉甸甸的，大喜过望。砸在谁身上，非死即伤。而且有这玩意，五六个人怕是近不了身。

正想之间，那辆小车率先驶近温思雨。他身体稍稍蹲下一点，做好小车撞击时跳起的准备。不料小车猛地刹在离他 10 米远的地方。这一举动，让温思雨意识到，石天虎并不想置他于死地，只想降服他，为其所用。岂不料，石天虎的这一想法，救了温思雨，却“误了卿卿性命”！

车上下来 4 个人，3 人手里都操着一米多长的木棍。这更加印证了石天虎此刻不想杀温思雨。为首者虎背熊腰。他走起路来，虎虎生风。温思雨感到有点眼熟。突然记起在照无眠咖啡厅门前打个照面。当时温思雨扼着石天虎冲出门。石天虎叫大家退下，唯独此人不退，还上前一步。若不是石天虎叫停，只怕当时就交手了。温思雨暗叫一声，不好，怕也是个练家子。

来人在距温思雨 3 米远站住，双手抱拳向温思雨躬身示礼：“温总，在下江光剑，奉石总令，请你回去喝茶。”

温思雨冷冷一笑：“拿着棍子请啊！”

“回车上去！”江光剑并没转身，只是抬手向后摆了摆，又向着路虎车那边喊道：“都回车上去。”

两拨人都回到车上。

江光剑侧过身，很文雅地微微躬身做了个请的动作：“温总，这边请。”

“我要是不去呢？”温思雨傲慢地盯着江光剑。

“那我就只好帮你去了。”江光剑的语气也强硬起来。

温思雨一笑：“想单挑？”

“正合我意。”江光剑信心满满的，“我们约法三章：你胜了，我放你走。你败了……”

“我跟你走。”温思雨打断他的话。

江光剑大喊一声：“君子一言，驷马难追！”

温思雨手一扬，扔给江光剑一根棍子。这一举动，让江光剑十分意外。握棍在手说了声：“谢了！”但话声未落，手中的棍子便向温思雨腿部横扫过去，力度非常大。这一招十分阴狠，让对方防不胜防。

却不料温思雨早有准备。他腾空而起，飞起 1 米多高，在让过对方的棍子的同时，棍子闪电般向江光剑头顶砸去。此时江光剑的棍子刚扫过温思雨脚下，尚未收回，无法招架这当头一棍，只好快速向后一闪，躲过棍头。温思雨乘势大步向前，拦腰又是一棍。江光剑举棍一挡。只听“嘭”的一声，两人的棍子相碰，都断成了两截。

“好手段！”江光剑大喊一声，用半截棍子直插温思雨胸部。但他的整个身子就暴露在温思雨面前。此刻如果温思雨后退一步，当然能够躲过江光剑的一棍，但江光剑露出的这千载难逢的破绽，温思雨就会错过。他置戳过来的半截棍子于不顾，只是微微侧身，让左胳膊去承受，而他却用尽全力，把右手的半截棍子折断的一头戳向江光剑小腹。江光剑满以为温思雨会后退一步，躲过锋利的棍子断头，却不料温思雨竟硬生生地用胳膊去承受这一刺，从而赢得了向对手的小腹猛刺一棍的时间，而且这一刺是可以致命的。在锋利的棍尖刺入小腹的瞬间，江光剑暗叫一声“完了！”却意外地感觉到棍子突然停下来，没有继续用劲。而且没有拔出。

温思雨的胳膊被半截棍的断头刺破了，皮开肉绽，鲜血淋淋，也怪吓人的。但也只是皮外伤。而江光剑就惨了。小腹是人身上最柔软的部分，怎经得起棍子断头尖部的一击。棍子的三分之一都插进了小腹。江光剑疼得弯下腰，双手死死握住棍子。他知道，这棍子一拔，肠子就出来了。

温思雨右手一松：“我不会拔出的，快去医院吧。”

突然，两辆车上的人全冲过来，把温思雨团团围住。

江光剑拼尽全力喊道：“放他走。”便一头栽到地上。

众壮汉正准备一拥而上，远处隐隐约约传来警号声。正是这声警号，救了温思雨一命。否则，后果不堪设想。

那伙人抬起江光剑上车。很快，马路上就只剩下温思雨一个人了。

突然，一辆黑色小车向他的方向迎面疾驶而来，把温思雨吓了一跳，一看，还是那辆路虎！还以为是追兵返回了，正准备闪进路边的一条小路，听到车上传来司雪的喊声：“思雨！”

路虎一个360度的急转弯，来到温思雨身边，车没停稳，司雪便跳下车，风一般的扑在他怀里，又是哭又是笑。

温思雨紧紧拥抱了她下，小声说：“别这样，周围这么多人。”

从车里冲出来一大帮人，都喊着：温总，温总，你没事吧？这时，温思雨才注意到，还有一辆警车。

刘正义跳下车，看了一眼满地的棍子断头急问：“人跑了多久？”

温思雨简短地说：“追不上了。”

“你去医院包扎一下吧，回头到局里来做个笔录。我去查沿途的监控。”

刘正义拉开车门，又补充一句，“你注意点，他们狗急跳墙了！”

到此刻，司雪才注意到，温思雨负伤了，吃了一惊：“疼吗？”

“没事。”

快到中午，他们俩才回到公司。司力夫早已经站在楼下的门口。温思雨忙迎上去握住司力夫的手，亲切地喊了一声“伯父……”就呜咽着说不出话来。这个在生死关头都不曾动容的硬汉，此刻却泪流满面。

司力夫张开双手，紧紧拥抱了温思雨一会儿，也是热泪盈眶。

毕竟是生死之劫啊！

正在大家兴高采烈之时，温思雨的手机响了，他一看是石天虎的来电。接通手机，手机里面马上传来石天虎的那种特有的沙哑的苍狼般的声音：“司总，你别高兴得太早啦。”

他的话音刚落，只听到一声巨响，轰的一声，他的实验大楼浓烟滚滚，火光四射。整栋大楼顿时灰飞烟灭。

即便是他们站在离实验大楼千米之外，也感受到一股强大的冲击波。反应敏捷的温思雨，第一时间紧紧搂住司力夫和司雪，3 人才没有摔倒。门口其他的人，都被掀得东倒西歪。

司雪失声大叫：“天哪，我们的所有数据，所有资料，所有成果都在那里，这下全完了！”

“车间也毁啦！”

大家顿时面如死灰。

027 他们在续写血溅“上海滩”

当消防车带着刺耳的鸣笛声，冲进巨能公司大院，来到实验室大楼前的时候，消防员发现已经无火可救了。因为整幢实验大楼不是被烧垮的，是被炸垮的。别说墙壁，就是一块完整的砖都找不到。

刘队第一时间带着一大帮人来到现场，地毯式地搜寻着罪犯的蛛丝马迹。尽管作案者反侦查能力极强，还是留下了痕迹：一双男人的脚印。经过比对，与此前发生在温思雨家的黑幕事件留下的脚，有 90% 的吻合处，还是同一人所为。

第三波来人，是省市领导。省公安厅王副厅长，省科委的江如蓝也位列其中。司力夫带着集团的负责人接待着他们。江如蓝惊讶地发现，没看到温思雨和司雪的身影。

接下来的几天，可以说是巨能集团历史上最黑暗的几天：

中原头条新闻：巨能集团宣布，由于实验大楼被炸，所有 A2 资料被毁，公司将放缓石墨烯电池的研发计划。一时之间巨能股价一落千丈，几天损失数百亿。公司已濒临破产。

据传，温思雨已辞去巨能集团总经理职务，打算重返英国，已办妥签证。网上甚至晒出一张盖有英国驻华大使馆钢印的签证照。英国的几家权威传媒也发消息说，英方已承诺马上发放绿卡，而且多家世界500强企业正带着招聘计划在飞往中国江城的途中。更有甚者，世界航空报爆料，飞往江城的国际航班头等舱已一票难求。

与以上的热闹形成巨大反差的媒体消息是，巨能集团一夜之间，门庭冷落。据可靠的报道说，巨能集团分管人事的副总赵婷正制订裁员计划。

与巨能集团的危局成鲜明对比的是，天虎集团高层的弹冠相庆。石天虎借中秋之名，斥巨资在大江两岸燃放烟火以示庆祝。同时，石天虎又动用全部资产，包括自己的豪宅等不动产作抵押，贷巨资再扩充了十条生产线，开足马力生产A1锂电池。

中秋之夜，温思雨邀司力夫父女到他的住宅赏月。三人在三楼的露台上坐定，但面对一桌的美味佳肴，却无人动筷。

当晚，皓月当天，微星闪烁，万里无云，秋高气爽。正是对酒当歌的好时刻。司雪示意温思雨说话，温思雨却佯装不知。其实，他是在等待某个时刻。

突然间，静谧的夜空猛地烟花四起，接着传来巨大的爆竹声，是天虎集团在燃放焰火，以示庆祝。

“这场闹剧该收场了。”温思雨终于开口了。语调极其平缓，但却异常坚定。他迎着司力夫父女投来的惊讶继续说，“首先，我要向伯父、雪儿道歉。”

司雪忍不住说：“思雨，又在装神弄鬼！”

温思雨从上衣口袋取出一块手掌大的黑色硬盘。冰雪聪明的司雪脱口而出：“资料都备份在这里？！”

“才明白过来？”温思雨揶揄着司雪，“这几天白哭了吧！”

司雪一下扑向温思雨，粉拳砸得嘭嘭直响：“你个坏蛋，怎么不早说？”

温思雨一边躲着司雪的捶打，一边说：“早说了，新闻发布会上，你还会落泪吗？你以为你是影后啊，能说哭就哭！”

大家一齐笑起来。

温思雨打开一瓶珍藏多年的路易十三，给大家斟满，举起高脚杯，豪放地说：“今夜不醉不归！”。

“你就吹吧！”司雪斜了温思雨一眼，满脸都是讥讽，“就你那半两酒的水平，还好意思说‘不醉不归’！”

“喂，有你这样揭老底的吗？”温思雨夸张地高高扬起手，“你欠揍吗？”

“就欠你揍！”司雪把脸递过去，“敢打我，长本事啦！”

司力夫见他俩打情骂俏的，心里当然喜欢，但表面上却做出待不下去的样子，说：“你们聊吧，我回房去了。”

“伯父，还有件事与你商量。”温思雨收起调侃，认真地说，“我的好友李星后天举行婚礼，邀请我和司雪去当伴郎和伴娘。三天就回。”

司力夫一愣，脸上的笑意全没了：“这个时刻你们走，会有很大的负面影响啊！”

司雪也惊诧不已。一对美丽的大眼睛，忽闪忽闪地瞅着温思雨，不知道他又在捣鼓着什么。

温思雨平静地说：“我们要的就是这样的效果。”

司力夫茫然地看着他，嘴动了一下，却没出声。

“你能不能一口气把话讲完？存心要把人急死啊！”

司雪有点烦了，一巴掌打在温思雨的左胳膊上。疼得温思雨大叫：“哎哟！”

司雪才记起，他的胳膊刚受过伤。司雪吓坏了，忙轻轻地抚摸着他的疼处，连声说：“我该死！我该死！”

“没事。”温思雨强忍着疼痛，看向司力夫，“伯父，我们置目前的困局于不顾去上海，就是要装出公司要散伙的样子，把戏份演足，彻底让石天虎放心地再加大投资。他投得越彻底，就破产得越彻底！”

司力夫摇摇头，但也只能一声叹息。

在实验大楼被炸，整个巨能集团人心惶惶的情况下，温思雨带司雪赴上海参加好友李星婚礼的消息，不胫而走，闹得中原大地风声风雨。连江如蓝都沉不住气来电询问。司雪支吾了半天，也没说出个所以然来。司雪实在没办法，只有说：“蓝姐，你相信思雨会放弃吗？”

“当然不会，但是……”

“但是你仍然要装出着急的样子。”司雪打断她的话，“谢谢配合！”

“谢你个头！”江如蓝狠狠地说，“搞得别人提心吊胆的！”

司雪心里一动，却没接她的话。她当然明白江如蓝在担心谁。

见司雪没吭声，马上感到自己的情绪有点问题，便把意思引向另一个方向：“向王厅长报告了吗？”

司雪：“报了。”

“他怎么说？”江如蓝赶急问。

司雪简短地说：“他说知道了。”

“就这么简单？”江如蓝不信。

司雪想了会说：“他开始不同意，后来同意了。”

江如蓝：“那就好，王厅长会有安排的。”

“什么安排呀？”司雪吃了一惊，“派几个保镖？要不要我们请他们吃饭？”

“你们俩去上海，还有心思顾他们？”江如蓝的话一出口，立马又后悔了，这话简直是醋意十足啊！她忙“啪！”的一声挂断了电话。搞电话另一头的司雪五味杂陈：她到底还是放不下温思雨啊！这可怎么好。

第二天上午，小宋开车把温思雨和司雪送到天沐机场。他趁司雪下车的时机，把 1 个装满硬币的小袋飞快地塞给温思雨。在可能有危险又不方便带器械的时候，这一元硬币或许能救你一命，所以温思雨让小宋帮他准备了一些。

11 点整，班机正点降落在上海虹桥机场。已有一辆挂着警车牌照的考斯特面包车停在飞机附近的停机坪上。车旁站着 4 个民警，李星和辛小芹也站一旁。

温思雨和司雪第一个走出仓门。看到这阵势，不由一愣。司雪想起了江如蓝的话，“王厅长会有安排的。”

温思雨大步向前，一把抱住李星，使劲地在他背上捶了几拳。而辛小芹却傻傻地站在那里，一动不动地瞪大了眼睛，呆看着司雪：天啦，太像了。不，不是像，她就是谷雨啊！

倒是司雪款款地走向辛小芹，也伸出双手紧紧抱住她：“小芹姐，谢谢你！”

两人一时泪如雨下。

一名警官对温思雨说：“温总，我叫陈勇，负责你在沪的安全。请上车。”

温思雨赶忙与他握手：“谢谢陈警官！”

车一下机场高速，李星就感到不对头：“陈警官，我们应该走外滩方向，去锦江大酒店。”

陈警官说："温总只能住警苑招待所，委屈一下。"

陈警官给温思雨安排的是两室一厅的商务套间。

在 1616 房门口，站着两位全副武装的民警。但陈警官仍然让温思雨和司雪在门外稍等。他推门进去转了一圈才示意他们 4 人进去，便告辞了。

大家坐下后。李星掏出一份文件递给温思雨："思雨，这是我们公司原始股的文件。你拥有公司 40% 的股份。"

温思雨把文件递给司雪："你看看。"

司雪拿过文件，看都不看，一下撕成两半。

李星和辛小芹大吃一惊："司总？！"

"思雨给你们汇两千万，是我让财务办的。如果当时我知道你俩和我姐的关系，我也会汇两千万。"司雪从提包里取出一个红包，"小芹姐，这是我送你们的婚礼红包。"

"谢谢！"辛小芹见是一个薄薄的红包，也没在意，双手接过来，顺手放进手包。

"等等。"李星感到，这个看上去薄薄的红色，绝对没那么简单。他从辛小芹手上拿过红包拆开一看，立刻退给司雪："这不行，太贵重了！"

辛小芹一看，是一张两千万元的现金支票，也急忙说："前面的两千万还没说清楚，这又是两千万，我们承受不起。"

温思雨把汇票放进辛小芹手袋，认真地说："我们 4 个人，是谷儿最亲近的人，是一家人。再分彼此，就生分了。走，去你的婚礼殿堂。"

李星和辛小芹的婚礼，对李星和辛小芹来说，是喜庆；对温思雨和司雪来说，是一次婚礼的实习；而对陈警官来说，是平安！因为最可能出险情的地方，无疑是人声鼎沸的婚礼现场。好在虚惊一场，婚礼结束了，也没任何动静。所以，当他们一行回到警苑招待所 1616 室门前时，陈警官长长地松了一口气："总算过去了。"

温思雨也轻松地与陈警官握手话别，然后急不可待地推开房门，拉进司雪，一脚踢关房门，便紧紧地把司雪揽在怀里。司雪刚想说点什么，她的嘴就被温思雨的嘴堵住了。李星的婚礼对温思雨触动不小。他一路上就在憧憬与司雪的婚礼，所以，一进门就迫不及待地想与司雪亲热一番。

突然，他停了下来。他闻到房里有一点异味。认真一闻，竟然是狐臭！

他立刻警觉起来。他把手指头放在嘴边，做了一个噤声的暗示。然后大声地说：“雪儿，我们洗个鸳鸯浴吧！”

一边说，一边拉开洗手间的门，把司雪拉进去。然后打开花洒。洗手间里面马上响起了“哗哗”的流水声。一脸惊愕的司雪，不知道出了什么事，又不敢问，所以她只能用瞪大的眼睛惊恐地看着温思雨。温思雨再一次把手指头放在嘴边做了个噤声的暗示，然后凑近她的耳朵小声说：“就待在里面，把门反锁，千万别出来。”

司雪明白有危险，顿时万分紧张，举起手机，示意报警。温思雨摇摇头，走出洗手间，然后重重地把洗手间的门关上。

跨出洗手间以后，温思雨迅速地对当前的形势做了一个分析。在入住1616房后，他就对室内的结构做了一次仔细的观察。这个警院招待所是个老式的旅馆，装修比较陈旧。由于不是中央空调，所以房顶上没有夹层，就不可能藏人。那么整个房间里边，目前唯一能藏的地方，就是卫生间斜对面的一排衣柜。这个老式的衣柜做得有点窄，藏一两个人没问题，但因为空间窄小，躲藏的人待久了会相当难受。温思雨心里有数了。他把整个的身体贴在卫生间对面的墙上，藏在衣柜里的人就看不到他。接着，他把口袋里的一把1元的硬币抓在手上。别小看这一元硬币，在他手上，可是一颗实打实的子弹。就这样，他屏住呼吸，静静地靠墙站着，他在等。时间就这样一分钟一分钟的过去，室内只有阵陈水声。不一会儿，果然如温思雨所料，挤在衣柜里的人难受得待不住了，轻轻地动了一下。几分钟以后，有人推开衣柜门冲出来。温思雨一抬手，把手上的一把硬币猛地掷向他们的脸。立刻就听到站在前面的人惨叫一声，双手捂眼向后仰面倒下去。血马上沿着他的手指渗出来。他身后的一个黑大汉被同伙一撞，不由自主地后退了几步才站稳。就在两人暂时无法回击时，温思雨一跃而起，跳到倒地人的上方垂直落下，用膝盖对准倒地人的腹部砸下去。倒地后哇的一下，吐出一大堆五颜六色的东西，惨不忍睹。温思雨明白，这个人算是废了，不由松了口气。这么小的环境二打一，是很危险的。现在一对一地单挑，心里就有数了。他不慌不忙地站起身，打量着对方，才看清对方的模样：身板又黑又高，显得十分强壮。他显然没料到温思雨身手如此了得，所以有点慌乱。眼睛滴溜溜地瞎转，仿佛在找出路。他甚至飞快地向身后的窗口扫了一眼。

温思雨似笑非笑地盯着黑大汉说："跳哇，16楼，带了降落伞吗？"

黑大汉紧张地怒视着温思雨，把手上锋利的匕首扬了一下。室内立刻闪动出匕首刺目的反光。

温思雨平静地说："现在放下匕首，我饶你一命。"

黑大汉喘着粗气没吭声。

温思雨估计，再继续施压下去，黑大汉应该会缴械，可就在这个时候，意外发生了。一直在洗手间的司雪，听到外面没有声音，以为没事了。啪的一声拉开了洗手间的门。温思雨以为背后有情况，急忙转身向后看，黑大汉抓住这个机会，大步向前，倾全身之力把匕首对准温思雨腹部扎过去。就在匕首的刀锋离温思雨仅几厘米时，目睹这一险情的司雪情急之下，把手机对着黑大汉的脸扔过去，正中对方的鼻梁。这一砸有效地减缓了黑大汉攻击的速度，让温思雨得到反击的机会。他在身体后退的同时，飞快地用左手抓住对方拿着匕首的右手腕用劲一拧，黑大汉的匕首便掉在地上。紧接着，他集中全身之力，抬起脚，踢到对方的小腹。黑大汉惨叫一声，疼得弯下腰来。温司雨发扬痛打落水狗的精神，猛地一记右勾拳，打在他的下颌上。黑大汉猛地向后一仰，仿佛是自己跳起来似的，后脑勺砸在写字台的尖角上，血流如注。立刻摔倒在地，人事不省。

司雪此刻才看到地上的那个口吐白沫，不停抽搐的大汉。她吓得尖叫一声，紧闭双眼，扑到温思雨怀里哆嗦不已。温思雨紧紧搂住她，轻轻地拍着她的后背。待她平静点，掏出手机，给陈警官去了电话。只几分钟的工夫，陈警官便带着一帮人冲进来。即使是久经沙场的陈警官，眼前的惨状仍然让他喉咙发紧。当得知地上的两人都已死亡时，他疑惑地看着温思雨没发话，但分明在问：这两个手持凶器的壮汉，是你一个人灭的？

温思雨仍然是那句曾经对刘正义讲过的话："好久没练了，有点手生。"

"有这么好的身手，王厅长还要我们当贴身保镖。"陈警官苦笑了，"真的有情况，还指不定谁保护谁哩。"

一位警官把笔记本电脑递给陈警官："陈队，查到了。"

温思雨忙问："什么情况？"

陈警官脸色一变："查到了，是两名死士。"

"怎么讲？"

陈警官苦笑一下：“黑道上，把不打算活的杀手叫死士，这种人一般极难查到身份。不过这件事还真给你敲了警钟，你的仇人下如此大的血本要杀你，他绝不会就此善罢甘休。你要小心再小心才好。”

温思雨心里感到一阵温暖。他突然闪过晕倒在英国剑桥大学无人问津的情景，深感自己回来是正确的。他紧紧握住刘警官的手：“谢谢！”

第二天上午，在返程的班机上，温思雨的一句话让司雪心惊胆战：我一定要亲手干掉石天虎！

028 他选择了“决不饶恕”！

一个月后的一天，当中原的人们还记得巨能集团的大火带来的震撼时，中原大地上又一先一后出现了两个巨大的震撼。人们惊讶地发现，两个震撼都源于一先一后的两场大型新闻发布会。人们更惊讶的是，后一个震撼，直接把前一个震撼拍熄了。

第一个震撼，是中原天虎能源集团在机器轰鸣的现场，高调地宣布：天虎集团耗资数百亿的30条超现代化的流水线，今天全线投产运行。它们将无可争辩地稳坐全国A1锂电池产量和销量的冠军！无论是新闻媒体还是网络传媒，铺天盖地都是石天虎的光辉形象。一夜之间，天虎集团如日中天！

当第一个震撼在中原大地激荡的第二天，第二个震撼就发生了，而且更让人不可思议的是，第二个震撼直接拍熄了第一个震撼，据传，直接把石天虎拍进了医院。

天虎集团在中原首次高调召开新品上市新闻发布会的第二天，中原巨能集团邀请了世界能源百强企业参加的“国际新能研讨会暨石墨烯电池新闻发布会”。向全世界高调宣布：世界首创的A2石墨烯电池生产线，今天开始投入生产，并面向全世界接受订单。同时，A1锂电池因环保低于国际标准，本集团已全线停产，并就地销毁全部库存。此前已从本公司购买的A1锂电池，可按原价来本集团更换A2石墨烯电池。

第一个惊喜的当然是记者。他们刚把天虎集团开足马力生产A1锂电池的消息发出去，立马又要发一篇把上一篇拍熄的新闻。这在中国新闻史，甚至是世界新闻史上，也绝无仅有吧！

有知情人士透露：第二场记者招待会还没结束，就有一辆救护车冲进天虎集团总部。然后，天虎集团的所有车间都安静下来。然后……天虎集团所有领导层的思维，在这一刻都打住，因为他们都明白：天虎集团已经没有“然后”了。

晚上10点多钟，温思雨才拖着疲惫而又兴奋的身子，回到了家里。他坐在书桌前打开电脑，想从网上看一看中原人对今天发生的事情有何反应。电脑一打开，他立刻被眼前成千上万条评论吓住了。大伙都在议论天虎集团和巨能集团的两场新闻发布会，把它比喻成“中原论剑”。有正面的，也有负面的。当然正面的居多。突然，一条来自“百世”的网友写的一段文字，引起了他高度的注意。这个叫“百世”的网友写道：当大家都在笑谈“逐鹿中原”是何等精彩绝伦的时候，却忽略了一件非常有趣的事情，那就是巨能集团的新闻发布会，完全可以与天虎集团的新闻发布会同时召开，但巨能集团却偏偏选在天虎集团新闻发布会的8小时后召开，这是为何？显然，巨能集团在等。等什么，就是等今天的新闻界铺天盖地发布了昨天天虎集团的新闻以后，巨能集团再来发布自己的新闻。而且让人无比震惊的是：第二条新闻直接拍熄了第一条新闻，甚至把第一条新闻的制造者毫不留情地拍进了急诊室。据发到网上的两张图片发现，8小时前意气风发的石天虎周围，挤满了长枪短炮的新闻记者，而8小时后的石天虎却横卧在病床上，周围吊满了输液瓶。到这时，你才会觉得：天虎集团发布的新闻是多么可笑，因为他背负数百亿巨债，开足马力生产的A1锂电池，原来是即将淘汰的产品。你再往更深层次去想，其实巨能集团早就在等，从一个月前巨能的实验室大楼发生爆炸的时候，他就开始了这个等待。他在等什么，他在等石天虎认为巨能集团的石墨烯电池的所有资料毁于一旦了，石天虎的产品可以独霸天下了，他在等石天虎用近乎疯狂的方式把自己全部的家当都抵押出去贷款数百亿，来重新购买它的生产线，他在等石天虎开足马力去生产那些实际上已经被淘汰的有环保缺陷的产品。一句话，巨能集团的温思雨，在等石天虎破产。这一天对这位从大洋彼岸归来的游子而言，来得有点晚，但他终于等到了。所以我在想，这两个巨大的集团之间的竞争仅仅是商业上的竞争吗？我思考的结果是，不，这不单是商业上的竞争，这里面好像带有非常非常巨大的复仇的成分，是什么仇？我不知道，但是它肯定就在那里，而且早就在那里。

看到这里，温思雨竟惊出一身冷汗，还真有人看出这个里边隐藏的天机啊！

这时，手机的铃声响了，把他吓了一跳。要在平时，他这个手机的铃声，是他非常喜欢听的很柔和的歌曲：斯卡布罗集市，但是此刻就把他惊得心惊肉跳。他听出，是保密手机传出的声音。打开一看，没显示来电人的姓名，显然不是存在自己手机里的人，他觉得可能是对方打错了，因此关掉。但是铃声又固执地响了起来，他极不耐烦地打开手机问道："谁呀？"

对方说："我是黎淼淼。"

温思雨搜索了一会儿，记不起来这个叫黎淼淼的女孩是谁，就问："我们认识吗？"

那个女孩简短地说："我是石天虎的女儿。"

温思雨突然记起来了："啊，对不起，有什么事？请讲。"

"我要见你！"

"什么时候？"

"现在。"

温思雨愣了会儿，说："现在深夜了。"

"是的！"黎淼淼的回答很干脆。

温思雨不得不说："现在不方便。"

"你说过，答应我的一切要求的！"黎淼淼加重了语气。

温思雨轻轻叹口气问："你在哪？"

"在你院子外边，门卫不让我进来。"

"好，我让门卫开门。"

温石雨一边给门卫电话，一边快步下楼，来到门外。黎淼淼的车已经开到他面前。他快步绕过车头，拉开车门，黎苗苗就轻快地从车里面钻了出来。温思雨礼貌地向她伸出手，可黎淼淼理都没理，与他擦肩而过，直接走进门去。温思雨尴尬地摇了摇头，也跟在她身后走进了客厅。

温思雨请黎淼淼坐。黎淼淼压根没理会温思雨的殷勤，直奔主题：“你以前对我的承诺，答应我的一切要求，还算不算数？”

“当然算数。”温思雨也答得干脆。

黎淼淼马上说：“那好，我希望你把石墨烯电池的生产推迟一个月，这样可以让我爸爸把他的库存消化掉。”

“这不行！”温思雨断然拒绝了，“我以前答应过你，那是说，你对我个人的要求，但是今天你提的问题是关系着我们整个集团的生死存亡，我不能答应你。”

黎淼淼说：“算我求你行吗？”

温思雨说：“不行！”

“这样行吗？”黎淼淼一边说，一边把自己的外套往深后一甩，女孩整个优美的裸体就一丝不挂地展现在温思雨面前。显然女孩早就计算好了。温思雨大惊失色，赶紧走过去，想从地上拾起她的外套帮她披上。却不料在他弯腰工夫，女孩从背后紧紧搂住温思雨。有那一瞬，温思雨感觉到女孩柔软而丰满的乳房，紧紧贴在他厚实的背上。脖子上也感受到了女孩红唇的亲吻。温思雨知道这样下去的后果。他用力从黎淼淼怀里挣脱出来，把外套裹住她的身子，厉声说：“快穿上，我喊保安了！”他一边说，一边拿起对讲机：“保安，你马上进来！”

温思雨这一招还真有效。还没等保安进门，黎淼淼已穿戴好，幽怨地横了温思雨一眼，拉开门，默默无声走出去，坐进车里。她正准备关车门，温思雨拦住了，恳切地说：“你个人有困难，来电话，我一定帮你。”

回答他的，是重重的关门声。

温思雨目送法拉利离开，心里五味杂陈。一个清纯如水的妙龄女孩，为了救父亲，宁愿以身相许！不能不让人动容。问题是那个作恶多端的父亲，他知道吗？他配吗？

回到房间，温思雨马上给司雪挂了个电话，把刚才的事情经过一五一十地给讲了一遍，司雪也是唏嘘不已。

又一个月后的一天，“巨能集团收购天虎集团签约仪式”在省发改委小会议室进行。温思雨迟到了10分钟才走进会议室。他的目的很明显，就是向天虎集团展示巨能集团整齐而强大的阵容：一律着藏青色名牌西服，白色衬衣，浅蓝色领带，脖子上挂着大红色绶带吊着的巨能集团工作牌，头发梳得正齐而透亮，在 LED 光源下闪闪发光。他们鱼贯而入，立刻就得到赞赏的目光。他们齐刷刷地坐下，打开笔记本电脑。电脑的荧光让他们明媚生辉。而坐在首席的温思雨和司雪，更是超凡脱俗，美如仙人。

在场的新闻记者们，一阵忙乱。长枪短炮此起彼伏地响个不停。

温思雨对发改委苏副主任抱歉一笑："苏主任，堵车了，对不起。"

苏主任简短地说："没事。我们开会吧。"

在苏主任讲话时，温思雨用轻蔑的眼光看着石天虎，石天虎则对温思雨怒目而视。正所谓仇人相见，分外眼红。这应该是他们第三次面对面地坐在一起。

两人都同时想起了石天虎摆过的两次鸿门宴，恍如昨日。当时的石天虎，胜券在握，豪气冲天。温思雨却是身陷虎穴，绝路逢生。岂料江山依旧，人事皆非。

一个多月前，温思雨创造的石墨烯 A2 型电池产品各项指标通过国家部颁标准，顺利投产。而且由于用高科技手段降低了成本，高性能的 A2 的售价，不升反降了 10%。此举无异在全球能源市场投放了一枚巨型核弹。全世界的买家云集巨能集团，形成一单难求的卖方市场。

与此形成鲜明对比的是，石天虎每天最乐意听到的窗前车鸣，一下安静下来。随着这死一般的沉寂而来的是，一大串天文数字的银行贷款和上游公司的巨额债务。甚至还有黑道上的高利贷。此刻，石天虎才真正体会到了"墙倒众人推"的滋味。一个大厦的建成，靠的是艰辛的一砖一瓦的堆砌。而大厦的倒塌，却是"轰"的一声，就几秒钟的事。天虎集团的全部资产、账户，都被债主们通过法院反复查封。黑社会的债权走不了司法程序，只能放出风来：如还不了债，就拿命来赔。就连石天虎住的豪宅，也被法院告之，只能暂住，不得搬走室内的任何东西。他妻子黎小溪和女儿黎淼淼，受不了这般屈辱，在外面租了房。他却倔强地在家里坚守，因为他不承认这一切是真的。但此刻他坐在省发改委的小会议室里，准备与温思雨签城下之约时，才清醒地意识到大势已去。

苏主任最后做了总结："天虎集团已经资不抵债，而且由于产品滞销，完全失去偿还能力，已宣告破产，给包括中国银行在内的广大债权人造成巨大损失。为了最大限度地挽回债权人的损失，我们动员了巨能集团对其进行

0 元收购。今天是最关键的一轮谈判。请大家阅读手中的文件后，进行讨论。”

经过逐条讨论通过后，仅剩最后一项。

资料上显示，尚有 2000 万的债务需用石天虎现在唯一留下的豪宅来抵。巨能集团要求拍卖这栋豪宅，用以抵债。石天虎却表示坚决不同意。其理由是，这是他唯一的住所。

他用近乎哀求的口吻说：“温总，得饶人处且饶人。”

这句在旁人听起来不起眼的话，却让温思雨心神一震！因为他太熟悉这句话了。它是慧泉主持的喀纳斯神庙的临别赠言。他的沉默与凝重，一反刚才的神采飞扬，当然引起会议室所有人的关注和不解。只有司雪一人知道内情。但她此刻也十分纠结。无所适从。

这一瞬间，封尘多年的血雨腥风，一幕幕出现在温思雨眼前：

惨死车轮下的谷书城；

永远见不到孩子的夏花；

永远雪藏于心的谷雨。

血溅上海滩。

……

温思雨的眼圈渐渐红起来。他斩钉截铁地说：“饶恕你？门儿都没有！”

石天虎怒视着温思雨说：“姓温的，没必要这样斩尽杀绝吧。”

温思雨冷笑一声：“你们还有 2000 万的债务没还，又想故技重演，肇事逃逸？”

“什么意思？”石天虎白了温思雨一眼。

“石总还记得十年前发生在后湖东路的一场车祸吗？”温思雨目光如剑，直逼石天虎。

温思雨的问话，对石天虎来说如当头一棒。他猛地站起来，指着温思雨吼道：“你什么意思？”

会场上的其他人，也都颇感惊讶地看着温思雨。

“姓石的，你好好看看我。”司雪也猛地站起来，隔着会议桌逼视着石天虎，“当年，被你撞死的，就是我的父母！”司雪把那张由刘国庆签名的车祸现场记录的复印件往石天虎那边一推。“这一天，我已经等了十年！”

石天虎下意识地瞅了瞅文件，心脏猛地一紧，跌坐在椅上，两眼露出极度的惊恐。

“这就应了一条古训：君子报仇，十年不晚！”

温思雨向苏主任打了个招呼，准备走。

苏主任忙问道：“那你最后的意见？”

“房子我要定了。”温思雨斩钉截铁地说，“姓石的，好好读读吧！”

温思雨把一叠宣纸在桌上展开，推到石天虎面前，然后拉开座椅，转身就走。

记者们一拥而上，又是一阵猛拍。

倒是石天虎一人，认真地读起宣纸上的东西：

铸剑十年

温思雨

双亲含冤别人生，
至爱玉殒绝红尘。
铸剑十年终出鞘，
强橹成灰尸不存！

二〇一四年谷雨

石天虎怒火冲天，站起来想骂句什么，却发不出声来。两眼一黑，仰面倒在地上。到此刻人们才注意到，石天虎身边，竟没一个跟班！

石天虎醒来，已是第二天早晨，病床边坐着妻女。她俩见他醒，才松了口气。女儿黎淼淼急忙去喊医生。妻子黎小溪冷冷说了句：“现在知道什么是报应了吧。”

石天虎哼了一声，没说话。

这时医生走进来对他进行了一番检查后说：“你是受刺激后，急性休克，醒了就没事了，可以出院回家。”

“他还有家吗？”黎小溪又冷冷地说了一句，终于激怒了石天虎。他大吼一声：“滚！”

黎小溪说了句：“你这是罪有应得！”说罢，也不理会石天虎的吼叫，转身走出了病房。

石天虎离开医院，回到家门口，却发现门上已贴上了法院的封条。他咬牙切齿地站了会儿，打车来到位于市郊的一处秘密住所。他一个电话，召来了江光剑。江光剑跟随他多年，出生入死，屡立战功，是他最信任的兄弟。

江光剑按石天虎的想法，把打包的一桌菜摆在桌上，给石天虎和自己各上了一杯酒，默默地坐在石天虎对面，也不作声，等着石天虎发话。

石天虎阴沉着脸问：“光剑，这些年，大哥待你如何？”

“我的命都是大哥给的。”江光剑迎着石天虎的目光，“大哥有什么事只管吩咐，小弟去办就是。”

“好，患难见真情！果然是好兄弟。”石天虎举起酒杯，“来，大哥敬你一杯。”

江光剑忙站起来：“大哥，我不胜酒力。”

“没事，你随意。”石天虎一饮而尽，“大哥要你办一件事。”石天虎停了一下，盯着江光剑，“把温思雨做了！”

江光剑手一抖，酒洒在桌上，却没说话。

石天虎装着没看见江光剑的失态，继续说：“我给你 500 万。”

江光剑的眼皮一跳，说：“石总，你知道，我从不杀人。”

“我知道。”石天虎说，“还有 500 万，事后给你。”

江光剑摇摇头说：“石总，我做事有原则，从不杀人，一旦杀人，这辈子就搭进去了。”

石天虎咬咬牙说：“我把秋艳妮给你，保证不加害于她。”

江光剑忙说：“我和秋艳妮没……”

“这里面有 500 万，”石天虎打断江光剑的话，“老规矩，事成后再付 500 万。”

江光剑接过卡：“大哥说话算话，放过妮姐？”

“废什么话！办完后带着秋艳妮远走高飞。”石天虎拍拍江光剑的肩头，不等他辩解，转身走上楼去。

江光剑在返回住宅的路上，一直在思考石天虎交代的任务。毫无疑问，这次暗杀，是他杀手生涯中最让他棘手的一次。温思雨不仅是国内，甚至是在国际上也是享有盛名的人物。一旦他出事，公安部门会下死力追查，自己安能全身而退？即便查不出来，自己也会终身隐姓埋名，过起与世隔绝的生活。那秋艳妮怎么办？她过惯了灯红酒绿的生活，哪能耐得住荒野的寂寞。如果不能与秋艳妮共度余生，那自己还有幸福的余生吗？但若不答应石天虎，500万的收入倒是其次，要命的是他将亡命天涯，更何况石天虎更不会放过背叛他的秋艳妮。想到秋艳妮，江光剑的一颗铁一样坚硬的心，突然就柔软起来。为了秋艳妮，他赴汤蹈火都在所不惜，何惧身后的危难。他最后下定了决心，做了温思雨，带着秋艳妮通过黑道出国。

回到家里，他取出对温思雨作息习惯及生活轨迹的记录，仔细研究起来。

在世俗眼中，打手就是一群粗人，有勇无谋，只知道砍砍杀杀，更谈不上文化二字。但江光剑却是杀手中的另类。他不仅有文化，还差一点就拿到中原体育学院本科文凭。只是在大四时，因仗义执言，斥责学生会主席利用责权，想非礼同校女生，与学生会主席起了冲突，失手打死了他。被判刑15年。那个女生，就是秋艳妮。5年后，秋艳妮已是石天虎的情妇，他也在石天虎的运作下，提前10年出狱了，于是顺其自然地走入了石天虎的江湖。

他对秋艳妮有相救之恩，而且他比石天虎又年轻许多，秋艳妮就与他保持了情人的关系。而石天虎对此却表现出意外的大度。在石天虎眼里，美女和靓装一样，随时可换。更何况他还由此得到一员大将，这不是赔本的买卖。石天虎很看重江光剑在体院的拳击专业，后又被他送到搏击机构培训，江光剑早已是个高智商的打手，已为石天虎解决过无数麻烦，却从未失手，但他伤人无数，却从不杀人，也没在公安机关留下蛛丝马迹。

江光剑当然不想在这条河里翻船。在仔细研究了资料之后，心里有底了，也一阵轻松。他从密墙内取出一把54手枪。冰冷的枪体，在灯光照耀下闪着带寒意的蓝光。他打开保险，拉起枪栓，“咔嚓”一声，子弹立刻推上膛。他做了个瞄准的姿势。一想到几天后的一个阴沉的夜晚，有个人将命丧于这把枪下，心里就涌起一个杀手该有的冲动。

就在他瞄向前方的时候，看到了挂在前方的秋艳妮的头像，心里一动：应该让秋艳妮做好准备呀。要不然，枪一响就要远走高飞，她哪有时间准备？他正准备拨秋艳妮的电话，手机就响了，一看，正是秋艳妮来电。电话一接通，就传来秋艳妮绝望的叫声：“剑仔，快来救我！”

029 壮士断腕

江光剑正准备给秋艳妮拨电话，手机突然响起。他一看，正巧是秋艳妮的。他急忙按下接听键，手机里就传来了紧急的声音："剑仔，快来救我！"

"快说，怎么回事？"江光剑大惊失色。边问边把手枪往腰一插，快步向门外跑去。

秋艳妮急忙说："我看到狼狗他们在楼下停车，就给你电话。"

"你还记得我在楼顶的平台上给你做了一个安全屋吗？"江光剑问。

"记得。"

"马上躲进去，我就来。"江光剑边说边拉开车门。

"好！"秋艳妮拔腿就往楼顶跑。

江光剑的吉普大吼一声冲出车库，轰的一声把车库门撞得四分五裂。他估计，狼狗他们要在偌大的楼顶上找到秋艳妮，至少得一刻钟。到那时，他就到了。

江光剑以每小时 300 公里的时速，连闯数道红灯，仅用了 5 分钟就来到秋艳妮的住宅。一眼就看到了狼狗的那辆丰田霸道。他 ·匕首就戳穿了前轮，然后踢开大门冲到电梯旁，正好电梯降到一楼。电梯门一开，走出了两个石天虎的马仔，看到江光剑一愣。他们还来不及动手，便被江光剑三下五除二，打晕在门旁。江光剑按了顶楼。

电梯门一开，就听到狼狗的喊声："小四，楼下情况怎样？"

一听这话，江光剑就知道秋艳妮安全了，他也就松弛下来，握枪在手，慢悠悠地走出电梯，低沉地问："狼狗，在忙什么？"

狼狗他们还以为是小四上来了，也没看电梯，还在四下寻找，猛听到江光剑的声音，立刻准备抄家伙，就听到江光剑的声音："先看看这是什么！"

狼狗看见一支黑洞洞的枪口对着他，忙说："剑哥，这是老大的指令，小弟也是奉命行事。"

江光剑阴沉地问："老大是怎么交代的？"

"这……"狼狗悻悻地吐了一个字。

江光剑一大步跨到狼狗身边，用枪口狠狠地戳了一下狼狗的太阳穴："你别逼我！"

狼狗急忙说："要我们把妮姐绑回去。"

江光剑凶狠地说："你带个口信回去，哪个再来骚扰妮姐，这一枪就不会只打在腿上！"说罢，对准狼狗的大腿扣动了扳机。

枪上装了消音器，所以大家只听到一声微弱的金属撞击声。但随之而来的是一声凄厉的惨叫。狼狗跪在地上，紧紧用手捂住伤口，夜色中仍可看到血在喷涌。

江光剑大吼一声："把家伙留下，快滚！"

几个人慌忙把携带的枪支匕首丢在地下，扶起狼狗走进电梯。

待电梯门一关，江光剑快步冲到顶楼，来到那个隐秘的掩体房喊道："妮姐，没事了。"

掩体的门一开，秋艳妮钻了出来，猛地扑在江光剑怀里。

江光剑推开她："快走！"

他俩来到停车场，选了个黑暗的角落藏身。看了会儿见没什么动静，江光剑小声对秋艳妮说："跟紧我跑过去，坐副驾驶。上车要快。"

秋艳妮使劲点点头。因为紧张，脸色灰白。

江光剑拉起秋艳妮就跑，仅用了几秒钟，吉普便飞一般冲上公路。却不料从后视镜中看到，很快有两辆吉普跟上。江光剑暗道声"不妙！"加大油门一路急驰。

江光剑的大脑飞快地转动起来。他感到，想摆脱后面的追车困难很大，但决不能把秋艳妮交到石天虎手上。秋艳妮见后有追兵，也是胆战心惊。江光剑情急生智，想到一个办法。他对秋艳妮说："待会有个向左的急转弯，一转过去，你就跳车。你记住，跳车后，迅速双手抱头，双腿收拢。落地后躺着不动，等追车走了再跑，去后湖等我。"

秋艳妮瞟了一眼飞快向后闪去的景物，没作声。

江光剑知道她害怕，赶紧说："没事，我了解那里的地形，马路右边是一片沙滩。"

眼见急弯处就要到了。江光剑侧过身，推开右车门，大喊一身："抱头缩腿！"然后猛向左打方向盘，秋艳妮便像一包货物，摔到车外漆黑的夜色中。同时，江光剑按响了高音喇叭。一方面是转移追车的注意力，更主要的目的，是掩盖秋艳妮落地的声音。

刺耳的车鸣声，像把尖刀扎在江光剑心口上，泪水便涌了出来。一个30年未曾哭过的汉子，一个横行江湖的黑帮打手，却对秋艳妮动了真情。他在想，妮姐落地的那一刻该有多疼！

200多公里的时速对小车来说，那不是跑而是飞。而此刻的司机却是泪眼朦胧，其结果就可想而知了。车偏离了公路，越过人行道，撞在大树上。树被拦腰斩断，车翻了个底朝天。

江光剑醒来，已被五花大绑躺在地上。全身像散了架似的不听使唤，痛苦不堪。但心里十分舒坦。他知道秋艳妮安全了，长长吁了口气，对一个叫小四的马仔说："小四，给我倒杯水。"

小四不敢倒水，委婉地小声说："剑哥，我去通报一下老大。"

几分钟后，石天虎走进来，朝着江光剑小腹就是一脚。踢得江光剑在地上滚了一圈，口中"哇"的一声，吐了一地。几个马仔急忙打扫干净。

石天虎坐在太师椅上，怒视着江光剑好一会儿没作声。

江光剑喘了几口气，大声地说："你不讲信用，算什么老大？"

石天虎正准备喝茶，一听这话，就放下茶杯，逼视江光剑："我怎么不讲信用了？你不说清楚，我剐了你！"

"你说过把秋艳妮还给我！"江光剑躺在地上，歪着脖子看着石天虎。

石天虎"哼"了声，冷冷地说："我说得是事成以后，你现在事成了吗？"

江光剑叫道："老大，你只要放过秋艳妮，我保证把事办成。"

石天虎原打算把秋艳妮扣成人质，就不怕江光剑反悔。今天这事搞到这地步，也不能把江光剑逼得太死，还指望着他哩。

"给他松绑。"石天虎的脸色渐渐温活了些，"我敬你是条汉子，今天饶你不死。但总得留个记号，要不怎么长记性啊。"

江光剑脑子里闪出秋艳妮救他断手的一幕，便明白石天虎的用意：他仍然没忘那夜寄存的一刀。出来混总是要还的！江光剑抽出锋利的匕首，对准左手的小指一挥，小指的半截便飞出老远，鲜血猛地涌出，滴滴答答地落在地下，竟溅起几朵鲜红的血花。在场的人都情不自禁地尖叫出声，江光剑却哼都没哼一声。他接过小四递过的急救包，一边包扎一边说："老大，给我辆车。"

石天虎望着面色苍白的江光剑，迟疑了一会儿说："我上次给你的卡呢？"

"在身上。"江光剑明白老大的意思，从口袋里取出来，"给你。"

"你真是条汉子！"石天虎忍不住赞叹道，"先存在我这里，事成之后，连另一半一起给你。"

江光剑接过老大扔过来的车钥匙，掉头就走了出去。

秋艳妮在后湖的一夜，用"漫长"二字形容，一点都不为过。陌生、孤独、恐惧、绝望，这一串串感悟纠集在心头，也不知道江光剑是死是活，让她连死的心都有了。她想起了与江光剑相识的情景。

秋艳妮与江光剑的相识，是在学校。但真正好上了，却是一个意外。

通常，石天虎与秋艳妮幽会，一定在秋艳妮的别墅。因为石天虎十分迷恋这里充满的秋艳妮的味道。用他的话说，这股味道就是他石天虎的伟哥！他一天都离不开。但近几天破事不断，抽不开身，实在憋不住了，就把秋艳妮召到位于城郊的虎宅。实际上，这里是石天虎专门动私刑的地方。石天虎的手下给这里取了个让人望而生畏的名字：油锅。

那天晚上 10 点，秋艳妮正在二楼卧室玩手机，突然听到一声狂吼："你还嘴硬？"接着轰隆一声巨响，好像什么东西倒在地上。秋艳妮早就听闻石天虎在虎宅的吓人的事，却从未见识过。她好奇地溜出卧室，从中厅向一楼大厅望去，还真有些吓人：大厅中央跪着一个人，满脸是血，但高昂着头，一声不吭。仔细一看，原来是江光剑。

怒容满面的石天虎大声责问："为什么不动手？"

江光剑说："我入门就说过，打人可以，杀人不行。"

"你打了吗？"石天虎怒吼了。

江光剑辩解道："目标只是一个孩子，下不了手。"

"那就下你一只手！"石天虎面目狰狞可怕，"狼狗，抄家伙！"

一个大汉提着把砍刀走出来，把闪着蓝光的刀片在江光剑眼前晃了晃，冷冷地问："砍左手还是右手？"

"我自己动手！"

狼狗把砍刀住地上一扔，发出咣当一声脆响，在场的所有人都脸色一变，连石天虎都震住了，一屁股重重地坐在椅子上。

江光剑挽起左手的衣袖，从地上拾起一根木头用嘴咬住，右手抓住刀把高高地举起来。所有的人都屏住呼吸，瞪大了眼睛，看着那把锋利的砍刀带着风声向江光剑的左手落下去。

"住手！"

一声清脆但高昂的喊声，在大厅里响起。所有人都吃了一惊！江光剑手里的砍刀也停在空中。快速冲下楼的秋艳妮，夺过江光剑手里的刀，向大厅的另一头摔去。砍刀在大理石地上咣当地跳了几下。大伙面面相觑，都盯着石天虎。让人意外的是，石天虎不动声色地看着秋艳妮。

秋艳妮踢了跪着的人一脚："让你认个错就那么难吗？宁愿断条胳膊！"

江光剑小声说："大哥，小弟错了。"

其实石天虎也是一时气极，才下此死手。如果江光剑认错求饶，石天虎也会放他一马。却不料这头犟驴死不认错，搞得石天虎骑虎难下。正在为难，却不料秋艳妮出手救援。

石天虎大吼一声："江光剑，你给老子记住，暂且把这一刀记下。滚！"

江光剑赶紧起身就跑。

"回来！"

石天虎又是一吼。江光剑心一紧，转过身来，"还不给你嫂子道谢？"

江光剑规规矩矩地向秋艳妮鞠了个90度的躬："救命之恩，舍身相报！"

真没想到，这句非常江湖的话，今日竟一语成谶。

秋艳妮回想到这里，好不容易眯了会儿，又被一大群雄鸡打鸣吵醒，她才感到饿得慌。她从昨天下午到现在颗米未进。在房里搜了一下，也没有能充饥的东西。而江光剑至今未归，估计也是凶多吉少。由于走得急，坤包也没带，身无分文。好在因为给江光剑去电话，手机还握在手上。

她在通信录中翻了一下，却发现偌大的世界，竟找不到一个能救助她的人。这些人都与石天虎有着千丝万缕的联系。一个电话，就能暴露她的行踪。最后，她的目光停留在她和温思雨的一段微信上："你本质上是个好女孩，要远离石天虎。有困难找我。"

她犹豫了一下，还是拨通了温思雨的手机："温总，对不起打扰你了。"

温思雨还一时没想起来电人是谁，便问："请问你是……"

"我是秋艳妮。"

"啊，秋总，你好，有事请讲。"温思雨终于记起对方是谁了。

秋艳妮说："他们找到我了，差点抓住我。"

"你还在江城？"温思雨吃了一惊。

"是，对不起，没听你的。"说着，哭起来。

"先别哭，说事。"

"我跑得急，什么也没带。从昨天到现在，连饭都没吃，又不敢出去买。他们满世界找我。"说到这里，秋艳妮抽泣起来，"我也不敢找石天虎的人，只有找你了。"

"别急，发个定位过来。"

温思雨也有些无奈，自己怎么摊上这事。去吧，这本与自己无关。不去吧，又于心不忍。况且还有过一段过往。虽然是自己中了套，但无论怎么说，她守住了底线，没交录像。他叹了一口气，在超市买了一堆东西。

大约1个小时，他到了目的地，给秋艳妮去电话："我在楼下，你下来吧。"

"你上来一下好吗？"秋艳妮的语调恢复了常态，变得十分悦耳。她赶紧对着镜子整理了一下发型。

温思雨有点警惕："你下来吧，我还有事。"

几分钟后，秋艳妮来到温思雨面前，抱歉地说："真不好意思，害你跑一趟。"

温思雨看着她泪迹未干的脸，也心生同情，脸色也柔软了许多。他递过一个背包："快上去吧，用完了来电话，千万别出门。包里有张卡。"

"谢谢。"秋艳妮接过背包，立刻转身消失在门洞里。

当温思雨的车离开秋艳妮的时候，另一辆车与他擦肩而过。正是江光剑的车。

温思雨喜欢停车在地面的停车场。他热爱阳光，讨厌地下停车场的阴暗。而江光剑正好相反，他习惯地下停车场的阴冷。在地下车场停稳车，并没马上熄火。这也是习惯。若此时有突发情况，他不用重新启动发动机，只需猛踩油门，就可急驰而去。这个简单的措施，可为他的行动提速 5 秒。有时，这 5 秒足以让他活下来。他静静地坐在车内，像只准备伏击猎物的狼狗，警惕地四下看了会儿，耳朵也仔细辨别着各种细微的响动。见无异样，才走下车来。几分钟后，便敲响了秋艳妮的房门。房门顷刻间被拉开，秋艳妮猛地扑在他怀里，这让他喜出望外，也伸手搂紧了秋艳妮的身子说："把门关上。"

秋艳妮一愣，松开江光剑，随即用关门的动作掩饰自己的失望。在听到敲门的那一刹，她以为是刚刚离去的温思雨在门外。

好在此刻的江光剑，刚受了折磨，而且断了一指，身心疲惫不堪，完全没留意秋艳妮的反应。他重重地倒在沙发上，长长叹口气，紧闭双眼，面如死灰。

秋艳妮见状，吓了一跳："你怎么啦？这手指出血了。"

江光剑深感时间紧迫，不想纠结这些小事，便把秋艳妮拉到沙发上："你现在就去机场，订两张凌晨飞往云南的机票，就在机场等我。我今晚干完最后一票就与你汇会。"

秋艳妮劝他："还干什么票呢，现在就走。"

"不行，那是 1000 万的活，我们缺钱啦。"江光剑用手搂住秋艳妮，"再说，我要你安全。"

秋艳妮吃了一惊："石天虎出这么多钱，要做谁呀？"

江光剑迟疑了一下，见秋艳妮盯着他，才说："温思雨。"

"啊！"秋艳妮失声大叫了，"要杀温思雨？！"

030 一个情字，搭进了她的一生

秋艳妮一阵心惊肉跳！她脑子飞快地转着。她对江光剑太了解了。这是胆大如天，却心细如丝的人。被他盯上的目标，没一个能逃脱的。但他答应杀人，却是第一次。江艳妮当然明白，如此铤而走险，都是为了她。她便拉着他的手："光剑，你不能老这么打打杀杀的。况且温总是中原的知名人士。杀了他你还有活路吗？"

江光剑反问："不杀他我们有活路吗？"

"你可以逃啊！"

"你还不了解石天虎？那些跑路的马仔，有一个活下来的吗？"江光剑坚定地说，"再说，我们需要钱，你需要安全。"

秋艳妮还想劝劝，但终究无法开口。她不能劝过头，这会引起江光剑的疑心。她偷偷看了看墙上的挂钟，已是下午 5 点，离夜幕降临只有两三个钟头了。她很想尽快去给温思雨报信，但又找不出离开的理由。她看到桌上的酒，心生一计，说："光剑，姐的一生就托付给你了。姐要举杯酒给你壮行。"说罢，她倒了两大杯酒，给江光剑递过一杯。

江光剑忙说："姐，你知道我不胜酒力，而且干大票前不能喝酒。"

秋艳妮嗔怒道："什么话，喝一杯饯行酒都不行！"

江光剑讪讪地一笑说："姐，别生气，我喝一杯就是。"

哪知秋艳妮用的是啤酒杯。江光剑一愣，但也不敢说什么。

秋艳始举起酒杯："光剑，无论你走到哪里，我都是你姐！"

"姐，我要的就是这句话！"江光剑用力地碰了秋艳妮的酒杯，一饮而尽，顿时感到腹内一阵翻江倒海，赶忙冲进洗手间，哇的一声，全吐出来。他用脚一勾，把门带点，怕臭气熏着秋艳妮。

看把他害得！秋艳妮有点心疼，叹了口气，问道："好些了吗？"见里面没动静，就想开溜去报信，但又有点担心，便捂着鼻子推开洗手间的门，还是熏得一阵头晕。只见江光剑坐在地上，背靠着抽水马桶，耷拉着脑袋睡着了，还打着鼾。她迅速走向电梯。

她一坐进小车，立即拨打温思雨的手机电话，结果是：户主正忙，请稍后再拨。她不停拨打，仍是这个回答。她明白了，温思雨是不会接她的电话的。她虽然有些气愤，但一想到他刚才的仗义疏财和对自己的几次关照，就恨不起来。不行，一定要救他，救他也是救江光剑。她跟了石天虎几年，也知道了轻重缓急。像温思雨这样的大人物出事了，江光剑就离死不远了。她发动车子，先去了温思雨单位和位宅，都不在。她一咬牙，来到司雪家。下车前，她对着后视镜，把发型、衣服都整理了一下，补了点淡妆，才推门下车。

她按了别墅院门上的门铃，可视对讲就传来司雪冷冰冰的声音："这里不欢迎你。"

秋艳妮一愣，苦笑了一下："司雪……"

"打住！叫我司雪，你配吗？"

秋艳妮耐着性子说："司总，我是来救温总的，请让我把话说完。"

"救温总？就你？！"司雪冷笑一声，"你还是省省吧！"

此刻，秋艳妮的心一阵绞痛。想我秋艳妮，也是一个集团的财务总监，也算是中原大地有头有脸的人物，至于把自己作贱到这个地步吗？但我掉头走，思雨怎么办？谁让自己如此痴情于他，他知道吗？他领你的情吗？唉，顾不了这么多啦，救人要紧！我一定要做最后的努力。她在胸口轻轻地拍了拍说："司总，思雨真的有危险……"

"思雨也是你叫的？"对讲机传来的语调，仍然是那么冷酷，"吴妈，去把 1998 年的人头马拿一瓶来，今晚心情好，我要喝一杯。"

她没关可视对讲，显然这段对吴妈的话，是说给秋艳妮听的。

人头马，人头马，那晚，我和温思雨也是喝的人头马！

“吴妈，多准备一个酒杯，待会思雨要来。不是这种杯，是跟我一样的法国杯。”对讲机里继续传来司雪欢快的声音，“吴妈，把对讲机关了。”

思雨要来，秋艳妮心里一跳：终于有救了！她四下观察了一下，根据江光剑平日的行为规律来分析：别墅面对车道，车道右是相邻别墅，地势平坦，无处藏身。车道右是一片茂密的丛林，是个隐身的地方。再说了，思雨开车来，身处车左边的驾驶室，这样，他整个左侧就暴露在这片丛林面前。而且车行到门前，门禁系统接收到指令才会自动开启。江光剑说过，这个开启过程大约需要 10 秒。而这样近距离静态瞄准，只需要 5 秒。所以，江光剑 100% 会藏进这片丛林。她的第一个想法是，自己也躲进丛林，待江光剑来了就阻止他。但万一他发现自己，改变伏击点怎么办？我必须在他射击前的那一瞬阻止他。她环顾四周，发现一个藏身地：别墅院门上，有一盏十分明亮的灯，给门柱侧面留下一片阴影，藏在阴影里，准没人看得见。这就是人们常说的“灯下黑”。躲在这里，丛林的人看不见，她却可以清楚地看到来车。她赶忙躲进了这片阴影。

大约等了一小时（她感到等了一个世纪），雪亮的车灯告诉她，来车了。她眯着眼看去，果然是思雨的那辆路虎。宽大的车身在门前停下的同时，门禁系统已启动，铁门在缓缓移开。温思雨显然也发现了站在门柱侧面的秋艳妮。他放下车窗惊讶地问：“你在这……”

秋艳妮发现他放下车窗，顿时花容失色。她明白这是最危险的时刻，而且讲什么都来不及！她唯有以身相救了。她毫不犹豫地扑向窗口。几乎同时，丛林那边传来了一声微弱的枪响！一股巨大的冲击力，把秋艳妮推向车门。温思雨下意识地伸手窗外抱住秋艳妮软软的身子。

秋艳妮面无人色，却两眼闪闪发光地盯着温思雨，喃喃地说：“能救你真好……”话没说完，嘴里喷出一大口鲜血。

温思雨大喊：“秋艳妮！秋总！”

突然，一支冰凉的带着消音器的手枪顶住了温思雨的脑门：“都是你惹的祸！”

温思雨看了眼前满脸杀气的江光剑一眼，平静地说：“废什么话呀，开枪吧。”

“光剑，你放下枪！”秋艳妮突然拼着全身的气力喊道，“刚才你看到的那袋钱，就是他给我们逃命的！”

不知什么时候，司雪也来到车旁。见温思雨被人用枪顶着，大喊一声：“放下枪，我要报警了！”

“别报警！”温思雨冷静阻止司雪。他知道，此刻报警，很可能闹成鱼死网破！

“光剑，你要杀他，就先把我杀了！”秋艳妮从温思雨的手中挣脱，挡在枪口上。

江光剑忙垂下枪口，无奈地看着秋艳：“妮姐！”抱住秋艳妮。

温思雨逼视着江光剑，“如果你真爱她，马上送她去医院。”温思雨不容他考虑，对司雪说：“雪儿，把车门拉开，江光剑过来，把秋总抬上车。”

他见江光剑还在迟疑，忍不住骂道：“你个王八蛋，你还是人吗？我答应你，把秋总送进急诊室后，我跟你走，要杀要剐随你便！”

江光剑这才收起枪，和司雪一道把秋艳妮抬上后座。温思雨把小车靠枕递给江光剑：“撕开，用棉花堵住伤口。”

不等司雪上车，温思雨猛踩油门，车如离弦之箭，飞向医院。

温思雨把手机递给江光剑：“给医院急诊室去电话，请他们做好准备。”

电话接通了，对方问病况，江光剑脱口而出：“枪伤。”

温思雨心想：你这么一讲，急诊室会布满警察。他本想给江光剑一点暗示，又觉不妥。自己岂不成了包庇犯？但是不讲，又觉得不够义气。毕竟人家没有伤害自己和司雪。一向独断专行的他，一时间纠结起来。

却不料在江湖沉浮多年的秋艳妮倒是觉察到什么。她在江光剑耳边小声地嘀咕了几句后，突然说：“停车，我要方便一下。”

温思雨没减速，说道：“坚持一会儿，马上到医院……”

“停车！”江光剑大吼一声，举枪顶着温思雨后背，“你别逼我！”

温思雨飞快地评估着眼前的局势：江光剑肯定要跑。这或许是当下最能接受的结果。他缓缓地停下车。果然，还不待车停稳，江光剑拉开车门跳下去，顺着车前进的方向助跑了几步，站稳后，转身就跑。只几分钟，温思雨就从后视镜中，看不到江光剑的身影了。

当路虎驶进协和医院时，急诊门口已站着几个医护人员。他们旁边已是警灯闪烁，人影如织。温思雨跳下车，根本不去理会民警的问话，拉开后车门，抱起秋艳妮就往急诊室冲去。边跑边喊："医生！救人！"

一个民警试图拦住温思雨，被他一脚踹倒。民警翻身跳起，正准备赴向温思雨，却被赶过来的刘正义一把抱住。

秋艳妮送进急诊后，温思雨一脸倦容地走出病房，被刘警官请到一间医务室。

刘警官客气地说："温总，这位受伤的女士是谁？"

"秋艳妮，天虎集团副总。"

刘警官："你能把事情的经过讲一下吗？"

温思雨早就知道有此一问。他迎着刘警官审视的目光，平静地把事件的经过如实地说了一遍，

"完了？"刘正义瞪着温思雨。

温思雨平静地说："完了。"

刘正义提醒道："你第一时间应该报警。"

"我第一时间应该救人。"温思雨仍然是平静。

刘正义继续提醒："你始终没报警！"

"那你们怎么来的？"

"是医院告诉的。"

"医院怎么讲？"

"他们说是枪伤。"

"谁说的枪伤？"

"你的手机说的。"刘警官哑然失笑："绕了半天，终于绕到这里了。"

刘警官想请温思雨一同去到现场走了一趟，遭他拒绝。他要在急救室门前等结果。

手术进行了一个通宵。直到第二天早晨，秋艳妮才被推出手术室。温思雨忙迎上去扶在床边，轻声喊道："秋艳妮。"

"她还在麻药期。"杨大夫说，"手术很成功，命是保住了，但子弹击穿了脊椎，她的后半生，恐怕会瘫痪在床。"

温思雨的心猛地一疼，仿佛万箭穿心一般：一个情字，让她搭上了一生！

“杨大夫，请你无论如何想个办法治她，花多少钱都行。”温思雨望着杨大夫，满眼都是期望。

“温总，我认得你，巨能集团老板，亿万富豪。”杨大夫很客气地看着温思雨，“建议你雇顶级中医长期按摩，或许有救。”

温思雨谢别大夫后，急忙追上秋艳妮的推车，发现车正要推进一间有三张病床的病房，连忙拦住：“护士，请稍等。”说罢，转身追上杨大夫，“杨大夫，请你帮忙要一个单间。”

“温总，我没有这个权限。”杨大夫两手一摊，“你这事得去找刘院长。”

温思雨只好让护士把秋艳妮推进了那个三张病床的房间，然后转头去找院长。

“温总，像你这样的知名人士来说，这件事我是应该答应的。”刘院长脸上露出了歉意的笑容，“不过我们医院的单间病房，全部是高干病房。他的分配权不在我们医院，而在省卫生厅。”

温思雨拿起手机就打：“江部长，请你想办法让协和医院帮我安排一间高干病房。很紧急！”

“谁出事啦？”江如蓝紧张地问。

“先安排再说，我稍后给你解释。”温思雨打断江如蓝的话。

过了 10 分钟的时间，院长桌上的红色电话响了。院长拿起来听了几句，马上说：“好的。”

就这样，秋艳妮住进了高干病房。接着，温思雨又安排了三个护工三班倒，24 小时的在床前看护秋艳妮。

等到温思雨回到司雪家里的时候，已经是吃午饭的时候了。才感觉到饥肠辘辘，原来他连早餐都没有吃。

此时此刻，温思雨第一次想起了慧泉主持的临别赠言：十年之约需践行，征途艰险百战多，得饶人处且饶人，谢幕之日披绫罗。如果我当初放石天虎一马，司雪和秋艳妮是否可免遭一劫呢？他没敢说给司雪听，不想她担惊受怕。但内心开始紧张起来。作为一代枭雄的石天虎，决不会善罢甘休，肯定会卷土重来。而且他藏身暗处，自己却在明处，防不胜防啊！

调查虽然暂告一个段落，刘正义的心事却无法告一段落。这起枪杀案疑点重重，而案件的核心人物却稳如泰山，仿佛眼前的一切与他无关，又仿佛眼前的一切只是他电脑上程序的一部分。刘正义有的只是一个有着丰富办案经验的警官推测，无确切证据。他只能等待，等待着一个机会。

突然，刘警官想起了那记录在案的三次脚印。一次是温思雨住处的黑幕坠落案，第二件是温思雨实验室爆炸案，第三件是孙渊被盗案。三案留下的脚印，基本上可以确定是一人所为。他又带人返回作案现场。

因事发现场在司雪家门口，脚印重重叠叠。他思索片刻，便沿着枪击的射出方向追踪，终于在一棵大树下，发现了一双清晰的脚印。取证后返回刑警队，一经比对，与此前三案现场留下的脚印的吻合度高达 90%。看来，是同一人干的，而且是石天虎的人。刘正义的目光，开始锁定在一个人身上。难道是他？刘正义心里一阵发紧。因为他基本确定，作案人是闻名江湖的江光剑。对于此人，刚开始并没引起刘正义的关注。因为所有的命案都与他无关。刘正义把他列为一般的打手。

后来的一件事，让他注意到江光剑。

几年前发生了一起凶杀案。当刘正义赶到凶杀现场时，杀手刚离开不到 10 分钟。多亏刘正义及时赶到，被害人身中数刀，却没当场死亡。刘正义赶忙安排手下去追，又电话通知救护车。却不料靠在床头的被害人，突然惊恐地指着对面高楼说："快救孩子！"刘正义一看对面楼房的窗内，一个黑影正举刀刺向床上的人，但手在空中停住了。杀手迟疑了片刻，放弃刺杀，掉头冲出房去。待刘正义半小时后冲进对面的房间，发床上睡着一个尚未成年的小孩。通过周边楼道监控器的排查，那人疑是江光剑。但没有证据证明那位准备杀小孩的黑影就是江光剑。同时，也排除了江光剑是另一栋楼的杀人凶手。原因很简单：杀人凶手刚离开仅 10 分钟，对面窗中就闪出第二位杀手。而刘正义用最快的速度从这栋楼 25 楼冲到对面 23 楼时，花了整整 30 分钟。可见，杀害身边这个人的凶手，并不是对面这个人。而且这个杀手不同一般，是个有底线的杀手。

由此，他记住了江光剑。想不到今天的主角竟是他！

031 为了爱，他选择了自焚

秋艳妮经过抢救，暂时没有生命危险，但人却陷入深度昏迷之中。刘正义深知，秋艳妮是破案的最关键人物。所以，对她的病房安排，颇动了一番脑筋。他把秋艳妮再次转移到高干病房顶楼走廊尽头的一个单间，没有闲人路过这间病房，也不会有危险人物可在作案后敢从 10 楼跳下去。而带了降落伞的罪犯从这里跳下，伞也来不及张开就得摔死了。在单间前的走廊上，安排了两个民警，在病房内还安排了一个女警，都是三班倒，保证秋艳妮百分之百的安全，只等秋艳妮醒来。

温思雨在秋艳妮的医疗账户上存入了 1000 万。嘱咐医院用最好的医生，最好的设备，最好的药品，不惜一切代价救治病人。温思雨每次到医院来，司雪一定陪同。她深为枪击发生当晚的行为感到内疚。如果她相信了秋艳妮的警告，这个悲剧或许是可以避免的。只因为一个误解，一个风姿绰约的女人，就这样变成一个插满了各种管子，靠呼吸器才能存活的躯体。前不久，她曾经因为气走了自己的心上人而悔青了肠子。而此刻的后悔则更重，重到痛彻心扉！以至于她像鲁迅笔下的祥林嫂一样，不断地对温思雨说：“要是那晚我相信秋艳妮的话，她的一辈子就可以重写了。”搞得温思雨都有点害怕了。

温思雨偶尔也会一个人来看望秋艳妮。他在秋艳妮的病榻前，一坐就是好几个小时，也不说话，只是静静地看着没有一点血色的秋艳妮的脸，一动不动，像一座雕像。唯一显示他还在动的，便是不停淌下的泪水。他胸前已被泪水浸透了一大片，他却浑然不知。以至于坐在病房一角的女警官也生恻隐之心，为他递上一包纸巾。他却没打开。他始终在自责。这个在生死线上挣扎的女人，本与他没多少瓜葛，却为了救他，而舍弃了自己如花的岁月，她是为了什么？难道就为了那纵情的一夜！想到那一夜，温思雨的心就复杂起来。不错，他是喝了秋艳妮下的药才忘乎所以，但他毕竟还是享受了秋艳妮的青春。那是一段永远挥之不去的孽情，藏在他心中的某个角落，不时地彰显一下自己的存在。如果有一天，秋艳妮康复了，自己究竟该如何面对她的这份情？

浪迹天涯的江光剑也多次给温思雨来电，询问病情。当他得知秋艳妮还深度昏迷时，后悔得用头撞墙，在墙上留下斑斑的血痕。有次他偷偷潜回江城，来到协和医院住院部 10 楼 101 病房附近，就瞅到站岗的民警。

其实，还有一个人对秋艳妮的关注，不亚于所有人。他就是困兽犹斗的石天虎。江光剑跑路了。石天虎当然恨得牙痒，但他并不担心江光剑会坏他的事。江光剑手上血案太多，他若举报石天虎，他自己也会玩完。石天虎怕的是醒过来的秋艳妮。虽然她从未参与黑社会的勾当，但她或许也知道得不少。她已被警方控制。一旦醒来，绝对会因报复而走向举报之路。到那时，他石天虎离死期就不远了。秋艳妮才是颗定时炸弹。一定要赶到她苏醒之前干掉她。黑道称之为：补刀。

石天虎仔细分析了各方面收集来的材料，对着秋艳妮的病房平面图思考良久，一个杀人计划渐渐明晰了起来。

尚在深度昏迷中的秋艳妮，当然不会想到死亡正威胁着她。刘正义却是清楚地明白这一点，肯定会有杀手来医院“补刀”，这也就是他在秋艳妮的病榻前如此戒备森严的原因。但百密一疏，他万万没想到，危险竟发生在 CT 室中。

按照主治大夫的安排需要对秋艳妮进行全身的 CT 检查。由于白天门诊的 CT 检查人数太多，便安排在晚上 11 点。时间一到，在两名民警的陪护下，医护人员用病床把秋艳妮推进了位于 2 楼的 CT 室。三名民警还在室内巡视了一周，见几个医护人员在有条不紊地进行着准备工作，加之室内空间狭小，不便久留，就在医生的要求下退到门外。CT 室内，三名医护人员合力抬起秋艳妮，准备放到 CT 机门洞下的移动架上时，意外就出现了：一个身影从 CT 室内的洗手间中冲出，手起刀落，砍向秋艳妮。大惊失色的医护人员下意识地把秋艳妮住外一推，试图让秋艳妮躲过闪着白光的大砍刀。但落刀的速度太快，仰面平卧的秋艳妮刚被推成侧身时，砍刀便落下来，狠狠砍在秋艳妮的后背上，鲜血立马喷了一床。

室外的民警显然隐隐约约听到室内的声响，立刻去推CT 室的门，推不开，一脚踢开大门冲进去，看到乱成一团的室内和一身鲜血的秋艳妮，头就大起来。护士惊魂未定地指向窗口："跳下去了！"

民警二话没说，纵身从二楼的窗口跳下，不见刺客的踪影，只听到黑暗中传来的渐渐消失的摩托车轰鸣声。

刘正义听到这一消息，第一时间报告了市局。全市即刻展开了拉网式的搜查。很快就在离协和医院不远的小路上找到被人遗弃的摩托车。在全市巨大的交通和安全监控网中，竟查不出这辆无牌照的摩托车是如何到达协和医院的。

刘正义判断，摩托车是用货车送到协和医院附近的，而且在一个监控网的死角搬下的摩托车。看来，罪犯的反侦查手段是很高的。

原本把希望寄托在秋艳妮身上。可那凶狠的一刀，让本来就命悬一线的秋艳妮，更是雪上加霜。刘正义心里明白，还有一个人能让石天虎原形毕露，那就是跑路在外的江光剑。而唯一可能让江光剑现身的办法，就是公布秋艳妮遇刺的消息。刘正义从温思雨的描述中，意外的发现，这个号称中原第一打手的江光剑，还真为秋艳妮动了真情。现在就看江光剑对秋艳妮的情深到什么程度了。

当然，刘正义认为这盘棋还是有把握的。他从侧面零星地了解到这位打手是十分在意他的红颜知己的，他们不仅早就有肌肤之亲，而且作为缺少亲人关怀的打手，视秋艳妮为自己心中尚存的一丝人性。刘正义眼下能做的，就是等待。

从电视新闻中得知秋艳妮被补刀重伤的消息，江光剑气得几乎晕过去！他强迫自己冷静下来。摆在他面前有两条路。一条路是铤而走险，想办法干掉石天虎。但这一步有点险，这险并不是自己有多险，为了秋艳妮，自己这一百多斤早已置之度外。危险在于，一旦自己失手，秋艳妮必死无疑。江光剑还真不敢冒这个险。那么，摆在他面前就只有一条路了：自首。这样才能彻底地置石天虎于死地。当然，他明白，这条路也无疑是自己的不归之路。如果自己不归，谁看护秋艳妮？秋艳妮如此年轻，看护可是一辈子的事啊！考虑再三，他还是选择了铤而走险。江光剑就属于那种敢作敢为的男人。受过高等教育，让他在办事时思维周密。但一旦决定，就坚决执行。

江光剑曾被石天虎任命为保卫部长，可以说对石天虎现在的住所结构了如指掌。他凭着记忆，在纸上画了一张结构图。石天虎的住宅是一栋5层楼的独栋别墅。别墅约1200平方米，楼外砌了3米的高墙，墙上拉了高压电网。高墙外方圆10米内，一棵树都没有，是一片草坪。别墅上方布满监控。监控中心有人24小时不间断值班，所以石天虎曾信心满满地说，这里连一只兔子跑过都会发现。但他错了，江光剑就知道如何穿过草坪到达墙根。

在江光剑任保安部长时，就发现监控的交叉网在某个地方，有30秒的漏洞。本来准备纠正，后来一忙就忘了。突破监控网后，再一步一步计划如何到达石天虎的卧室。他的计划精确到每一秒钟自己所必须到达的位置。然后就开始了等待，等待一个阴雨天。第一，雨夜漆黑。第二，噪声大，便于掩盖不小心发出的声音。好在此刻正是春季，多雨季节。

在一个下着中雨的深夜，江光剑出发了。他把车开到离石宅约500米的一棵大树下。黑色的车身在大树的阴影里几乎看不见。车头向着车道，这样他干完活出来，一上车就可以上路狂奔。他静静地在树荫下蹲了会儿，确定了监控中30秒漏洞的方位和时间，迅速地冲过去来到墙边。报警器果然一声不响。他嘘了口气，开始从一个红色的标记开始，仔细数着墙砖的数量。数到516块，他在墙根处摸到一块圆井盖。他戴上准备的黑口罩，打开井盖，身子就滑了进去，然后关上井盖。虽然有口罩，但浓浓的臭气仍然让他差点窒息。他只得屏住呼吸，快速地向前爬行。边爬边估计着距离。大约爬了8米，在头顶上摸了会儿，摸到了一块圆形的石块，向上用力一顶，石块推开了。江光剑赶忙钻出来，大口地喘着气。

这里是石天虎的草料房，房里堆满了马的草料。石天虎是个骑马迷，所以常年备着这些。他正准备站起来，突然感到有什么东西顶住了他后脑勺。他头都不回，正准备一刀刺向身后刺去。突然闻到了熟悉的味道：原来是“虎子”，他一手喂大的狼狗。晚上，训练有素的虎子，碰到自己的熟人，是不会叫的。因为叫声会引来误会。它只会亲切地在你身上嗅来嗅去，表示它的热情。江光剑也亲热地抱了抱虎子的头，把手放在虎子嘴上，做了个噤声的手势，然后拍拍它的尾部，示意它可以走了。

虎子恋恋不舍地又嗅了江光剑几下，才极不情愿地走开，边走还边回头，看它的主人是不是改变了主意，要它回去。等它看到江光剑固执地做着让它离开的手势时，轻声呜咽了两声，走开了。

却不料黑暗中，传来一声粗糙的喊声：“虎子，谁惹你不高兴了？”

江光剑的心里一紧，贴在墙上一动不动。见没动静，他摸到草料房尽头的一扇铁门边，用万能钥匙打开门。在货架一摸，是空的。他开始感到有些不对头了。这里曾是石天虎的枪械库，但此刻却空空如也。他原本指望拿几把枪，凭他百步穿杨的身手，对付十来个人是没问题的。现在没有枪，胜算就大打折扣了！但事已至此，伸头缩头都是一刀。他没有退路。再想到妮姐，他能退吗？

江光剑沿着楼梯，轻脚轻手地来到三楼。观察了会儿，发现石天虎的卧室亮着微光。他知道，石天虎虽然是黑帮老大，但他却有个奇怪的习惯：怕黑！即便晚上睡觉，也要开盏小灯，否则就睡不着。

江光剑贴着窗听了会，室内传来鼾声。他内心窃喜起来：石天虎，你在劫难逃了！他用万能钥匙轻轻打开房门，闪了进去，将门轻轻掩上，但没有关拢。

在微弱的灯光下，江光剑看到床上被子里，有两个人的身影，搂在一起。但头埋在被子里，看不清脸。

此时此刻，仇人近在咫尺。只需手起刀落，便可结果他的小命。但江光剑却犹豫起来。因为今天太顺利了。突然他记起一件事：石天虎从不蒙头睡觉！他马上冷汗淋淋，转身拉开房门向外冲去。也就在这一刻，夜空中爆发出石天虎那特有的狼嚎般的吼声：“打死江光剑，赏金一百万！”随着他的喊声，别墅所有的灯都亮了，照得楼房内外如同白昼。一阵哗哗的脚步声和喊声也在楼内外响起，十分惊心动魄。江光剑在枪械库扑空时，就感到有点不对头。到发现床上的人不是石天虎时，他终于彻底明白过来：掉进陷阱了。今晚怕是死到临头了。想到这里，他反倒沉静下来。他得执行B方案了。

一出房门，他看都不看，便知道门外人处的位置。左右开弓，便传来几声哀号，倒下几个人。然后飞身往楼上冲。只碰到两个对手，他暗自庆幸：自己猜对了，石天虎猜错了他逃跑的方向，认为他只可能往楼下冲。往上冲那纯粹是找死。

江光剑毫不费力，就制服了挡在楼梯上的两个大汉，快步向楼上冲去。他身后则跟着一群如狼似虎的汉子。但他们刻意保持着与江光剑的距离。因为他们已目睹了江光剑出门后的凶悍：不到5秒，门外左右的两个大汉便口吐鲜血倒在地上。接着又目睹挡住江光剑去路的下场。他们的畏惧给了江光剑时间，让他得以顺利地冲到四楼朝北的露台下。向下一看，正是草料房。草料场与别墅间，怕也有十几米。他没有片刻犹豫，一个助跑纵身一跃，人就飞了出去，引起身后人的一片惊呼：“天啦，剑哥跳楼了！”

江光剑的身子砸穿木质结构的屋顶，直接摔在厚厚的草料上，但身体也被屋顶的砖木撞得不清，头一阵眩晕，人也站不起来。这时，外面传来石天虎的一阵叫声：“都去草料屋！一群废物！”

江光剑忙连滚带爬地钻进下水道，小心地合上井盖，拼命地向前爬行，来到院外地下水道的出口，推开盖井，正准纵身跳出去，一个意外的声音让他魂飞魄散：“剑哥，我候你多时了！”

江光剑听出，这是他一手训练出的高手黑熊。别说黑熊的功夫不在他之下，就这两人所处的位置，江光剑也是个死啊！他仰天长叹：早知今日，何必当初！

“剑哥，你想到哪去了。”黑熊一把拉起江光剑，“今晚我在蓉儿那里，听到老板召唤才赶回来。我就料到你必经此道，怕也有人守在这里，便赶来了。果然如此！”

黑熊一转身：“你看。”

江光剑循声望去，直有两个马仔躺在地上，不禁倒抽了口冷气：“你杀了他俩？”

“都是兄弟，哪儿下得了狠手。但他们看到我了，这里怕是待不下去了。”黑熊抓住江光剑的胳膊，“剑哥，我们一起亡命天涯吧！”

江光剑苦涩地一笑：“你嫂子瘫在床上，我能去哪儿。走，快上车。”

江光剑边开车边说：“带上蓉儿，走得越远越好。”

“带上她？”黑熊有点意外，“那个窑姐？”

江光剑一个急刹，对黑熊抬手就是一耳光：“窑姐怎么啦？你落难时受了重伤，是谁收养了你？你这个忘恩负义的东西，配当我兄弟吗？”

黑熊捂着火辣辣的脸，没吭声。

江光剑又说：“别人跟了你以后，还去过窑子吗？”

“剑哥，是我不对。”黑熊小声说，“可我现在，身无分文，自身难保……”

“没事。”江光剑打断他的话，从后座上拎过一个沉甸甸的双肩包，把背带往黑熊脖子上一挂：“带上吧，够你们用一辈子的。”

黑熊感到脖子沉甸甸的，知道数额巨大，忙说：“剑哥，我不是这个意思。”

江光剑一把抓住黑熊准备取下双肩包的手：“我不需要了。”

黑熊心一紧：“剑哥，你想干什么？”

“去自首。”江光剑对黑熊做了个噤声的动作，“我还有杀石天虎的机会吗？”

“没有。但是……”

“我能背着你嫂子跑路吗？”

黑熊没吭声了。

“石天虎能让你嫂子活着吗？”江光剑的目光死死地盯着黑熊，仿佛他就是石天虎似的。盯得黑熊心里直发毛。

“所以，保护你嫂子的唯一办法，就是我自首。”他停了一下，温和地看前黑熊，“再说，你和蓉儿也安全了。”

“剑哥。”黑熊已是泣不成声。

“你下车吧，”江光剑的声音也有些颤抖了，“过了马路就是蓉儿的家。”

到这时，黑熊才发觉，江光剑一直在把车往蓉儿这里开。他哭喊一声：“哥！”

江光剑侧过身，推开副驾驶的车门，猛地一推，把黑熊掀到车外，顾不上关车门，一脚油门，车就飞了出去。车后传来黑熊的喊声：“哥……”

一小时后，江光剑的车就冲进后湖区公安分局。

几名门卫拔枪指着小车高喊：“干什么的！”

车门慢慢打开，江光剑高举双手走出车外，平静地说：“我是江光剑。”

民警们对这个名字真是太熟悉了。有人喊道：“拿手铐来！”

“不必了。”刘正义从台阶上走下来，用手扣住江光剑的左手，“走，我们喝两杯去。”

民警们都怪怪地相互瞧着：今个队长怎么啦？

来到食堂，刘正义对值班师傅说：“老丘，来贵客了，帮我炒几个菜，来一箱啤酒。”

江光剑像个傻瓜似的待在那里，不明白这刘队整的哪一出。

“坐，坐！”刘正义在江光剑肩上重重地拍了一下，然后打了个电话。接通后，刘正义简单地说：“王厅，我在分局请二哥喝酒。”

“别急，等我来了再动筷！”接着听筒里传来兴奋的喊声：“备车！”

王厅与刘正义一起连夜审问江光剑。

江光剑打开一个背包，拿出一堆东西。有材料、U 盘：“都在这里。”

刘正义一看，堆满了一桌。他取出以往留存的几份足迹，与江光剑的鞋印比对了一下，完全吻合。忙把全队人叫来，宣布了保密条例，收存了所有手机，然后分头清理江光剑所上交的材料。王厅来后，听取了汇报，又详细地查阅了所有口供和证据，这石天虎真可谓罄竹难书，光命案就有十几条，而且罪证确凿，可以收审石天虎。立刻命令刘正义带队，由江光剑当向导，火速对石天虎实施抓捕。

但是，石宅已是人去楼空。

石天虎的大班桌上，赫然放着一张石天虎的手书：

题乌江亭

［唐］杜牧

胜败兵家事不期，包羞忍耻是男儿。
江东子弟多才俊，卷土重来未可知。

刘正义暗叹一声：中原枭雄，果然名不虚传！温思雨危险了！

中原省公安厅连夜发出“A 级通缉令”。但石天虎却从此人间蒸发了。

032 江城五月落梅花

黄鹤楼上鸣玉笛，
江城五月落梅花。

诗人笔下的五月，既有鼓起瑟止的音韵，又有花开花落的浪漫，江城的长河湖泊、大地山川，都弥漫着“情”的氛围，让人沉醉其中，难以自拔。这也是为什么恋人们的婚期多定在多情的五月。

发生在多情五月的第一件事，是孟长河与黎小溪的旷世之恋。

五月初的一个漆黑的雨夜，孟长河的座驾刚要驶入省委大院住宅区大门。孟长河猛地透过车窗，看到一个站在雨中的人向他的座驾冲过来。司机为避免撞人，下意识地刹住车。尖锐的刹车声，在寂静的空中显得格外刺耳。秘书小丁猛地拉开车门，一把抱住冲过来的人，同时大喊：“开车！”

司机猛踩油门，车便飞驰而去。几乎同时，昏暗的车道两边，突然闪现出身着军装的大汉向拦车人冲去。夜空中响起一声嘶力竭的哭喊：“长河，我是小溪！”

“停车！”孟长河说了声。

车停了，孟长河推开车门，就站在车外的雨中，说道：“放开她！”

围在来人旁的一伙人，微微散开了一点，但还是警惕地关注着眼前的这个女人。

街灯下的这个女人，没有打伞。被雨水浸透的身子，在寒冰的风中不停地颤抖，以致灰白的脸上，露出一片绝望，但这一切仍然掩盖不住她秀美的容颜和十分苗条的身材。真的是黎小溪！50年的岁月，竟没有洗净她身上的风华，这让孟长河惊叹不已。更让自己意想不到的是，这个悄无声息了几十年的女人，竟然依旧藏匿在他心中的一个角落，挥之不去。

孟长河从短暂的惊愕中恢复过来说道："小溪，快上车。"

他们来到省委小招待所。秘书小丁让所长送来一套衣服，给黎小溪一个人关门换上后，把她请到小会议室。

经过梳理后的黎小溪，虽然衣不合体，但仍然显露出优雅的一面，让孟长河感觉到她年少时的风采。他努力将校园旧事从脑海里赶出去，待秘书小丁退出小会议室后关切地问："这些年还好吗？"

这话一出口就后悔了。人家前夫成了国家A级通缉犯，她好得起来吗？

黎小溪凄惨地说："长河，我有件事要求你。"

"说吧，只要我办得到。"孟长河知道她与石天虎早已离婚，她不会来为石天虎求情的。

黎小溪还没开口，泪水就流下来。她几度哽咽后说："让他们别为难我女儿好吗？"

"你女儿？"孟长河疑惑地看着那张泪痕满面的险，隐隐有些心疼。这张脸，他孟长河曾经亲过。

"我女儿。"黎小溪在孟长河的眼光下，露出几分羞色。

"关她什么事？"孟长河没有移开自己的目光。好像一移开，这张脸就没了。

黎小溪鼓起勇气说："让他放过我女儿。"

"他是谁？"孟长河问。

"后湖公安局的人。"

孟长河大为惊讶："他们还株连九族吗？"

黎小溪迟疑了会儿，十分不好意思地说："有个副局长想打我女儿的主意。"

孟长河一听，脸色一沉："有证据吗？"

黎小溪打开一部手机："这是那位局长给我女儿发的微信。"

陈局：你只要随了我，我保证再也没人找你的麻烦。

淼淼：局长，你放过我吧。我给你钱行吗?

陈局：你个死刑犯的女儿，还敢跟老子还嘴！我不要钱，只要人！你听好了，如果你今晚不来，你妈妈就看不到明天的太阳了。

"我要让他看不到明天的太阳！"孟长河咬牙切齿地拿起电话，"王厅长，你带几个人到省小招来。"

几个小时后，江城市后湖区公安局陈副局长收到一条微信：

淼淼：我在哪里见你?

陈局：长江大酒店 1118 房

陈局长大喜过望，以为今晚就能得偿所愿。他正做着美梦，收到了一封短信：

淼淼：我在 1118 门口

陈局长飞身来到门边，从猫眼往外一瞟，黎淼淼果然站门前。他拧开门锁拉开门，立刻冲进一群民警。

陈局长怒吼一声："你们好大的胆……"

话没喊完，脸上就啪的一下，挨了重重的一耳光，被打倒在地上。

"给我铐起来！"王厅长怒视着陈局长，"我们公安的脸让你丢尽了！带走！"

王厅长把黎淼淼送到了省招待所小会议室。孟长河说了四个字："严惩不贷！"

"是！"王厅长两脚一并行了个军礼，转身离去。

黎小溪把黎淼淼拉到孟长河身边："淼淼，叫孟叔叔。"

"孟叔……"黎淼淼闪了孟长河一眼，赶紧埋下了双眼。

一丝遥远的回忆，猛地窜进了孟长河的脑海，以致他下意识地打断了黎淼淼的话："等等，你叫什么名字？"

黎小溪赶紧对女儿暗暗地使了个眼色，想阻止女儿回答。女儿盯着妈妈，一脸迷惑。

孟长河盯着女孩问："你叫淼淼？"

"是啊，怎么啦？"

黎淼淼脸上一团稚气，她妈妈却是满面通红，羞愧难当。

"孟叔叔，我见过大学时代的你。"

黎淼淼一句话，让两人都吃了一惊。

黎小溪忙说："讲傻话了吧？"

"才没。"黎淼淼说，"妈，我在你的保险柜里见过孟叔的照片，是……"

"淼淼！"黎小溪打断女儿的话，脸上飞起一阵红云。

孟长河内心猛的一疼。连续两件事，彻底把孟长河带回到遥远的初恋岁月：有一次他俩在校园漫步时，孟长河戏言道，你是小溪，我是长河，都是水。将来我俩的孩子就叫"淼淼"。黎小溪就是一粉拳捶在孟长河胸前：谁跟你有孩子？！眼前的女孩果真叫"淼淼"，而淼淼的妈妈，还珍藏着他大学时的照片！孟长河差一点情不自禁地喊"溪溪"。他感到眼中湿润了。他多想问一句："当初，你为什么跟了石天虎？"这个问题他一直藏在心灵深处。这一藏就是三十年！

黎小溪从孟长河眼中读到了太多信息。她羞愧难当，拉起女儿就往外走。在她转身的那一刹那，已是泣不成声，以致连句道别的话都说不出来。黎小溪感到无颜再见孟长河，所以匆忙离去。偏偏老天爷不领情，又安排了他俩的第二次见面。而且见面的场地，让黎小溪更是无颜面对。

几天以后的一个下午，孟长河应中原省政协的邀请，到江城市调研老城区改造。

这个老城区位于江城市北端一角。几十年前，这里也曾商贾云集、风光无限。自改革开放后，江城市采取了开发新城区战略，于是，一座新城在江城南部拔地而起。江城北部就沦为低收入人群的集散地，而随之而来的，就是治安差、环境差等一系列问题，极大影响了社会和谐。引起了中原省政府的高度重视。

孟长河一下车门，立刻闻到一股腐臭味。秘书立刻递过洒过香水的毛巾，他下意识地接过，在鼻前一捂，又觉不妥，顺手塞进了口装。他瞅着堆满垃圾的街道，高低不平的马路和风尘仆仆的楼房，有一种回到解放前的感觉。他下定决心，有多大困难，也要从重从快地实施老城区改造！务必让低收入的百姓，同样享受到改革开放的果实。没必要再考察下去了。

他正准备上车，一个熟悉的身影从一座低矮破旧的门洞里钻出来。他惊讶地发现，竟然是黎小溪！黎小溪也同样看到了他。他们的眼光一碰，黎小溪便飞快地缩回了门洞，门也随之重重地关上。孟长河的心被猛地刺了一下，倒吸了一口冷气。眼里便多了一些湿润。他认为，即便石天虎破产，黎小溪也不至于连个好一点的落身之处都没有哇？他让秘书关注一下这件事。

果然，秘书了解的情况是，黎小溪早就拒绝了石天虎的一切经济资助。用她的话说，他的钱太脏。这让孟长河十分欣慰。以省委书记的权力给黎小溪解决一套房子，当然不成问题。但他能这么干吗？不能。却不料，他想了几天都解决不了的难题，对女儿来说，却是举手之劳。

江如蓝把事情的前因后果给司雪细说了一遍，冰雪聪明的司雪听明白了，意思是让她从接受石天虎的资产中，调一套住房给黎小溪。

司雪很爽快地说："没问题，就把石天虎的那套豪宅还给她不就行啦。"

"那不行，我爸也决不会同意的。"江如蓝摇摇头，"就选一套两室两厅就行。"

司雪说："行，叫他们来办手续吧。"

江如蓝说："这样给她们，她们不会要的。"

"给她们房子会不要？"司雪不解地盯着孟如蓝。

江如蓝慢慢说道："这母女俩也曾是亿万富婆，心高气傲。怎么会受嗟来之食呢？"

司雪大悟，问道："依你之见？"

江如蓝靠近司雪耳朵如此这般地说了一通，逗得司雪打了江如蓝一拳："就你点子多！"

半小时后，江如蓝的车就停在黎小溪门前。江如蓝敲了敲房门。

"谁呀？"随着一声问话，房门吱呀一声拉开，黎淼淼走了出来。

江如蓝问："请问，黎小溪女士住这里吗？"

黎淼淼迟疑地看了他们一眼，又看了看车牌，见是"0"字开头的政府牌照，又再打量了一番司雪和江如蓝，感觉不像是坏人，才答道："有什么事吗？”

江如蓝微微一笑：“我们是市政府工作人员。根据相关法律，应该给你们娘俩保留一套住宅。今天就是来落实政策的。”

“啊，那太好了。”黎淼淼转身就跑了进去，“妈，有人给我们送房子来了！”

这是江如蓝第一次看见黎小溪。在这以前，她无数次地揣摩过老爸的这位初恋的模样。依老爸的眼光，漂亮是肯定的。刚才见到黎淼淼，也证实了自己的猜想。等到她看到亭亭玉立在眼前的黎小溪，仍旧大出意料：她实在是太美了！无论是年龄，还是身边的陋室，都掩盖不住她身上焕发出的芳华。

司雪不知道江如蓝为何有些分神，忙把来意重复了一遍。她以为这位陷入困境的中年妇女会感激涕零的。却不料黎小溪淡淡地一笑：“谢谢你们。”略作停顿又冲着江如蓝微微地点点头，小声说：“代我道声感谢。”

一句话，让在场所有的人都明白了她真正要谢的是谁。

几天后的一个晚上，孟长河轻车简从，拜访了黎小溪的新家。

黎小溪正靠在一个简易的小沙发上缝手套，听到了轻轻的敲门声：“嘭嘭，嘭！嘭嘭，嘭！”这久违的敲门声，让黎小溪惊讶不已。虽然时隔30年，但她不仅记得，而且常常在梦中被这种特殊节奏的敲门声惊醒，让她夜不能寐！她冲到门边低声地问：“是你吗？”

一般人听来，对这没头没脑的问话，肯定深感奇怪。但对门外的孟长河来说，则是心知肚明，这么多年了，她居然还记得自己的这个习惯，可见自己在她心中的分量。他简短地说：“是我。”

“啊，你等等。”黎小溪慌了神。她急忙冲到洗手间，对着镜子整理一下，补了点淡妆，才过去开门。

孟长河听到叫他在门外“等等”，不由有些感慨。他已经好多年没听到人们对他讲这句话了。今天终于有人对他讲“等等”，他不由笑起来。想想在整个中原省，除了他女儿，恐怕再没有第二个人敢让他“等等”，今晚倒是个例外。

开门的那一瞬，两人对视了一眼，多少有点不自然。

“你来了。”黎小溪嫣然一笑，侧过身，请孟长河进来。

孟长河“嗯”了声，走进门，立刻感到香气袭人。他不用判断，就知道是梨花的芬芳。暗想，好多年没闻到了，心里不免有些伤感。

两人相对而坐，一时无语。黎小溪低着头，像个犯了错的学生，不敢抬眼望孟长河。而孟长河忘了一路上准备好的台词，只是静静地打量着对方。

此刻的黎小溪，与那夜相比，宛如两人。虽然年已50多，却韶华依旧，眉宇之间，还保留着年轻时的清纯气质。浓密的发髻盘在脑后，更显出额前的一排刘海，生动而妩媚。而白皙的脖上挂着的一串蓝色的项链，和耳垂上吊着一对蓝色的吊坠，又平添了几分高贵。最后，还是黎小溪打破了沉默：“这房子，还得谢谢你。”

孟长河马上说：“啊，这是落实政策……”

“我心里有数。”黎小溪打断他的话，横了孟长河一眼，“总爱蒙人家！”

孟长河不屑地摇摇头：“你呀，总比别人聪明一寸。”

说罢，两人都大笑起来。刚才的尴尬，立刻消失殆尽。

他俩都不约而同地想起了大学时代拌嘴的情形。黎小溪老抱怨孟长河爱“蒙人”。孟长河则老取笑黎小溪“比别人聪明一寸”。

他们高高兴兴地聊了一会儿，孟长河突然说：“小溪，有件事藏在我心里30多年了，不知当问不当问。”

黎小溪看着孟长河，对他转换了话题并不意外。她知道，该来的总会要来。她平静地迎着孟长河的目光，心无旁骛地说：“想问我在大四时，为什么突然拒绝你？”

孟长河一愣，随即点点头。

黎小溪没作声，只是从卧室里拿出一个极旧的信封递给孟长河。

孟长河接过信封，抽出里面的信纸一看，眉头就紧紧锁在一起。原来是石天虎写给黎小溪的忏悔信。到这时，孟长河才知道，原来是石天虎在黎小溪酒醉的时候，强行占有了她。为了自己的名节，黎小溪选择了沉默。这一沉默，就毁了她30年！而且，自从有了女儿黎淼淼后，她就带着女儿分居了。

一股莫名的伤痛和怒火占据了孟长河的心。如果此刻抓住石天虎，他发誓会整得他生不如死！他望着不停落泪的黎小溪心想，这几十年暗无天日的岁月，她是怎么熬过来的？

孟长河走过去，坐在黎小溪身边，用右手把黎小溪揽在怀里，任凭她的泪淌在自己胸前。

突然，门外传来一阵轻轻的敲门声！两人都吃了一惊：这么晚了，谁呀？！

孟长河说：“是你女儿回了吧。”

黎小溪摇摇头：“不会，她有钥匙。”

“我的车在楼下，她不会用钥匙开门的。”

黎小溪脸一红，横了孟长河一眼，走到门边问道：“谁呀？”

“妈，是我。”

果然是淼淼！黎小溪又横了孟长河一眼，孟长河却从眼神中看到了娇媚。

黎小溪打开门，女儿却没有像以前那样扑向妈妈，而是一副歉意的样子偷偷看向了黎小溪身后，真的是省委书记！她吐了下舌头，小声说道：“孟书记好。”

坐在沙发上的孟长河眼睛一亮，这不就是当年与他朝夕相处了4年的黎小溪吗？他情不自禁地站起来：“你背书包的样子，真跟你妈读书时一模一样！”

黎淼淼小心地笑着，没敢吭声，只是用一对美丽的大眼睛不时地打量着孟长河。

黎小溪帮女儿卸下双肩包问道：“怎么今天回啦？”

黎淼淼说：“毕业了，考研的留校，我又不考研，当然就回家啦。”

大家坐下后，孟长河想了想，还是问道：“淼淼，你为什么不考研？”

黎淼淼说：“孟书记……”

“叫我孟叔吧。”孟长河看着黎淼淼，目光里透着亲切。

黎淼淼看妈妈，见她点点头，脸上洋溢着愉悦，便说：“孟叔叔，我不考研。”

孟长河追问：“为什么？”

“不考就是不考，没有为什么！”说罢，转身走进卧室，重重地把门关上。

黎淼淼的情绪突然带着点气，这让孟长河有点意外。他就看向黎小溪。

黎小溪的神色很不自然。她想了想说道：“算了，今天不谈这事啦。”

孟长河心里明白，读研几年下来，怕也是好几万啦。这笔费用对眼下一无所有的黎小溪来说，肯定是无力承担的。他就简单地说了一句：“这事我来办。”

黎小溪忙说：“长河，别……”

孟长河打断她的话：“就这样吧！”

黎小溪咽下后面的话，抬眼看向孟长河，才醒悟过来，眼前的这个人，不单是她嘴里的“长河”，更是一位封疆大吏！她垂下眼，忽然想起了她和孟长河长达 4 年的恋情，那段岁月已流逝多年，今晚想起，却恍若昨日。她扑闪的大眼睛又一次湿润了。

孟长河仿佛看穿了她的心绪，柔声地说：“我会像昨天一样待你。”

黎小溪一下跌坐在沙发上：原来他也想起了“昨天”！

两个同时想起了“昨天”，就印证了一个成语：不忘初心！

发生在多情五月的第二件事，是秋艳妮与江光剑的生死之恋。

同样是五月初的一天，温思雨和司雪，在中原人民医院康复医疗室里，坐在秋艳妮的病房旁，讨论如何给江光剑和秋艳妮设计婚礼流程。

经过半年的医疗，秋艳妮总算从植物人的阴影中走出来，但终身瘫痪是确定无疑的。即使所有医疗专家都给出了这个结论，但温思雨和司雪却表示绝不放弃。他们的依据很简单：医生也曾诊断秋艳妮会成为植物人，如今不也恢复了思维吗？他们坚信在秋艳妮身上会出现奇迹。只要秋艳妮一天不站起来，他们就一天不停止医疗。医院的专家们当然也不反对。一个月数十万的医疗费用，医院当然乐享其成。

每次来看望秋艳妮，看着这个曾经娇媚如花的女人，曾经与他有过肌肤之亲的女人，如今却为了他，陷入生不如死的绝境，温思雨心头都有切肤之痛。秋艳妮的面容早已没有昨日的娇媚。惨白的脸上，透着一层愁雾。若不是眼珠的转动，你都看不出她是否还活着。但让温思雨稍稍宽心点的是，与以前的植物人相比，她可是不知道好了多少！

而司雪的心情，总是愧疚和感激。如果当初她听从秋艳妮的警告，哪有今天的悲剧。但是人生词典中唯一没有的单词就是这个“如果”。

今天他俩到秋艳妮身边，可不仅仅是看望，他们肩上，还有沉甸甸的托付。

昨天，刘正义警官给温思雨去了电话：“温总，江光剑想申请与秋艳妮结婚，想请你帮忙。”

温思雨对此并不吃惊，他深知江光剑对秋艳妮的感情。这个残忍之极的打手，一辈子都活在冷血之中，从来都不知道人间温暖为何物。但自从认识了秋艳妮，多次受到她的照顾，更让他珍惜的是，她默默地照顾，从未向他索取任何回报。他的人生哲学是就 8 个字：拿人钱财，替人消灾。但在他与秋艳妮之间，用不上这一条。这也就是温思雨接到刘正义的电话并不吃惊的原因。他只是问道：“刘警官，从法律角度考虑，有没有问题？”

刘正义坦然地说：“法律上倒是没有明确的界定。只是一个收监，一个瘫痪在床，这结婚也没什么实质的意义啊。”

“刘警官，对他俩却是意义重大。”温思雨略作停顿，“我去问问秋艳妮再说吧。如果她也同意，监狱那边，就少不了你帮忙了。”

“那没问题。”刘正义爽快地说。

坐在病床前，温思雨把情况向秋艳妮详细地说了一遍。等着秋艳妮的回应。

秋艳妮的第一反应是惊讶，甚至是无比的惊讶！她没想到身陷囹圄的江光剑会有如此出格的想法，更没想到瘫痪在床的她还有步入婚姻殿堂的一天。这不仅仅是不可能，甚至是荒唐！她木讷的脸上露出一丝苦笑，艰难地摇摇头：“雪儿，我们俩都这样了，结婚有什么意义？”

“妮姐，你这样想就错了。”司雪把秋艳妮的一只手握住，轻轻地揉着，“你要相信奇迹！”

“我们哪有奇迹？”秋艳妮回应着司雪，目光却投向温思雨。

秋艳妮每次看向温思雨的目光，都格外温柔，联想到秋艳妮用身体去替温思雨挡子弹，让司雪总感到他们俩或许还真的有点儿故事，眼中便漂起一层雾水。

温思雨也有点忌讳秋艳妮频频投来的目光，赶忙说：“怎么没奇迹？江光剑本该判死刑，却因为有重大立功表现，改判死缓，又两次减刑。你也是，都成植物人了，现在能说话，这还不是奇迹？”

听了温思雨的话，秋艳妮微笑了，脸上泛出了些许光彩，眼神也活跃起来。室内的气氛也变得温暖了。

温思雨接着把婚礼的细节说了一遍，总算把江光剑托付的事办妥。

两周以后，获得假释的江光剑，便与秋艳妮在温思雨送的住宅里，举行了简短的婚礼。来宾就温思雨和司雪，但新房则是司雪请专业人士布置的，奢华无比，很符合秋艳妮的口味，让秋艳妮一进新房就欢喜不已。她躺在一张为残疾人特制的床上，看着房间的金碧辉煌，满眼都是小星星。这时，司雪口中对秋艳妮承诺的奇迹真的出现了：秋艳妮用双手在身后一伸，居然坐了起来！大家都被眼前的情景惊呆了。随后，秋艳妮有点支撑不住，便往后倒去。温思雨眼疾手快，扶住她慢慢躺下。秋艳妮伸手搭在温思雨肩上，眼光有些迷茫。

温思雨赶紧说："江光剑，你过来扶住秋艳妮，她想坐起来。"

秋艳妮的手从温思雨肩上滑下来，眼光也回到江光剑身上，任江光剑从背后托着自己。

司雪高兴地拉着秋艳妮的手："妮姐，你看，有奇迹吧！"

秋艳妮脸上露出久违的笑容。

温思雨和司雪又说了许多祝福的话，才离开江光剑和秋艳妮的新房。

发生在多情五月的第三件事，是司力夫与赵婷的知己之恋。

一天，温思雨和司雪回到家里，司力夫就把他们召进了书房，听赵婷把他俩的订婚庆典介绍了一番。两人当然都点头赞同。司雪冷不丁地问："那你们俩的事准备何时办？"

赵婷脸一红瞅向司力夫。司力夫倒是很坦然："办完你们的婚事，我们去俄罗斯旅行一趟。"

赵婷接着说："你爸这一代人，是唱着《莫斯科郊外的晚上》长大的，有着浓浓的俄罗斯情结。"

"我一直想去看看那些神交多年的俄罗斯朋友，普希金、莱蒙托夫、托尔斯泰、屠格列夫。"司力夫的脸上露出了不多见的柔和，"这次要如愿以偿了。"

司雪对老爸和赵婷的婚事十分赞赏："老爸，你辛苦了一辈子，这次与赵姐好好浪漫一次。"

司力夫笑了一下没作声。倒是温思雨明白司总笑的含义：司雪对老爸和赵婷的称谓差着辈分哩。

多情五月的第四件事，也是最重要的一件事，当然是温思雨与司雪的传奇之恋。

温思雨与司雪的订婚仪式，赵婷专门成立了筹备组，原本想安排隆重些。一则是冲冲前些日子的许多秽气。再则也想以隆重的典礼来庆祝今天巨能集团的胜利与辉煌。温思雨和司雪刚从生死之恋的阴影中走出来，对司力夫提议的订婚仪式不太上心。但在司力夫的坚持下，才勉强同意了。但只想低调处理。这样，才最后决定，订婚仪式就在司力夫家中举行。商量到仪式的时间，多数人建议五一或五四，温思雨说："就5月13日吧。"说罢，突然起身，独自走到室外的露台边。大家愣了片刻才明白，这天是母亲节。司雪追过去，从背后紧紧抱住温思雨，把脸贴在他的后背，无声地流着泪。

举行订婚仪式的当晚，本来就奢华无比的司力夫豪宅，更是华灯齐放、流光溢彩。远远望去，金碧辉煌，宛如宫殿。温思雨和司雪站在门口，与到场的每一位应邀宾客握手致谢。众多的男女服务生在门口恭候着嘉宾，然后把他们带向各自的位置。

温思雨剪了个小分头，鬓发上喷了点啫喱水，在水银灯下熠熠生辉。他身着一套在香港定制的藏蓝色西服，打着酒红色领带，内穿洁白的衬衣。脚穿一双黑色皮鞋，鞋身擦得无比光亮。本来就身材修长，加上面容俊朗，那份帅气，就是当红影星也会自叹不如。站在他身边的司雪，身着洁白的婚纱，显得身材高挑。而剪裁适度的紧身衣，又展示了她婀娜多姿的曲线。闪闪发光的一串宝石项链，把她又白又长的脖子衬托得无比优雅。在她上前一步迎向宾客时，常让来宾惊叹不已：恍如从画中走出的仙女。

他们俩名义上是在迎所有宾客，实际上在焦虑地等一个人：江如蓝。但直到订婚仪式开始，始终没看到江如蓝的倩影。

几乎所有的请帖，都是司力夫派人送至府上的。唯独江如蓝的请帖，让司力夫犯难。其主要原因倒不是因为她是孟长河的女儿，而是因为她是司雪的闺密，而且她对温思雨工作上的支持，也是非常巨大的。于情于理，都应该由温思雨和司雪一同送。但由于温思雨和江如蓝曾有一段“过去”，三人见面，难免有些尴尬。权衡再三，决定司雪一人去。

司雪按约晚上8点到了江如蓝家门前，站了好一会儿，都没勇气按门铃。门却悄无声息地打开了，门口站着面带微笑的江如蓝：“新娘子来了，快快请进。”

江如蓝的豪爽给了司雪些许勇气。她略带羞涩地说：“蓝姐，请你去热闹一下。”

“一定去。”江如蓝接过精美的红色请帖，脸上仍然带着微笑。然而当她打开请帖，看到烫金的“温思雨司雪”的字样时，再也控制不住自己的情绪，感到泪水就要喷出来。她慌忙转过身，不让司雪看到她的哭相，一言不发地冲进了卫生间。

司雪当然没看到她的眼泪，但她自己已是泪水涟涟。她轻轻地敲了敲卫生间的门，呜咽地说：“蓝姐，对不起，我也没办法，我……”

“雪儿，这不怪你，你先回吧，我想一个人待会儿。”停了会儿，她又说，“我一定去。”

但她没来！

其实，他俩错了。江如蓝早就来了。不过，她看到温思雨和司雪并肩站在厅门口迎客，就找了个暗处停下来。她只想悄悄地参加。

按照常理，作为闺密的江如蓝，也必须出席司雪的订婚仪式，但她能去吗？她如果去了，岂不是给自己找难堪吗？但是不去，她与司雪情同姊妹的十多年情谊，就这样“割袍断情”？真是左右为难。她想起一句歌词：“不是你的，就别再勉强。”是的，何必勉强自己。再说了，一个是自己最最亲密的闺密，一个是自己最最喜欢的知己，这两个人订婚，哪有不去的道理。一旦想通，她就轻松了许多。原打算就这样素面朝天的去。可一照镜子，里面的人一脸疲惫。她可不想让温思雨看到自己这副模样，便上了点淡妆。江如蓝认为自己调整好了心态，应该不会出什么问题，哪知到了司力夫家门前，一看到温思雨，还是心潮难平，竟流露出有些痴呆的神色。她赶忙溜向侧门。服务生把江如蓝引到客厅的最靠前的一桌，江如蓝却坚持要去最远最偏的一桌。服务生拗不过她，也只好作罢，并把情况告诉了现场的负责人。负责人见江如蓝不是普通人，也只得把情况告诉了温思雨和司雪。

司雪略思片刻，说：“暂时就这样吧。”

订婚仪式终于在现场演奏的乐曲中开始了。全场一阵又一阵的掌声和欢呼声。

当仪式进入到新郎亲吻亲娘时，江如蓝悄无声息地从侧门走了出去。她向服务生出示了停车牌，等着服务生把她的车开过来。她表面上平静如初，但内心却五味杂陈。她慢慢地把车开出小区，然后把车停在路边，任泪水静静地流下了。她就这样坐了好一会儿。不知何时，天上飘起雨，打在她车窗发出响声。她突然发现车周围站了好几个民警，即便在雨中，也都摆出立正的姿势。

江如蓝想：是不是违章了？她放下车窗玻璃问：“怎么啦？”

民警赶紧上前一步立正敬礼：“报告首长！我们在值勤。”江如蓝才明白过来，她开的是中原省委 01 号车。便小声道了一声“谢谢”。

原来她下午因为补妆，时间搞晚了点。加之精神有些恍惚，见一辆大奥迪在门前，钥匙还挂在车上，便跳上车就开了出去。此刻，交警看到中原省委书记的车，当然紧张起来。同时，她又想到订婚仪式上那么多民警，就苦笑起。轻轻道了声“谢谢。”发动了车子，缓缓驶上马路。路边的民警马上立正行礼。

一进家门，江如蓝就见老爸坐在客厅，看样子在等她。见她一进门就笑着说：“你开我的车去赴宴，会忙坏一湾子人啊！”

江如蓝勉强一笑：“是啊，开错了车。”说罢，快步走上楼梯，在他爸迟疑之间，嘭的一声关上房门。

孟长河知道女儿不想谈，女儿也知道她老爸不想谈。这位纵横政坛的中央政治局候补委员，跺一下脚就会让中原地震的一方大员，面对女儿的婚事，却是如此一筹莫展，他只有仰天长叹而已。

江如蓝静静地坐在窗前，悄无声息，任泪水止不住地涌出眼眶。她突然感到，这个看了二十多年的窗外秋夜，变得如此陌生：今夜的雨，又大又急，仿佛今生从未见过。而雨穿竹林的声音，深远悠长，也好像闻所未闻，仿佛在为她演奏一曲心灵的哀歌，催人泪下。她透过漆黑的夜空，审视自己二十多年的岁月，是何等的光鲜照人。无论是她的身材，她的容貌，她的身份，在整个中原，乃至京城的官二代中也不遑多让，中原公主之称绝非浪得虚名。她傲视群雄的气质，让众多官二代高山仰止，但她却想追求一个本就不该属于她的人，让她自己都感到不可思议，但她就是放不下温思雨。她对着雨声阵阵却寂寥无比的黑夜自问：我怎么办？

033 不是你的，就别再勉强

参加温思雨和司雪订婚仪式的第二天早上，江如蓝来到江城市的一个街道，以自由职业者的身份，报名参加了支边教育，并指名要去新疆喀纳斯小学任教。她的报名很快获得了批准。在临行前夜，她才把报名支边的事告诉了她爸爸。其实，她爸早已知晓，却并没阻止，他也想通过这件事让她摆脱眼前的困境，再把她调往京城。因为孟长河已经知道，他不日也会去京城某委任职。但他也和女儿约定了：江如蓝支边的时间为期三个月。期满后，立刻调往北京。

而司雪则是一周后才得知江如蓝支边的消息。江如蓝离乡背井，远走边疆的原因，司雪当然心知肚明，所以一连数天郁郁寡欢，但也无计可施。她与江如蓝闺密多年，情同手足。这普天之下，她什么都能让给江如蓝，唯独丈夫不能让。当她得知，江如蓝支边的地方，就是温思雨曾经任教过的喀纳斯小学，她更加肯定，江如蓝对温思雨的深情，绝不在自己之下。但司雪却不像大多数女人那样有醋意，而只有惋惜。她甚至想，要是在古代就好，温思雨干脆把她俩都娶了。所以，当温思雨告诉她，他想去信叫老校长和秧金卓玛好好照顾江如蓝的事，她一点也不生气，相反认为自己未来的丈夫是个有情有义的男子汉。

但温思雨在司雪面前，很少提江如蓝，更不会提起江如蓝支边喀纳斯的事。但不提，并不意味着他不想。尤其是当他得知江如蓝竟选择了在喀纳斯小学任教，心里岂能平静？他当然知道，江如蓝是在用这种方式，表达对他的爱恋和无奈，甚至是情感的挣扎和抗议。世人常言：相爱的人甘苦共担。其实，并不尽然。此刻的温思雨，就只能独自默默地饮着自酿的苦酒。他生平第一次可怕地感到，即使是面对自己的至爱，也无法一诉衷肠。

温思雨近期茶饭不思的原因，司雪又岂能不知，但她又能如何。她思前想后，却无计可施。

一天，温思雨正与司雪在办公室商量事情，接到了孟长河亲自打来的电话。这通电话，让温思雨和司雪如临深渊！

虽说江如蓝支边，孟长河权衡再三，是默许的。他从一系列过往中，基本确定，在温思雨对司雪和江如蓝的选择中，温思雨倾向于司雪。如今已与司雪订婚，这事便已成定局。江如蓝郁郁寡欢，如何是好？倒不如让她换个环境，或许能从阴影中走出来。于是，便有了与江如蓝支边三个月之约。哪想到江如蓝离开的当晚，这事就有了变化。

这天傍晚，孟长河回家，推开门就习惯地以为江如蓝会迎上来，给他拎包、更衣、落座、泡茶。却不料屋里悄无声息，也没有一点饭菜的香味，不觉有些惊诧：通常，如果江如蓝有事回不来，也会来个电话。现在既无电话又无人，不太正常啊？他下意识地拨通了女儿的电话："蓝蓝，你今天有事？"

江如蓝立刻明白了是怎么回事，不禁哽咽起来："爸，我在新疆喀纳斯。"

孟长河才如梦初醒，爱女已在千里之外，不由一阵失落。听出女儿的抽泣，鼻子也一阵发酸，拿着手机，半天说不出话。直到女儿担心地喊："爸，你怎么啦？你说话呀！"孟长河才强行压制心中的痛楚说道："啊，蓝蓝，我都忘记你去支边了。"

江如蓝也打起精神说："爸，我不在身边，你让小溪阿姨去照顾你吧。"

孟长河忙说："啊，再说吧。"

孟长河心想，自己再娶一人，哪那么简单。组织上会把她查得滴水不漏。她黎小溪哪经得住查，一个黑社会的妻子？！

孟长河接下来就有度日如年的感觉了。以往下班，拎包就走。而现在下班，却在办公室磨磨唧唧的不想走。他有点怕进家门了。早几年，妻子去世时，他也曾有过这种感受。但那时好歹有女儿的温暖，自己也渐渐从丧妻之痛中走出来。而此刻，冰凉的家中，谁能安慰他？他开始后悔默许女儿支边的事了。而且这种后悔日胜一日。最后，他决定亲自给温思雨去电话。这解铃还须系铃人。

放下手机，温思雨陷于沉思。坐在一旁的司雪，也听清了孟长河的意思，想请他们两人一同去做江如蓝的工作，劝她回中原。司雪对此也颇感意外，一时没有主意。两人就这样静静地坐着，沉思默想了许久。

晚上，她和老爸、赵婷坐在宽敞的露台上喝茶。刚开始，赵婷还与司力夫兴高采烈地聊着什么。一看心事重重的司雪，便止住话题问："雪儿，想什么呢？"

司雪想了想，还是把孟书记的来电讲了。大家一时间陷入沉思。这时，头顶上闪出一颗耀眼的流星，拖着一条华丽的彩虹划过漆黑，消失在深邃的夜空。

司力夫默默地向流星消失的方向看了好一会，突然掉头转向司雪，看了她好一会儿，仿佛终于下定了决心，说道："雪儿，刚才那颗流星，明知进入大气层会产生痛苦的燃烧，但它为了能踏实地落地而义无反顾。最后，这颗陨石终于如它所愿，结束了太空的虚无缥缈，过上了地球上的踏实生活。"

司雪细细地品味了父亲的话后说："我知道该如何了结这件事。"

她一人返回卧室思量起来：归根结底，温思雨在她和江如蓝中，只能选择一个。虽说已与自己订婚，即使是结婚，可温思雨心里的某个角落仍然藏着江如蓝，这事将发酵是必然的。到那时再去亡羊补牢，怕是不行了。所以，倒不如让温思雨自己去与江如蓝作一个了断。如果温思雨爱江如蓝胜于自己，那么温思雨离开自己是迟早的事。但司雪想到那个崖石上巨大的"司"字，她深信，温思雨不会离开自己。他目前的状况，应该只是有个难以打开的"情结"而已。这件事，自己必须主动。就让自己做那颗燃烧的流星吧！

她一路小跑来到温思雨门前，正要按门铃，门却开了。两个人吃了一惊。原来温思雨也正打算去找司雪。两人便紧紧地抱在一起。他们就这样拥着来到客厅，情不自禁地狂吻起来。

温思雨柔情地说："亲爱的，别有什么顾虑，我听你的。"

司雪温顺地依偎在温思雨怀里："我听你的。"

温思雨说："我们一起去劝她好吗？"

司雪想起前天她爸在露台上，说的一段关于流星的话，感到于情于理，都应该让温思雨一个人去才妥当。温思雨把一辈子都给了自己，自己把温思雨给江如蓝几天又何妨？这并非说司雪是如何大度，毕竟是江如蓝爱温思雨在先，而自己横刀夺爱在后。更何况江如蓝是自己十几年的闺密。想了想便说："蓝姐是因为我们订婚而出走的，我们一起去，不是又在刺激她吗？"

温思雨不解地盯着司雪，用目光在问：那你的意思？

司雪迎着他的目光："你一个人去，效果会好些。"

"绝对不行！"温思雨断然否定，"你怎么会有这种想法？"

"你一个人去，怕什么？"

司雪从温思雨怀里坐起来，盯着温思雨，把温思雨盯得一愣一愣的。他想：不是我怕，是你怕。但他没说。倒是司雪说了："你一个人去，我都不怕，你怕什么？"

温思雨老老实实地说："总觉得我一个人去，很不妥当。"

司雪一转身，坐到温思雨腿上，搂着他的脖子说："连这都不放心，我们将来怎么办？"

接下来，他们又围绕着怎么去的事上讨论了好久，最后才决定温思雨一个人去，而且先不通知江如蓝，怕她又逃了，会很麻烦。

当孟长河和司力夫得知，温思雨一人踏上喀纳斯之旅时，都感到非常不妥。但此刻的温思雨，已飞往乌鲁木齐。两人只好听天由命了。

坐在头等舱的温思雨，一路上忐忑不安。尤其是当他从孟书记那里得知，江如蓝住的是喀纳斯宾馆 801 房时，心里更是惶恐。因为他上次负气来到喀纳斯时，就是入住的喀纳斯大酒店 801 房。可见江如蓝爱他之深。这让温思雨如何面对？他开始后悔了，真不该来。哪怕与司雪一道来也好啊。

当他走进喀纳斯大酒店大堂时，已是晚上 9 点多钟。他订了 701 房，也是一间商务套房，上面就是 801。他迅速地梳理了一下，便捧着一束花来到 801 室门前，心跳得特别厉害。在他人生的经历中，他的心还从未如此剧烈地跳过。待到心绪平静了点，他按响了门铃。里面没有动静，他又按了一下，室内便传来脚步声，但没开门，只是问道："谁呀？"

"是我？"因为激动，温思雨的声音都有点变了。

"谁？"屋里的声音有点异样。

"是我，温思雨。"

"啊！"随着一声尖叫，门猛地拉开了，"思雨！"

江如蓝喊了声，就扑了过来。温思雨措手不及，用一只没拿花的手，轻轻扶住江如蓝。因为刚才的动静有点大，走廊上突然探出些脑袋向这边张望。温思雨连忙推着穿睡衣的江如蓝进了房间，一脚把门踢上，刚开口喊了声"如蓝"，嘴就被江如蓝的嘴堵上了。对于江如蓝的火热，温思雨刚开始还是想抵抗一下，他觉得这样无论是对江如蓝还是司雪，都不公平，但他又不敢用劲推开江如蓝，怕伤害她，也只好被动地接受。心想江如蓝激动一会儿，也会平息，岂料感情压抑了太久的江如蓝，就像火山爆发一般停不下来，终于把温思雨也调动起来，局面就一下失控了，他们相拥着倒在床上。

后面的事是如何发生的，发生得多疯狂，两人都不知道。只感到人都在云里雾里之中，两人已脱得一丝不挂。但有一点却是十分清楚的，那就是他们都强烈地想占有彼此。但当温思雨把江如蓝使劲地拥入怀里时，一个声音突然在耳边响起，温柔又不容置疑：连这件事我都不放心，我们将来怎么办？

温思雨猛地清醒了！我这是怎么啦？他想起身，躺在他怀里的江如蓝压住了他的一只胳膊。他稍稍迟疑了一会儿，还是坚决地从江如蓝头下抽出了胳膊。翻身下床，迅速穿好衣服，绕床一周来到江如蓝身边，把被子拉过来，盖住江如蓝裸露的身子，然后伏下身重重吻了一下江如蓝的额头，轻轻地走出了房间，把门关上。

江如蓝当然感觉到温思雨动作的变化，心里十分沮丧，却又不敢阻止，只能紧闭双眼来掩盖自己的失落。在温思雨吻江如蓝额头时，她很想伸出双臂搂住他，但她没动，只是静静地等着他用被子盖住她，等着他轻吻自己的额头，等着他轻轻地，却是坚定地离去。而当门锁咔嚓一响时，她才明白过来：自己已经永远失去了他。她猛地拉起被子将头捂住，就放声大哭起来：温思雨，你不该来！你真的不该来！！

温思雨回到701，在窗前的沙发上坐下来。他想到刚才的疯狂，不由万分懊悔，自己明明不能给对方任何承诺，却又差一点给了对方二次伤害！此行的初衷是安抚，并劝其回归中原。如此一来，明天又如何开得了口？他望着窗外在夜色中显示的起伏山峦，不由想起他与江如蓝的件件邂逅：

与江如蓝的第一次握手；

与江如蓝的第一次咖啡之约；

与江如蓝的第一次香格里拉的晚宴；

与江如蓝的第一次江滩漫步……

这件件桩桩，都让温思雨倍感温馨。但唯独江如蓝准备把自己的第一次毫无保留地交给他，这让他难以释怀。自己该如何回报她的这份痴情？喀纳斯的夜阴沉着脸，默默地看着他，一言不发！

温思雨就这样在窗前坐了整整一夜。

第二天上午，温思雨想江如蓝昨天睡得晚，所以9点钟才上楼来到801室。敲了半天，没人应声，暗叫声：“不好！”

他三步并着两步来到酒店大堂前台，还没开口，前台大堂副理便说：“请问是温总吗？”

温思雨点点头：“是。”

大堂副理说道：“801一大早就退房走了，这是她留给你的一封信。”

温思雨接过信封，打开一看，里面是一束青青的头发和一页文稿。温思雨的泪水便涌了出来：江如蓝是在剪发断情啊！他连忙给江如蓝去电话，回答他的是，对方已关机。温思雨想起一句古诗：

断发绝情依稀别，
含泪情去何时归？

温思雨打开文稿：

雨：

突然间，我想到了“笑”！

小时候，我很喜欢笑。因为我有一口白细而小巧的牙，一笑就能惊艳闺密。但是我不想笑，因为日子太艰难，常以水充饥。

成年后，我很喜欢笑。因为生活太舒畅，要风有风，要雨有雨。但是我没有时间笑：高考、考研、考博。一个“考”字，挡住了所有的笑。

工作后，我很喜欢笑。因为我成了公主，家人这么叫，朋友这么叫，甚至周围的人也这么叫。但是我不想笑，一笑就皱纹上眉头，那是岁月爬过的足迹。

今天，我依然很喜欢笑。但是，我笑不起来。当你用尽一生去追求的最大幸福离你而去，渐行渐远，不！是永远弃你而去，笑已然成了我买不起的奢侈品。在我将来的岁月中，还会有“笑”吗？

我内心又在坚强地反驳自己：无权得到，难道连想笑的权利也没有吗？对，我有权想笑，谁也挡不住。于是我笑了。但是笑容还没展开，便被冰冷的泪水掩盖了……

我深知这辈子算是与你无缘了，但我并不为昨夜的疯狂后悔。因为我想要一个你的孩子。如果有他相伴终生，这辈子不嫁也值！

但连这点可怜的期盼，你都拒绝了。我不怪你。你只能选择拒绝，因为你是温思雨。也因为你的拒绝，我更爱你！因为更爱你，所以选择了永别！！

有句歌词是怎么写的：不是你的，就别再勉强……

永远爱你的如蓝 凌晨

温思雨冲出大厅，遥望喀纳斯阴沉的群山，泪如泉涌：啊，如蓝！我愿意用来生去补偿你，如果有来生！

034 铸剑十年终出鞘，樯橹灰飞尸无存

5月30日，温思雨和司雪的婚礼如期在香格里拉大酒店隆重举行。司力夫早已提前一周包下了整个酒店供来宾免费居住。婚礼的盛况，即使是拿到世界层面，也恐怕是首屈一指的。婚礼筹备之初，温思雨曾和司雪商量好，低调举行。打算不动声色地来一次旅行结婚。但遭到司力夫的坚决反对。其理由同此前订婚时一样，这场婚礼，不是私事，是为巨能集团在全球造势之举，是公事！更何况世界500强的一半都发来贺信。有些与能源和动力相关的巨头，甚至派亲属前来贺喜。所以更要盛况空前！整个香格里拉大酒店，变成花的世界、灯的海洋。成百的巨型气球悬在酒店上空，挂着巨大的写满祝福语的条幅，在夜空中迎风起舞。条幅下的数十个街区的马路变成临时停车场，停满了牌照不一的豪车。仿佛此处，正在举办国际豪车展。全市一半的交警都在酒店四周忙得焦头烂额。为确保来自全球的工商巨头和来宾们的安全，江城市特警甚至出动了两架武装直升机巡航。这一史无前例的举措，更凸现出婚礼的隆重。有幸目睹结婚典礼盛况的无不惊艳得瞠目结舌：此景只在天上有，人间难得几回闻！

婚礼筹措之初，司雪曾想邀江如蓝当自己的伴娘，但又有些顾虑。正纠结中，就被江如蓝告之，她过几天就到国外学习，参加不了司雪的婚礼了。并送了一枚从新疆带回的和田玉手镯。所以司雪也只有按温思雨的意见，从上海请来了李星和辛小芹当伴郎和伴娘。

温思雨此刻最忙的是电话，一刻都没停过。有新朋也有老友，有国内也有国外。他都一一应付着。但有两个电话，让他有内疚感。

一个是露易丝的。一向非常“欧洲”的露易丝，此刻却非常“中国”，尽管她嘴里说，我不难过，因为我曾经拥有过。但她的抽泣声还是道出了她内心的沮丧。温思雨正准备宽慰她几句，对方却挂断了。

另一个来电是秋艳妮的。她只是一句简短的祝福，但一想到她尚身在病榻，温思雨的心就隐隐作痛。秋艳妮没再说话，但也久久没挂断电话。温思雨等了会儿，才轻声地说：“艳妮，你受苦了。我会永远永远照顾你。”听筒里也是一阵轻泣声，随即挂断了电话。

其实，最让温思雨纠心的电话，是江如蓝。但她的电话却至今未来。他正在思绪万千，听到有人喊他，一看却是刘正义。

他小声对温思雨说：“待会无论发生什么事，你们的婚礼照常。”

温思雨心一紧，还想问一句。刘正义一摆手：“放心，一切都在掌控之中。”刘正义说罢，闪在一边。他身后竟是刘芳。她正捧着一束五月的玫瑰，带着调侃的神色，笑眯眯地看着温思雨。突然间，温思雨猛地反应过来：流芳百世！她就是那位在网上剖析温石之战的网友“百世”！温思雨故作生气地指着刘芳说：“好你个流芳百世，看我怎么收拾你！”

刘芳赶紧献上玫瑰：“百世这厢有理啦！”

搞得刘正义云遮雾罩，不知所以。

“待会找你算账！”温思雨大步走向主席台。

刘芳冲着他的背影叫道：“你还欠我一个麦克风哩！”

晚上九时整，大堂里响起了婚礼进行曲。央视当红花旦以婚礼主持人的身份出现在舞台上时，台下立刻响起一阵掌声。

主持人用充满愉悦的感情说：“各位嘉宾，女士们！先生们！晚上好！”

厅里掌声又起。

“现在时钟正指九点。在这个特殊的时刻拉开婚礼庆典的序幕，有着特殊的意义。”主持人稍作停留，“九在中国传统文化中，是长久、永久之意。喻示着温思雨和司雪的婚姻，地久天长。下面请今天的新郎登台。”

在两名司仪的引导下，温思雨大步走向舞台中央，顷刻间，人声鼎沸的宴会大厅，立刻安静下来。温思雨身着藏青色晚礼服，充分展现了他1.85米的修长身材。英俊而硬朗的面容又带着浓浓的书卷气质，使他儒雅而又英姿勃勃。他举起右手，频频向来宾致意，显得从容而典雅。显然，大家被温思雨的帅气折服，连连惊叹，随后爆发出雷鸣般的掌声。

而婚典的高潮，则是新娘挽着司力夫的手，款款地出现在大厅入口处的时刻，带给来宾们的视觉冲击，更胜于婚典的盛况和新郎的帅气。一袭中国红长裙尽显司雪高挑而曼妙的身材，略施粉黛的面容无比娇媚，又浸透着高贵，让人疑为仙女。一对童男女在她身后托起长裙的末端，笑逐颜开地跟随其后。来宾们又是一阵掌声和叹息声，经久不息。

当新郎和新娘并肩站在舞中央时，人们就真切地感受到什么叫“天生一对，地造一双”这句俗语的内涵。就是站在他们身后的伴娘和伴郎也情不自禁地暗暗赞叹。只是辛小芹心里还是有些苦涩。她想起了“谷雨”。站在舞台中央本应是她，而她却已魂断十年，泪水就漫出眼帘。李星伸出手，轻轻地挽住她。李星知道她想到了谁，心里也是一阵酸楚。他从侧面瞟了一眼新娘和新郎，惊异地发现，在两人的笑容背后，似乎也藏着一丝哀伤。不由暗叹一声：“十年生死两茫茫”啊！

接下来，就是程序化的婚礼进程。但是，辛小芹的一个举措，使温思雨打断了这一进序。辛小芹把一面小镜子递给温思雨：“谷雨让我保存的，现在应物归原主了。”

温思雨接过来，一眼看到镜子反面的谷雨和他十年前的合影，内心不由一阵刺痛。

他果断地来到主持人面前：“主持人，借用一下你的麦克风。”

“好的。请大家以热烈的掌声，欢迎新郎演说！”主持人马上接上话题，仿佛温思雨的行为，原本就是仪式中的一部分。她把麦克风递给了温思雨。

“各位来宾，女士们，先生们！在这个幸福的时刻，我们俩想起了这个幸福时刻的缔造者，我为她朗诵一首小诗。”温思雨回到司雪身边，用左手握住她的右手，开始了朗诵：

只要一想起她，
心里就飘起小雨。

即便是眼下：
垂柳吐出了新芽，
春光明媚；
或者初夏的小巷里，
挂满了五月的玫瑰。
或者秋分时节的黑土地上，
起伏着欢乐的稻浪；
或者大雪纷飞的山谷，
唱着歌的溪水。

我的身边啊，
总远离这些，
世俗的愉悦。

只要一想起她，
心里就飘起小雨。

大厅的来宾都明显地感到诗的内容太过忧伤，似乎与当前的主题不合拍，一时愣在那里，不知该做何反应。倒是央视主持人久经世故，立刻站出来救场："在这幸福的时刻，我们的新郎新娘，都怀恋幸福时刻的缔造者，让我们以最热烈的掌声，向这份情怀致意！"

大厅立刻响起暴风雨般的掌声，把这场人间喜剧搬回原位，并推向高潮。

就在新郎新娘走上舞台中央，拉开了人间喜剧之帷幕的同时，另一场人间悲剧也拉开了序幕：一辆中档的福特小轿车驶进香格里拉地下停车场，在地下一层转了一圈，找不到停车位，就驶到地下二层才找到停车位。从车上下来一男一女。男的西装革履，高大魁梧，器宇轩昂。高耸的鼻梁上架着一副金边眼镜。满头银发梳成大背头，又浓又密的白色胡须把鼻子以下部位盖得严严实实的。活脱脱一个大教授模样。女的身材高挑，面带媚容，挽着男人的手，一副小鸟依人的架势。但你仔细观察，就会感到那男的眉宇间透着一股阴气。而女的肢体语言，又透出几分妖艳。如果在大街上，这一对衣着靓丽的做派，肯定引人关注。但此刻在走向电梯口的人流中，就再正常不过了。因为来参加婚礼的人，非富即贵，谁不是一身名牌。

电梯升到一层大堂。女士亲热地挽着男士的胳膊走向厅门，优雅地向门卫出示了婚礼的请柬后，从容走进大厅。男士立刻附在女士耳边说："没你的事了，马上离开，直接去机场！"声音很小，却异常严厉。同时把一个信封塞进女孩的坤包。女孩想打开信封看看，被男人打了一下手背，还恶狠狠地横了一眼。他万万没想到，就是这两个看似不起眼的小动作，却给他带来灭顶之灾！因为瞅到这一幕的人，正巧是刘正义！当时，他正在二楼巡查，目睹了这可疑的一幕，感到有些不对头，便立刻通知一楼大堂的民警查询那一男一女。他自己也火速冲向一楼。

一楼的那个男人，一直盯着向外走去的女人，在她那对丰满的屁股一扭一扭的画面上，停了片刻，狠狠咽着口水，直到她消失在门外的人流中，才转身向洗手间方向走去。待洗手间内最后一个人走出门，他立刻推开窗子，纵身跳到窗外，快速向窗子正对面的垃圾箱冲去。一摸垃圾箱底部，有一包东西用透明胶纸粘在底部。刚把东西扯下来，就听到一阵脚步声。他猛地一跃，跳进了垃圾箱。他从包内抽出一把五四手枪，装上消音器，打开保险，子弹上膛。他掂了掂枪的重量，知道到弹夹是满的。十分满意。他顶住恶臭，静静地听着外面的动静。

最先冲进洗手间的两个民警，一查里面没人，立刻意识到有情况，忙拔出手枪跳出窗外。在明亮的灯光下，平坦的草坪四周空无一人，也无大树，听不到有人跑动的声音。唯一能藏身的地方，就是正前方约30米处的垃圾箱。箱体有点大，完全可容下一个成年人。两人双手举枪，从两边包抄过去，猛地掀开箱盖，里面空无一人。他们赶忙用对讲机向刘正义作了报告。

刘正义急问："箱子里有垃圾吗？"

"没有。"

"糟了！都一整天了，垃圾箱里怎么会没垃圾，肯定箱底有垃圾通道，立刻检查箱底！”刘正义说罢，拉住一位现场的清洁工，一问，果然箱底有直通垃圾场的通道。刘正义命令一队人，在清洁工的带领下，前往垃圾场，他自己则带一队人把住进入婚礼现场的所有进出口。凭着来人的身高体型，刘正义断定来人应该是石天虎。他的终极目标显然就是温思雨。刘正义立刻紧张万分。

他向现场所有民警交代了来人特征：

1. 高大魁梧，满头白发。

2. 身上有臭味。

后来的事实证明，就是这两个交代，特别是后一个交代，救了温思雨的命。

婚礼在照常举行。流光溢彩的大厅里，不时传来主持人的调侃和来宾的欢笑。和里面的气氛形成鲜明对比的是进出口的几张紧张的面孔。他们虽然也身穿酒店的职业装，但这种神色，明眼人一看就会明白怎么回事。

刘正义微微皱了皱眉头，四下去转了一圈，要大家内紧外松。正说话间，一位民警嗅到一股异味，是香水中夹着奇臭！他立刻向那人大喊："站住！"那人转身就跑。刘正义立刻冲过去，拔枪大喊："他是石天虎！抓住他！"

那个大汉边跑边拔出手枪，向空中开了一枪，大堂里顿时乱成一团，极大地影响了刘正义的追捕。好在这一切发生在婚礼大厅门外的酒店大堂，掌声雷动的大厅内，并没受到影响。大堂另一头的民警也握着枪冲出来，正好把持枪大汉堵在大堂。

这时，意外发生了：听到枪声的刘芳，凭着记者的敏感，知道有新闻了。她从二楼冲到一楼大堂，与石天虎撞了个正着。她一看，竟是A级通缉犯石天虎，手上还抓着一把乌黑的抢，枪口还冒前青烟，吓得转身想跑，却被大汉抓住，拖进了身边的一个房间。石天虎一掌把刘芳打晕，推在地上，然后锁紧房门，又把桌椅等把门堵死。关上窗户，拉上窗帘。室内顿时漆黑一片。他见女人动了一下，又找了根绳子把女人绑上，然后就地坐下，掏出烟，但几次都点不上火。他知道自己这次是在劫难逃了，就是抓个人质，也不过是拖延时日而已。到此刻，他才真正害怕起来。

刘正义目睹了嫌犯劫持刘芳的全过程，但也无能为力，因为刘芳挡在石天虎前面，他无法开枪。他指挥民警把房间内外包围起来，便在门口喊话："石天虎，你逃不了的，投降吧！"

“投降？做梦吧！有种你进来。”石天虎声嘶力竭地喊。

刘正义忙说：“行，我进来，你放人质走。”

“少废话！冤有头债有主，你叫温思雨来换人。”石天虎还想搏一搏。

“给我点时间，但你不得伤害人质！”刘正义拖延着时间想对策。这时走来一队特警，奉王厅长之命前来支援。为首的周队听了情况后，建议在窗外设点，用热成像设备瞄准打死他。

他们来到楼外紧邻的一栋楼房，选了视角最好的窗口架好枪，装上红外探测镜。观察了会儿，只看到被绑的女士，不见绑匪。显然绑匪有一定的经验，防着这一手。只有耐心等待了。

刘正义想，必须让刘芳帮帮忙了，就看刘芳的悟性如何了。他安排一个民警不停地给刘芳去电话。刘芳肯定不可能接电话，但她听得到铃声，会想这个时候为什么给她电话，而且不停地打。

果然，房间内的刘芳，就在思考这一问题：他们怎么老打我电话？！

本来就心神不定的石天虎，被刘芳电话的铃声吵得烦死了！他吼道：“把手机关上！”

“我关得了吗？”刘芳举起被捆的双手。

这时，手机又是铃声大作。石天虎心烦意乱地冲过去，准备从刘芳坤包中掏手机。“砰”的一声枪响了。石天虎应声倒下。

刘正义从特警口中得知击中石天虎，第一个冲上去猛撞房门。却不料室内又一声枪响，把刘正义吓得魂飞魄散！原来石天虎没死！他生怕刘芳受到伤害，忙大喊：“石天虎，你别乱来！”

“哈哈，还没到乱来的时候。你们再动手，我就要乱来了！”从室内传来石天虎沙哑的声音。

接着传来刘芳的声音：“石天虎右肩受伤了。”

石天虎怒吼一声：“你给我闭嘴！我等着温思雨来换你！”

刘正义耳边，有人低声说道：“刘警官，让我去换人质。”

刘正义一看，正是温思雨，不禁大惊失色：“别胡来，他手里有枪！”说罢，他指挥几个人把温思雨强行架走了。

其实，在第一声枪响时，温思雨就听到了。他为了践行“十年之约”，不仅从李星那里学了一身了得的武功，而且在英国加入了射击俱乐部，练就了枪枪10环的骄人成绩。对枪声本来就十分敏感，加上刘正义此前的交代，他保持着十二分警惕。所以他断定出大事了。此刻，他第二次想起了慧泉主持的临别赠言：十年之约需践行，征途艰险百战多，得饶人处且饶人，谢幕之日披绫罗。如果我当初放石天虎一马，是否在“披绫罗完婚之日”，可免遭此劫呢。他不敢多想，乘宾客步入宴会厅的空当，溜出去看个究竟，却又被刘正义赶回来。他深知石天虎的凶残，如不彻底解决，不仅刘芳危险，甚至会殃及司雪和来宾。而且他还有一个私心：他想亲手了结石天虎！

他见两个护送的民警走远了，便从侧门闪到楼边，径直来到石天虎所在的室外约50米的地方停下来。再往前，就靠近了民警的包围圈。从他这里望去，那间被石天虎霸占的房间户外有两扇木质的玻璃窗子。右边的一扇破了，显然是狙击手的子弹干的。他想到，既然击中了右肩，石天虎肯定倒向左侧，枪也肯定换在左手上。这样一来，如果有人从左边的窗子撞入，他持枪的左手再向左射击就必须转身，就给他的射击延长了几秒。再说，用惯了右手的人，用左手射击会笨拙许多。而且是突然袭击，自己又身手敏捷。总的说来，自己的胜算应该有九成。

温思雨想到这里，就下定了决心。他在地上找到一块比手掌还大一倍的石块，掂了掂，足有5斤多重。以他的力量抛出，至少可以把石天虎砸晕。他一定要在破窗闯入的第一时间抛出石块，最好砸中石天虎头部。但一转念，又觉不对。室内漆黑一片，怎能第一时间抛石砸准头部？必须在石天虎开枪以后，凭借枪火的闪光，确定石天虎的方位。一想到枪声，温思雨的心也是一寒。但此刻，他别无选择！

想定后，温思雨右手握石，突然以百米冲刺的速度从树丛的黑影中冲出。在民警们的一片惊呼中，他向着玻璃窗的方向腾空而起，顷刻之间，玻璃窗“轰”的一声四分五裂。紧接着传来一声清脆的枪声，几乎同时又传出沉闷的撞击声，紧接着是一声狼嚎似的惨叫。然后一切都静下来。所有的人都几乎丧失了行动力，似乎连空气都凝固。

门终于开了。温思雨扶着刘芳，慢慢地走出了房间。走廊上的人不由一阵欢呼。

温思雨平静地对刘正义说：“进去收尸吧。”

刘正义苦笑了一下，转向刘芳：“你还好吧？”

“没事，就是腿有点麻，现在好了。”刘芳向温思雨点点头，伸手拉住刘正义，“我跟你去，这新闻是我的！”

“我回宴会厅了。”温思雨说完，急奔而去。

刘正义进入室内打开灯，立刻被眼前的残酷画面惊呆了，这位久经沙场的刑警队长，也心里一阵发紧：侧靠在墙上的石天虎肩上，已经只剩下冒着鲜血的脖子，脑袋则变成一团糨糊，贴在洁白的墙上，触目惊心。一块沾满了血迹和脑浆的石头落在石天虎身边，把地板砸了一个深坑。可见温思雨的一砸，力度有多大！横行中原几十年的一代霸主，就这样草草地结束了自己枭雄的一生！

刘芳哇的一声吐了一地。刘正义赶紧扶着她来到走廊，交给一位女警后，转身走向现场。他吩咐警员提取了死者的血样作DNA鉴定，从法律和医学的角度核实死者的身份。因为现场已无法从死者的面容上确定他就是石天虎。

当刘正义带着刘芳返回婚礼现场时，婚宴已进入尾声：新娘新郎和司力夫、赵婷站成一排，在大厅的出口处一一送别贵宾。刘正义与刘芳来到他们面前，表示了衷心的祝贺。又对着温思雨深深地鞠了一躬，齐声说道：“谢谢！”

司雪和她爸都不解地望着刘正义。刘芳一笑说：“司总，还是让温总讲给你听吧。”

温思雨紧紧把她搂在怀里，柔情地说：“亲爱的，就在刚才，我亲手结果了石天虎。‘铸剑十年终出鞘，樯橹灰飞尸无存！’我们做到了！”

司雪和她爸惊讶得目瞪口呆。到此刻他们才想起，有一段时间，宴会上突然没有了温思雨的踪影。大家还等着温思雨敬酒啊？他们对此颇有微词。原来新郎官竟然去……他们实在不敢往下想。司力夫望向刘正义，想从他那里得到确认。刘正义微笑着点点头，却没说话。他是新一代科班出身的警官。严谨地告诉他：在未获得DNA鉴定结果之前，他决不会口头承认石天虎被击毙的消息。但这一心事，都被他的微笑和点头掩盖了。

正好一段插曲，转移了这个话题。大厅里的一块巨大的显示屏，正在直播联合国教科文组织的一段视频。联合国教科文组织总干事长亨利先生的热情洋溢的祝词：经过英国皇家科技检验署、欧盟电力测试局和日本早稻田大学物理实验室等国际权威机构检测，中国巨能集团研发的石墨烯电池的所有指标达到并超过世界先进水平，为人类的能源事业、环保事业做出了卓越的贡献！我谨代表联合国秘书长，向中国杰出的科学家温思雨先生致以热烈的祝贺和崇高的敬意！

突然间，温思雨做了件让所有的嘉宾都始料不及的事：他大步走向主持，在主持人瞠目结舌之间，温思雨抓过麦克风大声地说："各位来宾，女士们！先生们！我和我的家人，我们的国家正经历了一场伟大的胜利！我邀请大家和我一起高歌一曲！"

在全场来宾的掌声和呐喊声中，大厅里响起振奋人心的音乐：凯旋之歌！

最后全场一起狂放的高唱，把婚礼的气氛推向顶峰！

直到凌晨1点，温思雨和司雪才回到赵婷为他们忙碌了个把月的洞房。在此之前，赵婷就是不让他俩走进。所以，他俩也是第一次看到洞房的模样。他俩对赵婷的超级眼光，毫不怀疑，但当他们走进婚房的那一刻，仍然被眼前神话般的布置深深震撼。以中国红为主题的场景，挂满五光十色的纱帘，在上千根红烛的映衬下，更显美妙绝伦。而在柔和的红海深处，又点缀着不少蓝色的心型装饰，寓意着爱情的永恒。司雪正惊叹着眼前的梦幻，却被温思雨一把抱起，走向他向往已久的婚床。此刻的司雪，早已是满眼迷茫……

梦中，温思雨感到设为静音的手机在振动。心想，竟有人这个时间来电话？他小心地把胳膊从司雪颈下抽出来，拿起手机一看，吃了一惊：是江如蓝的微信。点开一看就傻眼了：

江如蓝：我想你了！

温思雨看了一眼熟睡中的司雪，起身走出卧室，轻轻关上门，走进客厅里。虽然他不知道能对江如蓝说什么，但他无论如何也要说点什么，哪怕安慰几句也好。

他轻轻关上门后，拨打了江如蓝的电话，听到的是忙音。再打，对方已关机。他呆呆地坐在客厅里，生平第一次乱了方寸：这将如何是好？

谁想到温思雨一回到床上，司雪就迷迷糊糊地问："这么晚了，谁还给你发微信？"

温思雨心一虚，语言就有点结巴了："没什么，唔，那什么，明天再说吧。"

"我怎么感觉你有点怪怪的。"司雪依然是迷迷糊糊的。

"我讲了，不管什么事，都明天再说。"

温思雨虽然极力控制着自己的情绪，但语调中透露着一丝无奈，让司雪感觉到了。她睁眼一看，温思雨脸上写满了乌云，便敏锐地意识到，一定是出了问题，而且不是小问题！她彻底地醒了，猛地坐起来，关切地看着温思雨说："思雨，我们是夫妻了。天大的事都一起扛。"

到此刻，温思雨知道，隐瞒会更糟。他小声说："亲爱的，她来了一条微信。"他停下来，双手紧紧搂着司雪赤裸的上身，不知从何说起。

"是蓝姐吗？"司雪抬起头，两眼直勾勾地盯着温思雨。

"是的。"

温思雨忐忑地看着司雪，恐惧地等着司雪从他怀里挣脱出来，声嘶力竭的责问。但让他万分惊讶的是，司雪在他怀里一动不动，只是喃喃自语般说："其实，你从喀纳斯回来，我就感到你们发生了点事。因为你老躲着我的眼睛。"她停下来，思考着后面的话该如何说，"我同意你去的那一刻，我就有了准备。毕竟是我夺走了她的真爱。"

温思雨羞愧万分："雪儿，事情不是你想那样……"

"我不怪你们。"司雪打断他的话柔声地说，"一切都过去了……"

"雪儿，事情真不是你想那样。"这次轮到温思雨打断她的话，"你信不过我？"

"亲爱的，我相信你！"司雪一下高兴起来。显然是因为她担心的事并没发生。她见温思雨不作声，突然意识到什么，猛地推开温思雨："难道她出了意外？"后面的话她不敢说出来，只是恐怖地盯着温思雨。

"不是。你看吧。"温思雨把手机递过去。

司雪飞快地瞟了一眼，笑容也没了："真是难为她啦。"

第二天黄昏，温思雨、司雪、李星、辛小芹四人，一身素装，伫立在谷雨墓前，面对着石碑上娇媚如花的谷雨照，轻声地说着话。

"谷儿。"

"姐。"

"谷雨。"

"'十年之约'我们履行啦！"

重新修砌过的谷雨墓，用汉白玉砌成，四周被苍松翠柏环绕，沐浴着夕阳的余晖，变得雅致而斑斓。风儿吹起墓旁红色的挽联，在墓顶上扫来扫去，有如亲人在抚摸。整个墓地，一扫往日的悲凉，变得温馨而亲情。这份感受，一等就是十年，有点长，但他们等到了！“铸剑十年终出鞘，樯橹灰飞尸无存”，我们做到了，我们胜利了！但墓前的所有人，为何依然以泪洗面！笑都到哪里去了？一个念头在温思雨脑后一闪而过：

落幕了，无论是成功的还是失败的，却没有人能笑到最后！

《铸剑十年》后记

这是个由一滴滴血和泪串成的故事。

天之骄子温思雨海归中原。谁都不知道，在他的远大抱负背后，竟藏着报仇雪恨的私念。

十年前，温思雨与未婚妻谷雨得知谷雨父母被恶棍害死的真相，两人立下“十年之约”：十年之内，必报此仇。

为了让温思雨完成学业，贫穷的谷雨卖完最后一滴血而香消玉殒。

带着旧恨新仇的温思雨，经过惊心动魄的浴血奋战和巧妙布局，终于实践了“十年之约”，将残害他亲人的恶棍逼上绝路。

他曾单刀赴宴，勇斗十倍于他的恶棍；他曾自作人质而陷于绝境；他曾因救人而九死一生；他曾胆识过人，血溅“上海滩”。他更是运筹帷幄，打得仇敌丢盔卸甲，灰飞烟灭，尸骨无存。

但在情场上，也无意识地伤害了几个爱恋他的女人：有着沉鱼落雁之容的江如蓝，为了他而浪迹天涯；娇媚如丝的大众情人秋艳妮，为救他而瘫痪在床；即便是美如夏花的小公主司雪，他的爱妻，也因为他心里还装着别的女人而忧伤。

本书的主角温思雨，已血洗前仇，收获爱妻，且事业有成，但他的幸福却并不完美。因为他的内心深处，永远镌刻着痛彻心扉的内疚：如果我不留学海外，兴许谷雨至今还灿如五月的玫瑰？如果我不执子之手，兴许江如蓝不会深陷爱河而远走他乡？如果我不应约酒吧，兴许秋艳妮仍然光彩照人地游走于歌榭舞台？如果我按慧泉大师之嘱咐，应黎淼淼之哀求，宽恕石天虎，兴许就不会血溅香格里拉？！

那么，既然书中所有的人物，无论是复仇者还是被复仇者，都没一个人能笑到最后，你又何必写成此书？这就是为什么完稿那一瞬，我有焚烧此稿的念头。但终究是几年呕心沥血的结晶，不忍舍去，只好用这篇后记来释怀了。

张戈

2020 年 4 月 19 日农历谷雨